"鸟瞰历史"

对司马辽太郎战争史观的批判研究

杨朝桂 著

天津出版传媒集团

天津人民出版社

图书在版编目(CIP)数据

鸟瞰历史：对司马辽太郎战争史观的批判研究 / 杨
朝桂著. -- 天津：天津人民出版社, 2024. 6. -- ISBN
978-7-201-20703-2

Ⅰ. I313.074

中国国家版本馆 CIP 数据核字第 2024BE8322 号

“鸟瞰历史”：对司马辽太郎战争史观的批判研究

“NIAOKAN LISHI”: DUI SIMALIAOTAILANG ZHANZHENG SHIGUAN DE PIPAN YANJIU

出 版	天津人民出版社
出 版 人	刘锦泉
地 址	天津市和平区西康路 35 号康岳大厦
邮政编码	300051
邮购电话	(022)23332469
电子信箱	reader@tjrmcbs.com

责任编辑	王 玎
特约编辑	曹忠鑫
封面设计	汤 磊

印 刷	天津新华印务有限公司
经 销	新华书店
开 本	710 毫米×1000 毫米 1/16
印 张	16.75
插 页	1
字 数	240 千字
版次印次	2024 年 6 月第 1 版 2024 年 6 月第 1 次印刷
定 价	95.00 元

荐　序

近代日本犹如一台战争机器,不断对外发动战争,而1894—1895年的甲午战争、1904—1905年的日俄战争、1931—1945年的"十五年战争"①三次大规模的侵略战争,均可谓以国家命运为赌注,其兵锋所至,生灵涂炭,中国、朝鲜半岛、东南亚地区,乃至更大范围的民众蒙受了巨大灾难。

1945年战败投降后,日本颁布了《日本国家宪法》,亦称"和平宪法"。准确地说,战后日本是在外力强制而不是基于对战争犯罪的内在反省走上和平发展道路的。正因如此,随着战后经济崛起,重新找回自信的日本不再沉默,进入20世纪80年代,日本社会上模糊乃至否认侵略战争的右翼言行愈演愈烈。

历史认识是构建现代中日关系的基础。在这一极为严肃的重大问题上,中国民众始终有个难以释怀的疑问:日本既然对侵华做了道歉——尽管是闪烁其词、不够诚恳的道歉,为何屡屡出尔反尔,发生首相、国会议员参拜供奉甲级战犯的靖国神社,以及政府高官否认侵略的"失言"呢? 对此,一种常见的解释是:此乃政治家为捞取选票使然。

然而,止于表象的解读,未能揭示事物发展的内在逻辑和本质。我们需要进一步追问:是怎样的社会生态会使此类政治家赢得选票? 对于近代日本发动的一系列对外侵略战争,当今的日本选民究竟是怎样认识的? 在探讨这一

---

① 这是1956年日本学者鹤见俊辅首次提出、已为日本学界广泛采用的历史概念,即把1931年日本侵占中国东北、其后侵犯和分裂中国华北,1937年全面侵华,1941年发动太平洋战争直至1945年战败等一连串战争行为,视为一次内在因果关联、阶段性发展的大规模侵略战争。司马辽太郎的作品中使用了这一概念,同时也用"昭和战争"来表达同一战争。

问题时，透过历史小说家司马辽太郎的战争观和历史观，或可管中窥豹地发现和读懂许多日本民众的内心世界。

一、莫衷一是的司马史观论

司马辽太郎是战后日本享誉世界的著名作家，其一生出版小说57部，其中长篇36部。他的代表作有《坂上之云》等长篇小说，《明治这个国家》《昭和这个国家》等散文和杂记也颇具影响。司马的作品雅俗共赏，深受日本大众喜爱，《坂上之云》销量超过2000万册，作品总销售量超过2亿册。由于好评如潮，他先后摘取了讲谈俱乐部奖、直木文学奖、菊池宽奖、每日艺术奖、吉川英治文学奖、艺术院恩赐奖等奖项，1991年获得"文化功劳者"称号，1993年获得日本文化勋章。2000年，在每日新闻社进行的"铭记于心的20世纪作家"读者调查中，司马名列榜首。

司马的作品以历史和战争题材见长，在他笔下，刘邦和项羽、织田信长、丰臣秀吉、德川家康、坂本龙马、西乡隆盛、秋山好古和秋山真之兄弟、正冈子规等历史人物栩栩如生，甲午战争、日俄战争、十五年侵略战争等历史事件如临其境。他以文学的笔触讲述着历史，在跌宕起伏、引人入胜的情境描写中，让如醉如痴的读者一面尽情地品尝历史故事的大餐，一面在不知不觉中接受着司马史观的洗礼。

司马的作品在日本社会的广泛影响是公认的事实。对此，三谷博认为："司马辽太郎是深得国民喜爱的历史小说家，对大多数日本人历史认识的影响，远远超越学院式历史学的影响。"① 成田龙一认为："战后史学与司马辽太郎是互补关系，两者共同形成了战后的'历史叙述形式'。"② 松本健一认为："司马辽太郎的历史小说，堪称在野史学、大众文学的正统"，"是让人体味'历史是文学之精华'的唯一历史小说家"，甚至"会使人产生'历史故事'就是历史史实的错觉"。③ 鹫田小迷太认为："身为日本人，如果没读过司马辽太郎的书，将是一

---

① ［日］三谷博：《思考明治维新》，有志舍，2012年，第208页。
② ［日］成田龙一、李孝德：《关于司马辽太郎》，《现代思想》25卷，1997年9月。
③ ［日］松本健一：《司马辽太郎的场所》增补，筑摩文库，2007年，第102页。

大憾事。"①

　　但是，围绕司马作品中秉持的史观问题，中外学界众说纷纭，褒贬不一。在基本肯定或赞赏其史观的评论中，一种观点认为，司马史观是健康的民族主义史观。日本学者梅原猛认为："司马辽太郎代言了战后日本对战争的反省和以经济高度成长形式复活的时代精神。"②政府官员两角良彦认为："战败后我们忘却了日本过去的美好时代，自恃文化人的自虐史观不仅压抑了民族精神，也使国民的自卑感几近窒息，《坂上之云》的突然出现，打开了我们闭塞的心态，舒缓而透明的精神记忆得以复苏。"③作家田边圣子认为："司马的最大功绩是给了日本人勇气、希望、梦想和骄傲。"④文艺评论家谷泽永一写道："司马辽太郎绝不会让读者产生颓废思想，而是鼓舞振奋他们的精神。他的作品生动活泼，情趣盎然，虽然描写人世艰辛，却不丧失生命信念，具有抚慰精神、医治心灵的作用。"⑤中国学者李德纯也认为："司马辽太郎的作品，令人强烈地感受到一股昂扬的民族精神和凝聚力。"⑥

　　还有学者认为，司马史观是摆脱了意识形态束缚的"自由主义史观"。辻井义辉认为："与左、右翼的史观不同，司马的历史叙述超越了党派对立，开启了国民史观的契机。"⑦右翼学者藤冈信胜是"司马自由主义史观"的崇拜者，他在谈及司马史观对自己的影响时写道："对我来说，长期以来'日本罪恶史观'是如同空气般的理所当然的存在。尽管时常感到此种史观有破绽，但还没有发展到要改变自己史观的迫切程度。促使我改变认识结构的最初和最大的原因，是与司马辽太郎作品的邂逅，否则恐怕还难以摆脱战后历史教育的魔咒。"藤冈认为：司马史观"与东京审判史观及肯定大东亚战争史观明显不同，属于

---

① 　[日]鹫田小迷太：《司马辽太郎 人间大学》，PHP研究所，1997年，第205页。
② 　[日]文艺春秋编：《司马辽太郎的世界》，文艺春秋，1999年，第338页。
③ 　[日]文艺春秋编：《司马辽太郎的世界》，文艺春秋，1996年，第113页。
④ 　[日]三浦浩：《追悼司马辽太郎》，讲谈社，1996年，第161页。
⑤ 　[日]谷泽永一：《司马辽太郎的礼物》，PHP研究所，1994年，第85页。
⑥ 　李德纯：《爱·美·死日本文学论》，中国社会出版社，1994年，第7页。
⑦ 　[日]辻井义辉：《司马史观的位置与问题性》，《日本史学特集》，1999年，第6页。

我所命名的'自由主义史观'这一第三历史形象范畴"①。在藤冈看来，司马的"自由主义史观"中，含有健康的民族主义、现实主义、没有意识形态色彩及批判官僚主义四大合理要素。

与上述观点相对，质疑和批判司马史观的声音也从未中断。一种否定性看法是，司马史观是"英雄史观"。菊池昌典指出，司马"总是突出人物的形象。俯瞰会使历史的立体结构被忽视而形成平板化，以致支撑历史的下层难以进入他的视野。任何战争和革命，司马看到的总是那些精英，这是贯穿于《龙马行》《坂上之云》等司马全部作品中的主题思想"②。加藤周一指出："司马辽太郎的史观是天才主义。几位天才，相互对立又相互合作，在历史浪潮中力挽狂澜。这些天才们在政治统治阶层的权力关系中活动，对国际形势反应迅速，对技术进步嗅觉敏锐。但是，司马几乎完全忽略了民众的作用及经济因素，即使略有涉及，也是为了陪衬天才主人公的性格，不过是一种辅助手段和背景而已。在司马的笔下，明治维新与农民起义无关，日俄战争与日本资本主义的发展类型也毫无关系。而无视民众与政治经济因素存在的历史小说，不能成为历史的替代品。"③佐高信指出，司马史观"是个人膨胀史观，歪曲的史观"，其"从上至下的视点"使"日本不负责任的政治家和经营者们异常兴奋，他们不做自我反省，而是有一种错觉，自以为是坂本龙马、秋山好古般的领导人物。司马辽太郎是罪孽深重的作家"。④会田雄次批判说："司马史观是英雄史观。但是，历史不是由个人创造的。英雄史观具有危险的一面。"

还有学者认为"民族主义"色彩浓厚的司马史观同时具有"民族中心主义"倾向。米山俊直在肯定司马"成功地运用小说和文学手法，使国民重新认识了日本文化及日本文明"的同时，尖锐地指出："一旦让有'单一'神话的民族恢复元气，难免会有引发本民族中心主义的危险。"⑤

① ［日］藤冈信胜：《侮辱的近现代史》，德间书店，1997年，第52页。
② ［日］菊地昌典：《什么是历史小说》，筑摩书房，1979年，第47页。
③ ［日］加藤周一：《加藤周一自选集6》，岩波书店，2010年，第56页。
④ ［日］左高信：《司马辽太郎与藤泽周平》，光文社，1999年，第23页。
⑤ ［日］米山俊直：《道德的进展——司马辽太郎的文明论》，《比较文明》第12卷，1996年，第93页。

此外,潮匡人等右翼学者反对司马对昭和时期战争的看法。福井雄三认为:"司马史观是东京审判史观的延长。"①

那么,"人气"如此之高、评价分歧如此严重的司马辽太郎,究竟是如何认识和反思日本近代频繁发动的对外战争?其战争观和历史观有何特征、本质何在呢?

二、"肯定"与"否定"混在的战争史观

在司马的作品中,《坂上之云》《这个国家的形象》《昭和这个国家》《司马辽太郎全讲演》《司马辽太郎所思》等,要么是以战争为题材,要么是以战争为议论对象,从不同的角度反映了司马对甲午战争、日俄战争及十五年侵略战争的看法。

关于甲午战争,司马反对日本学界存在的"早熟帝国主义的殖民掠夺"或"帮助朝鲜摆脱清朝控制实现独立"等观点。他在《坂上之云》中写道:"前者使日本成了奸险、穷凶极恶的罪犯嘴脸,后者一百八十度地转弯,日本似乎成了身跨白马、英姿飒爽的正义骑士。两极划分国家形象或者人物形象的善恶,是当今历史科学无法摆脱的束缚。历史科学近代精神稀薄的重大缺陷也许是一种宿命,但其他科学并不存在善恶的区分,譬如并无氢恶氧善之说。"②

在偷换概念、把历史科学与自然科学这两种范畴完全不同的事物混淆在一起之后,司马有意回避用"帝国主义""殖民地掠夺""侵略"等主观判断性语汇表述甲午战争。为此,声称写作《坂上之云》时"百分之百地遵照事实","杜绝了一切虚构"的司马,③竟然罔顾事实地认定日本在甲午战争中"大体上是被动的","未想占领朝鲜",对朝政策是"承认朝鲜自主,使其成为完全独立的国家",因此日本"非善亦非恶"。④司马写道:"不能把甲午战争一刀切成非好即坏,而应在人类历史中理解日本的发展历程。19世纪的世界,日本处在帝国主

---

① [日]矢内原忠雄:《帝国主义下的台湾》,岩波书店,1929年,第3页。
② [日]司马辽太郎:《坂上之云》第2卷,文艺春秋,2010年,第28页。
③ [日]司马辽太郎:《坂上之云》第4卷,文艺春秋,2010年,第361页。
④ [日]司马辽太郎:《坂上之云》第1卷,文艺春秋,2010年,第325页。

义横行的时代,列强的一切行动都是出于私欲,日本正是以列强为榜样诞生的。"据此,司马给出的结论是:"甲午战争的性质是彻底老朽的秩序(中国)与新生秩序(日本)之间进行的大规模实验。"①

甲午战争期间,明治政府在福泽谕吉、德富苏峰等御用文人的大力配合下,动用一切宣传工具,煽动国民支持战争,"文野之战"(文明对野蛮的战争)便是当时鼓吹战争正当性与合理性的基本说教。显然,司马的甲午战争观不仅依然处在历史的延长线上,而且要通过小说的形式,引导现代人也回到历史的语境中去理解当时日本的选择,而不必在道义上纠缠战争的是非问题。也就是说,司马的基本立场是:在那个弱肉强食、真理和正义服从于强权的时代,日本的做法符合时代潮流,与其他欧美列强相比,只有"老练"和"稚嫩"之别,并无本质不同,因此不必格外气短。

关于日俄战争的起因和性质,司马的作品中着墨颇多,态度亦非常鲜明。他在袒露《坂上之云》的创作动机时写道:"当时的社会潮流是普遍认为日俄战争是侵略战争,对此我持异议。我认为无论从哪个角度来看,也是祖国防卫战的观点更为妥当。不可否认,日俄战争是世界帝国主义时代的一个历史现象。但是毋庸置疑,日本是被逼入绝境而不得不竭尽全力去打的一场防卫战争。"②在《坂上之云》中,司马笔下的日本是个备受欺凌的弱者,"是俄国故意把日本逼入绝境,日本成为穷途之鼠,除了与猫殊死搏斗别无生路"③。"当时的人们在地缘政治的感觉上,有着当今难以想象的恐惧心理。体会不到那种心理,就难以理解明治时代。比如,如果选择不打,那么一旦狡猾的俄国挺进朝鲜半岛,直面日本,日本还能忍耐吗?如果一味忍耐,国民岂不会丧失元气?国家岂不会走向灭亡?现在也许会有人说国家灭亡也无所谓,但当时国民国家的成立只有三十几年,新生的国民是将自己与国家的命运紧密联系在一起的。根据明治的这种状况,可以说日俄战争是祖国防卫战。"④司马还认为:"如果一定要

---

① [日]司马辽太郎:《坂上之云》第2卷,文艺春秋,2010年,第157页。
② [日]司马辽太郎:《坂上之云》第3卷,文艺春秋,2010年,第172页。
③ [日]司马辽太郎:《坂上之云》第3卷,文艺春秋,2010年,第168页。
④ [日]司马辽太郎:《这个国家的形象》第4卷,文艺春秋,1997年,第221—223页。

追究那场战争的主要原因,那么俄国占八成,日本占两成。"①

但是,无论司马怎样狡辩对俄作战是"祖国防卫战",也无法回避那场战争是两个帝国主义国家争夺中国东北和朝鲜殖民地的侵略事实。也就是说,面对战争受害方的中朝两国民众,司马还能为其"祖国防卫战"论辩解吗?对于这个无法回避的诘问,司马在《坂上之云》中有如下一大段说辞:"19世纪末的地球,是个列强们阴谋和战争的舞台。列强的意识中只有算计他国,国家的欲望只有侵略,那是个帝国主义时代。从某种意义说,没有哪个时代会比这个时代更加炫目多彩。列强们是獠牙上滴着血的食肉猛兽,几十年来,对'支那'这头濒死的巨兽表现出十分旺盛的食欲。尽管如此,'支那'的实力还是被高估了。列强们认为,'支那是一头酣睡的雄狮',如果过度刺激,狮子会愤然跃起,最终受到伤害的是列强自己,故侵略行动相对节制。然而,'支那'在甲午战争中的惨败,使真实的'支那'赤裸裸地暴露在世界面前。那种懒散的战斗方式,政府高官对亡国危机的冷漠和无力,士兵对清帝国的忠诚心如此缺乏,使和平时期业已有所感知的列强外交家也颇感意外。'支那',已经是一堆死肉,既然是死肉,就可以把它吃掉!无需排队!先下手为强已为各国间常识。"②显然,与其对甲午战争的看法相似,司马是在以"时代决定论""时代罪恶论"及日本与列强同类同罪论为借口,开脱日本的侵略罪责。对此,我国学者指出:司马"传递的是一种片面的甚至是错误的信息",是"为日本人辩护的战争观"③。

关于十五年侵略战争,司马基本是承认战争的侵略性质的。他在《这个国家的形象》中写道:"大东亚共同繁荣圈的确是动听的美名,那种为了亚洲各国,不惜以国家存亡做赌注的不成功则成仁的狂热国家思想,包括日本在内,从未有过这样的国家。当时的人不认为日本是帝国主义,明治二十年后的日本人对国家和政府充满信任,这是实现近代化的最大原因。但是,军部及其帮凶巧妙地利用了近代国民的情感,结果陷入了亡国的深渊。当然,军部自以为那就是爱国。"尽管如此,"除了一些幻想由此发财的商人外,几乎没有谁会相

---

① [日]司马辽太郎:《坂上之云》第3卷,文艺春秋,2010年,第39页。
② [日]司马辽太郎:《坂上之云》第2卷,文艺春秋,2010年,第329页。
③ 参见刘曙琴:《论司马辽太郎的战争观——以《坂上云》为中心》,《日本学刊》2000年第1期。

信所谓的大东亚共荣圈是正义的"。因此,"无论怎么讲,利用天皇的军部及其同类也是历史的罪人"。①

司马在多种场合严厉地批评昭和战争是"无谋""不自量力""无聊至极"和"毫无意义"的。在分析原因时,他则提出"魔法森林论",把发动那场战争的错误和责任,全盘归咎于军部。他在《昭和这个国家》中写道:"从大正末年、昭和元年起直至战败,魔法师一直挥舞手中的拐杖,把日本国家之森林变成了魔法森林。制定的政策、方略或者国内的规定,全都是奇怪而畸形的。魔法的森林里出现了诺门罕事件、侵略中国及太平洋战争,与世界上多个国家开战。"②

那么,是谁把日本变成了魔法森林呢? 司马认为罪魁祸首是"参谋本部"。他写道:"当时,参谋本部这一异物不知何时变成了国家中的国家、国家中枢的中枢。若追究这种结构始于何时,应该是大正时期。若继续上溯,则源于日俄战争胜利之际。"司马批判说:"统帅机关向所有地方伸出侵略魔爪是一种非正常人的考虑。侵略中国,开进法属印度支那,以致发动太平洋战争与世界为敌,令人难以置信。总之,军部恣意妄为,简直像孩子般胡闹。"③

基本肯定甲午、日俄战争,基本否定十五年侵略战争,司马对日本近代发动的三场对外战争所持的不同态度,无疑加大了人们准确把握其战争观的难度。

三、"光辉"与"黑暗"两分的近代史观

司马对日本近代发动的三场战争看法如此,其对发动战争的特定时代又是如何评价呢? 以日本在日俄战争中取胜为界,司马把日本的近代一刀切成两段,即前期是"光辉的明治",后期则是"黑暗的昭和"。

在《坂上之云》后记中,司马坦承了对明治时代的钟爱、怀念和向往之情。"这部长篇小说,是描写日本史上绝无仅有的乐天派们的故事。最终,他们忘我地投入日俄战争这一违反常理的伟业之中。乐天派们具有那个时代的人们

---

① [日]司马辽太郎:《这个国家的形象》第4卷,文艺春秋,1997年,第235、238页。
② [日]司马辽太郎:《昭和这个国家》,日本放送出版协会,1999年,第12页。
③ [日]司马辽太郎:《昭和这个国家》,日本放送出版协会,1999年,第131页。

所特有的精神,只知道大步前行。在攀登的坡路上,倘若望见蓝天中有一朵灿烂的白云,必定是朝着白云向上攀登。"①司马感叹:"明治是现实主义的时代,是透明、格调高贵的精神支撑的现实主义。"直到日俄战争时,这个国家的领导者们"和三十多年后的那群人根本不像源于一族,他们从未迈出合理主义计算思想之外一步。这可能和当时40岁以上日本人的朱子学教养有关。江户中期至明治中期,提倡合理主义、绝对排斥神秘思考方式的朱子学,已经深入日本知识分子的骨髓"②。

在司马看来,明治的"光辉"源于现实主义态度与合理主义精神,日本之所以能够在甲午战争和日俄战争中取胜,"靠的也是明治的合理主义和现实主义"③。他在《坂上之云》中举例说:参谋本部次长川上操六在甲午战争前组织的谍报工作极为出色,汉语熟练、扮作不同身份的日本谍报人员无孔不入,开战前已对敌方的政情、民情、军事部署、沿海港口、航路和岛屿了如指掌,因此对华开战时已经握有胜算。司马举出的另一个案例是,对俄开战前与英国的结盟体现了日本的外交智慧;战争期间日本驻俄公使馆武官、享有"特工之父"之名的明石元二郎策动的俄国内部动乱,导致俄国在战时后院起火,顾此失彼,故"日本能在日俄战争中取胜,原因之一是有明石,明石的功绩的确非常伟大"④。

司马认为,翻过"光辉的明治"一页,日本不幸进入"黑暗的昭和"时代,而那是个导致历史发展"断裂"的"怪胎时代"。在《这个国家的形象》中,司马如此描绘那个时代怪胎:"那个又黏又滑的怪物忽而变成褐色,忽而略带黑色斑点,忽而又成了黑色。长着皲裂并带有毛刺的爪子,两眼闪烁金光,口中龇出折断的牙齿,不断变化难以言状。奄奄一息的它,好似在诉说光靠自己的能力难以前往村庄。我壮着胆子问了声'你是何物'?岂料那怪物竟发出声音说'我乃日本的近代'。但那个怪物所说的近代,既非1905年以前,亦非1945年

---

① ［日］司马辽太郎:《坂上之云》第8卷,文艺春秋,2010年,第298页。
② ［日］司马辽太郎:《坂上之云》第3卷,文艺春秋,2010年,第65页。
③ ［日］司马辽太郎:《历史中的日本》,中公文库,1976年,第102页。
④ ［日］司马辽太郎:《坂上之云》第8卷,文艺春秋,2010年,第125页。

以后，而是中间那40年，它是日俄战争获胜至太平洋战争战败期间形成的，之后被弃之山野。于是那怪物说'就叫我40年吧'。'你还活着吗'？'我想我是死了，但在有些人眼里，我还活着吧'。"①

经过长年的思考，司马发现"黑暗昭和"的病症是日本人丧失了理性，"不存在现实主义"，其病源则在于"左右思想体系折腾国家和社会"。②司马指出，黑幕的降临始于日俄战争结束的明治末年，"以那场战争为界，日本人丧失了19世纪后半期的现实主义。日本海海战俄罗斯旗舰的燃烧意味着日俄战争的终结，但此后国民思想开始飘飘然，走向糟糕的时代"③。明治时期的政治家和陆海军人秉持"合理主义"，有日本化的清教徒之风，他们"自虐般地考量自身的弱点"，"彼此展示内心的真实意图"。相比之下，昭和时期的军部却是"秘密主义"，"自身的弱势，无论大小，都被视为军机，军队和国家被神秘化了"④。

在分析日俄战争后日本走向黑暗时代的具体原因时，司马批判了媒体的负面作用。他指出："日本的报纸未必是理智和良心的代言人，而是追求流行的时尚，通过粗犷报道'满洲'的胜利煽动国民，反过来又被那些被煽动的国民所煽动，产生了日本无敌的可怜错觉，很少思考日本所处的国际环境和实际国力，极其缺乏自控能力。报纸制造的这种氛围，后来把日本带入太平洋战争，而自己却丝毫未察觉胜利报道制造的气氛所带来的危害。"⑤司马还认为，日俄战争结束时发生的日比谷骚乱和《日俄战史》的编撰，是导致日本人心理扭曲的催化剂，前者以"国民"的名义抨击"政府软弱"，要求对俄索取"更多赔偿"，从而掀起了极端民族主义的恶浪，因此这场骚乱"是极度扭曲的近代日本的开端，日俄战争的胜利使日本国家及日本人陷入了一种疯狂状态"⑥；后者关于日军战无不胜的宣传、欺骗和误导，使"政治家、高级军人、媒体及国民深信日俄战争的神话，失去了对本国及国际环境的现实认识"。因此，"从某种意义上

---

① ［日］司马辽太郎：《这个国家的形象》第1卷，文艺春秋，1990年，第27页。
② ［日］司马辽太郎：《明治这个国家》，日本放送出版协会，1989年，第158页。
③ ［日］司马辽太郎：《这个国家的形象》第4卷，文艺春秋，1997年，第215页。
④ ［日］司马辽太郎：《昭和这个国家》，日本放送出版协会，1999年，第67页。
⑤ ［日］司马辽太郎：《坂上之云》第7卷，文艺春秋，2010年，第218页。
⑥ ［日］司马辽太郎：《这个国家的形象》第1卷，文艺春秋，1990年，第26页。

说,日俄战争的胜利使日本人变成了孩子,它的胜利账单是姗姗来迟的太平洋战争的败北。历史的因果关系就是如此简单"①。

不加掩饰地赞颂明治,痛心疾首地鞭挞昭和,在这一与"断裂的"战争观相配套的、外表"断裂的"司马近代史观中,是否还存在着一种并不断裂的审视历史的方法论及深藏其中的价值观呢?

四、司马史观的"理性主义"特征及其本质

通观司马辽太郎历史小说及其相关散文,可以认为"民族主义史观""英雄史观"及"自由主义史观"从不同侧面揭示了司马史观的特点。尽管如此,还不能说已经把握了司马史观的核心。这是因为司马对不同人物、事件、战争和历史时期的评价不尽相同,运用上述观点对司马史观进行评析时,可能会遇到立论的通贯性解释受阻的问题。例如,司马对明治时期民族自强及高昂的民族精神的讴歌,无疑为"民族主义史观"说提供了依据,但其对昭和时期的民族狂热及思想扭曲的批判,显然又与"民族主义史观"不符。再如,司马对明治时期及甲午、日俄战争中"英雄人物"的赞颂,无疑为"英雄史观"提供了论据,但其笔下的昭和及十五年侵略战争时期的日本无"英雄","英雄史观"说面临难以为继的尴尬。"自由主义史观"说在解释司马一事一议式的史论上富于弹性,却容易陷入本末不清、表里不分的经验主义陷阱。笔者认为,既往研究中尚未引起足够注意,甚至可以说被严重忽视的司马史观的最基本特征,在于其首尾一致彻底贯彻的"理性主义"。如果稍加解释,则是形式上价值中立的理性主义,实质上基于民族本位立场的"功利性理性主义"。

"理性"是司马审视和评价历史人物、事件、战争、时代的几近唯一的标准。从表象上看,他以就事论事的姿态出现,在基本肯定甲午战争和日俄战争的同时,基本否定十五年侵略战争,在高度赞赏"光辉的明治"的同时,痛切地批判"黑暗的昭和",其史观似有"断裂"之嫌。但在实质上,其衡量"英雄人物"、不同战争个案及历史时期功过得失的标准却始终使用着同一张标尺,而这张标

---

① ［日］司马辽太郎:《司马辽太郎所思》第6卷,新潮社,2002年,第128页。

尺的功能是专门测度人的行为是否"理性"的。

基于"理性"的标准，司马给出的"测度"结果是：明治时期以及当时发动的甲午、日俄战争应予肯定，因为具备朱子学修养并接受了欧洲合理主义的"明治人"是"理性人"，那些引领时代潮流滚滚向前的大大小小"英雄人物"审时度势，"乐天"进取，为了实现强国梦，精心算计、周密计划、知己知彼、行事谨慎而又不畏风险；相比之下，昭和时期及当时发动的十五年侵略战争应予否定，因为以军部为代表的"昭和人"与明治的前辈相比，"简直不是源于一族"，他们失去了"理性"，丢弃了现实主义态度和合理主义精神，不知己亦不知彼，目空一切、焦躁轻浮、有勇无谋、志大才疏，徒然抱着大东亚帝国的幻想，以致"像孩子般胡闹"。

显然，通过讲述近代日本发生的"真实"故事，司马试图告诉读者：历史的经验和教训值得记取，同样是胸怀远大理想、爱国、向上的近代日本人，理性的明治人创造了明治的"辉煌"，而非理性的昭和人却带来了昭和的"黑暗"。也就是说，思维和行事必须保持理性，理想不等于现实、谦卑不等于懦弱、武勇不等于蛮干、强大不等于无敌。总之，一切要从实际出发，主观愿望必须符合客观实际。

客观地说，司马的小说之所以具有强大魅力，在于其相对于严肃的历史学著述，是以"情"感人，而相对于普通文学作品，则又是以"理"服人。正因如此，他折服了读者，赢得了声望。但是，不说司马的作品中多大程度上有意无意地舍弃了若干不利于其"说理"的重要史实，仅就构成其史观核心的所谓"理性主义"而言，也是存在问题的。

理性主义源起于欧洲，是作为中世纪基督教神学的对立物问世的。法国哲学家笛卡尔创立的这一理论，经过伏尔泰、埃尔·培尔、孟德斯鸠、黑格尔、马克斯·韦伯等人的继承和发展，已经被广泛地应用于人文社会科学研究领域，成为有用的理论分析工具。马克斯·韦伯认为，欧洲近代文明的一切成果都是理性主义的产物，只有在理性的思维方式和行为方式的支配下，才能产生出理性的法律、社会行政管理体制以及理性的社会劳动组织形式。韦伯还指出，"理性主义"中存在目的理性和价值理性两种基本类型，但两者"始终存在内在的冲突与张力"，亦即实现目的的手段合理，但目的本身也可能会对"价值"造成损害。①

　　从这一视角出发，不难发现"目的理性"在司马史观中处于核心位置。围绕主观愿望是否符合客观实际的主题，司马对历史人物和历史事件的描写细致入微，分析"在情在理"。但是，他所依循的"目的理性"显然与人类应有的"价值理性"相冲突，在司马的价值判断和价值取向中，人类的道德约束、民族平等、社会公平与正义等，并不占据主要位置。因此，司马的作品只是讲了"小道理"，却避开了"大道理"，以"目的理性"为基本特征的司马史观，本质上依然是一种未能摆脱民族本位立场的"功利性理性"。

结　语

　　在战后建立的民主制度下，日本社会围绕日本对外侵略的历史认识问题，争论从未休止。一方是严厉批判、深刻反省，一方是百般抵赖、不思反悔，然而侧目望去，看到的却是"沉默的大众"。

　　司马辽太郎晚年回忆说，正是这种状况激发了自己的历史责任感和写作欲。长期思考的结果是，他要从带有浓厚意识形态色彩的争论中摆脱出来，站在"非左亦非右"②的价值中立立场上，独辟蹊径地阐释独特的史观。司马作品的畅销和好评如潮，表明其尝试获得巨大成功，"史观"亦引起民众共鸣。

　　然而，司马个人的"功成名就"对于日本民族心智的成长，却未必能说有多大贡献，因为推崇"功利性理性"的司马史观，归根结底是站在民族本位立场上认识和"反思"历史的。

　　日本学者藤原彰指出："日本人一般习惯从自己在战争中经受的苦难经历中理解战争，即站在'受害'的立场上认识战争，很少意识到战争对亚洲各国的侵略性质，缺乏'加害'的责任感。"③约翰·W.道尔也指出："对自身苦难先入为

① 　参见王明文：《目的理性行为、形式合理性和形式法治——马克斯·韦伯法律思想解读》，《前沿》2011年第19期。
② 　[日]司马辽太郎：《昭和这个国家》，日本放送出版协会，1999年，第171页。
③ 　藤原彰：《日本人的战争认识》，《抗日战争研究》1999年第4期。

主的成见，使得绝大多数日本人忽视了他们对他人造成的伤害。"①因此，从侵略战争受害者的角度看，只要日本不改变"司马式"的历史认识和反思态度，就无法真正取信于人，获得谅解。从侵略战争加害者的角度看，顽固坚守其本位的、无视道德标准的历史观，也很难成为受人尊重的成熟的民族和国度。

杨栋梁

南开大学日本研究院教授

2024 年 5 月

---

① [美]约翰·W.道尔：《拥抱战败：第二次世界大战后的日本》，胡博译，生活·读书·新知三联书店，2008年，第11页。

目　录

前　言

　　司马辽太郎(1923—1996年)是日本战后著名的历史小说家,一生创作作品众多,曾获得日本文化勋章及文化功劳者等各种大奖。司马的文学作品主要以历史为题材,其描述的历史及其表达的史观,对当代日本普通民众和社会精英的历史认知产生的影响不可低估。但一直以来,对司马辽太郎的作品亦不乏批判之声,例如菊池昌典就曾尖锐地批判道:"司马的历史观,是以横轴为时间,纵轴为高度的鸟瞰历史观",但是"映入眼帘的,总是突出人物的形象。俯瞰会造成忽视历史的立体构造而平板化,支撑历史的下层,难以进入他的视野。任何战争、任何革命,跃入司马眼帘的总是那些精英。不仅表现在司马的《龙马行》《坂上之云》等代表作中,而且是贯穿其全部作品的主题思想"。①

　　其实围绕"司马史观"为何物的问题,中外学界一直存在激烈争论,"英雄史观""自由主义史观""超意识形态史观""唯物主义史观""唯心主义史观"诸说并立,反映了这一问题的复杂性。可以说,揭开司马辽太郎战争史观的朦胧面纱,合理地认识其内容框架,反思、批判贯穿其战争史观中的理性主义,昭示其因过度追求理性主义而导致的道义行为和规范诉求的缺失,这既是一项严肃的学术任务,也是一项重要的现实关切。

　　本书以辩证唯物主义和历史唯物主义为指导,运用文学研究的基本原理,借鉴相关学科的理论和分析方法,以国内外先行研究为参考,在整体把握

---

① ［日］菊池昌典:《何为历史小说?》,筑摩书房,1999年,第47页。

司马史观构成及基本特征的基础上，重点考察了司马辽太郎的战争观。在结构安排上，第一章沿着司马辽太郎的人生轨迹，以家庭环境、教育和社会生活背景为切入点，探讨了司马史观的形成过程、主要内容和基本结构。第二章至第四章依次考察了司马对甲午战争、日俄战争和"十五年侵略战争"（亦称"昭和的战争"，即日本1931—1945年发动的对外侵略战争）的认识，层层推进地剖析了司马对历次战争起因、战争性质、胜败原因、战争影响，以及昭和天皇的战争责任等所持的观点和立场。终章系统梳理了国内外学界关于司马史观的各种观点，进而结合正文的考察分析，对司马战争史观的特征和实质阐述了看法。

相对于国内外学界的司马史观研究，本书的特色和创新主要体现在以下方面。

在研究的对象上，先行研究虽然不乏司马辽太郎的甲午战争观、日俄战争观以及昭和战争观的专题论述，但是问题在于，由于司马对三次战争的态度和评价截然不同，相关研究有碎片化之嫌，结果是司马战争史观的整体形象依然不甚清晰。为此，本书尝试将甲午战争、日俄战争和太平洋战争等贯通起来，系统地考察司马辽太郎的立场和态度，以求真正揭示司马辽太郎战争史观的内涵和本质。

在研究的角度和方法上，与众多从文学角度出发的研究成果不同，本书力求文本解读与历史事实相结合考察司马史观及其战争观。为此，研读了大量司马辽太郎的历史小说、散文、演讲、书信等原作，参阅了大量日本近代史的相关文献和研究著述，努力以客观发生的史实为依托，审视司马的战争史观。

通过上述研究，本书对莫衷一是的各种司马史观论进行了分析，在吸收和采纳其合理成分的基础上，提出了如下见解：司马辽太郎一面盛赞"光辉的明治"，肯定日本发动的甲午战争和日俄战争，一面诋毁"黑暗的昭和"，批评日本发动的战争"愚蠢无谋"。实际上，在这种就事论事的表象背后，构成司马战争史观基础并得以贯彻始终的是近代笛卡尔、马克斯·韦伯等提倡的理性主义。在司马那里，识别、判断和评估日本发动的历次战争，是以主观行为选择是否符合客观实际为唯一标准的。他之所以会征服读者，在于其笔下的战争情节

引人入胜,分析和评论入情入理。然而理性主义的着眼点,既是司马历史小说
"成功"的原因,也是其致命的缺陷所在,因为在司马的战争史观中,人类的道
德、民族的平等、社会的公平和正义等,并不在其思考的主要范围,甚至可以说
是被故意淡化了。从这个意义上说,司马辽太郎的战争史观是一副导致日本
历史认识模糊的麻醉剂。

一、选题缘起

司马辽太郎作为日本著名的历史小说家、大众文学巨匠,从其小说创作生
涯开始至晚年以最后一篇小说《鞑靼疾风录》搁笔,共出版小说 57 部,其中长篇
36 部。司马的作品在日本广受欢迎,雅俗共赏,几至家喻户晓。其主要代表作
有小说《坂上之云》《龙马行》《宛若飞翔》《项羽与刘邦》等;系列散文、杂文《明
治这个国家》《昭和这个国家》《风尘抄》《这个国家的形象》《街道漫步》《十六个
话题》等则对专门地区、国家的历史、风土、地理、文明进行了深刻的论述。据
统计,司马辽太郎的作品总销售量超 2 亿册,是日本纳税最多的作家之一。司
马一生多次获得各种大奖,1956 年凭借《波斯的幻术师》获讲谈俱乐部奖;1959
年凭《枭之城》获第 34 届直木文学奖。《龙马行》《国盗物语》获第 14 届菊池宽
奖;1968 年《殉死》获得第 9 届每日艺术奖;1972 年《栖息在世间的日子》获得第
6 届吉川英治文学奖;1975 年又凭《空海的风景》获艺术院恩赐奖;1981 年《人们
的足音》获第 33 届读卖文学奖;1985 年《街道漫步》获第 16 届日本文学大奖以
及日本放送出版协会广播文化奖;1988 年《鞑靼疾风录》获第 15 届大佛次郎奖;
1991 年被授予文化功劳者称号,1993 年又获得日本文化勋章[①]。

司马辽太郎在日本国内是被誉为继夏目漱石、吉川英治之后的国民作

---

① 　文化勋章,是日本授予对科学技术与艺术文化的发展提升有显著功绩者的勋章。该表彰由
当时的首相广田弘毅提案,于 1937 年 2 月 11 日颁布的"文化勋章令"(昭和 12 年勒令第 9 号)
制定。分别有:大勋位菊花章、大勋位菊花章颈饰、大勋位菊花大绶章、桐花章、桐花大绶章、
旭日章、瑞宝章、宝冠章、文化勋章。

家。①在日本每日新闻社2000年所做的"铭记于心的20世纪作家"读者调查中,司马名列榜首。司马的作品经久不衰,多次被搬上影视屏幕。在他的作品中,织田信长、丰臣秀吉、德川家康、西乡隆盛等日本历史人物栩栩如生,甲午战争、日俄战争、"十五年侵略战争"等历史事件如在读者眼前,他的作品对现代日本人的历史知识汲取和历史观念产生了极大的影响。因为在庞大的司马作品读者群中,不仅有寻常百姓,甚至许多政治家、官僚和企业家也将司马撰写的小说等同于真正的历史,尊奉司马为日本近代史的一大权威。对此,历史学家三谷博指出:"总之一般公认,司马辽太郎是深得国民喜爱的历史小说家,对大多数日本人历史认识的影响,远远超越学院式历史学的影响。"②

"毫无疑问,司马辽太郎是霞关最受欢迎的作家之一。"前首相小渊惠三几乎饱览了司马的全部作品。小渊说:"初次接触司马的作品是《龙马行》,龙马为了日本的将来不惜脱藩四处奔走的挚情将我深深打动,我在他的身上看到了自己。司马辽太郎不仅是一位能够唤起心灵共鸣的作家,也是一名思想家、哲学家。很难再出现司马先生那样伟大的先哲。司马先生的文章将永远流传,向每一个日本人倾诉身为日本人的骄傲与自豪。"③中曾根康弘在1978年发表的政见宣言《新保守理论》中,将《坂上之云》作为其书中章节的标题。此外中曾根康弘在1985年7月巴黎索邦大学作题为"日本与欧洲"的演讲时,称近代日本的精神即凝视"坂上之云"。他说:"这一百二十年来,日本人如果借用我国著名历史小说家的表述,那就是凝视着'坂上之云'专心致志地在向前攀登。"20世纪90年代,剑客首相桥本龙太郎在演讲中也屡次言及"司马史观",并把《这个国家的形象》的书名多次写入其改革纲领《行政改革会议答询报告》中。时任众议院议员的小泉纯一郎感慨:"为何我会被司马的作品所吸引? 是

---

① 松本健一对国民文学、国民作家定义为"国民全体的感情、思想,即承担了一个时代的精神的作家才可以称作国民作家"。梅原猛对"国民文学"的定义是:"第一,不问上下、老幼、男女,被国民广泛阅读的。第二,教给国民什么是人生,给予活生生的教训。这两个是基本的国民文学的条件。除这些条件,还可以考虑以下两个条件。其一,看待人生的视点绝对不偏颇于某一方,算得上是时代的良知。其二,具备适度幽默的感觉,而且能感到有所控制的爱。"

② [日]三谷博:《思考明治维新》,有志舍,2012年,第208页。

③ [日]文艺春秋编:《司马辽太郎的世界》,文艺春秋,1999年,第100页。

因为司马具有敏锐的观察力吧。司马笔下的人物都是客观的。他绝对不会武断地判定某一方正义。我上学的时候历史教育十分枯燥无味，一味强调时代背景以及阶级史观，完全忽略实际的生存状态。真正的历史，应该是伟人们站在各自的立场烦恼、痛苦，理解对方，有时会爆发战争，继而又会恢复和平。理应如此，但是并没有人传授给我们这些知识。这种视点在政治上也是十分重要的，而在司马的作品里随处可见。"①前首相野田佳彦说，支持他度过最困难时期的思想支柱来自司马辽太郎、藤泽周平、山本周五郎等3位小说家和50位中小企业主。他在2009年出版的《民主的敌人》一书中写道："我从三位作家的小说中得到的启发。政治家起码应具备的是梦想、矜持与人情。"②

司马辽太郎在政界的影响如此，其在社会的影响也是相当广泛的。评论家松本健一认为："司马辽太郎的历史小说，可谓在野史学、大众文学的正统。总之，能让我们体会到'历史是文学之精华'的唯一历史小说家，正是司马辽太郎。"③哥伦比亚大学名誉教授唐纳德·金评价说，司马具有"伟大的人格，是一位优秀的作家，令人怀念"④。半藤一利认为："如果说财界和政界的人士最爱读什么书，至今还会有很多人列举司马辽太郎。"⑤鹫田小迷太认为："司马辽太郎是日本人必修的课题，相当于一所大学。""司马辽太郎，从《空海的风景》到《坂上之云》，以小说的形式，重新书写了日本的历史。其任何一部作品都是我们学习日本历史的最佳教材。夸张地说，如果没有读过司马辽太郎的书，身为日本人，是很大的遗憾。"⑥1996年，司马与著名思想家丸山真男同年去世，梅原猛发表追悼文章说："启蒙主义的时代已经结束了。日本的文学及思想必须跨越这二位伟大作家和学者的骨骸。"⑦

在饱受赞誉的同时，对司马史观的批判从来没有停止。

① ［日］文艺春秋编：《司马辽太郎的世界》，文艺春秋，1999年，103页。
② ［日］野田佳彦：《民主的敌人》，新潮社，2009年，第39页。
③ ［日］松本健一：《司马辽太郎的场所》增补，筑摩文库，2007年，第102页。
④ ［日］朝日新闻社编：《街道漫步》，朝日新闻，第38页。
⑤ ［日］半藤一利等：《司马辽太郎领先的条件》，文艺春秋，2009年，第8页。
⑥ ［日］鹫田小迷太：《司马辽太郎　人间大学》，PHP研究所，1997年，第205页。
⑦ ［日］梅原猛：《东京新闻》，1996年10月1日夕刊。

针对司马小说中反映的英雄史观,菊池昌典批判说:"司马的历史观,是横轴为时间,纵轴为高度的鸟瞰历史观",但是"映入眼帘的,总是突出人物的形象。俯瞰会造成忽视历史的立体构造而平板化,支撑历史的下层,难以进入他的视野。任何战争,任何革命,跃入司马眼帘的总是那些精英。不仅表现在司马的《龙马行》《坂上之云》等代表作中,而且是贯穿其全部作品的主题思想。"①

加藤周一认为:"司马辽太郎的史观是天才主义。几位天才,相互对立又相互合作,在历史浪潮中力挽狂澜。这些天才们在政治统治阶层的权力关系中活动,面对国际形势迅速做出反应,对技术进步嗅觉敏锐。但是,他几乎完全忽略了民众们所发挥的作用以及经济因素。即使略有涉及,也是为了丰满天才主人公的性格,不过是一种辅助的手段、背景而已。在他笔下,明治维新与农民起义没有瓜葛,日俄战争也与日本资本主义的发展类型毫无关系。没有民众与政治经济因素存在的历史小说,不能成为历史的代替品。这部历史小说所展现出的历史解释以及历史事件的整体面貌,对于我们挖掘自身的社会现实与历史的角度没有任何作用。"②

会田雄次批判"司马史观是英雄史观。英雄创造了历史。但是历史并非由个人创造的。英雄史观具有危险的一面"③。

津田道夫批判说,司马史观"可谓极端的个人历史观、指导者历史观"④。

针对司马文学中洋溢的个人主义和民族主义,大冈升平在《历史小说论》一文中指出:"司马文学与时代的一体感,让人不免联想到通过《宫本武藏》膺获了踏向军国主义的日本人,战后又因《新平家物语》传递了"诸行无常"的思想而被称作国民作家的吉川英治。"⑤

米山俊直指出:"一旦让有'单一'神话的民族恢复元气,就难免有引发民

---

① ［日］菊池昌典:《何为历史小说?》,筑摩书房,1999年,第47页。
② ［日］加藤周一:《加藤周一自选集6》,岩波书店,2010年,第5页。
③ ［日］『プレジデント』1997年3月号临时增刊,第30页。
④ ［日］津田道夫:《对自由主义史观与司马史观的批判》,《抗日战争研究》1999年第4期。
⑤ ［日］大冈升平:《历史小说论》,岩波书店,1990年,第25页。

族中心主义的危险。"①

　　佐高信批判司马文学是"麻痹日本的愚昧精英,欺骗国民的文学,而非超越吉川英治的国民文学"②。他指出司马史观的特征是"从上至下的视点"③,并批判"司马史观是个人膨胀史观,歪曲的史观"④。(主张)"日本无责任的政治家、经营者们异常兴奋,他们不进行自我反省,而是产生一种错觉,自以为是坂本龙马、秋山好古般的领导人,司马辽太郎可谓是一个罪孽深重的作家。"⑤

　　桂英史在其《为何要读司马辽太郎?》一书中写道:"对于司马来说,历史小说是将战争期'昭和'视为日本史中的特殊时代,正是为了从那一痛苦的昭和之中逃离出来而创作的文学。投向日本史的强烈意志,只不过是为了让自身脱离昭和重压的救济措施而已。司马代表作的构成与展开,时代小说自不待言,亦不符合历史小说的范畴之内。当然,既非历史,亦非小说。勉强可以算是插入了大量预备片段的电视纪录片。"⑥

　　毫无疑问,司马辽太郎是20世纪对日本社会最有影响的历史小说作家之一。然而如后详述,迄今为止,围绕司马作品中坚持和传递了怎样的史观问题,中外学界一直存在激烈争论,揭开"司马史观"的朦胧面纱,既是一项严肃的学术任务,也是一项重要的现实关切,这正是本书选题的初衷。

　　战争题材是司马作品的重要特征。《坂上之云》《这个国家的形象》《昭和国家》《司马辽太郎全讲演》《司马辽太郎所思》等司马辽太郎的作品,从不同的角度反映了司马对甲午战争、日俄战争和"十五年侵略战争"的看法,解读相关作品,阐明司马的战争史观,是认清司马史观的必要途径。本书拟按照这一思路,展开专题研究。

---

① ［日］米山俊直:《道德的进展——司马辽太郎的文明论》,《比较文明》第12卷,1996年,第93页。
② ［日］左高信:《司马辽太郎与藤泽周平》,光文社,1999年,第70页。
③ ［日］左高信:《司马辽太郎与藤泽周平》,光文社,1999年,第26页。
④ ［日］左高信:《司马辽太郎与藤泽周平》,光文社,1999年,第23页。
⑤ ［日］左高信:《司马辽太郎与藤泽周平》,光文社,1999年,第23页。
⑥ ［日］桂英史:《为何要读司马辽太郎?》,新书馆,1999年,第56页。

二、先行研究评述

近年来，司马史观成为热点问题，中日学界对司马史观已有一些研究成果问世。本书对已有的研究状况试做粗浅的评价。

在日本学界，本书搜集到已发表的司马辽太郎相关的研究资料及著作共88部，论文53篇。上述研究主要可以分为以下四种：

其一，有关司马辽太郎的基础性研究：《司马辽太郎全作品大事典——从史实检证司马的文学世界》（新人物往来社，1998年1月）；《司马辽太郎书志研究文献目录》（松本胜久编，勉诚出版，2004年）；《司马辽太郎事典》（志村有弘，勉诚出版，2007年12月）；志村有弘《司马辽太郎的世界》（至文堂，2002年7月）；延吉实《司马辽太郎与其时代 战中篇》（青弓社，2002年2月16日）；延吉实《司马辽太郎与其时代 战后篇》（青弓社，2003年9月20日）；《周刊朝日》编辑部编《来自司马辽太郎的信》（朝日新闻社，2004年）；森启次郎《来自司马辽太郎的信》（朝日新闻社，1997年）。

其二，对司马辽太郎的历史观的研究主要有北影雄幸的系列作品《理解司马史观的书——源平战国史观篇》《理解司马史观的书——幕末史观篇》《理解司马史观的书——明治史观篇》（白亚书房，2005年）；中村政则《如何认识近现代史：反问司马史观》（岩波书店，1997年5月）；中村政则《〈坂上之云〉与司马史观》（岩波书店，1999年）；半泽英一《云端的修罗——批判〈坂上之云〉》（东信堂，2009年）；原田敬一《〈坂上之云〉与日本近现代史》（新日本出版社，2011年）；中冢明《司马辽太郎的历史观——质问其朝鲜观与明治荣光论》（高文研，2009年8月）；《司马辽太郎——幕末・近代的历史观》（KAWADE梦ムック、河出弓房新社，2001年9月）；潮匡人《司马史观与太平洋战争》（PHP新书，2007年6月）；青木彰《司马辽太郎与三次战争：戊辰・日俄・太平洋》（朝日新闻社，2004年3月）；《这个国家的明天司马辽太郎的战争观》；岩仓博《异评司马辽太郎》（草根出版会，2006年2月）。

此类研究主要分为两类：一是对司马史观的无条件肯定与褒奖。二是对司马史观的质疑与批判。

肯定论的代表性著述有右翼学者北影雄幸著《理解司马史观的书——源平

战国史观篇》《理解司马史观的书——幕末史观篇》《理解司马史观的书——明治史观篇》。《理解司马史观的书——源平战国史观篇》主要针对司马辽太郎作品中的历史人物源义经、平清盛、织田信长、丰臣秀吉、德川家康等枭雄的思想进行考察。《理解司马史观的书——幕末史观篇》对司马作品中尊王攘夷、幕末维新思想进行了分析，着重归纳了司马作品中刻画的坂本龙马、吉田松阴、高杉晋作、大村益次郎、土方岁三、河井继之助、胜海舟、西乡隆盛等人物的思想。《理解司马史观的书——明治史观篇》考察了司马辽太郎作品中体现的对明治维新、西南战争、日俄战争的认识。总体而言，这三部著作从司马辽太郎的大量作品中摘抄词句，对司马史观的罗列多于分析，并不遗余力地进行肯定与赞颂，缺乏客观研究，作者称通过司马辽太郎的作品理解了"日俄战争的正当性"。

否定论的代表性著述有中村政则著《如何认识近现代史：反问司马史观》，该著作批判司马史观是"光辉的明治"与"黑暗的昭和"两项对立史观。"司马用明治宪法代表'光辉的明治'，统帅权总括'黑暗的昭和'，认为日俄战争胜利以后趋向'滑坡'，过低评价'大正'时期，这样的历史认识结构是司马史观的特征。"中村认为明治维新是一场改革，对此笔者并不赞同。此外，中村政则的另一著作《〈坂上之云〉与司马史观》与《如何认识近现代史——反问司马史观》大量内容重复。中村在论述中日甲午战争和日俄战争时的政治、经济、外交、社会动向的同时，指出《坂上之云》中的史料误读。

中冢明《司马辽太郎的历史观——质问其朝鲜观与明治荣光论》主要针对司马辽太郎的朝鲜观进行了考察批判，认为不能脱离朝鲜谈日本的近代史，指出司马的朝鲜观是与其将明治时代看作日本的"青春期"和"光荣时代"的认识构造密切相关。

不仅进步学者质疑司马辽太郎的史观，一些右倾学者也针对司马辽太郎的昭和时代战争观著书进行批判。如潮匡人《司马史观与太平洋战争》对司马辽太郎的昭和观进行了批判，福井雄三《〈坂上之云〉中隐藏的历史真实》认为"司马史观是东京裁判史观的延长"①。

---

① ［日］福井雄三：《〈坂上之云〉中隐藏的历史真实》，妇女之友インフォス情报社，2007年，第8页。

其三，是将司马辽太郎与其他人进行比较研究，如：山内有由纪人的《三岛由纪夫与司马辽太郎——战后精神与近代》（河出书房新社，2011年7月）；川原绮刚雄的《司马辽太郎与纲野善彦》（明石书店，2008年）；松本健一的《三岛由纪夫与司马辽太郎：围绕美丽日本的冲突》（新潮社，2010年10月）；中岛诚《司马辽太郎与丸山真男》（现代书馆，1998年）；《司马辽太郎与藤泽周平》（光文社，1999年）。

川原绮刚雄的《司马辽太郎与纲野善彦》指出，司马思想的形成是与佛教和他对蒙古、朝鲜以及中国的认识密切相关。将司马辽太郎与历史学家纲野善彦对日本史的认识进行细节比较可发现共同点很多。他认为司马虽然接受的是皇国史观的教育，但是对皇国史观是持批判态度的。对此，笔者表示质疑。因为司马辽太郎是深受皇国史观影响的，后文会有详细论述。

中岛诚的《司马辽太郎与丸山真男》通过对丸山的《日本政治思想史研究》与司马的《坂上之云》比较研究，得出"司马是亚洲风格的作家，丸山是欧洲风格的思想家"的结论。中岛诚指出："日本明治时期及战后实现了两次近代化。丸山与司马对明治的近代国民国家之路给予肯定的同时，对战后的近代化采用同样的手法评价不免心存困惑。但是二人都对战后日本的步伐寄予厚望是不容否认的。二人分别从不同的观点出发，绝望而终。丸山与司马寄予厚望的明治近代国民国家在外交、经济、产业、技术等所有方面都是成功，持续了120年，却遗落了最重要的东西，即欠缺成熟的市民社会，缺乏以家庭为核心的地区社会文化。而这二者是丸山与司马在战后社会最期待出现的。"①

其四，是从文学角度对司马辽太郎的作品进行研究：松本健一的著作《读司马辽太郎》（めるくまーる，2005年11月）、《司马辽太郎——历史乃文学之精华》（小泽书店，1996年11月）、《司马辽太郎——司马辽太郎文学的场所》（学习研究社，2001年）、《司马辽太郎发现的日本——读〈街道漫步〉》（朝日新闻出版，2009年）、《司马辽太郎的场所》（ちくま文库，2007年2月）；现代作家研究会《司马辽太郎读本》（德间文库，1996年11月）；碓井昭雄《司马辽太郎

---

① [日]中岛诚：《司马辽太郎与丸山真男》，现代书馆，1998年，第12页。

历史物语：解读司马文学》（心交社，2009年12月）；高桥诚一郎《司马辽太郎与时代小说——"风中的武士""枭之城""国盗物语""功名十字路"》（のべる出版企画，2006年）；北山章之介《挖掘司马辽太郎——其作品世界与视觉》（角川书店，2006年）；向井敏著《司马辽太郎的岁月》（文艺春秋，2000年）；谷泽永一《司马辽太郎的精华》（文艺春秋，1996年）；谷泽永一《圆熟期司马辽太郎之精华》（文艺春秋，1985年）；谷泽永一《读司马辽太郎的坂上之云》（幻冬社，2009年）。

此外，司马辽太郎去世以后，日本社会出版了大量追忆、悼念、纪念司马辽太郎的著述，主要有：三浦浩《追悼司马辽太郎》（讲谈社，1996年11月）；上田正昭司《司马辽太郎回想》（文英堂，1998年）；三浦浩《青春的司马辽太郎》（朝日新闻社，2000年）；《新闻记者司马辽太郎》（文艺春秋，2013年）；《1996年5月临时增刊司马辽太郎的世界》（月刊版，1996年）。

综上所述，日本学者对司马史观的研究成果详细丰富，但是对司马辽太郎的历史观及战争观缺乏系统的认识。

与日本的研究相比，中国对该课题的研究相对薄弱。至今尚未有系统的研究专著出版。只出版了司马部分译著以及发表了一系列研究论文。其中大部分是从文艺的角度对司马辽太郎的文学作品进行研究。

司马辽太郎属于较早被介绍到中国的日本当代作家之一。20世纪七八十年代，李德纯的系列文章从文学的角度对司马辽太郎进行了研究。如《司马辽太郎的创作思想与艺术》，载于《国外社会科学》1978年第4期；《日本作家司马辽太郎及其长篇小说〈空海的风景〉》，载于《外国文学动态》1979年第1期；《当代日本三作家》，载于《外国文学研究》1980年第2期；《理想的探求与讴歌——司马辽太郎及其历史小说》，载于《读书》1984年第2期；《司马辽太郎论》，载于《日语学习与研究》1988年第1期；此外还有黄来的《司马辽太郎发表长篇巨著〈菜花盛开的海滨〉》载于《译林》1983年第10期。

李德纯在文章中指出，《坂上之云》等历史小说"对战前的军国主义者和他们所发动的侵略战争批判不够，甚至还把他们反动落后的世界观，当作一种道德理想加以美化赞扬"，但是李德纯总体上对司马辽太郎是持褒奖的态度，"他传达的是一种大历史观念，不为短期的政治功利所掩蔽，不以少数名家的愚贤善恶，或传统的道德评判与历史评判去解释历史，而以一种长远的、大而化之的文化精神审视历史进程……他的历史小说真实地描绘了历史……"①

　　2000年以后我国开始对司马史观进行批判性研究。如佟君的《司马辽太郎及其中国文化史观》，载于《日本学刊》2000年第1期；刘曙琴的《论司马辽太郎的战争观——以〈坂上之云〉为中心》，载于《日本学刊》2000年第1期；佟君的《论司马辽太郎的日本国家史观》，载于《东北师大学报（哲学社会科学版）》2001年第4期；杨永良的《无名小卒与死而未死——兼论司马辽太郎历史小说的创作态度》，载《山东外语教学》2003年第4期；张英汝的《试论"司马史观"与日本近代史中所出现的"虚构现象"》，载于《殷都学刊》2004年第2期。任其怿在《司马辽太郎与日本国家的形象——以〈这个国家的形象〉为中心》中指出："司马辽太郎为了维护日本国家的形象，一方面对日本近代史中有关侵略战争的重大问题予以否认和淡化，另一方面尽量从历史中寻找闪光之点，通过对历史人物的正面描写，树立日本国家的美好形象。他的作品和观点在日本社会中产生了广泛的影响，被称为'司马史观'，成为自由主义史观的代名词。司马史观的流行，实质上是日本国家和社会政治思想右倾化的反映。"②2008年王志宇的《试论司马辽太郎的历史观》论文对司马史观进行了探索，也给予笔者许多启示，但是显然对司马辽太郎原作史料的挖掘还是有所欠缺，一些问题还有商榷的余地。

　　综观中日学界对司马史观的研究现状，可以发现已有一定的学术积累，但是侧重于文学性研究的成果较多，缺乏对司马辽太郎的历史观，尤其是对甲午战争、日俄战争以及太平洋、侵华战争认识的整体性、系统性研究。针对司马史观甚至还出现了完全相反的结论，如王志宇认为司马史观是一种唯物主义史观，而李德纯则认为司马史观是一种唯心主义史观。

　　20世纪80年代司马辽太郎的小说《丰臣家的人们》（陈生保、张青平译，外

① 李德纯：《爱·美·死 日本文学论》，中国社会出版社，1994年，第232页。
② 任其怿：《司马辽太郎与日本国家的形象——以〈这个国家的形象〉为中心》，《内蒙古大学学报（人文社会科学版）》2001年第5期。

国文学出版社,1983 年)和《东洋枭雄》(高文汉译,河南人民出版社,1988 年)被译成中文,但是鲜为人知。20 世纪 90 年代至 2005 年间没有任何司马辽太郎译著问世。2006 年我国读书界泛起一股"历史热潮",同年司马辽太郎的《项羽与刘邦》(赵德远译,南海出版公司,2006 年)火爆销售。从此,掀起一股司马辽太郎历史小说的翻译热。《丰臣家族》(陈生保、张青平译,重庆出版社,2008 年)、《德川家康:霸王之家》(冯千、沈亚平译,重庆出版社,2009 年)、《源义经:镰仓战神》(曾小瑜译,重庆出版社,2009 年)、《新选组血风录》(张博译,重庆出版社,2010 年)、《关原之战:争霸天下》(刘立善译,重庆出版社,2010 年)、《燃烧吧!剑》(计丽屏译,上海人民出版社,2010 年)等也相继被翻译出版。《项羽与刘邦》(王学东译)也于 2009 年出版了全新译本,受到读者的一致好评。《鞑靼疾风录——大清崛起》(高世平、孙满绪译,重庆出版社,2011 年)、《坂本龙马》1—4部(岳远坤、孙雅甜译,南海出版社,2011 年)、《丰臣秀吉》(何晓毅译,广西师范大学出版社,2013 年)等相继推出。

　　司马辽太郎的作品得到越来越多的中国读者的认可。很多读者表示希望司马的更多作品被翻译成中文。在当当网的书评中,有的读者说:"喜欢司马辽太郎的作品,从他的《项羽与刘邦》就开始追买了。司马氏的作品,凛然是大家风范。读起来故事情节特别引人入胜。他之所以成为历史写作的巨擘,原因在此吧,从第一段,看到最后一段,通常一气呵成。原因就是他是讲故事的高手。这本书没让我失望,译稿也还不错。"有的读者将司马辽太郎与司马迁进行比较,认为"司马辽太郎的小说有《史记》的味道。你会发现在他的笔触之下居然没有一人不是跃然纸上,连竹中半兵卫或其他不知名的人物都会各有性格。司马和山冈刚好相反。山冈最爱做的事就是让笔下的人物显得与众不同,写英雄总是从小开始层层铺垫,预示这个人会成为了不起的人物。司马则是用最随意的笔调对待自己笔下的人物,写出他们朴实平常的一面,所以他笔下的人物更切近,平民化却显得可亲可爱""最早看司马氏的作品是《项羽与刘邦》。当时被震撼的是他大气的历史观。个人觉得司马氏的作品风格特点之一就是立论精彩。他在推进故事情节的同时,经常会跳出来。对某个人物、掌故、地理、心理等进行评述。贵在你不会觉得反感,反而觉得他的分析恰到好处……好书值得推荐。"甚至有的读者表示："中国在近代缺少的就是这样能写小说，写得入木三分，而且敢写的作家。"有的读者由衷佩服："司马辽太郎先生的小说果然名不虚传。小说由几个和时间顺序无关的故事构成。每篇文章笔调都十分朴实，虽然没有华丽的词句，但情节安排和叙述都让人舍不得放下书。尽管作者没有过多地加入自己的感想，每篇文章却都让人看到了那个时代的悲哀。读完后心情很复杂，也很沉重。…… 这本书真的不能不看。"但是也有一部分读者提出异议。有评论说："感觉不像小说，就像历史叙述，也许是翻译问题吧。""其实多少还是有点失望吧，感觉就像记流水账一样……可能是因为文化差异的背景吧……"有的读者称可以在司马笔下的人物身上获取人生经验："丰臣秀吉从一个农民到太阁的人生之路有太多值得学习和借鉴的地方。"

综上所述，在中国虽然对司马的作品存在很大争议，有的奉若神明，有的嗤之以鼻，但是其越来越受到广泛关注却是不争的事实。然而由于司马作品被翻译成中文版的只是其作品群中很小的一部分历史小说，其大量的杂文集、对谈集、纪行文、演讲、书信等都还未被介绍至中国，因此我国读者难以对司马及其史观有全面的了解。由此，针对司马史观进行研究愈发变得迫切。

三、研究视角与方法

在中日学界先行研究的成果之上，本书力图全面考察司马史观，并以战争史观为触角重点深入。在把握总体的同时，突出重点。

研究方法上，本书以辩证唯物主义与历史唯物主义为指导，运用历史学的基本原理，并借鉴了哲学、社会学的相关理论和分析方法。在参考国内外研究成果的基础之上，通过文本解读，对司马辽太郎的文学作品中所体现的历史观、战争观进行分析和研究。文本的概念首先是话语文本，亦即司马辽太郎的全部写作成果，包括历史小说、杂文、随笔、对谈、演讲稿、书信等各种文体；其次是主体文本，即话语文本创造主体的司马辽太郎本人。

历史观是人对社会历史的根本看法，是世界观的重要组成部分。基于对历史观核心问题的不同回答，出现了两种根本对立的历史观，即唯物主义历史观和唯心主义历史观。战争观的理论包括对战争起源、战争根源、战争动因、战争本质、战争性质、战争目的、战争的历史作用、战争与其相关因素的内在联系、对待战争的态度、消灭战争的途径,以及战争与和平、战争与革命的关系等问题的基本观点。战争观是历史长河中的战争实践在人们头脑中形成的理论观点。受阶级立场、世界观和人们的认识能力等因素的制约,自古以来,世界上有各种各样的战争观,对战争的根源、本质、历史作用和对待战争的态度等问题,有各种不同的认识。马克思、恩格斯运用马克思主义军事哲学思想、辩证唯物主义以及历史唯物主义的原理进行战争研究,创立了无产阶级的战争观。

本书借鉴"理性主义"理论对司马史观进行阐释,旨在探究司马史观的本质。法国哲学家笛卡尔是西方近代理性主义的创始人。理性主义深信人类理性的力量,主张用知识、理性来代替盲目的信仰。大多数启蒙时代的历史学家都服膺于理性主义。思想家伏尔泰发展了笛卡尔的理性主义,创立了理性主义史学并广泛地运用到历史研究领域,认为理性可以像发现自然界的规律一样发现人类社会历史变化的一般规律。他主张用理性原则对宗教、社会和国家制度进行批判,用理性主义来批判历史。其著作《风俗论》,把历史上一切"不合理"的现象斥为偏见、谬误、宗教狂、愚蠢,把中世纪早期的历史比喻为"狼和熊的争吵"。18 世纪作家比埃尔·培尔把理性主义运用于历史解释中。其作品《历史批判词典》在当时的法国风靡一时,为新的理性主义史学开辟了道路。培尔把事实当作科学研究的基础。他认为一切知识都是建立在正确的事实之上。孟德斯鸠也是运用理性主义解释历史的一位大思想家。理性主义者认为理性的力量是改造社会、拯救黎民百姓的唯一力量,也是推动社会前进的动力。当然,人类的历史不可能以理性贯穿始终,理性也不是万能的,过分夸大思想意识的作用,是理性主义者的历史局限,因此,他们的历史观可以说是唯心的。吴于廑指出:"他们以人的理性为求得真理的准则,人依其理性以认识自然,也依其理性以改革社会。发扬理性,就是推进历史;蒙蔽理性,就是阻塞进步。"①

---

① 吴于廑:《吉本的历史批判与理性主义思潮》,《社会科学战线》1982 年 01 期。

理性主义是马克斯·韦伯社会学的核心，其著作《新教伦理与资本主义精神》对理性主义进行了经典阐述。他认为，近代欧洲文明的一切成果都是理性主义的产物。只有在理性的思维方式与行为方式的支配下，才能产生出理性的法律、社会行政体制以及理性的社会劳动组织形式，即资本主义。马克斯·韦伯认为，理性主要指在社会行动以及社会形成物中，行动者所赋予的明确、理智而又系统一贯的主观意向。理性化就是社会追求效率和可计算性，并不断驱逐神秘性、驱除人性化。韦伯从行动取向的视角，把理性的社会行动划分为目的理性以及价值理性两大类别，目的理性行为即行动者追求的目的明确，并为达到这一目的思考与利用一切最有效的手段。而价值理性即行动者忽视行为所预见的后果和外在影响，只根据自己的信念行动。此理论在实践中被广泛运用。

本书正文从结构安排上分为四章。在整体把握司马史观构成及其基本特征的基础上，重点考察了司马辽太郎的战争观。在结构安排上，第一章沿着司马辽太郎的人生轨迹，从家庭环境、教育和社会生活背景为切入点，探讨了司马史观的形成过程、主要内容和基本结构。司马少时的"大陆雄飞"志向、佛教思想的熏染、记者经历、军旅生涯等对司马史观产生了巨大影响。司马史观是其战争史观的思想基础。本章系统考察了构成司马史观基干的亚洲文明史观、儒教文明史观以及日本近现代史观。

第二章通过对《坂上之云》等作品的解读，考察司马对甲午战争的起因、性质以及战争胜败原因、战争影响的阐述，剖析司马的甲午战争观。司马基于"地政学"理论主张甲午战争是保卫日本、保护朝鲜独立的战争，他认为战争的性质非善非恶，而是新旧秩序之争。在司马看来，日胜清败是因为当时的中国人缺乏国家意识、北洋舰队失误、日本出色的谍报工作，以及中国国家体制落后等因素导致。

第三章从战争起因、战争性质、胜败原因分析和战争的影响等方面对司马辽太郎的日俄战争认识进行考察。司马认为日俄战争的爆发是肇始于"三国干涉还辽"，日本处于俄国威胁之下为保卫生命线而被动参战。而战争的性质是"祖国防卫战""国民战争"，他认为日俄战争时期的日本军人具有合理主义、现实主义精神。日本之所以打败大国俄罗斯靠的就是武士道的"合理主义"精神。俄国的失败是皇帝的独裁、国家制度的腐朽、士气低落等原因造成。他抨击"日韩合并",日本并未获利,认为日俄战争的胜利使日本走向帝国主义。

第四章剖析了司马的"十五年侵略战争"观("十五年侵略战争"亦称"昭和的战争",特指日本1931—1945年发动的对外侵略战争)。司马基本承认昭和时期日本发动的是侵略战争,对所谓"大东亚共荣圈"进行了一定程度的批判和揭露。但是他的着眼点并非人类的道义,而是批判日本军部无能,缺乏战略思想,发动"无谋"战争,日本并未获利。他将战争责任归结为"魔法森林"里涌现出的"统帅权",主张昭和天皇处于虚空地位,从未参与政治活动,为昭和天皇免罪。他从文化的视角进行思考,认为近代以来日本不断引进西方文明,与江户时代的合理主义思想绝缘,最终走向了昭和的溃败。

四、创新与不足

相对于国内外学界的司马史观研究,本书的特色和创新主要体现在以下方面:

在研究的对象上,先行研究虽然不乏对司马辽太郎的甲午战争观、日俄战争观以及昭和战争观的专题论述,但是问题在于,由于司马对三次战争的态度和评价截然不同,相关研究有破碎化之嫌,结果是司马战争史观的整体形象依然不甚清晰。而这些问题是司马史观争论的焦点问题。为此,本书尝试将甲午战争、日俄战争和太平洋战争三场战争贯通起来,系统地考察司马辽太郎的立场和态度,以求真正揭示司马辽太郎战争史观的内涵和本质。此外,本书对司马战争观背后深层次的儒教观、天皇观作了深刻阐释,并揭示了佛教思想对司马辽太郎的影响。

在研究的角度和方法上,与众多从文学角度出发的研究成果不同,本书力求文本解读与历史事实相结合考察司马史观及其战争观。为此,笔者研读了司马辽太郎的《坂上之云》《明治这个国家》《昭和这个国家》《这个国家的形象》《司马辽太郎全讲演》《司马辽太郎所思》等历史小说、散文、演讲、书信等原作,参阅了大量日本近代史的相关文献和研究著述，努力以客观发生的史实为依托，审视司马的战争史观。依据原典系统考察司马辽太郎对日本近现代史以及对亚洲的认识。这些认识是司马辽太郎战争观的思想基础。多年来，司马辽太郎的作品在我国引进较少，其散文集、演讲、对谈、书信等都未引起足够的重视。本书大量挖掘了原典内容，在一定程度上有助于国内学界加深对司马辽太郎的研究。

通过上述研究，本书对莫衷一是的各种司马史观论进行了分析，在吸收和采纳其合理成分的基础上提出了如下见解：中外学界的"民族主义史观""英雄史观"及"自由主义史观"说，从不同侧面揭示了"司马史观"及其"战争史观"的特点，但未能把握"司马史观"的基本特征及其本质。在司马辽太郎的价值判断和价值取向中，"目的理性"是审视和评价历史人物、事件、战争和时代的几近唯一的标准。司马谈论的只是笛卡尔、马克斯·韦伯所强调的"理性人"应该按照事物发展客观规律行事的"小道理"，而不是道德守范、民族平等、社会公平正义的"大道理"。以价值中立的面貌出现的司马史观，本质上是一种未能摆脱民族本位立场的"功利性理性"，缺乏或有意回避对外侵略战争的深刻反思。从这个意义上说，司马的战争史观及其历史认识对当代日本社会具有不可忽视的负面影响，甚至可以说是一副导致国民历史认识模糊的麻醉剂。

司马史观在中日学界存在很大争议。其战争史观时间跨度较大，问题较多。不仅要考察司马辽太郎的认识，而且要对日本近现代史、甲午战争、日俄战争以及"十五年侵略战争"有整体的把握。由于笔者个人能力有限，本书必然存在诸多需进一步思考和改正之处。此外，司马辽太郎一生创作的作品浩如烟海，本书侧重的是对其战争史观的解读，所以司马辽太郎晚年创作的纪行文系列文集不在研究范围之内。而这些纪行文包含司马辽太郎对日本各地以及世界多个国家的风土人情论述。这些问题也是构成司马史观的重要因素。对于上述问题，有待今后进一步研究。

第一章 司马史观的构成

司马史观的形成是与司马辽太郎的成长环境、生活经历、教育背景密不可分的。少时的"大陆雄飞"梦、佛教思想的熏染、军旅生涯等对司马史观产生了巨大影响。本章主要探讨司马史观的基本构成,分别从中国、朝鲜、蒙古等国家逐一考察司马的亚洲认识,以及亚洲情结、对福泽谕吉"脱亚论"的态度。向纵深挖掘司马的儒教文明史观和对日本近现代史的总体认识。司马史观是其战争观的思想基础,司马对亚洲及日本近现代史的认识决定了其甲午战争观、日俄战争观和"十五年侵略战争观"。

第一节 司马史观的形成

任何历史观都有其萌芽、发展、形成的过程,司马史观亦不例外。司马辽太郎作品中展示出的历史观,与其自幼对亚洲"大陆"的憧憬,尤其是对蒙古草原的特殊感情、军队生涯的灰色经历、佛教思想的影响密不可分。

一、少时的"大陆雄飞"梦

1923年8月7日,司马辽太郎出生于奈良县北葛城郡磐城村大字竹内(现在的北葛城郡心晨町竹内),原名福田定一。父亲福田是定是一名药剂师,在大阪市浪速区西神田町经营药铺。因母亲直枝患病,司马辽太郎三岁之前被寄养在竹内的外祖母家。

1930年,司马辽太郎进入大阪市立难波盐草寻常小学(现在的大阪市立盐草小学)学习,学校放假时通常是住在竹内的外祖母家。竹内是古代大陆先进文化进入日本的必经之路,附近残存古代人的生活痕迹。两千万年前,这里曾因火山喷发形成一种名为赞岐石的火山岩。这是一种能制作箭头和石头长枪的珍贵火山岩,石器时代,人们从各地涌来寻找赞岐石。司马辽太郎少年时期在竹内大道附近发现很多石器时代的箭头,当时的孩子们流行捡箭头的游戏。小学四年级的寒暑假,司马积攒了约一千枚箭头。他整日触摸箭头,幻想连篇,甚至在学校上课时也沉溺于幻想之中,结果期末考试一塌糊涂。成绩下降,司马辽太郎萌发厌学情绪。但是他对父亲的中国地图和姐姐贞子的"中等世界地图"开始产生兴趣。司马辽太郎在《在历史的十字路口》的后记《两氏与我》一文中写道:"少年时期,不知道是否由于不擅长运动,非常喜欢观察地图。恰好父亲有一张中国地图。此外,姐姐使用的中等世界地图是我的精神食粮。亚洲部分,实在有无限乐趣。"①他跟随父亲习读古汉语,喜爱汉字,被"渤海""靺鞨"等汉字地名所吸引,产生各种遐想。对箭头的妄想癖以及对奇异汉字的梦想癖导致他愈发厌学。这种情绪在四年级班主任富田荣太郎老师辞职离校后变得更加强烈。富田老师是司马辽太郎从一年级至四年级的班主任,虽然沉默寡言,却是一位心胸宽广、富有同情心的老师。老师的辞职对于司马打击巨大,甚至失去了学习的意志。

1936年小学毕业后,因成绩欠佳,司马进入私立上宫中学。一年级第一学期英语的教科书上出现"New York"这一地名,司马辽太郎询问英语教师地名的含义,结果遭到老师厉声斥责:"地名哪里有什么意义?恐怕你毕业都够呛!"②师生之间产生矛盾。司马无奈只能前往御藏迹图书馆寻找答案。从此,司马对学校深感绝望与厌恶,他认为只有在图书馆才能获得自己想要的知识。为了将此铭记在心,他在教科书背面写道:"教育并非请别人教授自己,而是要自己教育自己,只能靠自学。"与老师的摩擦、负面感情引发的"自学癖",成为福田定一成长为司马辽太郎的动力源泉。但是脱离学校教育制度也潜存极大的消极因素。因为自学形成的司马史观存在不少问题,史实的正误暂且不论,司

---

① [日]司马辽太郎:《在历史的十字路口》,讲谈社,1984年,第360页。
② [日]司马辽太郎:《风尘抄》,中央公论社,1991年,第26页。

马甚至无法形成辩证思考问题的方法。进入大阪外语学校后,他依旧往来于御藏迹图书馆。战后担任产经新闻社记者时期,到各地采访时,当地的图书馆也是他必去之地。

司马辽太郎中学时代喜读军国主义作家山中峰太郎的冒险小说《敌中横断三百里》和《亚细亚的黎明》。当时描写日俄战争的《敌中横断三百里》在日本社会畅销。评论家尾崎秀树指出:"再没有比山中峰太郎的《敌中横断三百里》更使当时的少年读者们热血沸腾的了。"①司马由此对大陆萌生无限憧憬。

四年的中学生涯结束后,司马报考了旧制大阪高等学校(现在的大阪大学),计划研究狄、鲜卑、匈奴等游牧民族的历史,但因数学零分而落榜,因此前往府立旧制生野初中补习科。出于对亚洲大陆的憧憬,司马辽太郎希望报考五大校之一的上海东亚同文书院,遭到其父亲的反对。司马的父亲希望他即便不愿继承家业药铺,至少进入伊势的神宫皇学馆,毕业后成为一名语文教师。当时,应试科目中不包括数学的,只有神宫皇学馆和大阪外语学校。他最终违背其父的意愿,参加了东亚同文书院的考试,却名落孙山。神宫皇学馆的第一次考试虽然合格,最终复试再次落榜。屡试屡败,司马辽太郎深感抑郁,大陆雄飞的志向也逐渐枯萎,但是对中国边境少数民族的兴趣依旧盎然,虽然不能前往大陆,但是他更坚定了专攻东洋史的决心,为此必须进入旧制高级中学学习。即使数学考零分,其他的科目例如语文、古汉语等如果是满分,平均六十三分也能合格,于是他报考了入学分数最低的弘前高级中学(现在的弘前大学),却依旧榜上无名。

大阪外语学校虽是国立,但是无须应考数学。旧制的大阪高级中学以及弘前高级中学的应试失败,学习东洋史的梦想破灭,司马辽太郎萌生到中国学习的想法,所幸被大阪外语学校录取。据《大阪外国语大学70年史》记载,1931年受所谓"满洲事变"影响,报考蒙古语系的人数激增。"昭和七年(1932年)同部入学志愿者人数108人,与前一年相比增加了2.6倍。建校以来首次突破100名。"司马顺利进入15名学生一个班的蒙古语系,一周的课程包含专业

---

① ［日］尾崎秀树:《回忆里的少年俱乐部时代》,讲谈社,1997年,第82页。

课蒙古语 12 节,选修课中文 10 节以及俄语 2 节。但是不久他便对枯燥的语言练习心生厌倦,司马辽太郎又萌生转学至早稻田大学的想法,但是遭到父亲反对。当时,日本社会流行大陆热,青年们都幻想成为马贼,司马辽太郎无疑也受到很大影响。在 1960 年的散文《一枚古钱》、1963 年《我的辞书遍历》和 1964年《一杯咖啡》中,司马讲述了曾经计划毕业后前往大陆,成为一名活跃当地的马贼的想法。他回忆道:

> 大家都是叽叽喳喳的男生,不论谁都在内心深处一直保留有少年期的梦想。即憧憬于山中峰太郎的冒险小说,自己也发自内心想变成主人公。我当然也是其中一员,并非文学青年。自己的房间里贴有世界地图及亚洲地图,用红色的彩色粉笔鲜明地标注了自己将来活跃的包含戈壁沙漠的太古地带。①

这张亚洲地图象征了司马辽太郎的"大陆雄飞"梦想。当时的司马"相信自己驰骋蒙古高原的梦想,是与国民将来的幸福紧密联系在一起的"②。

司马辽太郎等日本青年憧憬的马贼究竟是一种什么存在呢？据《广辞苑》第二版解释:"清末至满洲时期横行跋扈的群盗。骑马掠夺由此得名,一般是指当地的草贼、匪徒、剽盗之类。"日俄战争后,一批日本浪人来到中国充当马贼,实为军事侦探,成为日本对华扩张的急先锋。在所谓"满蒙独立运动"、1916 年袭击张作霖事件、1924 年直奉战争、皇姑屯事件等活动中,均可看到这些日本马贼的身影。

大正中期流行的池田芙蓉的《马贼之歌》赞颂了两位"勇猛果敢"的日本少年。令人瞠目的是在充满侠义之心的日本人领导下,"窃贼强盗之流"的马贼变身为"义贼",为日本人侵略大陆制造大义名分。

---

① ［日］司马辽太郎:《历史中的日本》,中公文库,1976 年,第 300 页。
② ［日］司马辽太郎:《奇妙的青春》,《月刊神户之子》1962 年 9 月。

我要前去你也去,小小日本无生计。

隔海彼岸是"支那",四亿民众期待我。

司马辽太郎对马贼的憧憬可以在其夫人福田绿与小渊惠三的对谈中提到的"那首歌是从小小日本无生计开始的吧,这是司马先生唯一会唱的歌"得到佐证。司马心怀"大陆雄飞"之志,昭示其深受日本军国主义思潮影响。池田芙蓉的《马贼之歌》这番诗句可谓是日本军国主义意志的文学表达。此诗所蕴含的军国主义思想,将日本地域之狭小与中国之广袤对比,暗示着日本国土之有限无法容纳其众多国民,而中国之庞大则能够满足其扩张之欲望。由此窥见司马年少时对于此等"大陆雄飞"的向往,其心灵镜像正是对军国主义理念的一种映照。

以《马贼之歌》为代表的"大陆物"贯穿的是幕末至1945年战败一直残存的勤王(皇国)思想以及日本武士的所谓侠义精神。宣扬通过"志士"输出明治维新革命,治理中国的混乱局势。这是当时一般的大陆浪人对国际形势的普遍认识。司马的散文《我的辞书遍历》中也出现了"马贼热"一词。马贼热的源流究竟在什么时代呢? 1965年,作家武田泰淳与评论家青地晨的对谈《驰骋大陆之梦》中讲道:

> 如石川啄木①曾经说过:感觉"时代闭塞的现状",当时一般认为有两条出路。其一是移民美国。前往美国开辟新天地的青年梦想,因美国出台禁止移民的政策,而将目标转向大陆。我们中学时代想去满洲当马贼的大有人在。成绩不好的、留级生,这些人比较有活力。那时大家经常在一起讨论将来去满洲做马贼。②

① 石川啄木是日本明治时期著名的诗人、歌人和评论家。其著名评论"时代闭塞的现状"从阶级制度、家族制度和教育制度等许多方面揭露了日本天皇统治下的时代现状,指出这种"时代闭塞"现状的根源在于当时的社会制度。
② [日]武田泰淳:《驰骋大陆之梦》(现代日本记录全集19),筑摩书房,1969年,第8页。

二年级时,在热河的毕业生,成为马贼的前辈,曾邀司马前去中国。东亚同文书院和大阪外国语学校的毕业生中很多人或是成为马贼,从事日军的特别任务机关的谍报活动,或者在校期间作为随军翻译被派遣到中国。但是1937年日本发动全面侵华战争,军事侦探冒险的时代已经结束。最终马贼和大陆雄飞的憧憬破灭,后来司马在散文《一枚古钱》中写道:

> 将来我终归要去心中浪漫的故乡。
> 我想尽力在自己的小说构思里描绘漠北数千年来一直在四处飘荡的悲怆的骑马民族的群像,这也许是成为作家后曾经的马贼青年的悲伤夙愿。①

由此看来,少年时代的司马受军国主义思想的影响,对亚洲大陆产生了无限兴趣,幻想自己也能像小说主人公一样"驰骋大陆",为日本国民"谋求幸福",但是由于"生不逢时",所以他的"夙愿"并未能实现。

二、军旅实践的感悟

在灰暗的学生生涯中,对于司马来说唯一的慰藉是在御藏迹图书馆阅读司马迁的《史记》以及俄罗斯文学。芥川奖作家小田岳夫的《城外》使司马辽太郎颇受感动,治愈了他的青春饥渴。毕业于东京外语学校(现在的东京外国语大学)的小田,怀揣文学梦想进入外务省,作为书记员被派遣到杭州的日本领事馆工作,在《城外》中描写了与中国女性恋爱的经历。读了这种以自我体验为题材的小说后,司马辽太郎内心受到巨大冲击。于是他憧憬自己毕业后,也要到外务省工作,成为张家口日本领事馆的办事员,同时尝试小说创作。但是1943年日本在太平洋战争中的败势渐浓,日本政府取消文科学生免服兵役的政策,使这一抱负化为泡影。司马辽太郎接受征兵检查合格,被编入兵库县加古川的坦克第十九联队。司马回忆1943年10月的情景:

---

① [日]司马辽太郎:《司马辽太郎所思》第1卷,新潮社,2001年,第110页。

傍晚六点的收音机广播新闻，取消了学生暂缓征兵的恩典，当我听到动员文科学生当兵，不由得冒出一句"太好了"。父亲脸色一沉嘲笑我"你难道喜欢军队？"我本来是极其厌恶军队的，但是与之相比我更厌恶学校。[①]

"太好了"一语，可看出军国主义思想左右着那时的司马辽太郎的志向，这实际上是与他从小梦想到大陆飞翔的思想一脉相承的，那个时代的日本人对于大陆有着普遍的向往，而这正是军国主义思想引导下日本发动侵略战争的社会基础。

在其散文集《历史与视点》中司马也写道："太平洋战争期间，文科系的学生满二十岁全部都要服军役，我也同样。在大阪的本籍地区役所接受征兵检查，出乎意料的是竟然是甲种合格。"[②]

征兵官查阅了司马辽太郎在大阪外国语学校学习了蒙古语、俄语及中文的记录，计划派遣他作为坦克兵前往中国。1943年12月11日，20岁的司马辽太郎进入兵库县加东郡河合村青野原坦克第十九联队。当时，美、英、中三国首脑在埃及首都开罗就对日作战及战后处理问题发表了共同声明。司马辽太郎经历了为期五个月的新兵教育，主要内容并非坦克与飞机等特殊课程，而是与一般兵科同样的基础训练与学科教育。学科教育的中心是灌输以军队生活的绝对规定"起居定则"及"军队内务书"为基础的绝对服从意识以及《军人敕谕》的阅读和背诵。《军人敕谕》是日本在1882年由明治天皇颁布的对军人的训令。正式名称为《赐予陆海军军人之敕谕》。敕谕是在《军人训诫》的基础上把其中规定的道德标准加以整理，并与天皇直接结合起来。《军人敕谕》宣布，日本军队"世世由天皇统率"乃日本之国体，"朕为汝等军人之大元帅，故朕赖汝等为股肱，汝等仰朕为首脑"，军队必须绝对服从天皇。敕谕的后半部规定了

---

① ［日］文艺春秋编：《司马辽太郎的世界》，文艺春秋，1996年，第27页。
② ［日］司马辽太郎：《历史与视点》，新潮社，1980年，第26页。

军人的五项道德标准，即忠节、礼仪、武勇、信义、朴素，重申军队不得干预政治，并规定军人必须背诵敕谕，以期普及到每个人。敕谕所规定的德目显然是封建武士道精神的再版。《军人敕谕》的颁布，加强了天皇对军队的控制，使日本军队不折不扣地成为天皇制的军队，标志着传统武士道精神的新发展，为日本军国主义的发展奠定了坚实的思想基础。《军人敕谕》的灌输，使司马辽太郎接受了更为系统的军国主义思想教育。

训练结束后，司马前往中国东北四平的坦克学校，接受了候补干部教育。但是司马并不适应强调秩序、共同行动的集体生活。与司马辽太郎同属一支部队的藤田庄一郎回忆当年的军队生涯说："福田君对于参加训练不甚积极。上官不仅要求我们动作敏捷、姿势英勇，而且精神要斗擞，但是在他身上难以发现。听到'集合'的命令之后，最后一名到达的总是福田君，为此经常遭到上官殴打。虽然他并未反抗上官，或者跟不上训练。但是上官不在场的时候，他明确地表明'自己不是军人的料'，令大家十分吃惊。然后他会侃侃而谈自己的理想。"

坦克学校毕业后，司马被派往牡丹江坦克第一师第一联队。司马在日本的坦克上看到了日本发动战争的不合理性："战争期间的两年，我乘坐在坦克上。那铁箱是明显落后的东西，铁甲厚度比敌人的薄得多，装着根本无法打击敌人的破旧火炮。从这种简单的物理装置里，彼此实力差距明了。但是，日本还是继续既没有政治谋略又没有战略的自我毁灭的战争。支撑它的只有意识形态。"①

在其作品《历史与视点》的《石鸟居之垢》一文中，司马也讲述了这段痛苦的坦克兵经历：

> 我至今依然梦到自己蹲伏在黑暗的坦克中的身影。坦克里有一种发动机的煤与发动机运转时产生的微量铁粉以及润滑油混合的特殊气味，这种气味萦绕在梦里，那是一种追忆的甜蜜以及怀念交织的

---

① ［日］司马辽太郎：《从历史的世界出发》，中央公论新社，1983年，第69页。

梦境。尽管并非噩梦，但时常梦魇，梦中经常会浮现用这种坦克参加战斗的悲怆。①

　　1945年春，司马所在联队为"本土防卫"返日，同年五月，转移至栃木县佐野。当时，美军计划在九十九里滨或相模湾登陆。在空袭和舰炮射击下，预想战场东京和关东平原必定变为废墟，为此，从佐野经中山道、通往九十九里滨的路线受到重视。某日从大本营来了一位年轻的大尉讲解南下迎击计划。中山道，因为路面狭窄只有二行车线，于是司马问道："坦克南下的时候，东京、横滨等地拉着大板车的避难民如果北上，交通怎样管制？"结果得到的回答却是"直接杀出一条血路"。司马辽太郎听到回答后愕然"日本国家到底是一个什么国家？""同样都是国民。我们的坦克无法打败美军坦克，但是可以战胜大板车。为了保护这些大板车才会有军队的存在，才会有战争的发生。但是战争遂行这一至上目的或者至高思想一旦出现，杀害日本人在伦理上变得无可指责。从那时开始我认为思想这个东西，不论何种思想都与此大同小异。"②

　　在杂文集《这个国家的形象》第一卷后记中记载了1991年68岁的司马接受文化功劳者表彰时讲述自己的创作原点，即始于日本的战败：

　　　　我现在依然没有离开二十几岁的自己。那时的我，依据宪法的义务去服了兵役。1945年8月15日战败之日结束。亦是迎来自己二十三岁生日的第八天。……听到终战广播，我不禁想我为什么生在这样一个愚蠢的国家呢。继而想到，从前的日本，不是这样的吧？从前是指镰仓、室町、战国时期。我也想起了距离较近的江户时期以及明治时代。但是无论我怎么绞尽脑汁，也想不出类似昭和军人一样把国家本身作为赌注扔进赌场的人。不久后复员，辗转奔波于战后社会之中，突然三十几岁开始

---

① ［日］司马辽太郎：《历史与视点》，新潮社，1980年，第72页。
② ［日］司马辽太郎：《历史与视点》，新潮社，1980年，第90页。

写起小说。最初我是出于爱好，后来参考文献开始创作是想解开自身的疑问。也可以说我的作品是不断寄给二十三岁自己的信。①

1945年8月15日，昭和天皇宣布无条件投降。同一天22岁的司马辽太郎在佐野迎来日本战败。司马回忆道：

> 昭和二十年八月十五日日本投降了。在关东的角落听到收音机广播时，我的内心却无法产生持续两千年的国家走向崩溃的夸张的悲怆感，而是有一种强烈地从坦克这一绝境密室中解放出来的沮丧感。②
>
> 九月回到故乡，家乡因为遭到空袭已是一片废墟。只剩下町内的氏神石鸟居。石鸟居是由御影石建造的，可能是烧焦了的缘故，用手一抠就有像尘土一样的石头皮哗哗落下。那时候开始，我开始思考刚刚过去的昭和前期的日本是不是真正的日本，那种思考方式成为我对日本人所经历的漫长时间产生兴趣的一个契机。③

日本战败后，司马开始思索自己"为何生在进行这样战争的愚蠢国家？""为何出生在只有这样的愚蠢的领导人的国家？"司马辽太郎从战争结束开始陷入沉思，自问自答。他以日本和日本人为对象，撰写了大量历史小说、散文，最终到达昭和这一主题，但是最终并未撰写把昭和作为主题的历史小说。

三、从记者到作家的思想成型

战后混乱时期，司马为了生计奔波，成为小报社"日刊新世界报"的一名记者。5个月后辞职，进入新日本报社。后因报社倒闭，进入产经新闻京都分社，主要负责京都大学的新闻工作。与寺院不同，整日压在研究室或者记者室，司

---

① ［日］司马辽太郎：《这个国家的形象》第1卷，文艺春秋，1990年，第211—213页。
② ［日］司马辽太郎：《历史与视点》，新潮社，1980年，第90页。
③ ［日］司马辽太郎：《历史与视点》，新潮社，1980年，第91页。

马痛感京都大学是官学权威主义的化身,蔑视平民、妄自尊大。司马辽太郎不过是翻译培养学校出身的记者,而且并非隶属朝日、每日、读卖三大报社,作为京都分社的年轻后辈,经常受到人文系研究室教授们的轻慢。屈辱与自卑化作动力,司马辽太郎更加勤于往来寺院及图书馆。身为地方记者的郁闷心情,由京都分社调到大阪总社的地方部工作,后转至文化部也没改变。在文化部,司马辽太郎负责美术相关工作,由于未被分配到自己所期望的社会部,司马辽太郎感觉身为新闻记者前途黯淡。司马总结了新闻记者的四个特征即"现实主义""技能""无名性""公私混淆"。司马认为新闻记者既是上班族更要独当一面。24小时追踪他人,缺乏个人的私生活。"要说空虚,再也没有比这更空虚的工作",这就是司马的新闻记者观。司马使用"没有影子的男人"比喻记者的职业立场,"报社记者追求创造自己以外的全部人物,犹如发散气体",司马的言语中同时存在着一种虚无主义和现实主义。这一时期,司马辽太郎开始撰写幽默风格的作品,借以消解自己的挫败感。他使用福田定一的本名,出版了《名言随笔——上班族》,受到读者好评。他曾先后任产经新闻社文化部副部长、文化部部长之职,1961年升任该报社出版局副局长,但是为了专心从事文学创作,他于同年3月辞去了报社的职务。

明治时代以来,日本文坛受法国自然主义文学的影响,以自身体验为题材的小说被看作主流小说。作者脱离时代背景和社会生活而孤立地描写个人身边琐事和心理活动。这种风格的小说不仅长期处于文坛主流,更是长期融于日本文学之中,成为一种文学特质。而司马辽太郎的小说却具有从天空俯瞰时代动态的特质,也因此吸引了众多读者。这与他的蒙古语专业有密不可分的关系。因为沙漠中的民族,为辨别方向,寻找水源,总是将视点如老鹰般在空中向下俯瞰。司马称自己的小说技法为"俯瞰法"。他在其文集《历史与小说》中解释道:"从大厦向下俯瞰。平时熟悉的街道也仿佛别样的地理风景,小小的汽车、小小的人在来回穿梭。我喜欢这样视点的高度。"[①]司马认为俯瞰的具体含义即:

---

① [日]司马辽太郎:《历史与小说》,集英社,1979年,第275页。

　　某个人逝去，时间流逝。随着时间的逐渐流逝，从高的视点可以鸟瞰那一人物及其人生。创作历史小说的趣味即在于此。光是看，不会感动。历史是紧张的，紧张得快要崩断的某个时期，对于我的小说是至关重要的。这种情况下，历史的紧张可以视为从旁边突然驶来的汽车。在其飞驰之中，我看到人们，以及其人生相互交叉。那里将会发生什么？发生过什么？思考这些问题的乐趣即我所谓的日常功课。当然不能称之为"小说创作方法"。但是可以称之为在此之前的乐趣。正是有此乐趣，才产生了小说创作的念头。如若缺乏资料，那么只能进行想象，那也无碍。很多时候仅凭想象最终难以构成小说，但是正是这想象阶段才是我难得的娱乐。①

　　1956年4月，成田推荐司马辽太郎参加第八届"讲谈俱乐部奖"小说征文，于是司马辽太郎创作了以亚洲大陆为题材的第一篇小说《波斯的幻术师》，并首次使用司马辽太郎这一笔名。一般认为他取司马迁的姓作自己的笔名，一方面表明了他对司马迁的敬重，另一方面也表明了他在历史文学创作上的抱负。但是司马本人表示："司马辽太郎的名字是我30岁之后开始小说创作的时候，写了一篇有奖征文，把原稿装入信封之后，忽然觉得使用本名不太好，恰好当时我正在读司马迁的《史记》，所以就拿过来用了。别无其他含义。"②梅原猛说："虽然我并不认为司马辽太郎的小说超越了司马迁的《史记》，但是不可否认，在日本文学之中最接近司马迁《史记》的就是司马辽太郎的若干小说。"

　　竹内大道附近成长的追忆，思考骑马民族的蒙古、斯基泰、波斯文化之间的关联，酿成了《波斯的幻术师》。在评委之一海音寺潮五郎的强烈推荐下，这篇小说最终获奖。司马对海音寺潮五郎的知遇之恩十分感激，"我直到30

---

① ［日］司马辽太郎：《历史与小说》，集英社，1979年、第291页。
② ［日］司马辽太郎：《挖掘日本史》，集英社，1980年，第98页。

岁才尝试写小说,最初写的小说都是以蒙古人和波斯人为主人公的,与其说是小说,毋宁说更像是叙事诗。然而先生却给予我鼓励,他认为从广义的小说观念来看,还有某些可取之处。此后,我只写有关蒙古人和通古特人的小说(那时我对自己能否写出关于日本人的小说没有什么信心),却依旧引起了先生的关注,我觉得自己很幸运,因为我还收到了先生用毛笔书写表扬我的亲笔信"①。

《波斯的幻术师》的舞台背景是亚洲大陆,作品色彩斑斓,风格雄浑,与日本的大众小说情趣迥异。司马辽太郎对蒙古草原怀有的特殊感情在下面一段话中也可见一斑:

> 我少年的时候对所谓匈奴民族十分感兴趣。在东洋史上,匈奴在数千年间不堪北方的严酷自然而寻求南下,憧憬汉族居住地的文化和富饶而不断南侵,在长城一带不断进行骚扰。每当我翻开那段历史,就仿佛感受到那一民族和人种的活生生的气息,内心不由为之震颤。我甚至想,倘若能把自己的这种感受写成文章,即使折寿也心甘。②

1957年5月司马辽太郎与好友净土宗大吉寺院的住持成田有恒(直木奖作家)、海音寺潮五郎等人共同创办了杂志《近代说话》,主张写有趣的小说,致力于恢复文学的故事性。后来,伊藤桂一、黑岩重吾、尾崎秀树也先后加入,由于《近代说话》同人连续出现获直木文学奖③的作家,因而受到文坛的关注。司马辽太郎在创刊号上发表了小说《戈壁匈奴》《兜率天的巡礼》,这些作品都是遵循创作"有趣的小说"这一宗旨写成的。1958年7月,他出版了第一部作品集

---

① [日]海音寺潮五郎、司马辽太郎:《点检日本史》,讲谈社文库,1974年,第189页。

② [日]司马辽太郎:《草原之纪》,新潮社,1995年,第59页。

③ 日本文学奖,为纪念直木三十五同芥川文学奖同时于1935年创设。首届评选委员有菊池宽、久米正雄、吉川英治等8人。该奖每年评选两次,选出报纸、杂志上发表的无名作者或新进作家在大众文学方面的最优秀作品。评选结果以及作品在《大众读物》杂志上发表,并授予入选作品奖章及奖金。

《白色的欢喜佛》。同年4月到翌年2月在佛教报纸《中外日报》上连载描写古代日本侠客的对立和政治阴谋的小说《枭之城》，并以此获第42届直木奖。描写侠客的小说还有《上方武士道》（1960年）、《风中的武士》（1960年）、《风神之门》（1961年）等，司马也一时被称为"侠豪作家"。初期的传奇浪漫作品，虽然全部取材于历史，但是属于超越历史的虚构小说。采用幻术、忍术等无法进行实证的材料。因此，对获得第42届直木奖的《枭之城》，小说家小岛政二郎评价道："我十分佩服司马辽太郎编织故事的能力，他是继吉川英治、白井乔二之后的大故事家。"

　　此后，司马辽太郎改变创作风格，开始向历史小说方向发展。他创作的大多是卷帙浩繁的鸿篇巨制，以及有关日本历史和文学的评论、散文等。他的历史小说大都取材于日本中世纪到近代数百年的史料，主要集中于日本的战国时代、幕末以及明治初年这三个时期。篇幅巨大、场面辽阔、气魄宏伟。他善于描写动荡变革的时代和那些叱咤风云的英雄。"这些推动历史发展的英雄豪杰们到了司马辽太郎的手中，就不再是有着超人魔力的怪物。他们虽然各自有着特别的才能与资质，但当他们出现在舞台上，他们的表情是我们可以理解的，语言也是我们立刻能听懂的。"①司马辽太郎的作品大都选择乱世为舞台，对此他解释道：

　　　　我之所以对幕末以及战国即所谓的乱世怀有兴趣，是因为例如文化、文政时期一样的秩序安定期人们埋没在广义的风俗之中，也因为我的眼睛看不清人们的主题。在这一点，秩序这种社会的人工抚育装置出现偏差的乱世，人们如坐针毡、赤裸裸地跳跃出来，可以轻易地从各种侧面来观察他们的实际课题。一种秩序即将崩溃，同时另一种新的秩序还未完全建立起来的时期，对此我怀有极大的兴趣，在观察这些人物形象的时

---

① ［日］山崎正和：《君子写怪力乱神之时》，《果心居士的幻术》解说，新潮文库，1977年，第232页。

候,有时会感觉到耀眼般的光芒。①

在其散文集《历史小说与我》中司马也写道:

> 我突然想说的是,人类需要激烈变动的时期。起码对我来说,比较适合以变动期为舞台,来思考人物,来判断人物。自然而然地,写出来就成了历史小说了吧。即使是同样地看待历史,对我来说很难创作以元禄时期、文化文政时期那样的太平盛世为背景的作品。其理由好像就是不善于描写不是变动时期的事情。同时也像在本稿中曾经写到的那样,不擅长描写风俗。②

1962—1966年他发表了长篇历史小说《龙马行》,描写了日本幕末志士坂本龙马在激烈的社会变革中脱离封建藩国,成为倡导维新的政治家的一生。司马笔下的坂本龙马成为时代剧里的典型形象。但是历史学家松浦玲指出:"说到历史事实,龙马建议的大政奉还论,早在文久二、三年(1862、1863年)阶段幕府旗本大久保一翁、松平春狱已经提出,并且成为影响政局的言论。但是由于言论过激,大久保一翁被降职,松平春狱也被免去政事总裁职,不得不隐居福井。龙马是直接受到一翁以及春狱的教诲,可谓弟子。因此司马描写'闪出的妙计、惊天动地的奇招'等无异于过度赞美,是对坂本龙马的过度服务。龙马的功绩只不过是从一翁以及春狱那里接受的大政奉还,制造了土佐藩向幕府建言的契机。"③

1963年,《龙马行》与《国盗物语》同时获第十四届菊池宽奖。《国盗物语》主要人物为战国时代的斋藤道三和织田信长,司马赞扬他们的政治经济政策对促进社会发展的积极作用。作者借古讽今,通过历史人物的一系列作为,褒扬

---

① 〔日〕司马辽太郎:《缩小自己观察事物》,《每日新闻》1983年1月8日。
② 〔日〕司马辽太郎:《历史小说与我》,集英社,2001年,第280页。《历史小说的创作——我为何写历史小说?》,《日本读卖新闻》1965年5月31日。
③ 〔日〕松浦玲:《司马文学与历史学的立场》,《统领杂志》1993年12月。

了勇于开拓的大无畏精神。1968年小说《殉死》获第9届每日艺术奖。该书的主人公是日俄战争中侵略蹂躏我国东北的乃木希典，他在日本人的心目中是日俄战争的英雄，明治天皇去世时，乃木自杀殉死以表忠诚。一直以来被奉为日本近代史中的神话人物。而司马则把乃木刻画成一个"愚蠢将领"，对这个效忠明治天皇的顽固人物的无能与愚钝极尽讽刺挖苦。1969—1973年，司马开始长篇小说《坂上之云》的刊发。对这部历史小说将在第二章和第三章进行具体阐述。1969年司马辽太郎的《历史纪行》获文艺春秋读者奖。1972年他以描写尊王攘夷派志士吉田松荫、高杉晋作的小说《栖息在世间的日子》获第六届吉川英治文学奖。

进入20世纪70年代，司马的创作题材从日本历史扩展到中国历史，1975年他发表了描写在中日文化交流作出巨大贡献的空海大师的小说《空海的风景》，获艺术院恩赐奖。《空海的风景》描写840年留学唐朝的弘法大师空海在宗教和文化交流方面作出的卓越贡献，颂扬了中日两国人民的历史情谊。1976年，司马辽太郎受中国人民对外友好协会的邀请访问中国，回国后出版了散文集《从长安到北京》（1977年），表达了他对中国文化的向往，并且高度评价了中国的变革和社会主义建设的成就。1980年他出版了长篇小说《项羽与刘邦》，获得空前好评。《项羽与刘邦》取材于他最喜爱的《史记》。凭借其对中国历史的知识，司马成功地描绘出中国秦汉时期的历史风貌，塑造了项羽和刘邦这两位叱咤风云的历史人物。他的主要作品还有《新史太阁记》（1966年）、《俄一浪华游侠传》（1966年）、《最后的将军—德川庆喜》（1967年）、《丰臣家族》（1967年）、《王城护卫者》（1968年）、《城塞》（1969—1971年）、《花神》（1969—1971年）、《蝴蝶之梦》（1974—1979年）等。

64岁时司马写完最后一部小说《鞑靼疾风录》，31年间，他共创作了36部长篇小说，使用了400字规格的稿纸共计7500万张。此后，司马停止小说创作，专心撰写随笔《街道漫步》和《这个国家的形象》等一系列纪行文、评论、散文等。1971年开始，《周刊朝日》杂志开始刊登司马的《街道漫步》系列文章，至其去世为止，共连载了1146期。这些随笔集中对"何谓日本"作出文明论解答，可说是司马辽太郎晚年对史观的归纳和萃取。

1981年司马成为日本艺术院会员。1982年小说《人们的足音》获读卖文学奖，1983年，司马因"革新历史小说"而获朝日奖，1984年，《街道漫步》获新潮日本文学奖，1986年又获日本放送出版协会放送文化奖。1987年，《关于俄罗斯》获读卖文学奖。1988年小说《鞑靼疾风录》获大佛次郎奖。1991年司马被评选为"文化功劳者"，1993年在其70岁时获颁代表日本最高荣誉的文化勋章，1986—1990年就任财团法人大阪国际儿童文学馆理事长。1996年2月12日，司马因腹部大动脉瘤恶化，于国立大阪病院去世。作家井上靖说，司马本身就是日本，而且是良质的日本，司马之死，使他有一种不知日本何处去的绝望之感。无数文人、政客、企业家等为其发表追悼文章，司马还被追认为东大阪市名誉市民。1996年11月1日，成立了司马辽太郎纪念财团。1998年始，每年"油菜花祭"颁发司马辽太郎奖。2001年11月1日，司马辽太郎纪念馆向日本大众开放。

四、佛教的熏染

由于受家庭环境的影响，司马辽太郎从中学时期开始对佛教产生兴趣。他说："上中学的时候我开始思考法然是何人。这或许是我对佛教的素养。"①司马辽太郎的家系是播州门徒，即现在的兵库县，自17世纪以来，是绵延数百年虔诚的净土真宗信奉者。司马辽太郎的母校私立上宫中学也是属于净土真宗系的学校。他真正对佛教产生兴趣是在1943年服兵役时期。在《日本佛教小论》一文中，司马写道：

> 对于学生们来说毕业只是意味着从校服更换为军服，所谓人生的出发，毕业后立即入伍，并且仅仅经数月训练之后便被送往战场，不久在同窗会名单上被画上黑线，犹如出发去送葬的行列的同义语。②

---

① 〔日〕司马辽太郎：《挖掘日本史》，集英社，1980年，第265页。
② 〔日〕司马辽太郎：《以下，无用之事》，文春文库，2001年，第37页。

由此心境出发，司马对亲鸾①产生兴趣，开始阅读《叹异抄》②《教行信证》以及搜集到的亲鸾教说的解说书。此外，他还拜访虔诚的佛教行者、中学时代的老师，聆听教诲。他认为"即便被亲鸾圣人欺骗也无所谓"③，甚至在战场随身携带《叹异抄》，以供闲暇之余阅读。作为一名随时可能成为炮灰的坦克兵，司马辽太郎表示死亡并不足惧，只想通过诵读《叹异抄》寻找死亡的意义。但是，他最终并未获得答案，仅遵从《叹异抄》的教诲做好了迎接死亡的精神准备。司马辽太郎牵强附会地想自己是为了世世代代净土真宗信徒的祖先而死，内心却倍感凄凉。某日在街边看见天真烂漫的五六岁幼童们，司马辽太郎心中暗自思忖"是为了保卫这些孩子们而死吧！"

晚年司马回顾说，佛教思想成为"20岁上下自己的精神支柱"④。他在其纪行文作品《荷兰纪行》中写道："我年轻的时候，自己的人生哲学十分单纯。就是活着要英勇，而死也要死得体面。为了使这一思想更加充实，并无必要借鉴西方思想。至今我也未曾改变这一想法。"这也可以说是佛教的影响。

司马在产经新闻工作期间，主管宗教与大学的新闻事务，对亲鸾的兴趣再次复苏，任职6年期间，他拜访了大大小小600多家寺院，聆听住持讲授或者自己翻看书籍和史料。京都的鞍马寺的管长被他的热情所感动，甚至想收他为养子。司马辽太郎对佛教有很深的造诣。这一点可以从其"关于死的思考"（1964年7月10日大阪市与总本山四天王寺共同举办的文化讲演会），以及"法

---

① 亲鸾（1173—1262），日本镰仓时期的著名佛教思想家、净土真宗的创始人。本姓藤原，初名松若丸，号见真大师、自称愚秃亲鸾。1225年著《教·行·信·证》六卷，开创绝对他力的净土真宗，主张佛教世俗化，僧俗不分的日本世俗佛教。其他著作还有《净土文类聚抄》《愚秃钞》《和赞》《唯信钞文意》等。亲鸾认为佛教需通过教、行、信、证，即通过教化教理的学习，修行，念经文，再通过信仰，以求得证果和好处。因此，人们只有靠绝对的信仰他力、佛力，通过口念佛名才能往生净土。主张"本愿为宗，名号（佛名）为体""一念发起，平生业成"。这种佛教教派的特点是：僧俗不分，他一边在稻田中劳动一边传道；方法简便，只需口念佛名，信仰佛力即可以往生成佛；戒律宽松，信徒可以喝酒吃肉，娶妻生子。他本人娶北条亲王之女，生三男四女；不太讲究礼仪形式，主张信徒即使不到寺院修行也可以成佛。亲鸾开创的日本式佛教对日本佛教思想史有很大影响。

② 为日本佛教真宗开山祖亲鸾的谈话录，由其弟子唯圆编成。

③ ［日］司马辽太郎：《司马辽太郎全讲演》，新潮社，2000年，第158页。

④ ［日］司马辽太郎：《春灯杂记》，朝日文艺文库，1996年，第302页。

然与亲鸾"(1967年5月25日总本山知恩院举办)等演讲中窥知一斑。

第二节　亚洲文明史观

司马是有着强烈亚洲意识的小说家,其以亚洲为题材创作的作品有《空海的风景》《项羽与刘邦》《鞑靼疾风录》《草原之记》,此外还有关于丝绸之路以及朝鲜的作品和文章。对此,中岛诚认为:"与福泽谕吉的脱亚入欧相反,司马是一位脱欧入亚的作家。他的入亚,是与自己的青春时代昭和的历史重叠交织在一起的。"[1]

一、亚洲认识及亚洲"情结"

司马将自己定位为亚洲人,他说:"从孩提时候起我就认为,与其说自己是日本人,毋宁说是个亚洲人。"他甚至说从青少年的时候就开始训练自己,"譬如思考中国时,就会假设如果自己是中国人,内心期盼什么? 为此必须了解中国,总之假设自己是在中国出生。思考朝鲜的事,就会设想如果自己是朝鲜人,或在日朝鲜人会怎样? 考虑冲绳问题的话,则会设想自己如果在那霸出生、宫古岛出生会是什么情形? 就这样,从年轻的时候开始训练自己"[2]。此外,司马说年幼的时候,最喜欢观察中国地图,看到那些地图上不可思议的汉字地名就会不倦地空想,地图上记载着中国周边民族"坚昆、鲜卑、蠕蠕、蒙古"等,被那些名字所吸引。并且,司马对中国周边民族的世界(即"塞外",长城外的游牧世界)有强烈的兴趣。他甚至表示:"我年轻的时候,对日本这个国家并无尊崇心,甚至想将来一辈子离开日本生活,可是遗憾的是一直还是生活在日本。"

司马的亚洲观是与二战时期在中国的经历分不开的。他说:"我在21岁的

---

① 　[日]中岛诚:《司马辽太郎》,第三文明社,1994年,第21页。

② 　[日]司马辽太郎:《明治这个国家》,日本放送出版协会,1989年,第210页。

时候去了当时的'满洲'。被派遣到坦克速成将校的培养所接受教育。也许是因为受国家的命令，从学校中途退学被迫参军，本来并不热爱学习，但是当时每逢周日学习中文的欲望连自己都觉得不可思议。在大阪外国语学校，每周大概学习7小时的中文。虽然现在几乎全忘记了，但是当时的我是打算铭记一辈子的。那时候我去中国的农家，把农机具的名字自制成一本单词册。我对中国的农业、农民非常感兴趣。"①

在《昭和这个国家》中，司马辽太郎回忆，"中学时，爆发了'支那事变'②。父亲和客人谈话时，依稀听到'要打仗了'。至今我依然清晰记得当时战栗的感觉。仿佛动物般全身颤抖。我认为自己并非懦弱之人，但是少年是极为动物性的。少年的内心懦弱相比勇气占据更大比例，那是作为生物对少年时期的一种保护。我当时被一种极其恐惧的感觉所笼罩。当时是昭和十二年（1937年）。在学校接受社会训练时，不知为何我开始对中国人和朝鲜人抱有好感。三言两语难以表达清楚，总之他们让我感受到充分的人情味。能够让我产生这种感觉，也可以说是我的恩人，和那样的中国开战，最终发展为和世界作战。我虽然照常去学校，但是开始厌恶日本。厌恶也是极度热爱的反证"③。

司马说他少年的时候，比起中国本身，对中华文明的周边怀有更浓厚的兴趣。

朝鲜、越南，像日本一样复杂、曲折、有所选择地接受了应该称之为一大光芒的中国文明，但是各国又有所不同。我认为自己对这些周边国家有所理解，反过来，也有对中国难以理解的恐惧。对于中国的意识一直是一张空白地图，即使现在也是如此。因此，我感到十分矛盾，想要了解中国的周边国家，却在有意无意之间采取了对那些国家与中国进行比较，哪

---

① ［日］司马辽太郎：《昭和这个国家》，日本放送出版协会，1999年，第56页。
② 日本对"卢沟桥事变"的称呼。
③ ［日］司马辽太郎：《昭和这个国家》，日本放送出版协会，1999年，第59页。

里相似而哪里又迥异的方法。①

可见,对于司马来说,无论在观察中国周边哪一个国家时,都无法抛开中国的概念。

　　司马涉及中国的小说主要有《空海的风景》《项羽与刘邦》。《空海的风景》描写了日本和尚空海的一生。804年,空海随第16批遣唐使来到中国,10月末到达长安。不久,拜密宗最高首领惠果为师,学习密宗。惠果非常器重空海,把密宗的一切秘法传授给了空海,空海成了真言密宗第八代座主。空海在中国不到3年,以诗会友,结交了很多中国朋友。后来空海回到日本,支持嵯峨天皇平息了"药子之乱",受到嵯峨天皇的器重,政治地位得以巩固。《空海的风采》赞扬了空海的才华和他为学习先进文化而付出的努力,生动描写了中日文化交流史上的佳话;反映了空海对中日两国的宗教文化的交流、对日本佛教、文学文化乃至科学技术起步和发展所作的贡献;努力显示日本人在历史上如何对大陆抱有执着的探索热情,如何努力地吸收中国文化。大冈信指出:"毋庸置疑《空海的风景》是真正的小说,但其中又包含了传记或评传的要素,它既是以空海为中心的平安初期的历史,也是关于密教的特色入门书;通过最澄与空海的交往表现出的显教与密教的二教论,也是通过空海所搭建的印度思想、中国思想、日本思想的展示台,更是中日文明交流史的生动写照。"②

　　1977年,《项羽与刘邦》发表于《小说新潮》,原题为《汉风楚雨》。司马取刘邦《大风歌》中的"风"字,来表现中原黄土地的干尘,以"雨"字来代表多湿的楚国风土。在此小说中,司马大力发挥了其擅长的风土文明论。小说出版后好评如潮,持续连载了两年后出版单行本(上下两卷),当年的发行量达160多万册,成为日本家喻户晓的作品,并成为日本史上最畅销的小说,直到1987年,才被村上春树的《挪威的森林》超越。中国学者王志松赞扬:司马辽太郎将《史记》中只有3万字的关于项羽和刘邦的记述,扩展为约50万字的鸿篇巨制,显

① [日]司马辽太郎:《写给亚洲的信》,集英社,1998年,第306页。
② [日]司马辽太郎:《空海的风景》,中央公论社,2002年,第412页。

示出其丰富的历史知识以及超凡的想象力。司马辽太郎凭借这两点，满足了自己对历史的呈现欲与解释欲，填补了司马迁历史记事中的省略与空白，将秦汉之交复杂而壮阔的中国历史文化场景展现在读者面前。由此，司马迁的《项羽本纪》和《高祖本纪》中的艺术形象，也就被司马辽太郎以另外一种语言加以重新塑造，中国古代的水墨画成为具有日本浮世绘风格的色彩斑斓的细腻的现代油画，从而在日本语的文字世界里，焕发了新的生命。①

　　一般认为汉籍和汉字的传入，是日本古代文化发展的重要契机之一。据《古事记》《日本书纪》所记载，百济博士王仁（和迩吉师）向日本应神天皇进贡《论语》《千字文》为中国典籍传入日本的开端，以此为媒介，日本开始记录自己的历史，更喜爱借助汉文典籍中的中国古代历史人物来展示人间百态。这成为日本人历史意识的一个重要特征，如中国史书的代表《春秋左氏传》《国语》《史记》《汉书》被称为"左国史汉"，被日本人奉为经典，成为他们汲取人生哲学的源泉。对于日本人来说，这些包罗万象的史书并非外国的历史，而是具有普遍性的启示意义，值得尊崇、愿意亲近。

　　同样，司马辽太郎认为古代中国文化已经成为日本人精神世界不可或缺的重要组成部分。可以说，在日本人看来，古代的中国并非异邦，而是自己曾所属的文明圈。司马辽太郎在其历史小说《项羽与刘邦》中写道："我始终认为，所谓文明，本是一种光源，四面八方都可以利用。反过来讲，不能为四面八方利用的东西，肯定不能称之为文明。从这种意义上讲，我始终有一种感觉，即日本中世纪（指 12 世纪末至 19 世纪中叶）某个时期以前的知识文化，当是唐朝文化周边化的结果。比如说，宋朝政治论文里常常带有观念性，日本文化受其影响的事例就很少，但对那些唐朝诗人的诗情画意，却具有也许超过现代中国人的栩栩如生、身临其境般的感受能力，这一点也可以从侧面佐证我的上述感觉。从奈良时代到平安时代初期，日本以压倒一切的势头大量引进唐的制度、风俗习惯和文书典籍，同时又于 894 年因废止遣唐使而使引进工作骤然停顿下来，那以后直到室町时代的某一时期，基本上就不再有正式交往。唐以

① 王向远：《中国题材日本文学史》，上海古籍出版社，2007 年 9 月，第 224 页。

后,中国文化仍有变迁,然而在日本,特别是在汉音、建筑和礼仪等方面,唐文化却被一成不变地保存了下来。从这种立场观察中国古代社会,内心就会愈发觉得,从精神上来说,中国已不是外国,而是我们曾经隶属的同一个文明圈里的一个文明。本书就是在这种轻松的心情下写成的。只是由于不可能重新调查时代久远的事实真相,因而事情的经过均以《史记》和《汉书》为依据。"①

许多近代日本作家具有深厚的汉学功底,受中国文化之熏陶,对中国的文化观大都来源于中国古代典籍。著名文学家夏目漱石在其《文学论序》中也曾写道:"余少年时曾嗜读汉籍。虽修读时间甚短,于'左国史汉'中,余冥冥里得出文学之定义,漠漠然觉文学即如斯者也。"②可以说,经典的中国史书即代表了日本广义的文学概念。文学家谷崎润一郎在其《谈中国趣味》的文章中也指出:"如今我们日本人几乎对所有的西欧文化兼收并蓄,表面上看起来好像是被其同化了。但是,我们的血管深处可谓中国趣味的东西,依然是不可思议的根深蒂固。"中村幸彦指出,日本式的汉诗文才是具有思想性的文学,担当了纯文学的角色,而汉诗文的题材和表现手法主要是来自汉籍,特别是项羽和刘邦的故事,早已超越了汉籍的世界。日本民众熟悉其中的人物,并通过这些角色思考着人类的历史。

司马对朝鲜同样拥有特殊感情。朝鲜作家金达寿因发行《日本的朝鲜文化》杂志,生前与司马辽太郎交往深厚。司马的原则是除了撰写文章以外不参加任何集体活动。打破司马的这个原则唯一的例外是参加《日本的朝鲜文化》杂志出版的集体活动以及相关的编辑工作。③司马评价这一活动在自己生命中极为重要,"再没有比这个更快乐的聚会"④。他积极地参与有关《日本的朝鲜文化》杂志的编纂,并且乐在其中,这与司马对东亚世界的关心有很大关系。

司马辽太郎的蒙古情结也是其亚洲观的重要组成部分。对草原人民的关注,成为司马辽太郎作家活动的原点之一。司马是一个执拗于日本"国家形

---

① [日]司马辽太郎:《项羽与刘邦》,王学东译,南海出版公司,2009年,第250页。
② [日]夏目漱石:《文学论序》,《读卖新闻》1906年11月4日。
③ [日]司马辽太郎、陈舜臣:《在历史的十字路口》,讲谈社文库,1991年,第235页。
④ [日]鲜于辉他:《座谈会 通向日韩理解之路》,中公文库,1983年,第281页。

象"的作家。但其心灵的故乡，是大阪亦是蒙古。这不可思议的心理重心的调和，使得司马文学的世界无限广袤。

司马辽太郎说："我认为文学归根结底是自己内部少年的投影。同时少年从自己的内部消失之际作家会停止小说创作，即如果不具有丰富的少年感受性，就难以成为作家。"司马辽太郎的小说，除去以本名福田定一发表的初期作品之外，以1956年获得第八次讲坛俱乐部奖的《波斯的幻术师》为开端，1987年以《鞑靼疾风录》搁笔。作家活动的最初与最后都是以草原骑马民族为舞台的小说。日野启三在其《背影的风景》一文中指出："大阪在弥生时代以后居住众多从朝鲜以及中国移民过来的渡来人。司马辽太郎是大阪出身，应该残留大陆系渡来人的遗传基因吧。即便这样假设，但是他十几岁后自觉地选择蒙古语系，终生怀有'对鞑靼的憧憬'等等，还需要从司马氏个人和家族的影响、家庭环境、少年时期读过的书、交友关系、时代风潮以及他人难以窥测到的各种缘由形成的整体来考虑。"①

1972年以日本与当时的蒙古人民共和国建交为契机，日本与蒙古国之间展开了正式交流。翌年，司马为创作《街道漫步》的海外篇初次踏上前往蒙古国之路。1973年8月，50岁的司马辽太郎为撰写《蒙古纪行》再次来到少年时代憧憬的蒙古国进行了取材之旅。在最终目的地戈壁沙漠，他感慨道：

> 这就是戈壁沙漠啊。我几次反问自己，对那时的少年来说，这个沙漠的名称仿佛咒语一般，唱诵这一地理名称的时候，仿佛中世欣求净土的念佛行者在重复唱诵阿弥陀如来的名字一般，通过唱诵，从狭隘的日常羁绊中解脱出来，产生一种错觉仿佛置身于广阔无垠的理想世界。②

1992年6月28日，在写给藤原作弥的信中，司马写道：

---

① ［日］日野启三：《中央公论——司马辽太郎的足音》，中央公论社，1998年，第152页。
② ［日］司马辽太郎：《蒙古纪行》，朝日新闻社，第118页。

小生少年时，曾经幻想自己有一天如果拥有才能，就要描写蒙古人与长城的关系……甚至如果清晨完成傍晚离开人世也不足惜。直到开始撰写小说之后，才发觉蒙古过于虚空难以下笔，结果只能以自己的最后一篇小说《鞑靼疾风录》不了了之。但是，出乎自己意料之外的是又写了《草原之记》。这是小生小说的最后一列车。如果少年时候的誓言生效，那我必须在傍晚死去。①

司马辽太郎在《草原之记》中描写了蒙古帝国的窝阔台大汗。窝阔台大汗把贡品和租税毫不吝惜地奉赠给大家，对于献上豪华王冠的波斯人，回赠更多的物品。会计官谏言，得到的回答是："钱财乃身外之物，这个世界上的一切都将成为过去。永远留存下去的只有人类的记忆。"司马这样概括了蒙古族的固有思想："这个草原，古代以来，具有透明的厌世思想，这种要素使我们在思考这个民族的过去以及未来之际，不由得会产生一种气体般的错觉。"他还说："乌拉尔山如同是亚洲骑马民族的巢穴一般。同时，山脉构成了世界史上亚洲与欧洲的分界线。蒙古高原的象征是阿尔泰山脉，借此山之名，在此附近使用的语言被称为阿尔泰语系。乌拉尔山中也有类似的语言使用，称作乌拉尔语系。合在一起称作乌拉尔阿尔泰语系。匈奴语也在其列。现在蒙古语是乌拉尔阿尔泰语系的代表性语言。当然，日语也算是近亲。我们之所以热恋这遥远的草原，是否因为此血脉关系？"②

此外，司马辽太郎对印度世界的评价在其作品中虽没有直接表述，但是在书信中却清晰地表现了对印度的认识。1973年5月30日写给海音寺潮五郎的书信中，司马阐述了自己的越南见闻以及与印度文明的比较。他说：

越南真是有趣。印度支那半岛上安南半岛南北贯通，西侧是老挝、柬埔寨，属于印度文明圈。印度文明好像是使人和社会陷入停滞的文明，只

---

① 《周刊朝日》编辑部编：《来自司马辽太郎的信》，朝日新闻社，2004年，第207页。
② ［日］司马辽太郎：《草原之记》，新潮社，1995年，第103页。

有越南与印度文明圈不同，思想、哲学没有停留在冥想的世界，而大都是知识性的，转换为西欧的（日本），或者应对异常事态极为机敏的（越南）。日本没有发展为印度文明真是幸运啊。"①

司马辽太郎与日本近代著名美术评论家和思想家冈仓天心的"亚洲是一个整体"的亚洲观不同。冈仓天心认为日本是"亚洲文明的博物馆"，"博物馆"是由中国文明及印度文明两条支流汇集蓄积而成。日本战败以后，曾经作为战争口号的"亚洲是一个整体"臭名昭著，冈仓天心在《东洋的理想》中写道："亚洲是一个整体。喜马拉雅山脉有两个伟大的文明——拥有孔子的集体主义的中华文明以及拥有《吠陀经》的个人主义的印度文明。披雪的障壁一瞬也阻挡不了追求究极与普遍性的爱的扩散。……这一复杂性之中的统一特别明确的实现，是日本的伟大特权。这个民族印度塔塔尔的血液——从中华文明及印度文明两大源泉中吸取，能够反映出亚洲精神的全部，这是一种与生俱来的能力。由此，日本成为亚洲文明的博物馆。不，是超越博物馆的。何出此言呢？这个民族不可思议的天才，在不丧失古老文明的同时引进了新的文明。"②

冈仓天心认为亚洲文明被喜马拉雅山脉分为北部中华文明和南部印度文明。但是继承了印度与塔塔尔两个民族血脉的日本人，同时融汇了这两个文明，而且手握"统一"的特权。由此日本成为"亚洲文明的博物馆"。不仅是博物馆，而且是在不丢弃古老亚洲文明的前提下，吸收新的文明的"天才"。冈仓天心认为印度文明与中华文明是相对立的，统一于日本之内，现在依旧残留。司马与冈仓天心共同之处是都认为亚洲文明是分为中国文明与印度文明的。分歧点是司马认为长山山脉东侧的越南属于中国文明圈，由此，与属于印度文明圈的老挝、柬埔寨不同，"思想、哲学没有停留在冥想的世界"，而是转换为西欧的（日本）类型，应对异常事态极为机敏。司马的立脚点是认为印度文明把思想变为"哲学与冥想"，具有"使人类及社会停滞"的本质。这封写给海音寺

---

① 《周刊朝日》编辑部编：《来自司马辽太郎的信》，朝日新闻社，2004年，第235页。
② ［日］冈仓天心：《东洋的理想》，岩波书店，1987年，第21页。

潮五郎的信是写于1973年,即完成《坂上之云》的创作转向《宛若飞翔》时期,反映了司马的文明观。

二、儒教文明史观

司马辽太郎在其散文集《历史与风土》《耽罗纪行》《司马辽太郎全讲演》《明治国家》《这个国家的形象》《在历史的十字路口》;对谈集《东与西》《从长安到北京》等作品中阐述了他对儒教以及朱子学的认识。司马认为福泽谕吉"对儒教体制的批判让人感觉心情舒畅、痛快淋漓"[①]。他认为朱子学是思辨性极高的空洞理论,中国和朝鲜深受其害,造成社会发展停滞,但是日本幸好没有浸染儒教得以实现近代化。

司马辽太郎的儒教认识存在明显的偏颇,他对于儒学特别是朱子学以及中华古代文明的态度,显然过于苛刻,甚至可以说忽视了历史的真实面貌。司马对儒家尤其是朱子学的全盘否定态度尤为偏激。尽管日本在明治维新期间确实摒弃了儒教,并在一段时间内对佛教也进行了打压,实现了向西方的全面转型,但这并不意味着儒教的影响在日本文化中完全消失。儒家文化的影响深远,早已渗透到日本社会的方方面面,这是无法抹去的。司马的论断过于武断,缺乏客观性,陷入了非此即彼的思维定式。

司马辽太郎认为中国和朝鲜的社会发展受到了儒教以及朱子学的阻碍,导致了社会的停滞和发展的阻碍。然而,这种简单的因果关系并不能完全解释社会发展的复杂性。历史上,儒教在中国和朝鲜的发展与社会变迁密不可分,它既起到了促进社会稳定和文化传承的作用,也存在着需要改革和发展的不足之处。因此,将儒教和朱子学简单地视为社会发展的阻碍因素是一种过于简化和片面的观点。

此外,将日本近代化的成功归因于其幸运地没有受到儒教的过度浸染,这一观点其实是一种片面解读。首先,这种解读忽视了日本近代化过程中复杂的内部和外部因素,以及儒教在日本社会、文化和政治中扮演的多面角色。在

---

① ［日］司马辽太郎:《这个国家的形象》第3卷,文艺春秋,1992年,第102页。

这个过程中,儒教虽然不再是主导思想,但其影响仍然深远,并在许多方面对日本近代化产生了积极的影响。其次,儒教在日本历史上具有举足轻重的地位,它深深植根于日本社会的各个领域。在近代化过程中,儒教虽然受到了一定的冲击和挑战,但其核心价值观如"忠诚""尊重""和谐"等,依然在日本社会中发挥着重要作用。这些价值观不仅为日本社会的稳定和发展提供了精神支撑,也为日本近代化提供了重要的文化土壤。

司马认为朱子学是极端而又邪恶的意识形态。即:

> 朱子学,与宋之前的儒学不同,是极端的思想体系学。也是一种正义体系,如果用另外的语言来形容则是正邪辨别论的体系。朱子学擅长的所谓大义名分论,议论何为正义何为邪恶,这样的神学论争经过岁月的沉淀,所谓正义的幅度变得愈发尖窄,甚至比不上针尖大小。除此以外,剩下的尽是邪恶。[1]

而且他认为朱子学是思辨性极高的哲学,犹如空中楼阁,看起来雄壮有力,一旦落至实处,则会坍塌。他说:

> 李氏朝鲜,也有实学存在。但是占据主导地位的是朱子学,这是连一克重量实学性也没有的思辨哲学。所谓思辨,赤裸裸地说即理论的雄壮构筑,完成的理论结构一旦接触地表,其纯粹逻辑性则变得不保。譬如哪怕从地表即使只浮起一毫米,逻辑则会变尖,变得漂亮,逻辑的结晶化(矛盾的调整)变得更加容易完成。[2]

由此,司马表现出对朱子学的排斥,他说:

---

① [日]司马辽太郎:《耽罗纪行》,朝日新闻社,1990年,第91页。
② [日]司马辽太郎:《耽罗纪行》,朝日新闻社,1990年,第208页。

无论是朱子,还是其学派的先驱程子(程伊川),实在是思辨性极高,光是看他们的概论书也令人头痛。①

我是一个单纯的人,比起儒教士的争吵,更喜欢日本士。②

此外,司马认为朱子学妄自尊大,否认异文化,是一种极具毒害性的思想。特别是中国与朝鲜深受其害。他说:

"外国是未开化野蛮之地,不存在礼仪"这一中国思想毒害了幕府。特别是朱子学更是毒物。日本受其侵害止于皮肤,但是清朝以及李氏朝鲜却被侵入骨髓。这是在自文化与他文化这一问题上,犹如毒药一般的思想。以自我为中心的思考方式,把蔑视外国视为理所当然,否认异文化等一切,甚至可以说是一种把民族浸润于自我崇拜的甘美液体之中的思想,最终只能走向破灭。③

司马辽太郎举例说,18世纪初朝鲜申维瀚著《海游录》④一书中描述日本人中"没有一个像人",他认为是儒教使朝鲜产生了蔑视日本人的思想。

以上可见,司马辽太郎对朱子学的观点呈现出明显的片面性和偏见,其批评过于极端,缺乏对历史和文化背景的全面考量。

首先,司马辽太郎将朱子学定性为一种"极端的思想体系学",并将其描述为一种"正邪辨别论的体系",强调其过度简化的正义观念。然而,朱子学并非简单的黑白分明的正邪辨别,而是复杂的哲学体系,包括对人性、道德、政治等多方面的探讨,其思想体系并不仅限于"正邪"两个范畴。

其次,司马辽太郎对朱子学的思辨性高度批评,将其比喻为"空中楼阁",

---

① [日]司马辽太郎:《耽罗纪行》,朝日新闻社,1990年,第172页。
② [日]司马辽太郎:《耽罗纪行》,朝日新闻社,1990年,第199页。
③ [日]司马辽太郎:《明治这个国家》,日本放送出版协会,1989年,第12页。
④ 菁泉申维翰曾于1719年以制述官身份跟随通讯士洪致中去日本,回来后写成纪行录《海游录》。书里记载着许多有关同日本文人交流的诗以及他对日本的印象等。笔法细腻,内容丰富有趣,可同朴趾源的《热河日记》媲美。

并认为其在实践中不堪一击。然而，朱子学的确有其理论基础和实践应用，其在中国文化传统中扮演着重要角色，并对后世的思想、教育和政治产生了深远影响。因此，将其简单视为"空洞"的思辨理论过于片面。

最后，司马辽太郎将朱子学描述为一种"毒害"的思想，认为其否认异文化，自我封闭，对中国和朝鲜社会产生了消极影响。然而，朱子学虽然具有一定的保守性和封闭性，但其也包含了对外部文化的吸收和整合，不应简单地将其视为排他性的思想体系。

司马的上述观点显然过于偏颇，忽略了儒学在历史长河中的积极作用和深远影响。

此外，司马对儒教社会下的科举制度进行了尖锐批判。他认为儒教是驯服人民的工具，科举制度、八股文造成社会思想僵化，毫无意义，不能使社会进步。

> 科举必须掌握儒教。官吏也是儒教的专家。这样的官吏存在于中国的各个角落。官吏是皇帝的手足的同时，发挥着如同基督教神父一样的作用。为了在儒教体制下驯服人民，官吏是不可缺的存在。这一点与基督教的世界不同，基督教的世界里有神，中国只有模糊的天。儒教把天的意思伦理化，神父的作用由官吏来承担。①
>
> 现实中的中国、朝鲜科举考试完全是神学般的存在。考生不能逾越朱子学这一神学一步。背诵教义，背诵符合教义的所有古典，在此基础之上，做出佳作，作文也有其规定（八股文），必须按照其规定写作。能够做到这些的肯定是聪明之人，但是我等却没有丝毫艳羡之意。我认为那样的头脑绝对不是能够创造出人类遗产的头脑。②

他还批判"中国的科举考试是古老传统。只要通过考试，意味着将来可能

---

① ［日］司马辽太郎：《司马辽太郎全讲演》，新潮社，2000年，第295页。
② ［日］司马辽太郎：《明治这个国家》，日本放送出版协会，1989年，第12页。

会高升,因此科举考试极具诱惑力。类似于日本古代高等文官考试和现代高级工作考试,以及现在的选举制度。陈舜臣①先生经常讲'清官三代'。即使是清官也一概贪污,三代不愁生计。清朝,清官是被视为麻烦的。为了谋求方便,收取一些贿赂,更加有利于当地的人民。地方长官收受贿赂,办事顺利,贪污发挥作用的社会,甚至贪官污吏更让大家觉得轻松,那就是亚洲。"②可以说司马的批判不是毫无道理的。因为大一统的民族国家需要强大的精神凝聚力,同时为了维持和巩固中央集权的封建统治,因此需要利用儒家思想武装士阶层的头脑。同时科举制给中国的知识阶层构建了一条比较公平的上升管道。但是八股取士实行后,科举考试的内容受到严格限制,画地为牢,逐渐发展为束缚思想的精神枷锁。排斥外来思想、文化自我封闭。无数文人墨客将毕生精力和心血花费在千篇一律的八股文上,不加批判地接受四书五经的思想内容,形成了固定的思维模式,扼杀了个性创造。科举之路成为生活在封建制社会中人们追求功名的正统之道。这也成为19—20世纪中国社会转型的主要障碍之一。

　　然而,司马辽太郎将儒教和科举制度视为阻碍社会进步的因素,却忽略了其中蕴含的复杂性和历史渊源。科举制度在中国历史上曾起到选拔人才、推动社会流动的作用,其不可否认的功用也包括了维护社会秩序和政治稳定。科举制度是封建时代最为公正的人才选拔方式,它极大地拓宽了封建国家选拔人才的社会基础,使得众多出身社会中下层的人士有机会跻身统治阶级。特别是在唐宋时期,科举制度正处于蓬勃发展的鼎盛阶段,其展现出的活力和进步性,形成了中国古代文化发展的黄金时代。虽然司马辽太郎对于其僵化和思想束缚的批评有一定道理,但将其视为完全无用的制度却是过于极端和

---

① 当代著名作家。1924年2月18日生于日本神户市,原籍中国台湾省台北市。主要作品有《鸦片战争》(1967年,讲谈社)、《残丝曲》(1970年,《朝日周刊》连载)、《小说十八家史略》(1974年至1977年,《每日星期天》连载,1977年每日新闻社出版单行本)、《桃花流水》(1975年至1976年,《朝日新闻》连载,1976年朝日新闻社出版单行本)等长篇小说及散文、游记《新西游记》(1974年至1975年,《读卖周刊》连载,1978年讲谈社出版单行本)、《丝绸之路旅行记》(1977年,平凡社)、《北京旅行记》(1978年,平凡社)等。
② [日]司马辽太郎:《这个国家的形象》第3卷,文艺春秋,1992年,第110页。

片面的看法。

司马认为儒教还滋生了中国官僚的腐败问题，诞生了金权政治。他说"贪污腐败是儒教的原理，是一种文明"①。即：

> 儒教下的中国体制，在一方面带来了巨大毒害。即官僚制度的腐败。从设立当初既如此，谁也不能批判作为皇帝手足的官吏。他们只要向皇帝谄媚即可。官吏自身从政商及老百姓那里榨取金钱。在曾经的中国和朝鲜，大官也一般是大财主。政治和金钱是紧密结合在一起的，甚至可以说是同义语也不为过。②

与此相对，他高度赞誉日本官僚廉洁奉公，鲜有贪污。即：

> 而这样的现象在日本的官吏中却很罕见。江户时代的武士相当于中国的官吏，几乎都是让人痛惜般廉洁。明治的官僚也大多是与贪污无缘。如果官吏只顾中饱私囊，那么就无法振兴产业。也就无从发展以产业为基础的资本主义。③

司马将中国官僚制度的腐败问题简单归咎于儒教，忽略了历史、经济和政治等多种因素在其中的作用。官僚腐败的问题往往是复杂而深层次的，不能仅仅归结于儒教的影响。同时，对日本官僚的赞誉也有一定程度的偏颇，忽略了日本历史上曾存在过的贪污腐败问题以及官僚体制中的弊端。

最后，司马总结出是儒教造成了亚洲特别是朝鲜发展的停滞落后：

> 朱子学之祖朱熹是一位伟大的人物。他赋予儒教以体系。并且导入强烈的价值观。从前的儒教大都是教养性的知识集积，但是朱熹使其具

---

① ［日］司马辽太郎：《司马辽太郎全讲演》，新潮社，2000年，第236页。
② ［日］司马辽太郎：《司马辽太郎全讲演》，新潮社，2000年，第295页。
③ ［日］司马辽太郎：《司马辽太郎全讲演》，新潮社，2000年，第295页。

有形而上的特征,好似将液体凝为固体一般。特别是他的史学以"大义名分"来衡量各个王朝是否正统。当然他的形而上学之所以能够成立也是因为宋代的特殊情况。总而言之他的思想或价值观是那一时代的产物。进入元代,规定科举考试必须遵循朱子的解释,终于朝鲜的科举也变为同样。由此,至少历经5世纪,朱子的教义统治了中国、朝鲜以及日本。十分滑稽。形而上学是理学。如果失去时代性,那么将会变成无理之学。无理长期统治了东亚。我认为所谓"亚洲停滞"的核心即朱子学。[1]

为此,司马将"亚洲的凄惨停滞全部都归咎于儒教的中国国家"[2]。"清朝虽有明君努力治理政治却无法控制官僚的腐败、农民的贫苦。朝鲜李朝500年统治也是糟糕的政权,体制存在弊端。没有批评者的存在,也就是没有萨摩藩、长州藩。德川体制下的萨长以及外样大名都是无言的批判者,德川家兴盛之时保持沉默,这一点德川家也很清楚。一旦德川家衰落,他们则会站出来说话。但是儒教的中国体制从成立之时起就存在官僚的腐败。"

在杂文集《这个国家的形象》中,司马也强调了朱子学的弊害:

> 朱子学的理论性相比现实更重视名分,通过官学化,带来了弊害。特别是李氏朝鲜末期,官僚们沉湎于神学论争之中,固执于朱子学一价值论,凄惨的政治事态连续,可以说正是朱子学制造了亡国的原因。[3]

司马在对谈集《东与西》中,再次痛惜朝鲜经济落后的原因是儒教所累:

> 朝鲜半岛与中国相比,特别是贸易经济方面非常落后。与日本相比更是天壤之别。朝鲜半岛受到儒教的深刻影响,引进了作为意识形态的儒教。儒教作为意识形态是极其反商业主义,拒绝经济相关事物的态度

---

① [日]司马辽太郎:《明治这个国家》,日本放送出版协会,1989年,第235页。
② [日]司马辽太郎:《历史与风土》,文春文库,1998年,第21页。
③ [日]司马辽太郎:《这个国家的形象》第1卷,文艺春秋,1990年,第72页。

更是强硬，这可以说是朝鲜半岛经济落后的原因。特别是李朝的朝鲜，儒教化的程度甚至超越了中国，特别是清朝推翻明朝之际，朝鲜半岛的人们发誓要尽忠于明朝之理想的儒教。我认为这也是19世纪朝鲜与其他国家交往时落后于时代几个世纪的原因。①

　　回想起我在青年时代曾经思考像朝鲜那样具有思想文化的文明国家，为何没有萌发近代化的思想？这纯属我的无知，不仅思想家堂堂存在，而且为数不少。可是那些萌芽，被朱子学这个断头台之刃也可以说是扫帚无情地清除掉了。②

司马辽太郎在与陈舜臣、金达寿的对谈中更是直接批判儒教是"近代化的障碍物"③，造成社会的固化。

　　十六七世纪左右开始，世界的经济和思想变得一片骚然，呈现出多种多样的价值观，而中国和朝鲜却与世界史相悖，排斥独创，固守于朱子学的唯一价值观，将知性投入牢狱。固守这一制度。④

司马辽太郎在痛斥、否定朱子学的同时，认为它也不是一无是处，至少在日本的明治维新中发挥了作用，在尊王攘夷的号召之下统一了国家舆论。由此日本才免于沦为欧美列强的殖民地。并且司马认为朱子学最大的作用是诸大名构成的革命势力在否定将军之时不必有伦理上的心理负担。即：

　　诸大名本是将军之臣，背叛主人是极其不忠的行为，但是"朱子学的尊王"这种超越价值观否定了将军。甚至，幕末倡导的"一君万民思想"促进了维新之后的近代化发展。12世纪末的中国朱子学意外地对19世纪

---

① ［日］司马辽太郎：《东与西》，朝日文艺文库，1995年，第89、91页。
② ［日］司马辽太郎：《耽罗纪行》，朝日新闻社，1990年，第29页。
③ ［日］司马辽太郎：《在历史的十字路口》，讲谈社，1984年，第184—189页。
④ ［日］司马辽太郎：《耽罗纪行》，朝日新闻社，1990年，第91页。

日本近代革命立了一功。①

此外，司马认为儒教在中国发挥了民族大一统的作用：

> 与日本相反，中国历史上是众多民族的熔炉。……形成汉民族的文化意识可能是由于从汉代中期开始普及的儒教这一普遍原理。儒教喜欢极度地将自己和异民族对立，礼教是这个原理的核心。通过华夷之辨，有礼教的则是汉民族，反之则是异民族，只根据这一个基准进行分类。如果丢失礼教会被秩序社会（村落或者血族朋友）鄙夷，即使是异民族有礼教会被看作秩序社会的一员。中国儒教的普遍原理，对将多民族融合成为一个民族发挥了作用，反过来说儒教也是为此而存在的。②

司马认为日本在地理位置上虽然属于东亚，但是却不可思议地逃脱了东亚式的、儒教中国体制。③他在散文集《历史与风土》中写道：

> 儒教是一种人文原理，当他落实到地面之际则为国家体制。日本在大化改新的时候引进了这种作为国家体制的儒教。但是从引进之日起就是落后生，藤原氏利用血族独占官职。中国当然是利用科举考试来选拔官吏。官吏成为皇帝的手足，辅助皇帝的专制统治。中国体制下，皇帝是彻头彻尾的专制，而且在这种体制之下不允许皇帝以外势力的存在，也就是说皇帝是绝对的。追溯中国的历史也可以看到这是一直所追求的理想。但是日本从大化改新引进儒教之初就是劣等生。这也是日本的有趣之处。④

---

① ［日］司马辽太郎：《这个国家的形象》第3卷，文艺春秋，1992年，第160页。
② ［日］司马辽太郎：《从长安到北京》，中央公论社，1976年，第175页。
③ ［日］司马辽太郎：《历史与风土》，文春文库，1998年，第10页。
④ ［日］司马辽太郎：《历史与风土》，文春文库，1998年，第11—12页。

司马将在大化改新时期引进儒教的日本描述为"劣等生"。这一观点罔顾历史事实,显然是片面的,甚至可以说是误导性的。公元645年的大化改新是古代日本的一次重大社会政治变革运动。大化改新的主要内容是废除大贵族垄断政权的体制,向中国唐朝政治和经济体制学习,成立古代中央集权国家。这次改革解放了部分生产力,完善了日本的统治制度,奠定了日本的国家发展方向,有非常积极的意义。大化改新标志着日本从奴隶社会向封建社会的过渡,为日本后来的繁荣奠定了基础。儒教在大化改新中发挥了重要的作用。大化改新的主要思想就是学习中国唐朝的政治和经济体制,而儒教正是当时中国的主流思想和文化体系。通过引进儒教,日本可以借鉴中国的政治制度和道德规范来构建自己的国家和社会秩序。司马的评价忽略了历史背景和日本当时的社会现实。此外,他的论述也显露出一种主观随意的倾向,而非基于客观事实和深入研究的历史分析。

他还指出朝鲜、中国部分农村贫穷的原因是儒教体制,皇帝专政下的官僚体制导致缺乏竞争,社会缺乏活力。而日本却恰好相反。他说:

> 因为没有反对势力,所以此种体制直到自身朽烂为止不会崩溃。这种儒教体制是人类相处的政权永续的最佳方法。何出此言呢?因为缺乏竞争。只有科举考试可以算得上是竞争,仅有一小部分秀才相互竞争,其他人之间不存在竞争。农民们日出而作日落而息,没有扩大自己田地的欲望。但是日本却是由竞争原理构成。豪族之间存在竞争,农民之间也有竞争。①

司马认为儒教从未真正浸染日本社会,对日本并未产生根本性的影响,只是停留在书本层次,日本并没有建立起中国式的国家体制。他写道:

> 我们只是引进了《论语》《孟子》之类的书籍,并且一直认为这就是儒

---

① [日]司马辽太郎:《历史与风土》,文春文库,1998年,第16页。

教。至今这种想法也并未改变。接受"子曰,学而时习之不亦乐乎""有朋自远方来不亦乐乎"诸如此类箴言作为人生的经验教训。感恩圣贤的大智慧,却从未沉浸真正意义上的儒教之中。真正的儒教是令人望而生畏的。它是汉代以来的统治原则,不论对统治阶级还是被统治阶级,都是人际关系的唯一准则。生活习俗、朋友之间的交际方式、亲戚的辈分、婚丧嫁娶等皆要遵守的唯一准则。①

司马认为日本因为是狭窄的岛国,单一文化的民族,只需要有"耻辱""妨碍"等轻微的人际关系来调整意识,不会发展到人与人之间如同猛兽互相撕咬。特殊条件致使日本人的思想凝固,感觉迟钝。"日本曾经引进佛教和儒教的大思想。在古代大和的天皇权力尚未稳定的时代,为了同化"国造级"的地方首领,佛教的普遍性发挥了重要作用。可是结果与今天的日本人是"药迷"一样,在佛教中提取有效成分,期待好的效果来建造寺院、守护佛经,没有培养佛教精髓的轮回思想。同样儒教对日本人来说仅仅不过是古汉语的书籍,或者不过是所谓的仁义礼智信孝悌的德目。并未像中国和朝鲜的儒教社会一样作为村落和血族之间联系的原理扎根。"②因此,司马表示困惑,"对中国人和欧洲人来说普遍的思想宛如空气一样,对我们来说那是岩波书店和中央公论社出版的高级书籍,或进入大学之后重新互相讨论,结果人至中年甚至连讨论也会忘记。不知道对居住在日本地区的我们来说是幸抑或不幸?"

司马辽太郎认为儒教并不是书本的世界,而是一种社会体制。作为社会体制的儒教从未在日本出现。总而言之,儒教对于日本的影响是微乎其微的。③他甚至说在日本"儒教至多占20%,余下的80%是武士道这一未体系化的社会美学或者美学伦理之国家"④。并且司马庆幸日本在江户中期产生多样

---

① [日]司马辽太郎:《司马辽太郎全讲演》,新潮社,2000年,第290页。
② [日]司马辽太郎:《从长安到北京》,中央公论社,1976年,第171页。
③ [日]司马辽太郎:《司马辽太郎全讲演》,新潮社,2000年,第292页。
④ [日]司马辽太郎:《明治这个国家》,日本放送出版协会,1989年,第12页。

的思想,朱子学不再是唯一思想。近似于人文科学的荻生徂徕①、伊藤仁斋②的学问,对朱子学的空论性进行了批判,给予江户时期的思想正面影响。相反,"中国(清朝)与朝鲜(李氏朝鲜)两国与同样位于东亚之日本不同,是儒教中央集权制的模范代表。国家由官僚统治。通过科举考试这种人类历史上最难的录用考试录取官僚。一旦录用,就会得到难以想象的名誉、地位以及财富。即所谓的考试录用一代大名。这两个邻国的官僚认为'这即文明'。不论江户时代的日本还是之前的日本都不存在如此文明。日本人自7、8世纪以来,虽然阅读儒教的读物,但是却未采用儒教的社会制度。举一个例子,在日本,亲戚或姻亲之间通婚从古至今是司空见惯的事,但是直到20世纪初还是儒教国家的中国、朝鲜是绝对不存在的。现今也不存在"③。

综上所述,司马辽太郎将朱子学描述为极端且邪恶的意识形态,认为朱子学的名分论、正义与邪恶之分等都是空洞的神学论述,缺乏实际意义,甚至将其称作毒药一般的思想。他还将亚洲的停滞归咎于儒教的中国国家,认为朱子学是李氏朝鲜灭亡的原因,更是将儒教视为近代化的障碍物。这些观点显然过于偏颇,忽略了儒学在历史长河中的积极作用和深远影响。司马自己也承认朱子学对于近代日本的发展有积极的影响,提到朱子学促进了维新之后的近代化发展。然而,他反复对朱子学进行过度的贬斥,这种自相矛盾的态度更加凸显了他对儒学认识的偏颇和不一致性。司马认为儒教对日本的影响微

---

① 荻生徂徕(1666—1728年),日本德川时代中期的哲学家、古学派中萱园学派的创始人。本姓物部,名双松,号徂徕、萱园,又叫物茂卿。江户人。徂徕认为,宋儒不懂古文辞义,用当时的辞义去解释六经,歪曲了古道之真义,相反,只有通过古文辞去研读"六经",才能获得古道之真义。他的思想中蕴藏着日本近代价值观的一些萌芽,不仅对日本的国学和水户学等产生了很大影响,而且也影响了被称为"日本近代哲学之父"的西周。

② 伊藤仁斋(1627—1705年),日本德川时期朴素唯物主义哲学家、教育家,日本古学派的创始人。名维桢,字源佐,号古义堂。青少年时代学习宋儒学,深崇宋明理学。后经自己的钻研,对宋儒学产生怀疑,认为宋儒学不符合孔孟儒学的原义,立志恢复古代中国儒学的真义。37岁时开创了古学派,并著书立说,开门授徒,从事教育事业4C余年,门生遍及日本各地。一生生活在贫困之中,常同下层群众接触,好学不倦。主要著作有《论孟古义》《中庸发挥》《童子问》《仁斋日札》等。

③ [日]司马辽太郎:《明治这个国家》,日本放送出版协会,1989年,第15页。

乎其微,仅占20%的影响力,而剩下的80%则是日本自己的武士道等文化元素。这种论断显然缺乏客观性,忽略了儒教在日本文化中的重要地位。武士道不过是一种精神规范和道德约束,很难上升到哲学高度,而儒学的博大精深早已成为日本民族的主要文化内核与文化背景,这是无法否认的事实。此外,司马所崇敬的荻生徂徕,虽否定宋儒,却主张通过古文辞去研读"六经"以获得古道,仍不脱儒学窠臼;他崇敬的伊藤仁斋虽怀疑宋儒,却是立志以恢复古代中国儒学真义为己任。这进一步证明了儒学在日本文化中的重要地位,也说明了司马对儒学的抨击过于极端。

三、对"脱亚论"的态度

1885年,被称为"日本的伏尔泰"的福泽谕吉提出了著名的"脱亚论",其核心即"唯今之计,我当决断,与其坐待彼等昌明,共兴亚洲,莫若早脱其列,携手西洋诸国,待彼二国,则如西人即可"①。"脱亚论"在日本朝野产生了深刻的影响,对军国主义的发展产生了重要作用。维新时期的代表人物大久保利通、山县有朋等都接受了"脱亚论"的观点,在日本走上资本主义道路后,积极鼓吹对外扩张,发动侵略战争。明治政府成立后不久,即把"脱亚入欧"作为重要的战略方针。

司马辽太郎在《这个国家的形象》中的《脱亚论》一文以及《昭和这个国家》中阐述了对"脱亚论"的认识,他说:"我个人十分敬仰福泽谕吉,但是福泽的'脱亚入欧'论的确影响恶劣。给予我这个福泽崇拜者巨大打击的是,他在文章中肯定了列强对亚洲的侵略,并且希望日本也进入其行列。真是荒谬啊……"②但是,司马笔锋一转,又为福泽辩护,他认为福泽所指的亚洲,并非亚洲人民,而是亚洲政府。主要是中国、朝鲜以及日本。进而又说福泽所指的并非亚洲各个政府,而是政府所持有的思想体系。③

他进一步解释道:"福泽的脱亚,指的是从亚洲退出,入欧是指进入欧洲,

① [日]福泽谕吉:《福泽谕吉全集》第10卷,岩波书店,1971年,第240页。
② [日]司马辽太郎:《昭和这个国家》,日本放送出版协会,1999年,第111页。
③ [日]司马辽太郎:《这个国家的形象》第3卷,文艺春秋,1992年,第102页。

引进欧洲的事物。所谓亚洲，主要指中国和朝鲜。脱离从前尊敬的中国、朝鲜，学习欧洲的学问，引进先进技术。"他认为福泽谕吉虽然是一位强调自我"个性"的人，但是却能为"公"弃"私"，具有伟大的精神。因为在当时担忧日本的将来才会提出"脱亚论"。"福泽谕吉极端厌恶尊王攘夷的思想体系……是一个独立的人，憧憬欧洲。主张无论如何都要向欧洲学习。同时担心日本会走向灭亡，会被欧洲统治，成为所谓殖民地……亚洲是落后的，尤其中国、朝鲜落后。必须从这里脱身，必须加入欧洲的行列。必须从朱子学的思想中挣脱，这是我对福泽谕吉的扩大解释。"他说："如果每个人都持有某种思想是无可厚非的，但是有时整个集体会被一种思想所控制。在某种特定情况下被动出现。一个集体在一种思想控制之下，社会必将会变得落后。纵使仅仅被某一思想统治20年的社会，也会陷入停滞。朱子是12世纪的人。朱子本身虽然伟大，但是中国和朝鲜把朱子学视为国学，受其思想统治数百年。福泽谕吉痛感如果不从中脱身，自己的儿子难免会像在上海看到的苦力一样被西方人鞭打。因此才会提出这一薄情寡义的观点，福泽是一个敢于明确表达自己主张的人。"①

司马认为，中国的近代犹如处在古代，而古代才是真正的近代，并逐渐步向停顿。他说："停顿这种表达是西洋人使用的词语，同样身为亚洲人不想如此措辞。但是，宋代的儒学集大成是朱子学，变成思想体系，儒教教义化。从而导致中国近代的停顿。"他还辩解福泽谕吉是不想与停滞交往，因为亚洲即代表停滞。司马说："战后福泽谕吉的'脱亚论'虽然遭到很多评论家的批判，但是对于我这种天生喜欢亚洲的人来说，也是不能支持评论家们的意见的。"言外之意，他是支持并充分理解福泽谕吉的"脱亚论"。

在《时代的风音》中，司马也感慨道："我对福泽谕吉是很同情的。他提出的'脱亚论'受到了激烈的攻击。我从幼时就喜欢亚洲，但是同时也感到难以和亚洲人相处。当然必须友好往来。但还是觉得难以和亚洲人共处。"②

---

① ［日］司马辽太郎：《这个国家的形象》第3卷，文艺春秋，1992年，第108页。
② ［日］宫崎骏、司马辽太郎等：《时代的风音》，朝日新闻社，1997年，第167页。

司马还批判亚洲存在家族式的利己主义。"只求家族昌盛。一旦成为官吏，就开始贪污受贿、中饱私囊。当上总统或者首相，或担任小官吏也是同样，一切以家族利益为准则。……亚洲包括东南亚，我所了解的亚洲，中国、朝鲜及其他的中国周边国家，无论如何也伴随官吏的贪污行为。虽然不能说欧洲是廉洁的，但是至少出现新教的时代，明确提出官吏的贪污是错误行为。然而从清朝某时期开始，官吏贪污变得司空见惯，甚至形成贪污无罪的一种体制。"①

与此相对，司马认为日本是大家一心为"公"，官员们甘于微薄的薪资。在他看来不论江户时代的官员，抑或明治的官员形象都是极为高大。"江户时代的官员之道没有类似情况。江户期的武士，包括步卒，大致是3000万国民的一成，300万人左右，极为清廉，既无贪官，亦无恶人。江户期确立的官员之道，应该被明治所承继。在日本的政治和执政者之间有这样的传统，即奢靡行为会遭到征伐。"②

司马认为亚洲存在弊病，有待改革：

> 亚洲到底是什么呢？我不禁疑问那些提倡走进亚洲，强调亚洲重要性的人，真的了解亚洲吗？亚洲，很多的地方有待改革。……我的亚洲概念和其他人的亚洲概念也许不同。我是极为喜欢亚洲的，但是亚洲确实存在很多需要洗涤之处。我思念的亚洲，是走入中国的农家时形成的亚洲，在我心目中亚洲是清澈的，但是也存在污秽的亚洲。亚洲自我中毒，因为自己的排泄物出现自我中毒生物会死亡，但是那样的亚洲，却存在于亚洲的历史之中或亚洲的现状之中。③

显而易见，司马在此所指的弊病，即儒教导致的贪污腐化。

司马批判亚洲存在的家族式利己主义，特别是指出官员贪污受贿、以家族

---

① ［日］司马辽太郎：《这个国家的形象》第3卷，文艺春秋，1992年，第108页。
② ［日］司马辽太郎：《这个国家的形象》第3卷，文艺春秋，1992年，第107页
③ ［日］司马辽太郎：《这个国家的形象》第3卷，文艺春秋，1992年，第102页。

利益为准则的现象。这种批判在一定程度上反映了亚洲一些国家和地区在历史和现实中确实存在的社会问题。然而，将这一现象简单地归结为亚洲的普遍特征，忽略了亚洲文化的多样性和复杂性，以及不同地区、不同历史时期的差异性。此外，将这些问题归咎于儒教这一观点值得商榷。儒教作为亚洲特别是东亚地区的重要文化基础，确实在一定程度上塑造了社会的价值观和道德观念。然而，将儒教简单地视为贪污腐化的根源，忽略了问题的复杂性和多样性。儒教强调家族主义，但是，贪污腐化等问题的产生并非仅仅与儒教有关，而是与整个社会的政治、经济、文化等多个方面密切相关，不能将问题简单地归咎于某一种文化或思想。

此外，科举制度作为中国古代选拔官员的重要制度，确实有其局限性和弊端，如可能导致官员的贪污腐败、追求个人利益等。但科举制度也有其积极的一面，如提高了官员的文化素养、促进了社会的流动性等。因此，对科举制度的评价需要全面客观。司马辽太郎认为日本官员一心为"公"，清廉无私，这一观点过于理想化日本官员的形象，忽略了历史的真实性和复杂性。虽然日本在某些历史时期确实存在清廉的官员和官员文化，但也不能忽视日本历史上也出现过贪污腐化、权力斗争等问题。

第三节　日本近代史观

对日本近现代的认识是司马史观的重要组成部分。司马文学正是从其对日本近现代史的基本认识源源不断地展开的。在杂文集《这个国家的形象》中司马写道："我认为日本史在世界也是第一级的历史"，"历史是不是也可以看作是一种人格。日本史的肉体和精神，都是十分美丽。"他在杂文集《挖掘日本史》中写道："日本的历史具有值得瞩目的价值。"[1]在《明治这个国家》中司马强调："日本的历史是有趣的历史。任何民族都有其优秀的历史，但是，日本人创

---

① ［日］司马辽太郎：《挖掘日本史》，集英社，1980年，第200页。

造了第一流的历史。平安时代有紫式部。镰仓幕府农民的政权,诞生了开荒农民的政权。使用武士之名,容易混淆概念,事实不过是开荒农民。镰仓幕府是开荒农民主张自己土地所有权的政权。明治、大正时代活跃的伟大的东洋学者,内藤湖南博士曾经讲过'我们是室町时代的孩子'。日本人的生活、文化、茶和花都是如此。内茶室修缮等从室町时代也开始了,并且是南蛮文化进入的时代,非常国际化的时代,是给我们带来巨大影响的时代。江户时代的270年可谓是一个学校。因为一旦说到江户时代就会滔滔不绝,所以暂且不论,但是我始终认为无论如何我们的历史是第一级的历史。"①司马批判重度军备以后的日本人浅薄勇猛,批判军阀跋扈的昭和前期。他认为明治人艰辛创立的近代国家被昭和10年以后的统帅机构扼杀了。他主张不应当以昭和初期非日本式的历史为光源来照射日本史整体。因为在司马看来,昭和前期的10年是异质时代。

一、明治史观

司马辽太郎1993年3月3日写给宗像正吉的信中写道:"小生的这部作品(《明治这个国家》)是为东南亚未曾谋面的读者以及后世的日本人而创作的。"②《明治这个国家》本是日本放送出版协会教育栏目播放的司马辽太郎的讲座。制片人吉田直哉将之命名为《太郎国家之物语》。对此题目,司马辽太郎在《明治这个国家》中写道:"虽感觉有些羞愧,但是英国可谓约翰的国家,俄罗斯可谓伊万的国家,汉语语感稍微不同,可谓张三李四的国家,在此意义上日本选择最普遍的太郎来命名,并且没有附加国名,体现出吉田直哉先生的用心良苦,我很喜欢。但是在出版书时打算采用《明治这个国家》这一朴素的标题,因为我的主旨在此。"③他说:

　　我在讲述各个事件时是把它们作为符契的。至于怎样把它合起来,

---

① ［日］司马辽太郎:《昭和这个国家》,日本放送出版协会,1989年,第68页。

② 《周刊朝日》编辑部编:《来自司马辽太郎的信》,朝日新闻社,2004年,第105页。

③ ［日］司马辽太郎:《明治这个国家》,日本放送出版协会,1989年,第311页。

是由诸位读者来实现的。不断合起这些符契的过程中，如果能逐渐理解"明治国家的芯"即我的一系列主题，我将倍感幸福。小说也是符契的连续。作者只拥有符契的一半，只能完成二分之一的创作。其余的一半是靠好的读者、好的听众做出判断后合起符契，才能最终完成一部作品。①

《明治这个国家》是司马辽太郎论述明治时代的专著。作品的主要内容涉及"德川国家的遗产""江户日本的无形遗产""没有蓝图的新国家""废藩置县""文明的诞生""关于自由与宪法"等。《明治这个国家》本是1989年日本放送协会综合电视广播制作的"讲述太郎的国家"及"太郎国家的故事"广播节目，制片人吉田直哉最初提出以"蒙古人家的人们"为题，是一个甚至包括以中南美的印第安人为对象的大企划，但是司马辽太郎接受后将内容限定为自己擅长的明治维新以及明治历史。《明治这个国家》的标题，从内容来看，与其说如何建设明治国家，谈得更多的是维新和江户时代，主要内容为明治维新论。在《明治这个国家》篇尾，司马辽太郎对其主题进行了解释：

> 最后我要讲最关键的地方，这一主题并非明治时代的故事，而是想要讲述明治国家这一人类文明之中骤然建立的国家物语。进而言之，当今的日本国家也许是属于其系谱上的末裔，或许并非如此，也可以理解为是人类留下的遗产。(中略)在某个时期的世界史之中曾经存在明治国家，这样更好理解，并且这样更能体现出我的心情即明治国家并非当今日本人的私有物。我想把明治国家作为人类特别是蒙古人的遗产捐献给世界财团的博物馆，我是在这种想法之下进行讲述的。我不打算使用"明治时代"，而是采用"明治国家"。如果使用"明治时代"的话会有一种流动体的感觉，但是"明治国家"是立体或者固体的感觉，说起来比较简单。当今地球之上不存在那样的国家。1868—1912年大约持续44年的国家。远东

---

① ［日］司马辽太郎：《明治这个国家》，日本放送出版协会，1989年，11页。

海洋上画了一道弧线,日本列岛上曾经存在的国家。①

为何司马辽太郎认为明治虽然存在很多缺点,却只能说是伟大的？他是怎样认识明治这个时代、这个国家呢？

他说"明治虽然也存在种种不足,我们也只能感叹它的伟大"②,并礼赞"明治是现实主义的时代。而且是被透彻的、高格调的精神所支撑的现实主义。虽然国家也需要没有高贵因子的现实主义,但是一个国家的成立,它的基础部分,是我们肉眼所不能看得到的。或许可以称之为压榨空气,是置于这种物质之上的现实主义。昭和前20年是不存在现实主义的,而是充满了左右的意识形态,即'正义的体系'摇摆国家和社会的时代。我甚至觉得无论如何'明治国家'都是不一样的国家,不一样的民族"③。

司马认为明治人中存在高贵的精神。他写道：

> 调查西南战争的话,感觉好极了,遇到很多宛如刚刚摘下的水果一样新鲜的人们。全都是现在罕见的日本人。正是他们,是江户留下的最大的遗产。并且,那种精神余韵支撑着明治这个国家。④

> 明治国家从贫穷至极出发,继承了旧幕府的外债,并且明治国家又举借新债。明治、大正、昭和的国民好像与被召唤到日本列岛的世界上所有的贫穷神一起生活一般穷困潦倒。但是却把外债全部还清。因为"国家的信用"至关重要。每每念及正直诚实的明治国家,不禁泪水婆娑。这并非自夸自赞。⑤

> 19世纪后半叶,摆脱腐朽文明建立近代国家的只有日本。⑥

> 明治国家是建立在江户270年无形精神遗产之上,财产之上的遗产

① [日]司马辽太郎：《明治这个国家》,日本放送出版协会,1989年,第311页。
② [日]司马辽太郎：《明治这个国家》,日本放送出版协会,1989年,第315页。
③ [日]司马辽太郎：《明治这个国家》,日本放送出版协会,1989年,第7页。
④ [日]司马辽太郎：《明治这个国家》,日本放送出版协会,1989年,第12页。
⑤ [日]司马辽太郎：《明治这个国家》,日本放送出版协会,1989年,第109页。
⑥ [日]司马辽太郎：《明治这个国家》,日本放送出版协会,1989年,第112页。

即贫困与欠款以及横须贺船坞。希望大家知道明治国家是在无一分外币基础之上建立的国家。①

在《这个国家的形象》中司马写道:"明治国家,可以说是极其成功的国家。理由之一是几乎没有贪污的情况发生。"由此,我们可以看到,在司马看来"明治是现实主义的时代","明治是一个成功的国家","明治人具有高贵的精神"。对明治时代的日本极尽赞美之能事。因此,司马辽太郎认为战后的历史教育虽根本否定战前的价值观,但是他认为"世界史中值得炫耀的明治国家及其成立,坚强、忠实的明治人作为历史事实不能被否定"。为此,司马辽太郎批判战后历史教育的"幼稚"。他说:

> 我并非军国主义者抑或其他。一个民族或者一个社会,积累了各种经历之后力图建立一个理想社会,具有一种向日性。日本同样想要建立理想的社会。这种理想的社会是没有飞扬跋扈的军队的社会、福利健全的社会,令外国人觉得想要融入的社会。例如某一时期的英国,以及20世纪五六十年代的美国。虽然日本也想建立同样的社会,但是没有必要对自己的过去保持沉默。曾经辉煌的过去,就好比夜间享受隐约美妙的歌曲一般,如果因为赞誉日本海海战之伟大就被盖上军国主义者的帽子这是极为幼稚的。我认为他们(明治人)真的十分伟大。②

司马辽太郎的明治史观是基于他对江户时代的认识之上的。他说:"江户时代的270年可谓是一个学校。因为一旦说到江户时代就会滔滔不绝,所以暂且不论,但是我始终认为无论如何我们的历史是第一级的历史。"③他夸赞道:

> 江户期的人们虽然有武士和平民,但是全都具有高水平的读写能力,

---

① [日]司马辽太郎:《明治这个国家》,日本放送出版协会,1989年,第113页。
② [日]司马辽太郎:《明治这个国家》,日本放送出版协会,1989年,第155页。
③ [日]司马辽太郎:《明治这个国家》,日本放送出版协会,1989年,第68页。

并且"自律、自助、勤勉",近似于基督新教的禁欲的能动性。武士即使贫穷也高傲,形而上的思考事物,虽然面对死并非喜悦,但是具有无论何时只要需要就会义无反顾直面死亡的人生大前提下世世代代世袭的精神,而平民在发达的市场经济下具有经济合理性。①

当然,他们之中也有"到居留地的十字路口,西洋馆屋檐下赌博,(中略)咧着嘴笑,为了一点蝇头小利互相争夺的人们"。"既狡猾又吝啬,不能掉以轻心的人们",不过,大多数是"在世界上也罕见的尊崇手艺人特别是名匠的文化"中,拥有"道德的紧张感"活着的。②

司马认为明治国家是建立在江户270年无形精神遗产之上。"继承江户期的明治气质与基督教的精神十分吻合。勤勉与自律,以及俭约,这是基督教的特征。明治也是同样。我想这可能是偶然的相似。""明治日本虽然基督教不是十分盛行,但是本来江户日本具有与基督新教相似之处。不论江户时代的武士道,还是农民的勤勉,抑或大商人的家训,甚至町人阶层的精神支柱心学,纯属偶然,竟然与基督新教意外的相似。江户期过渡到明治国家,更加相似。但是也有绝不相似之处,即不存在上帝与圣经。"③

司马认为"明治时代,几乎没有发生过政治家、官吏、教育者的贪污腐败现象。这与19世纪为止的基督新教偶然相似"④。

明治时代确实是日本历史上一个重要的时期,明治维新带来了全盘西化,使日本摆脱了封建主义的束缚,迅速崛起成为近代化的国家。然而,司马对这一时期的过度褒扬忽略了这一时期日本军国主义思潮的膨胀。从上文司马说"如果因为赞誉日本海海战之伟大就被盖上军国主义者的帽子是极为幼稚的"可以看出,显然对于明治时期的甲午战争、日俄战争,司马不认为那是日本在军国主义思想指导下的对外用兵。的确应该承认明治维新的历史地位,但同

---

① ［日］司马辽太郎:《明治这个国家》,日本放送出版协会,1989年,第16—17页。
② ［日］司马辽太郎:《明治这个国家》,日本放送出版协会,1989年,第181—182页。
③ ［日］司马辽太郎:《明治这个国家》,日本放送出版协会,1989年,第181页。
④ ［日］司马辽太郎:《明治这个国家》,日本放送出版协会,1989年,第182页。

时也要认识到日本在迅速近代化的过程中，军国主义思想蓬勃发展，导致日本朝野对外扩张意识日益强烈。明治维新虽然让日本在科技、经济、教育等方面取得了巨大的进步，但也为后来的军国主义埋下了伏笔。军国主义思想的膨胀，不仅让日本在对外扩张上更加肆无忌惮，同时也加剧了国内的社会矛盾。在政府的鼓励下，日本民众开始将国家的强盛与对外扩张紧密联系在一起，认为只有通过战争才能证明日本的强大。这种观念使得日本在后来走上了对外侵略扩张的道路，给周边国家和人民带来了深重的灾难。

虽然明治维新为日本带来了前所未有的发展机遇，但在评价明治时代时，我们不能只看到其带来的进步和成就，也要看到其背后的阴影和隐患。只有这样，我们才能更加全面地认识和理解这一重要历史时期。

二、明治维新论

明治维新是日本近代历史发展中的一个重要里程碑，具有划时代的历史意义，它不仅是日本由封建社会向资本主义社会过渡的转折点，还使日本避免了沦为欧美殖民地的命运。这次革命推翻了幕府的封建统治，摆脱了民族危机，维护了民族独立，逐步废除了不平等条约，收回了国家权益。明治维新以后，日本从一个落后的、封建的，面临沦为殖民地危机的国家，迅速变成一个独立的资本主义强国。日本作为一个近代资本主义国家在亚洲崛起，是从明治维新开始的。中村政则指出"明治维新是从德川封建社会发展到日本近代社会的出发点以及转折期。明治维新可以说是衬衫的第一粒纽扣，关系到对日本近代史的总体认识"①。因为除了战前的日本资本主义论争，明治维新的解释成为历史学界最大的论争。迄今对这一问题仍然众说纷纭，分歧既久，至今悬而未决。那么司马辽太郎又是如何认识明治维新的呢？

首先，司马分析了明治维新的目的，他认为佩里打开日本国门之后，明治维新的目的并非为了确立人权，进行社会革命，而是为保护日本不受外敌侵害。"那些不过是明治维新以后，国民国家成立后，伴随明治维新发生的第二次

---

① ［日］中村政则：《如何认识近现代史：反问司马史观》，岩波书店，1997年，第12页。

运动而已。"他说："总之明治维新的目的,是建立国民国家,使之能承受工业革命浪潮中欧美的侵略。日本由此成为硬质地带。"①"尽管众多的运动者并无明确意识,但是希望大家能够明白是以创造'国民国家'为目的的,明治维新之前是不存在国民的。"②

司马辽太郎认为明治维新前日本人没有国家意识,通过明治维新成立了国民国家。即:

> 明治维新后诞生了欧洲式的"国家"。在日本史上只有在大化革新时期通过官制改革确立了一段时期的中央集权(现实结果如何还是不为人知),之后又恢复了日本式的自然形态。日本式的自然形态就是无数大大小小的地方政权的集合体。可以把它称为封建或者地方分权。在维新前的最强有力的德川政权时代,德川将军家也只不过是众多诸侯中的最大一个而已,只能算是诸侯们的盟主。元禄时代的赤穗浪士们对浅野家忠心耿耿却毫无国家意识。但是,通过维新日本人首次拥有了近代的"国家"。天皇在日本发生了本质意义上的变化,就像德国皇帝那样被赋予了法律意义。所有的人都成了"国民"。虽然当时的日本人对自己的"国民"身份还不适应,不过作为日本史上最初的体验者,他们在这一新鲜感觉下感到亢奋不已。如果不能理解这一亢奋感觉的话就不能了解那一段历史。③

司马认为通过明治维新与废藩置县虽然创造出"国民"。但是,"明治初年新政府创出的国民并非拥有法律明确规定的权利与义务的国民。只是必须缴纳税金的一种存在。只是画中之饼。为了令其实质明确,与列国拥有类似宪法,以及宪法下的法律体系,必须通过建立法治国家来完成。这是明治初年知

---

① ［日］司马辽太郎:《宛若飞翔》第2卷,文艺春秋,1976年,第204页。
② ［日］司马辽太郎:《明治这个国家》,日本放送出版协会,1989年,第38页。
③ ［日］司马辽太郎:《坂上之云》第8卷,文艺春秋,2010年,第399页。

识界的有识之士的迫切愿望"①。

在司马看来真正的国民是这样的：

那些人能否成为国民？无论官僚还是在野运动家都怀有这一奇妙的疑念。"那些人"是指在居留地洋馆房檐下赌博的人们。在今天来看，并无必要大惊小怪。可以说那些人们才是真正的国民，甚至可以稍微讽刺地说，那些人们正是亚洲的现实本身。如果去当时的上海应该可以看到很多近代中国作家鲁迅在《阿Q正传》里描写的阿Q。在明治初年的日本也有很多阿Q。我年轻的时候十分憧憬阿Q，现在体内也还残留这一情结。远离国家与国民道德的阿Q正是千古之民，在此意义上，比起国家意识强烈的知识分子，是人类普遍的存在。至少是在亚洲的普遍性之中生存。②

司马认为"明治维新，成立了国民国家，是为将日本从殖民地化的危机中挽救出来，一举推翻封建社会的革命"③。对推翻持续260多年的德川幕藩体制的明治维新，司马辽太郎是给予充分肯定的。因此当学者藤堂明保感慨"所谓明治维新是彻底的革命"时，司马答道："我自认为是明治维新的礼赞者，所以这样说可能有些奇怪，不过我听到藤堂先生的话感觉心情十分舒畅。"④

虽然司马充分肯定明治维新的革命性质，但是他并不希望革命再次发生。他说：

革命本来就是一种非常的事态。一个民族的千年历史，搞一次革命的话，那是极好。但是绝对不要再有第二次。荷兰的市民革命、英国的清教徒革命和光荣革命、法国的法国大革命、美国的独立战争和南北战争以

---

① ［日］司马辽太郎：《明治这个国家》，日本放送出版协会，1989年，第282页。
② ［日］司马辽太郎：《明治这个国家》，日本放送出版协会，1989年，第283页。
③ ［日］司马辽太郎：《这个国家的形象》第1卷，文艺春秋，1990年，第64页。
④ ［日］司马辽太郎：《这个国家的形象》第1卷，文艺春秋，1990年，第69页。

及俄罗斯的俄罗斯革命,从中世纪也许更早开始的社会的积累和继续,社会本身变得无法承受,总之人们为了从过去开始的社会变得不幸,这样的始于过去的因缘重叠会导致全身病变,不得不重新更新细胞。①

司马辽太郎认为佩里来航是明治维新的第一步:

日本人从幕末开始维新,第一次融入国际环境时的反应,仿佛社会全体都患上了某种精神疾病。攘夷论的狂热和建国论的胆怯意识,我们把它看作夜郎自大的德川社会成员通过些许了解国际环境发现日本的意外懦弱而呈现的病态比较恰当吧。为了摆脱举国懦弱感的病态,唯一的道路是"富国强兵"。与其说是国家方针更应该说是一种举国信仰。②

司马写道:"驱使日本人进行维新的,是在江户湾看到的佩里蒸汽军舰的冲击。这种冲击是对灭亡的不安和恐惧,以及对其背后新的文明形态的憧憬,这引起全体日本人同样的反应,化作动力,最终推翻封建秩序的牢狱开展革命。在这一时期前后目击蒸汽军舰的民族应该存在不少,但是没有一个民族像日本人一样地作出反应。"③"憧憬被危机心理打动时好像变得愈加强烈,江户湾头观看蒸汽船的日本人们里面,岛津齐彬、锅岛直正、伊达宗城这三位具有代表性的危机论者,在感到战栗的同时做出决断——我们也要制造蒸汽船。象征了这个时机涌现的威猛能量。"④他说:

明治维新是不得不发生的革命,通过革命使日本与世界具有相通的法律体系、习惯体系,这便是文明开化。而要达到这一目标,便只有开国即进

---

① ［日］司马辽太郎:《明治这个国家》,日本放送出版协会,1989年,第158页。
② ［日］司马辽太郎:《宛若飞翔》第3卷,文艺春秋,1976年,第85页。
③ ［日］司马辽太郎:《花神》,新潮文库,1976年,第234页。
④ ［日］司马辽太郎:《花神》,新潮文库,1976年,第236页。

行改革开放,而不管日本国内的攘夷家们如何高呼要保持日本原状。①

司马辽太郎与海音寺潮五郎对谈时也谈到明治维新的性质,他说:

> 日本之所以会进行明治维新,源于恐被先进文明国家所灭亡的危机感。回避危机的方法是日本也变成一个文明国家。即19世纪世界史阶段所谓的富国强兵。拥有英国一样巨大的工厂、精锐的海军,法国一样的强大陆军。如果建成的话就会摆脱被殖民的危险。只有富国强兵是挽救日本唯一的办法。②

司马认为明治维新虽然不只是建立在一种思想之上,但是意识形态是朱子学的尊王攘夷思想。因此,"明治维新的革命思想只能说极为贫弱。口号只有尊王攘夷。面对外压发出阵阵哀鸣,不存在类似法国大革命一样的人类共同的理想。并且几乎也没有包括人类的基本课题"③。

在《宛若飞翔》这部小说中,司马再次以卢梭的《社会契约论》为例,阐述"日本的明治维新,没有与世界的大思想群相接触就成立了。如果幕府末期引进卢梭《社会契约论》的话,这一大变动的色彩会变得相当丰富吧,可是对已经完成革命掌握权力的太政官政府来说,迟来的思想等只能成为障碍、敌人"④。

司马辽太郎认为明治维新有着各种各样可贵的东西。幕府末期的人们也具有极为可贵的东西。但是思想贫瘠,只有尊王攘夷。司马辽太郎对尊王攘夷的概念进行了如下解释:

> 尊王攘夷是13世纪灭亡的宋代的思想。那时涌现出很多的知识分子。宋代的学问非常有特色。在那之前虽说是儒教,但是还未成为思想

---

① [日]司马辽太郎:《明治这个国家》,日本放送出版协会,1989年,170页。
② [日]司马辽太郎、海音寺潮五郎:《点检日本史》,讲谈社,1993年,第213页。
③ [日]司马辽太郎:《这个国家的形象》第1卷,文艺春秋,1990年,第206页。
④ [日]司马辽太郎:《宛若飞翔》第3卷,文艺春秋,1976年,第187页。

体系,进入宋代,变为激进的思想体系,即尊王攘夷。这种思想成为幕府的官学,变成水户学。幕府末期,水户学形成一种标语。其他思想没有传入日本。譬如文化·文政时代,如果卢梭的思想被翻译引进日本,可能会形成一个集团。如果他们成为革命家,成为明治维新要员中的一部分的话,也许会形成"大众"思想。当然,这只是假设。然而明治维新虽然是伟大的革命,却只有尊王攘夷一种思想。①

因此,司马辽太郎认为明治维新是与世界上的大思想无缘的革命。"要说为了革命的思想,尊王攘夷这个13世纪出现的朱子学的词汇,只是共同的口号。朱子学,有着中国儒教文明的优势,对事物以善恶标准进行区分全部概念化。儒教中不存在的事物即夷,夷即恶的粗略的概念化,是非常不符合19世纪精密的世界现实的事物。"②司马认为之所以会如此是因为幕末时期人们身边的思想只有朱子学的世界观,以及从江户中期开始出现的国学及与其构成表里的神道、佛教。但是司马指出,佛教在13世纪以后发展停滞,从其本质来说,在这样的情况下也发挥不了任何作用。

因此司马遗憾地表示:"历史虽然是不允许如果发生的,如果安政年间卢梭的思想被翻译发表的话,成为明治维新的势力之一,有国学派、卢梭派等会变得热闹。明治政权的构成要素之中,可能也会融入其势力或思想。但是,现实并非如此。"③他推测幕末的日本也许并不存在自由、平等、人权的思想生存的土壤。④

司马辽太郎批判尊王攘夷思想是一种危险的民族主义:

　　尊王攘夷之类,不能成为发展近代化的纲领。相反,我们可以认为,它与从大正末期至战败为止的近代衰落密切相关。幕末的攘夷书生和处

---

① [日]司马辽太郎:《昭和这个国家》,日本放送出版协会,1999年,第163页。
② [日]司马辽太郎:《明治这个国家》,日本放送出版协会,1989年,第275页。
③ [日]司马辽太郎:《明治这个国家》,日本放送出版协会,1989年,第275页。
④ [日]司马辽太郎:《明治这个国家》,日本放送出版协会,1989年,第275页。

士们，高喊只有攘夷才是圣意。但太政官政府建立之初，国门就打开了。一个人，只要不是超凡脱俗，就会热爱自己的家乡和祖国。但随着社会领域的扩大，这种乡土感情轻则变成一种讽刺，重则是迂腐、可耻的。狭隘的民族主义和爱国伦理并非一回事。幕府末期的攘夷思想，在革命实践中点燃了可燃性极大的民族主义的乡土感情。可以说这是一种出于极端（或最坏）的政治意图的行动。如果历史多次为其所摇撼，那么一个国家、一个民族就会毁灭（可以回忆从昭和初年至太平洋战争失败的历史）。

在《明治这个国家》中，他再次强调明治维新是在与世界上各种有代表性的大思想毫无关系的状况下发生的革命，当时引发革命的思想，只有来源于13世纪的程朱理学并成为当时人们的共同口号的尊王攘夷。

> 幕府末期，推翻幕府的能量来源于攘夷，毋庸置疑。开国即对外开放，作为一种意识形态是比较薄弱的。开国当然是正确的、有道理的。但是正确的、常识性的、任何人听了都觉得有道理的口号是不会成为革命口号的。如果以液体来比喻，开国是凉水，水是生存所必需的，但是革命却必须使大家都头脑发昏，需要的是酒，是烈酒。如果是凉水，那就没有多大作用了。……由于在革命期间，人们都变得狂热，因此需要烈酒，即非常时期的正义。①

司马说明治维新是必然发生的革命，通过革命侣日本具有世界通行的法律体系、习惯体系，这便是文明开化。"当时，对于欧洲的帝国主义，除了创建欧洲式的国家之外，没有任何方法可以使日本保持自尊、维护独立。即使现在来看，也找不到其他方法。"②

司马认为明治维新以朱子学或者尊攘思想作为思想来源，在那一过程中

---

① ［日］司马辽太郎：《明治这个国家》，日本放送出版协会，1989年，第114页。
② ［日］司马辽太郎：《明治这个国家》，日本放送出版协会，1989年，第39页。

"完全丢掉江户时代的人文科学以及诸多合理主义思想"①。与此相对,明治国家的思想来源,是"一直购买欧洲的近代思想",江户时代的合理思想消失,造成了"昭和的大陷落"。②

司马认为明治维新的亮点并非王政复古,而是伴随废藩置县的诸侯以及武士们的自我解体。明治政府建立后,中央政府所能统治的土地只是原幕府直辖领地及东北叛乱诸藩之地,其他大部分土地仍在各藩手里。消灭诸藩割据、真正实现国家统一,是明治政府的一项迫切任务,也是发展资本主义的需要。1868年11月伊藤博文提出了关于废藩置县的建议书。大隈重信、岩仓具视等也提出了同样的主张。1868年12月政府颁布《藩治职制》,着手整顿藩政。1869年3月萨摩、长州、土佐、肥前四强藩,向明治政府提出"奉还版籍"以表效忠,其他各藩也起而效法。1869年7月25日天皇批准各藩之"奉还",任命各藩大名为"藩知事",作为地方行政长官在原地任职。实现国家真正统一的重要步骤是"废藩置县"。1870年10月4日明治政府颁布《藩制》,对藩政作进一步改革。随后,为预防大名的反抗,从萨、长、土三藩征得精兵1万多人入京,组成中央政府的直辖军事力量——御亲兵。1871年8月11日明治政府进行重大改组,将公卿、藩主们尽皆免职,只留下了主张改革的右大臣三条实美和外务卿岩仓具视,领主势力基本被排除。1871年8月29日,天皇召集56名藩知事,宣布《废藩置县诏书》,称:"朕思更始之际,内以亿兆保安,外与他国对峙,宜名实相符,政令归一。……故今废藩为县,务除冗就简,去有名无实之弊,无政令多歧之忧。"③废除藩国制度,打破藩界,全国先设3府(东京、大阪、京都)、302县,1881年并为3府42县。旧藩主一律解职,其家禄和华族身份得到保证,本人移居东京。各藩的年贡移交政府,债务也由政府承担。中央任命府知事掌管东京、大阪、京都3府,县令治理各县,以代替知藩事,使权力集中于中央。伊藤博文作为岩仓使节团成员访美时,曾发表演说:"欧洲为废除封建制度进行了长

---

① ［日］司马辽太郎:《明治这个国家》,日本放送出版协会,1989年,第158页。
② ［日］司马辽太郎:《明治这个国家》,日本放送出版协会,1989年,第169页。
③ ［日］大久保利谦:《近代史史料》,吉川弘文馆,1965年,第57—58页。

期战争,而日本却滴血未流、一弹未发,就废除了封建制度。"①

司马认为"明治四年(1871)的废藩置县是日本史上最大的变动。它超越了4年前明治维新的剧烈社会变动,是高于明治维新的革命"②。他写道:

> 君临日本270年的大名们一夜之间消灭。士族,即武士阶层整体人口190万人,如果当时的总人口是3000万的话,相当于0.6%。这些人一齐失业了。因此只能说它是革命的政治性作用,一场外科手术。由此后来在各地引起了士族叛乱,并且成为西南战争这一巨大副作用的导火索。废藩置县应该称之为军事政变或者第二次革命。如此巨大的政治性破坏作业——当然也伴随着建设,但是遭受迫害,被灭亡的迫害,大名们没有出现一例叛乱实在是不可思议啊。③

司马对废藩置县后的武士们充满同情与惋惜:"如果从全国近200万的武士家族看,难道不是十分可笑吗?特别是建立明治维新的武士家族……豁出性命出去打仗,在北陆激战,在东北搞攻城战,攻打北海道的箱馆,终于幸存返回东京,却遭遇解散。大部分的武士家族都没有获得奖赏和津贴。返回故乡的话,废除武士家族。如果遭遇这种情况而不生气的人,一定是神仙一样的人吧。"④

司马甚至为大名和武士鸣不平:"对于大名、武士来说,再也没有比废藩置县更愚弄人的了。明治维新是士族进行的革命。众多武士流血牺牲。为了这一历史剧需要的巨额经费全部是各位大名自掏腰包。但是回报给他们的是废藩置县,没收他们的领地,武士全部失业。他们肯定会想到底是为了什么进行的明治维新啊?说是大名、士族,以倒幕的萨长为首的几个藩,如果仅他们留在胜利者的座位,其他人降为平民,还是比较好理解。但是事实是所有的胜利者以及失败者都一起跌入波涛汹涌的大海,一起平等地失业。这就是明治四

---

① [日]大久保利谦:《岩仓使节之研究》,宗高书房,1976年,第189页。
② [日]司马辽太郎:《明治这个国家》,日本放送出版协会,1989年,第187页。
③ [日]司马辽太郎:《明治这个国家》,日本放送出版协会,1989年,第252页。
④ [日]司马辽太郎:《明治这个国家》,日本放送出版协会,1989年,第254页。

年废藩置县的革命。"①

　　司马辽太郎指出，废藩置县之所以能够顺利实施，是因为幕末以来，日本人共有的危机意识。他说："幕末以来，日本有可能会遭到侵略，变成殖民地，被灭亡的共同意识与恐怖心理是何等严重，以及现实反抗的攘夷感情，其副产品的日本国家意识（不是将国家看作分裂的各藩，而是将日本国整体看作一个命运共同体的意识）也是何等强烈，如果不能理解这种笼罩一国的共同感情，那么将难以理解废藩置县。因此被害者们，并且是拥有武力的被害者们，无奈垂头丧气默默顺从。每每念及于此，对于当时的日本人，我不禁内心产生一种既崇敬又心痛的感情。②

　　废藩置县是明治政权向近代资产阶级政权转化的第一步。其意义之重大，堪称"第二次王政复古"，它彻底消除了封建领主的分散割据状态，完成了国家和民族的统一，并加速了日本的资本主义化进程。

　　司马赞誉西乡隆盛是真正的武士。他认为：

　　　　西乡之所以赞成废藩置县，是因为他十分赞同国民的概念。但是对于他来说，有他自身无法解决的矛盾。他热爱武士，尤其喜爱萨摩藩的武士。他认为只有这一阶层的人是值得信赖的。但是有这一阶层的存在就无法成立"国民"，但是对于他来说无法废除如同宝石般的武士。西南战争的真正原因正在于此。③

　　为此，司马认为明治维新的最大功勋者并非木户孝允、大久保利通等人，而是最后的将军德川庆喜：

　　　　明治维新的最大的功绩者，首先当属德川将军庆喜。他是幕府末期，外国文件里的"日本国皇帝"。鸟羽、伏见败北后，脱离了巨大的江户时

①　［日］司马辽太郎：《明治这个国家》，日本放送出版协会，1989年，第237页。
②　［日］司马辽太郎：《明治这个国家》，日本放送出版协会，1989年，第115页。
③　［日］司马辽太郎：《明治这个国家》，日本放送出版协会，1989年，第269页。

代,退居水户,令自己消失在历史的另一方。隐退时,命胜海舟全权代理德川家的葬礼。由此,明治维新最大的功劳者,是德川庆喜和胜海舟。从此功绩来看,萨摩与长州,不过仅仅是力量而已。如果与这一瞬间的二人相比,西乡隆盛、木户孝允也变得极为渺小。①

为何得出这样的结论? 那是因为在司马看来,德川将军、诸侯以及武士家族全体人员,为了创造"国民"不惜作出自我牺牲。所谓"国民",根据他的定义,"无论是谁都是平等的,实际在法律之下平等且等质。并且,无论每一个国民,都是将自己和国家视为一体"②。

司马对天皇以及尊王论者的作用几乎只是一笔带过。他说:

> 明治维新建立在否定德川幕府的基础之上。对下级诸藩的武士们来说,否定将军,需要借助将军以上的权威即天皇的力量。这也是可能的。明治宪法规定,元首是天皇,也是历史的归结。③

虽然司马辽太郎认为明治维新思想贫瘠,但他是充分肯定明治维新的意义的。司马写道:"江户时期的日本是不同体系的文明,但是完全不同体系的明治国家的成立难道不是在思想意义上的世界史大事? 叙说当时的3000万日本人的痛苦,对世界的市民们来说多少是刺激性的话题。"④

司马辽太郎又写道:

> 日本人因明治维新摒弃儒教,甚至在一段时期废佛毁释连佛教一起丢掉,向西学大转换。如果从伊斯兰教和印度教的各国来看,会想日本人是不是与我们是一样的人类? 与其说是惊叹不如说是感觉不快。对于思

---

① [日]司马辽太郎:《明治这个国家》,日本放送出版协会,1989年,第244—245页。
② [日]司马辽太郎:《明治这个国家》,日本放送出版协会,1989年,第216页。
③ [日]司马辽太郎:《明治这个国家》,日本放送出版协会,1989年,第298页。
④ [日]司马辽太郎:《明治这个国家》,日本放送出版协会,1989年,第209页。

想深入骨髓的民族来说，日本人也许是人类以外的什么另类的存在。①

司马指出明治维新是复杂的。"一方面想要与世界同步，即实现国际化，具体而言即拥有世界共通的规则，进而言之即建立世界上拥有法制能力的国家。在对普遍性的强烈渴求这一方面，理应对基督教持宽容态度。但是另一方面，又是一个以国家主义为爆发力建立的新国家，因此国家主义当然是内向型的。内部要坚固团结。抵御外来的攻击——即尊王攘夷——从这一方面来说，又具有拒绝普遍性的海螺般的柔软。"②

三、大正史观

司马关于大正时期的文章少而又少，可以说"大正史的欠缺"是司马史观的一个特征。司马辽太郎描写大正时期的文章仅有《关于俄罗斯》的"刊后语"。因为《关于俄罗斯》是有关日俄关系的作品，不得不触及"西伯利亚出兵"。"刊后语"的寥寥数语，却象征性地表现出其对大正期的评价。他说：

> 日本的狡猾要素，全部孕育于大正时代（1912—1926年）。虽然国内亦有大正民主、大正大众社会出现，但是在对外关系上，从后世来看亦是除了卑劣无法形容的国家行动。策划者是从爱国主义立场出发，支持或者煽动言论之人也是同样。国家，也有器量。所谓器量，是集人格、人品、品质的综合概念，是轮廓模糊不清的某种物体。大正时代的日本，做了从前日本绝对不曾做过的两件事。其一是，1915年的"对华二十一条"，其二是1918年的"西伯利亚出兵"。③

司马批判"对华二十一条"是"趁第一次世界大战中所谓列强无暇顾及中国，日本试图代替列强垄断中国的殖民地。由此日本的印象大幅恶化。导致

---

① ［日］司马辽太郎：《花神》，新潮社，1993年，第53页。
② ［日］司马辽太郎：《明治这个国家》，日本放送出版协会，1989年，第304页。
③ ［日］司马辽太郎：《关于俄罗斯——北方的原型》，文艺春秋，1976年，第255页。

中国民族运动发生，扩散了日本国内隐形的毒素。正是这种腐蚀与国家的灭亡相连，当时的'爱国者'们没有发现而已"。

如司马所言，1915年1月18日，日本大隈重信内阁强迫袁世凯于同年5月25日签订条约。日本趁第一次世界大战，列强无暇顾及中国之机企图侵略中国，制定了以灭亡中国为目标的"二十一条要求"。袁世凯屈从日本压力，于5月25日签订了有关山东、福建、南满、东蒙、汉冶萍、胶州湾、旅大租借地、安奉铁路等权益的2个条约及13件换文。①"二十一条"的绝大部分要求均被化整为零地强加于中国。这些要求的主要内容是：将德国在山东省的权益转让给日本。"关东州"作为日本的租界地，延长南满铁道权益期限为99年。此外，还要求东北地区和内蒙古东部的权益、日华共同经营汉冶萍公司、中国沿海港湾岛屿不准割让或租借给第三国家、采用日本人顾问、输入日本制造的武器等。中国为废除这个条约做了极大努力。1922年在华盛顿召开的海军限制会议上，达到了其中的部分目的。但是，结果却招致了"九一八事变"。以后，日本又大举进攻了中国。

司马批判"西伯利亚出兵"是非正常国家的愚蠢行动。他写道："最初，组织联军（日、美、英、法），2.48万兵力之中，日军1.2万人近半数。后来，只有日军再次增兵7.3万人。2年后其他国家纷纷撤军，只有日军留下。一个国家持续驻军4年。在此期间，日军损失惨重，死伤达到了1/3。士气逐渐衰退。可以说是前所未闻的穷兵黩武。毫无理由地闯入其他国家，霸占他国领地，杀伤他国人民，这不是正常国家的所作所为。"②

可以说，司马对"西伯利亚出兵"的认识是客观的。在第一次世界大战后期，俄国发生十月革命，建立了第一个社会主义国家。苏俄政府成立后，退出了协约国。十月革命的爆发，极大地改变了第一次世界大战的进程，并影响了人类世界历史的发展。日本企图抓住十月革命后远东地区的混乱机会，积极准备出兵干涉。因为"日本帝国主义早就觊觎西伯利亚的富有资源。自日俄

① 参见米庆余：《日本近现代外交史》，世界知识出版社，2010年，第181页。
② ［日］司马辽太郎：《关于俄罗斯——北方的原型》，文艺春秋，1976年，第257页。

战争结束以来,日本军阀就梦想有一天建立一个从中国东北和蒙古地区一直到西伯利亚的广大殖民地"①。

日本此次出兵西伯利亚,即使仅到从符拉迪沃斯托克(海参崴)撤兵为止,也已长达4年零2个月,如果截至从北库页岛撤兵,则长达6年半以上。日本虽然耗资近10亿日元,约有5000军人阵亡或病亡,付出了巨大的代价,但最终一无所获被迫全部撤兵,可谓是"损人又害己"。"西伯利亚出兵"充分暴露出日本以朝鲜和中国为基地,北进亚洲大陆的野心,并为其进一步实施满蒙政策提供了机会。

此外,司马在《这个国家的形象》中写道:"如果可以自由选择某个国家的某个时代,我想前往日本的大正时代。"司马认为大正教养主义有代表性的和辻哲郎之流的有识之士,在太平洋战争爆发时,之所以雪崩般赞美战争,是因为他们欠缺军事知识,根源于现实主义稀薄,"允许了昭和军部擅自胡来的非现实主义",批评了大正教养主义内涵浅薄。

司马论述大正时代的文章据笔者考察仅此而已。对于司马辽太郎来说,处于"光辉的明治"与"黑暗的昭和"之间的大正时代是不安定的悬空时期,只能定位为昭和法西斯主义的前史。

四、昭 和 史 观

司马辽太郎认为昭和初年至昭和二十年战败为止的十几年在漫长的日本史之中是一个特别的非连续时代。他说:"例如战后'社会科学'的用语'天皇制'等涩口的词汇,大概是这段非连续时代印象的核心。那样的时代并非日本。我有一种蛮不讲理的冲动甚至想要砸碎烟灰缸大声呐喊。它与日本史的任何时代都不同。"②

司马在晚年撰写的散文集《这个国家的形象》中,甚至把这段日本史上的"非连续时代"称作"怪胎的时代"。司马生动描述了自己的认识:

---

① 万峰:《日本近代史》,中国社会科学出版社,1978年,第485页。
② [日]司马辽太郎:《这个国家的形象》第1卷,文艺春秋,1990年,第36页。

那一黏膜般滑滑的物体是有颜色的，只是忽而变成褐色，忽而略带黑色斑点，忽而又变成黑色，还长着皲裂带有毛刺的爪子，两眼闪烁着金光，口中龇出折断的牙齿。形状不断变化，难以形容。奄奄一息，好似在诉说，难以依靠自己的力量前往村庄。我试着问了一声"你是何物？"，令我吃惊的是那个怪物发出了声音。它回答道"我乃日本的近代"。

只是那个物体自己定义的近代，既非1905年以前，亦非1945年之后。而是中间的40年。即这个怪物是日俄战争胜利至太平洋战争战败期间形成，随后被弃之山中。那个怪物又说道："就叫我40年吧。"

"你活着吗？"

"我想我是死了。但是在有的人眼里，我依然活着吧。"

历史也并非不可以看作是一种人格。日本史其精神与肉体都是十分完美的。只是，中途发生了某种变异，失去遗传学的连续性，这个怪胎会说"那就是我"。①

40年周期论作为对国运的发展，政治、经济变动的结果观察，此说法具有一定的客观性。但要把它作为一种有普遍性的史观来解释历史的话，只能说是有其害而无其益了。②

此外，司马认为"怪胎时代"的"思想源头来自参谋本部"，他说：

我认为参谋本部是明治宪法体制中偷偷孕育出的鬼胎。这样说也不完全正确。参谋本部也有其成长历程，最初作为陆军作战机构，在宪法体制下低调地活动。日俄战争结束后，明治41年大规模修改了相关条例，成为独立于内阁与陆军大臣之外的机关。不久参谋本部拥有'统帅权'的超宪法思想（明治宪法既然是三权分立，统帅权即超越宪法），这一时期此种

---

① ［日］司马辽太郎：《这个国家的形象》第1卷，文艺春秋，1990年，第27页。
② 姜克实：《日本人历史认识问题的症结点》，《抗日战争研究》2007年，第1期。

思想还未成熟。因此日韩合并时期,还没有发展到"九一八事变"那样在国政中枢不知情的情况下,"参谋"们阴谋策动对外战争。但是,出于未来对俄作战之需要,剥夺了韩国的国家权力,只能说这种思想的源头来自参谋本部。①

　　司马认为昭和初年至二十年是"怪胎时代",与之前"孕育的日本"不同的"胎儿",并且罪魁祸首是"参谋本部"。很显然司马自知一个国家不可能存在"非连续的时代"。因此才有"蛮不讲理要砸碎烟灰缸的冲动"。

　　虽然司马对于昭和时期有着强烈憎恶之情以及"想要尖叫的冲动",但是直至1987年司马以最后一篇长篇小说《鞑靼疾风录》结束了将近30年的作家生涯,最终他也未以昭和时代自身的战争经历撰写小说。

　　综上所述,在司马看来,继承了江户时期的精神财产,明治时期是一个"光辉"的时代,而且是现实主义的时代。"是被透彻的、高格调的精神所支撑的现实主义。"司马高度肯定明治时代,肯定明治维新的意义,认为日本通过明治维新建立了国民国家,明治维新是一场革命。在明治时代,日本经历了明治维新以及全盘西化的改革,迅速崛起成为近代化的国家。然而,这一时期也伴随着日本军国主义思想的膨胀,这种思想在日本朝野中愈发强烈,推动了日本的对外扩张行为。日本与俄国等国家的领土争端以及对朝鲜半岛和中国东北地区的侵略行为都反映了日本军国主义思想的膨胀,也带来了严重的后果。日本的对外扩张行为最终导致了第二次世界大战的爆发,给亚洲和世界带来了深重的灾难。不仅对受害国家的人民造成了巨大的痛苦和损失,日本在战争中也付出了沉重的代价。因此,对于明治时代的军国主义思想,我们不能简单地视之为日本近代化进程的一部分,而应该深入剖析其根源和发展,批评其带来的负面影响,探讨历史时应该保持客观、全面的态度,避免过度美化和简单化解读。

　　司马史观在评价明治时代及其后续时期的日本历史时,显然存在偏颇之

---

① 〔日〕司马辽太郎:《这个国家的形象》第1卷,文艺春秋,1990年,第31页。

处。司马赋予了明治时代及其带来的近代化变革以非凡的历史意义，对明治时代过度褒扬，将其视为日本历史上最值得颂扬的时期之一，而忽略了其中军国主义思想的迅速膨胀以及对外扩张意识的强烈。

司马评价甲午战争、日俄战争等历史事件时说："如果因为赞誉日本海海战之伟大就被盖上军国主义者的帽子是极为幼稚的。"他否认了日本在军国主义思想指导下对外用兵的事实，在一定程度上淡化了军国主义对日本外交政策的影响。同时，对于二战期间日本谋划所谓"东亚共荣圈"的行为，司马认为："'大东亚共荣圈'是日本史上打造的唯一一次世界构想。正因为大都是幻想，所以现实主义稀薄而又华丽，令人心醉。"所谓大东亚共荣圈是日本在第二次世界大战中提出的妄图建立殖民大帝国的侵略扩张计划及其实施。这个计划鼓吹"日满华三国合作"，企图独霸中国，排斥西方列强在华势力。它提出建设以"皇国为中心"，以"日满华"牢固结合为基础的大东亚新秩序，确立包括整个大东亚的经济协同圈。在经济上，日本鼓吹"大东亚共荣圈"将成为"共存共荣"和自给自足的地区，为掠夺东亚各国的资源，宣称共荣圈的经济首先应以开发资源为第一目标和中心。在文化上，则将日本自封为东洋文化的代表者、拯救者，要求东亚各国自觉协同日本，为东洋文化复兴，使东洋文化达到傲视西洋文化的程度而建成以"大东亚共荣圈"为背景的大东亚文化自给自足体。然而，"大东亚共荣圈"的实质是极端的殖民主义和霸权主义思想，其目的是建立一个由日本主导的大东亚殖民地，对亚洲各国进行残酷的统治和掠夺。这一计划的实施给亚洲各国带来了深重的灾难和痛苦，也遭到了国际社会的广泛谴责和反对。最终，随着日本在战争中的失败，"大东亚共荣圈"的计划也随之破产。日本所谓"东亚共荣圈"这种意愿实发端于明治维新后日本在东亚崛起、可以雄视东亚其他国家的现实状况。日本是在这种幻想下大肆进行了扩张侵略。司马还认为日本如此所为，"是为了获取使战争持续下去不可或缺的石油"，有石油日本就能继续强大下去，自然就能保证所谓的"东亚共荣"。他将日本的侵略行为归因于对石油等资源的需求，这种观点模糊了军国主义思想对日本侵略政策的推动作用，而将其简化为单纯的资源需求。司马试图为其寻找合理性，这实际上是在为军国主义的侵略行为辩护，忽略了日本对邻国的侵略带来的严重后果。

司马的史观，也隐含着明治时代的日本是东亚引领者之意。他通过"明治这个国家"，把明治时代的日本视为东方蒙古人种中最值得颂扬的国家，使用"明治国家"而不是"明治时代"，也意在表明那时的日本对人类文明的贡献之卓越，它不仅仅是日本的一个时代，一段日本史而已。他说："明治国家并非当今日本人的私有物，我想把明治国家作为人类特别是蒙古人的遗产捐献给世界……""19世纪后半叶，摆脱腐朽文明建立近代国家的只有日本。"因此，他认为"世界史中值得炫耀的明治国家及其成立，坚强、忠实的明治人作为历史事实不能被否定"，为此，司马认为战后日本的历史教育是"幼稚"的。而二战后，日本受到战败投降后国际社会对其军事上的相关制约是正当的，日本的教育也是这一思想引导下的产物。而司马却对此颇不以为然，他依然怀念明治时代带来的"我们的历史是第一级的历史"。

司马赞颂明治时代，却忽略大正时期，厌恶昭和时代，将它们称为日本史上的"非连续时代"或"怪胎的时代"。同时，司马反感后来的日本"参谋本部"超越宪法思想而擅自阴谋策动对外战争。仅仅责怪参谋本部是不断扩大战争的罪魁祸首，而对于日本朝野军国主义思想不断升级、泛滥，由此带来整个国家扩张侵略的狂热的历史现实，却未予置评。这是司马史观的最大漏洞。军国主义的核心目标在于通过扩张领土，争夺日本的所谓"生存空间"，司马否定"十五年侵略战争"，出发点不是否定侵略本身，而在于其因侵略而失败了的结果。他认为日本军国主义不合时宜地发动了在东亚的侵略，反之，如果当时他们的侵略时机和策略选择得当，从而取得了侵略胜利，也就无所谓军国主义罪责了吗？由此可见，司马对这种侵略的否定是基于时机选择的不时，而不是对侵略本质的否定。

司马史观中存在的这些偏颇和缺陷，使得他对日本近代史的理解狭隘且片面。他未能深入分析军国主义思想如何在这些时期逐渐滋生并影响日本的对外政策，以及侵略行为对整个东亚地区造成的严重伤害。因此，我们应该采取批判性思维，以客观、全面的态度对待日本近代史，才能更好地认识历史的真相。

第二章　司马辽太郎的甲午战争观

甲午战争,不仅是中国近代史上划时代的大事,也是远东国际关系史上的重大事件。藤原道生指出:"甲午战争是日本从被压迫国向压迫国过渡的转折点,因此在日本近代史上是一次划时代的战争,具有和第二次世界大战相匹敌的意义。"①中国败于"蕞尔岛国"日本手下,从天朝上国坠落成任人宰割的对象,不仅使中国在东亚的文化母国形象彻底坍塌,国际地位一落千丈,也使两千年中日关系史发生巨大逆转,而且使西方列强掀起瓜分狂潮。司马在《坂上之云》等作品中阐述了对甲午战争的认识。他点评甲午战争前的中日外交,批评中国骄傲自大,外交方面存在重大缺陷。司马从地缘政治学的角度出发,强调俄罗斯的威胁,主张甲午战争是为了保护朝鲜的独立,保卫日本不被侵略而进行的一场非善非恶的战争,是新旧秩序的决战。他认为日胜清败的原因是中国人缺乏国家观念、北洋舰队的失误以及中国国家体制。在司马笔下,甲午战争后的中国已是"死肉"一堆,而日军对义和团的镇压则显示了"文明国家"的一面,遵守国际法,维护了国际道义。

第一节　《坂上之云》描绘的甲午战争

《坂上之云》是以甲午战争和日俄战争为主题的历史小说。迄今为止《坂上之云》的销售量已逾2000万册。《坂上之云》创作前准备了5年,创作过程又花费了4年3个月。这部作品1968年4月22日至1972年8月4日连载于《产经

---

① ［日］藤村道生:《日清战争》,米庆余译,上海译文出版社,1981年,第1页。

新闻》夕刊,当时恰逢日本政府进行"明治百年纪念"。1968年10月23日,佐藤荣作内阁时期日本政府举办该活动,旨在彰显"明治改元以来跨越100年日本近代化的成果"。佐藤荣作在首相致辞中讲道:

> 明治百年这一词语,近年来各方在多种场合之下以各种含义被频频使用。我国以明治维新为界,摆脱了长期的封建统治,吸收了西方国家的先进文明,迈向了发展近代国家的道路。明治的先辈们,贯彻了身为日本人的国民自觉,燃烧着崭新的开拓精神,为了建设作为东西文明接点的日本而鞠躬尽瘁。由此,方建成了今日之日本。在此百年期间,刷新了世界史上若干记录的巨大进步与发展成绩,尽管由于此次大战遭受了致命打击,但是我们在短时间内恢复了国力,成功地重新建设了国家,赢得了世界的一致惊叹。世界各国以惊异之目光来观察我国从明治直至昭和的百年历史,并且唤起了各国日本研究的意欲。以此百年纪念为契机,我们要努力使日本人了解自己的国家,今后期待再次昂扬那种国民性的能量,正是举办百年纪念的根本意义。①

此外,东海道新干线已经开始投入运营(1964年10月1日),《坂上之云》连载期间,东名高速东京—小牧间开通(1969年5月),大阪吹田市召开日本万国博览会(1970年3月—9月)。日本的经济高速增长与日本近代历史重叠在一起。此时,以日本战胜大国俄罗斯的日俄战争为主题的"明治日本的成功物语"《坂上之云》在报纸上连载约5年,虏获了大量读者,成为司马辽太郎的代表作。1969—1972年文艺春秋出版《坂上之云》六卷单行本以及八卷文库本。《文艺春秋》曾以"20世纪图书馆"为题,向各方进行问卷调查,试图寻找出一本足以代表20世纪的日文作品,结果名列第一的就是司马辽太郎的《坂上之云》。②《坂上之云》被搬上荧幕之后更是在日本社会掀起司马史观的热潮。有的学者

---

① [日]中冢明:《司马辽太郎的历史观》,高文社,2009年,第12页。
② [日]池谷伊佐夫:《二手书虫去哪儿了:从神保町到查令十字街》,文艺春秋,2008年,第42页。

甚至称："司马的《坂上之云》将战后历史认识的钟摆放回了正确的位置。"①谷泽永一给予《坂上之云》高度评价："昭和四十七年(1972年)九月《坂上之云》的出版，不仅仅是文学史上的大事，而且为我国时代思潮带来了划时代的变革。司马辽太郎使尽浑身解数，为日本近代史洒下焕然一新的灿烂阳光。落后于工业革命50余年，为什么黄色人种里只有日本完全依靠自力完成近代化？司马究其原委笔耕不辍的这一长篇历史小说，回答了这一饶有趣味的问题，再现了明治时期日本人的凛然正气，给予国民莫大鼓舞。由此社会上出现了基于崇敬之情的所谓'司马史观'这一称谓也并非空穴来风。"②特别是《坂上之云》的影视化对此现象更是起了推动的作用。

关川厦央指出："司马的小说《坂上之云》是代表明治日本的关键词。从出版时间看，恰逢战后复兴结束、经济高速增长到来之际，因此《坂上之云》对企业的高层领导者来说，是饱含经营策略的经营学读物；对大学生来说是绝佳的历史教养书；对喜好历史的普通大众来说，则是痛快淋漓的连续剧；对大多数的工薪阶层来说，则奏响了人生的励志曲。司马辽太郎独特的简明畅快的口语体故事情节层层展开，发挥了缓解企业战士紧张疲惫工作中精神饥渴的作用。"③

一、《坂上之云》的创作动机

在《昭和这个国家》中，司马说到自己之所以创作《坂上之云》是想进一步了解明治时代。司马认为日本的明治时代虽有各种各样的缺点，但是极其伟大。他说：

> 明治时代是江户时代发展而来。我认为江户时代的多样性融汇为明治的一条河流。江户时代是多彩多样的时代，形成大的文化，必须具备多

---

① ［日］鹫田小迷太：《司马辽太郎　人间大学》，PHP研究所，1997年，第209页。
② ［日］谷泽永一：《司马辽太郎》，PHP研究所，1996年，第17—18页。
③ ［日］关川夏央：《司马辽太郎与日俄战争》，樱美林大学东北亚综合研究所，2008年，第100页。

元化才会精彩。用单纯的一种文化统治一个国家,最终这个国家或社会会逐渐走向衰弱。今天的日本也有变成单纯文化的趋势,但是回溯江户时代的话,感觉十分大气。虽闭关自守,孤立于全世界,但是在国内却是多种多样,三百诸藩各有特色。明治的精神是什么? 实在难以回答。明治也有一些例外,但是几乎是没有贪污的时代。明治的风气,是江户时代二百七十年建立的一种学校。战后的一段时期,日本是受到各种批判的时代。一般认为明治也是"女工哀史"的时代,野麦岭象征的时代。的确如此。不过,即使那样我小的时候,我们的老人们,经历过明治的老人们,快乐地畅谈明治时代实在不可思议。我打算写《坂上之云》这部小说的动机,是想自己再进一步了解明治。①

司马辽太郎生前在其作品《昭和这个国家》中表示:"我希望这一作品尽量不要被改编成电影、电视剧之类的视觉作品。一旦改编出现纰漏,有可能会遭到误解,认为我在鼓吹军国主义。我自身被误解并无大碍,但是我想那种误解有可能会带来危害,所以执笔的时候十分小心。"②

但是最终,日本放送出版协会取得司马辽太郎遗孀福田绿的授权,将《坂上之云》拍摄成大河剧。该剧2009年11月29日开始间断性地在电视台播放。收视率最高达19.6%。平均收视率为17.7%。而日本放送出版协会将《坂上之云》制作成电视连续剧的企划意图如下:

> 《坂上之云》是司马辽太郎用尽浑身解数、花费10年光阴创作的明治时代青春群像的波澜壮阔的历史小说。至今为止发行量逾2000万部,震撼了无数日本人的心灵,是当之无愧的司马辽太郎的代表作。以此国民文学作品授权日本放送出版协会影像化为契机,我们企划拍摄超大型电视连续剧来再现近代国家第一步的明治时代的精神与苦恼,给予现代日

---

① ［日］司马辽太郎:《昭和这个国家》,日本放送出版协会,1999年,第205页。
② ［日］司马辽太郎:《昭和这个国家》,日本放送出版协会,1999年,第45页。

本人以勇气与启发。21世纪的今日，世界全球化浪潮的冲击下，国家与民族的存在方式愈发混乱。其中，日本面对社会构造的变化以及价值观的分裂不断徘徊在前进的道路上。《坂上之云》是一部每一位国民都仿佛少年一般充满希望，致力于国家的近代化，奋不顾身在日俄战争中战斗的"少年国家明治"的物语。生动刻画了与当今同样创造新的价值观的苦恼与奋斗的明治时代的精神。这部作品蕴含的信息，在思考日本今后应该前进的方向时给予我们巨大的启示。

"坂上之云"的含义即"山坡上的云"。小说以明治时代为背景，描写了秋山好古、秋山真之兄弟以及文学家正冈子规的故事。这部作品重点虽然在于讲述日俄战争，但是同时也清晰地表露了司马对中日甲午战争的认识。

二、《坂上之云》的史料运用

司马在《挖掘日本史》中阐述了自己对史料的认识。他说史料就像是扑克牌，扑克牌自己无法决定胜负，史实本身也无法讲述任何真相。"史料里装载的只不过是事实。但是如果不尽力采集很多这样的事实，无法看到真相。所以尽量把很多的事实排列在桌子上，一直观察，受到事实刺激升起的气体一样的物体就是真相。但是事实对于作家或者是历史家来说，是刺激理想的材料，思想如果停留在事实这里，就无法走向事实的另一方。因此我认为要耐心地观察事实。"①

司马谈到撰写历史小说之际对于历史"事实"的处理，他说："《坂上之云》这部作品必须在庞大事实关系的累积之中撰写，为此感到疲惫无比。本来所谓的事实，对作家来说不过是为了到达真实的催化剂，但是《坂上之云》并非如此，事实关系一旦出现纰漏就失去任何意义，正因为如此，时而会感觉到宛如双脚陷入泥沼般的痛苦。"②

① ［日］司马辽太郎：《挖掘日本史》，集英社，1980年，第108页。
② ［日］司马辽太郎：《坂上之云》第8卷，文艺春秋，2010年，第350页。

在《坂上之云》单行本第4卷后记中司马还写道："我实在怀疑这部作品是否可以称之为小说。首先它是百分百拘泥于事实,笔者选择了一个难以构成小说的主题。撰写《坂上之云》时非常小心翼翼,感觉自己精疲力竭,小说本来是虚构出来的,但是我在撰写时杜绝了一切虚构。"①

司马在《明治这个国家》中再次表明自己对细节处理是如何忠实于史实:"我在撰写《坂上之云》的日本海海战时吃尽了苦头,每天细节都在发生变化。例如,这艘军舰某日某时出现在何处。军舰是动态的。一旦出现纰漏将前功尽弃。但是即便准确无误地描写,也与文学性的价值毫无任何关系。实在是令人心神交瘁。"②

诚然,司马在撰写《坂上之云》之际,的确阅读了大量的资料与著作,并且花费了多年光阴,才完成了这一巨作。《坂上之云》小说主人公之一的正冈子规病死之后,司马写道:"我十分困惑不知该如何叙述当时日本及其周边的情况。"③作为历史小说,司马笔下的秋山兄弟以及正冈子规的青春物语的确富有非同寻常的魅力,但是涉及论述近代史上甲午战争和日俄战争,踏入历史领域,司马不免漏洞百出。作品中不乏曲笔、夸张表现,甚至故意掩盖、美化日本的侵略事实。一些学者认为《坂上之云》是历史小说,我们不能要求它像历史书一样严密,但是却不能混淆是非,真假不辨。

三、《坂上之云》勾勒的明治日本

在《坂上之云》中,司马辽太郎对明治维新及明治时期的"脱亚入欧"政策给予充分肯定。他认为清政府和朝鲜对日本的欧化持蔑视态度,日本为了不陷入亡国境地实施富国强兵,学习西方帝国主义。他说明治初年的"征韩论"就是因为朝鲜蔑视日本而引起的。司马形象地勾勒出"明治日本"的概念:

在列强眼里,把"明治日本"理解为一幅漫画更为恰当。二十余年之

---

① ［日］司马辽太郎:《坂上之云》第4卷,文艺春秋,2010年,第361页。
② ［日］司马辽太郎:《明治这个国家》,日本放送出版协会,第156页。
③ ［日］司马辽太郎:《坂上之云》第2卷,文艺春秋,2010年,第32页。

前腰间挎着两把刀、徒步穿越东海道,梳着世界上独一无二的发髻、穿着独特的民族服饰的国民,拥有了西式的国会、法律、德式的陆军以及英式的海军。西方人嘲笑这是猴子学样。如果模仿就是猴子的话,那么靠相互模仿才成长起来的欧洲各国的人们才是老猴子,不过这些老猴子们却争相嘲笑现在的这只小猴子。我们才不做猴子,认为世界就只有中华的清国,对日本的欧化十分蔑视。对日本最为蔑视的,应该是崇拜大清帝国的文化,并一直作为他们的藩属国的朝鲜。朝鲜厌恶日本的理由是"倭人最令人摒弃之处在于他们扔掉了自己的风俗",还把日本的使节赶了回来。明治初年的"征韩论"就是由这样的孩子气的感情问题而引起的。①

司马认为,无论如何维新后欧化了的日本和日本人,在先进国家看来像是在看漫画,在亚洲邻国看来是一副既可笑又面目可憎的样子,两方面都没对日本抱有友好的善意。他说:

> 不过当时的日本和日本人却已经是倾其全力了。在产业技术和军事技术领域与欧洲相比要落后四百年。想就此一举学习模仿,最好是能马上变成自己的东西,这样就能和西洋各国一样获得富国强兵的荣耀。不,还没有顾得上考虑荣耀的心情,不向西洋好好学习不能达到西洋同等实力的话,就会像中国一样陷入即将亡国的境地。日本这样不顾体面地抛弃过去,奔向西洋化是赌上了日本帝国的存亡的。西洋兴起的能量源泉是什么,日本的国权论者们认为是帝国主义和殖民地。民权论者们虽然说是"自由和民权",大多数人还是把帝国主义结合在一起来讨论的。帝国主义与自由民权浑然一体,作为西方各国生命之源泉,当然也想照葫芦画瓢。西方的帝国主义历经年轮与浩劫,日趋复杂老练,曾经的强盗之流披上商人的外衣,甚至时而伪装成人道主义的形象,成熟至此。但是日本的帝国主义刚刚开张,还极为幼稚,内心的欲望赤裸裸地表现出来,不免

---

① [日]司马辽太郎:《坂上之云》第2卷,文艺春秋,2010年,第32页。

显得丑陋。欧洲的列强,特别是帝国主义后进国的德国大体也是如此。①

推行帝国主义政策的方法也许存在"幼稚"与"老练"之分,但是对于其他国家被统治阶层的人们来说,帝国主义不论是"幼稚"还是"老练",都无法改变受害的本质。正因为"幼稚",其掠夺行为更加来势汹汹。所谓幼稚的帝国主义论,是不能为日本免罪的。史实表明,明治初年的"征韩论"并非"就是由这样的孩子气的感情问题而引起的"。日本近代的对外扩张思想可谓源远流长,最早可以追溯到《日本书纪》《古事记》中的"皇国"思想。而甲午战争的侵略思想渊源,则可追溯到丰臣秀吉时代。1592年"文禄之役"、1597年"庆长之役"中,丰臣秀吉先后两次大规模派兵进攻朝鲜,虽然他的侵略计划最终并未如愿以偿,但其穷兵黩武、大兴无名之师之举,可谓日本倡导大陆扩张的鼻祖。德川幕府时期,鼓吹海外扩张者不乏其人,其中以佐藤信渊最为典型。幕末时期,伴随攘夷与开国之论争,"征韩论"高涨起来。不论是学者,还是志士,都在梦想"海外雄飞"。主要代表人物有吉田松阴、胜海舟等。吉田松阴在其所著的《幽囚录》中,曾露骨地鼓动日本"取朝鲜、拉满洲、压支那"②。

而自17世纪以来,葡萄牙、西班牙、荷兰、英国等欧洲国家先后来到亚洲,开始了殖民扩张的历史。19世纪50年代西方殖民主义波及日本,在沦为殖民地的危机面前,日本迅速作出反应,推翻了德川幕府的封建割据统治,建立以天皇制为中心的中央集权体制,实现了国家的统一。1868年的明治维新是日本从封建社会向资本主义社会过渡的重大历史转折。不仅对日本,甚至对亚洲都产生了极其深刻的影响,而且决定了近百年来日本资本主义的历史进程。明治政府通过实施"富国强兵""殖产兴业"和"文明开化"三大政策,推进了资本主义的发展。日本通过明治维新,在亚洲最早引进了西方先进国家的政治、经济、军事、教育以及科学技术,获得巨大发展,成为第一个非西方的资本主义国家。但是由于它是以西方资本主义文明为楷模的,因此不可避免地带有两

---

① ［日］司马辽太郎:《坂上之云》第2卷,文艺春秋,2010年,第32页。

② ［日］渡边几治郎:《日本战时外交史话》,千仓书房,1937年,第8页。

面性。"富国强兵"的主要措施即改革旧军制,建立新式近代军队,积极扩充军备,发动侵略战争。日本明治维新后,虽然采用了资本主义的生产方式,但仍保留着封建主义和军国主义的传统,日本的"大陆政策",融汇资本主义和封建社会的殖民政策和军国主义,变成日本近代外交,特别是对邻近国家关系的主旋律。独立富强与对外侵略扩张,是明治维新畸变孕育诞生的孪生胎。

推翻德川幕府统治的日本近代天皇统治集团上台伊始,便在"求知于世界"的口号下,推行变法维新,励精图治,与此同时,开始进行对中国、朝鲜等邻近弱小国家的侵略扩张。明治初年,日本再次掀起了一股"征韩"风潮,其代表人物是新政府要员木户孝允、外务省官员柳原前光、佐田白茅等。山县有朋内阁成立伊始,便提出"保卫利益线",成为尔后日本军国主义对外发动侵略战争的"理论"根据。1885年3月16日福泽谕吉发表了著名的"脱亚论","如斯例也,今之彼二国于我,有百碍而无一利,此乃我国之大不幸也。唯今之计,我当决断,与其坐待彼等昌明,共兴亚洲,莫若早脱其列,携手西洋诸国,待彼二国,则如西人即可,子不闻近墨者黑乎? 是故,我国势必拒此东方之恶邻于心念也"①。"脱亚论"表明日本成为近代国家后,对亚洲和中国认识发生重大转折,从尊崇中国、学习中国转变为蔑视中国、贬斥中国,甚至走向脱离亚洲,侵略邻国的道路。

四、《坂上之云》点评的中日外交

小村寿太郎(1855—1911年)是日本近代著名外交家。1871年考入当时最高学府东京大学南校,1875年赴美攻读法律,5年后回国入司法界任职,1884年转职外务省。1901—1911年间,小村两度出任日本外务大臣。他奉行军国主义的外交路线,以其敏锐的政治嗅觉,穿梭于帝国主义国家之间,巧妙利用列强争夺亚洲霸权所形成的矛盾,为日本的大陆扩张赢得了有利的国际条件。小村在日本外交舞台的崛起,同当时的外务大臣陆奥宗光对其才华的赏识密

---

① [日]福泽谕吉:《脱亚论》,原载《时事新报》1885年3月16日,《福泽谕吉观全集》第11卷,岩波书店,1981年。

切相关。1893年,38岁的小村被任命为驻华公使馆一等书记官并代理公使职务,作为军国主义外交家,小村的外交生涯与日本"大陆政策"的形成与发展是一致的。他在"日英同盟""日俄战争""满洲问题""日韩合并"等重大事件中,都使尽浑身解数为日本谋求最多的权益。中日甲午战争之前,中国已成为日本军事侵略的目标。时任驻华代理公使的小村寿太郎正是主张对华开战的急先锋。在此期间,小村的外交活动已成为"陆奥外交"的重要一环。1894年甲午战争前夕,他作为驻华代理公使,蓄谋制造了中日之间的决裂。他不仅忠实地执行了日本政府的扩张侵略政策,尔后,又作为从军人员出任"辽东第一军管民政厅"长官,直接参与了对中国的军事侵略。战后则参与中日谈判,迫使清政府签订《马关条约》。在这场战争中,小村由于其"功绩"而受到山县有朋、桂太郎等人的嘉许,从而奠定了日后成为政治家的基础。"小村是一个坚定的民族主义者,在他的心目中,中国的软弱是日本的不幸,因为它促使贪婪的西方列强侵入东亚,并威胁到日本的安全。但同时,中国的软弱又是日本的幸运,因为它给日本提供了扩张的机会。简言之,这是一种为他不断急切地怂恿日本实行大陆扩张提供依据的诡辩。"①

司马在《坂上之云》中对这一时期的小村外交进行了详述:

英美法德俄这些国家蚕食着中国的领土,很早就获得了巨大的市场,并为了维护这些权利和获取新的权利,派驻着相当有分量的外交官。在北京的列强公使们,一刻不停地演奏着他们的力量音乐会,相互间紧密联系商量着对付中国,当然他们没有让日本也加入其中。中国的高官们,对待日本公使的态度也表现出与列强们的露骨的区别。②

在北京的世界列强们当然没把日本公使当作伙伴。在清国政府和列强们的外交团的眼睛里,日本公使只是些混杂在巨兽中的小虫子而已。③

① ［日］冈本俊平:《明治时期日本对华态度的一页:小村寿太郎研究》,《国外中国近代史研究》第一辑,中国社会科学出版社,1980年,第62页。
② ［日］司马辽太郎:《坂上之云》第2卷,文艺春秋,2010年,第41页。
③ ［日］司马辽太郎:《坂上之云》第2卷,文艺春秋,2010年,第43页。

小村愤恨道："看来非得打一仗不可。"在朝鲜半岛日清间的空气已经日趋紧张，小村所说的战争也并非唐突之词，而且小村一直就是主战论者，他的主张是只要有胜机，做好战争准备的话可以伸张国力并提升本国在国际社会的地位，这点上和列强们的外交思想是一样的。"狠狠咬到他们服输的话，这些家伙们的妄自尊大一天就可以改过来。"①

从司马的描述中可见，老牌资本主义国家早已在分割中国领土的宴席占好座位，日本因是后起的资本主义国家迟来一步，被列强们排挤在外，十分不甘，迫切要加入列强行列。为此，驻华公使小村主张对中国发动武装侵略，并广泛收集中国社会情报。在担任驻华公使期间，小村记载了他的北京见闻。他对当时北京的人口、交通、卫生状况、气候等详细记载道：

北京的人口号称两百万，实际上只有八十万不到。家庭数约为十万。全部都是平房。道路有两三条像我们东京的上野御成道，道路的两边都开着露天商店，十分狭窄。这种道路分为马车道和人行道。露天商店的店主就在那里住宿，所以就像家里的房子一样。道路还是原始的状态，从不修缮，所以坑坑洼洼的行走困难。往来之人不爱清洁，和传闻中一样，在路上随处大小便，臭气纷纷。不过他们都已经习以为常了，并不怎么当回事情。小便到处流，可以倒在河里，或者倒到水池里。走路一不小心的话就会踩到。还好大便不会在那里留很长时间。这摊大便会被猪、狗、人这三者竞相处理。人赶狗，狗赶猪，相互竞争看谁获得更多。狗是十分狡猾的动物。当小孩在路上大便时，它会等在一边，一等结束就马上去吃光。人就会去把狗赶走。人们会像我们东京捡废品的人一样背着篓，把狗赶走后铲起大便，运到郊外，作为肥料来卖钱。已经如此不干净整洁了，夏天还经常下雷阵雨，雨后又会刮风。基本每周会有一次从沙漠吹来的沙尘暴遮天蔽日，天昏地暗。因此十分闷热，比闷热还让人难以忍受的

---

① ［日］司马辽太郎：《坂上之云》第2卷，文艺春秋，2010年，第44页。

是一种白色的小飞虫。这种小虫和臭虫差不多大小，肉眼几乎难以察觉，一旦被这种虫子叮咬以后甚至有时候还需要去看医生。自己也曾经被叮咬过，现在还留着黑黑的疙瘩。……水质也不好，都不能直接饮用……

他认为清军军队军纪涣散：

北京政府号称拥有十五万官兵，实际数字可能在十二三万。毫无纪律可言。比如说公使馆的厨师就是一名兵卒，他在演习的时候甚至叫别人代他出席，实际上像模像样的兵卒恐怕不足两三万。不过李鸿章的直辖部队看上去还是像军队的，不过也是毫无纪律。……渤海湾的警备更是不值一提。稍微冒点风险就可以登陆上岸，直冲北京。不过，大沽要塞却是十分坚固，难以登陆……如果把我军比喻成围棋的话，可以说是刚学会定式（近代战术），不过用定式的话反而会不习惯，会出现失误。倒是采用原有的习惯性的大胆出招，对清军可能反而会更加有效。①

司马不仅通过小村的观察，为我们展示出甲午战争前中国的画面，气候恶劣、环境肮脏、卫生条件差，军纪废弛。司马还对李鸿章进行了评价。他认为和俾斯麦相比，李鸿章还要略胜一筹。但是清国和德国不同，内乱不断、政纲混乱、兵衰马弱，而其地大物博，列强乘机到此物色猎物。"当时在北京最具代表性的政治家是李鸿章。不单单是在北京，那个时代，就算从世界的水平来看像李鸿章这样的政治家也不多。李鸿章就是在这种情况下成为这个国家的总理大臣，在不失大国体面的前提下，一方面给予列强们诸多的利权，一方面让他们相互牵制，竭力保持着北京外交上的平衡。这点上的确堪称高手。"但是司马又通过小村的经历说明李鸿章在外交上也存在着缺陷，即东洋式尊大的态度。他举例说：

---

① ［日］司马辽太郎：《坂上之云》第2卷，文艺春秋，2010年，第41页。

　　小村寿太郎赴任之初被邀请去参加万寿节。对各国的外交使团来
说，北京是亚洲外交的主要舞台。此次万寿节对外交官们来说是在北京
的一次盛典。宴会结束后，小村在休息室里和其他国家的外交官们欢谈
的时候，李鸿章出现并对小村殷勤地说："小村阁下，在今天这样的场合，
各国派来的都是达官绅士，淑女们也都像一朵朵盛开的美丽鲜花，环望四
周，只有阁下的个子最小，贵国的人是不是都和阁下一样矮小啊？""很遗
憾！"小村挺起胸膛，"日本人的确个子矮小。不过也有像阁下这样高大魁
梧的人，但他们在我国被称为草包，也就是头脑简单四肢发达，像这样的
人是不会被委以国家重任的。"然后就哄笑了起来。①

显然，司马辽太郎精心设计的这一个细节意图通过贬损李鸿章的骄傲自大，来
抬高小村寿太郎的睿智多谋。同时旨在向读者传递一个信息，即日本在当时
的国际社会地位之低，代表国家的外交官遭人奚落，教训落后、自傲的中国是
合情合理的。隐约预示着中国清政府长期闭关锁国、夜郎自大，拒绝任何革
新，终于沉沦到腐朽透顶、不堪一击的地步。

第二节　战争起因论

　　甲午战争为何爆发？长期以来，中外学者众说纷纭，但无外乎以下四种：
第一，偶发说。认为朝鲜东学党起义引发了甲午战争。第二，经济目的说。认
为日本发动战争是为了确保原料基地和市场而掠夺殖民地。代表性的观点如
井上清认为对日本经济来说，朝鲜不是作为输出市场，而是作为稻米和大豆的
输入地——粮食的来源地，而具有重大意义。②显而易见，经济目的只是问题
的一个方面，并未抓住问题的根本，并非主要原因。第三，政治危机说。认为

---

① ［日］司马辽太郎：《坂上之云》第2卷，文艺春秋，2010年，第46页。
② ［日］井上清：《日本军国主义》第2册，马黎明等译，商务印书馆，1985年，第129页。

当时日本因国内的政治危机要转移人民的视线,发动了这场战争。如高桥秀直辩解道:"日本并非有意要挑起战争,当时掌权的伊藤博文是想保持与清国的协调的,伊藤之所以对朝政策发生变化,是因为日本的内政。"①第四,侵略说。认为日本发动侵略中国和朝鲜的战争是其既定国策,是日本军国主义蓄谋已久并精心策划的侵略行动。翦伯赞指出:"当西方资本主义进入帝国主义时代后,东部亚洲成为殖民主义侵略势力的矛盾焦点,朝鲜更是日、俄、英、美的角逐场所。西方国家和日本都把中国看作它们侵略朝鲜的障碍。②"郭沫若亦明确指出:"由于日本国内群众反对不平等条约、要求民主的斗争日益高涨。日本统治阶级需要转移群众的斗争目标,更需要对外扩张,夺取殖民地。③"中冢明则在《甲午战争的研究》中论述道:"日本政府及军部密切注视着因农民战争而发生激烈动荡的朝鲜。不仅对农民叛乱,而且对清政府的动静格外关注。一旦清政府派兵镇压叛乱,那么日本也会立即出兵,将清一举压倒,抓住朝鲜争霸的契机。当时正值日本国内危机异常严重之时,专制天皇制的当权者们早就盼着这个机会的到来呢!"④

而司马的认识与上述几种都不同,他是这样认识这场战争的起因的:

一、朝鲜论

首先,司马认为战争的原因在于朝鲜。但是他又称并非朝鲜与朝鲜人的错,而是错在朝鲜半岛的地理位置。他说:

> 自古以来,半岛国家的维持都十分困难。在这一点上,欧洲的巴尔干半岛和亚洲的越南就可以证明,恰巧在甲午战争之前在越南也发生了同样的问题。因为清国坚持自己是越南的宗主国,而与要将其纳入殖民地的法国发生了纷争,最后爆发了清法战争,法国海军将清国的福建舰队歼

---

① ［日］高桥秀直:《走向甲午战争的道路》,创元社,1995年,第514页。
② 翦伯赞:《中国史纲要》第四册,人民出版社,1995年,第15页。
③ 郭沫若:《中国史稿》第四册,人民出版社,1982年,第36页。
④ ［日］中冢明:《甲午战争的研究》,青木书店,1968年,第110页。

灭了，而且在之后的陆地战上，清国也是屡战屡败。这是明治十七年（1884年）的事情。朝鲜半岛的情况比越南还要复杂。清国还是主张它在朝鲜的宗主国权益，这点和在越南的情况一样。与此同时俄国和日本也各自提出了他们的保护权。俄帝国主义已经把整个西伯利亚纳入了版图，而且把沿海州和满洲也纳入了他们的势力范围，同时还有顺势进入朝鲜的趋势。日本的愿望更为迫切。迫切的愿望指的是朝鲜问题。与其说是想将朝鲜占为己有，还不如说是朝鲜被其他强国所占有的情况下，日本的防御将不复存在。①

在杂文集《这个国家的形象》题为《日本人的二十世纪》的文章中司马也同样主张："我认为朝鲜半岛在当时日本国防论的地理形态上是插在日本侧腹上的一把利刃。"②

在《这个国家的形象》第6卷《历史中的海军》一文中，司马辽太郎写道：

当时的世界进入海洋时代。因此，地理学二朝鲜半岛隔着玄界滩呈现出威胁日本列岛侧腹的形势。并且，朝鲜国家的政治形态依旧是上代模式，国力殆尽，甚至朝鲜的宗主国清政府依照以往的礼教超然主义，对此国家进行近似于西欧属邦般的干涉。令日本危机感骤然上升。另一方面，俄罗斯充满帝国主义的野心，企图占有朝鲜。明治日本的危机意识，其核心总是归结于朝鲜。在多重含义上，造成后来日韩（朝）关系的不幸。

由此可见，司马辽太郎对亚洲形势的认识是以自然地理位置为前提的地缘政治学理论。朝鲜半岛位于东北亚大陆国家与海洋国家的接合部，是日本深入亚洲大陆的天然桥梁。控制了朝鲜半岛，就取得了问鼎中原，进而主宰亚洲的

① ［日］司马辽太郎：《坂上之云》第2卷，文艺春秋，2010年，第48页。
② ［日］司马辽太郎：《这个国家的形象》第4卷，文艺春秋，1997年，第221页。

通行证。朝鲜的地理位置,乃是"万恶之源"。这显然与希特勒等法西斯侵略波兰等近邻国家时,为使侵略正当化而采用的地缘政治学观点如出一辙。这不仅是司马个人,也是当时众多日本人共同的亚洲认识,即日本的近邻是孱弱的国家,一旦被欧美列强纳入势力范围,则日本的安全必将受到威胁。但事实是"首先强迫实行锁国政策的朝鲜打开国门的是日本。如果从朝鲜的立场来看这段历史,从欧亚大陆突出的这一半岛头顶的半圆形大刀是日本。至少可以说在19世纪后半期的日朝关系是始于一把大刀欲要挥向弱小的国家"①。早在19世纪70年代,日本便把侵略的魔掌伸向了朝鲜,强迫朝鲜政府先后订立了不平等的《江华条约》《仁川条约》和《汉城条约》,图谋独占朝鲜这个"渡满桥梁"。

1876年,日本迫使朝鲜签订《江华条约》。从此,朝鲜逐渐沦为殖民地。1894年终于爆发了全琫准领导的大规模的东学党起义。他们反对朝鲜政府的暴政,以及日本和其他帝国主义的侵略。日本借朝鲜东学党起义之机,以欺骗手段诱使清政府派兵进入朝鲜,为其大规模出兵朝鲜制造机会,致使中日开战。这可谓日本帝国主义者一贯自诩的得意之作。即使当时不爆发东学党起义,日本还会寻找其他借口来发动一场侵略战争。司马辽太郎在小说中如此描述东学党起义:

> 东学党之乱开始蔓延。东学是针对西学(基督教)的词语。是一个以儒、佛、道三教再加上今世利益的新兴宗教,这个宗教从幕府末期开始在朝鲜的全罗道和忠清道的农民之间广为流传,并渐渐地染上了农民起义的色彩。到了明治二十七年(1904年)二月,已经到了动摇韩国的社会秩序的程度,也就是从甲午农民战争开始的。东学的传教士之一全琫准,带领了一千人占领了古一阜的郡政府。五月二十一日,在黄土岘又打败了前来镇压的政府军。五月二十七日,携带新式火器前来的四千政府军也被农民军打败,之后的三十一日全州城陷落了。朝鲜政府惊慌失措。朝

① ［日］原田敬一:《〈坂上之云〉与日本近现代史》,新日本出版社,2011年,第64页。

鲜面临的可怕不幸是以自己政府之手已经无法维持国内的治安了。"日本应该做好随时出兵的准备来以防万一，如果让清国占了先手的话，日本将永久丧失在朝鲜的发言权。"①

清政府根据《天津条约》的规定，通知日本决定派兵援助朝鲜，而日本方面一直密切关注中国的动向，早在中国派兵之前已经开始准备出兵。1894年6月2日，日本内阁通过了出兵朝鲜的决议。日本政府派遣大军进入朝鲜，其目的是挑起战端，这已是司马昭之心，路人皆知。"必须先下手为强。这种认识，不论在当时还是当今的日本国民之中都有一定的市场。是深深根植于日本国民骨子里的一种认识。"②

司马说："朝鲜自身已经无可救药了。李王朝已经持续了500年，他们的老化了的秩序，使朝鲜已经无法通过自身的意识和力量来开辟自己的命运前途。"③在《竞争原理的作用》一文中司马阐述了同样的主张："当时的中国、朝鲜式体制内部不存在竞争原理，其体制虽然外表堂堂，但是无论怎样朽木也不会自己倒掉。只有在外国的侵略、不幸外压下总算才被推翻。"④司马辽太郎的此种认识与战前的帝国主义观念学派如出一辙，为了将日本殖民统治朝鲜合理化，制造了基于"停滞史观""他律性史观"等脱离事实的朝鲜历史形象。声称"朝鲜民族本来就是孱弱的停滞民族，难以凭靠自力获得发展，若非日本将其'合并'扶植引导它走向近代文明，恐已灭亡。因此，这种统治并非欧美流的殖民地统治或侵略，而是给予恩惠。……但是如开国前朝鲜社会内在发展所示，日朝两国的社会经济发展，虽然政治文化各具特点，但是达到的阶段大同小异"⑤。司马基于殖民地进化论、朝鲜停滞论，宣扬落后的朝鲜要在先进的日本"带领"下才能走向近代化，以此为日本侵略合理化张目。至今在日本社会依

---

① ［日］司马辽太郎：《坂上之云》第2卷，文艺春秋，2010年，第50页。
② ［日］原田敬一：《〈坂上之云〉与日本近现代史》，新日本出版社，2011年，第58页。
③ ［日］司马辽太郎：《坂上之云》第2卷，文艺春秋，2010年，第50页。
④ ［日］司马辽太郎：《历史中的日本》，中公文库，1976年，第73页。
⑤ ［日］梶村秀树：《朝鲜史》，讲谈社，1977年，第98页。

然广泛地流行着"殖民地近代化论",美化日本的殖民统治。持此论者,不仅主张日本对殖民地的经济发展作出了贡献,还鼓吹扩大了殖民地的人权及推进了民主主义的发展。

二、日本论

司马辽太郎还荒谬地辩解日本并没有侵略中国与朝鲜的意图,而是为了使朝鲜成为一个独立的国家才被动地参战。司马这样写道:

> 清国主张宗主权(把朝鲜视为属国),这点和在越南的情况一样。俄罗斯帝国已经把西伯利亚控制在掌心,并且妄图控制沿海州、满洲,已经显示出趁势要把势力范围扩大到朝鲜的苗头。日本的愿望更为迫切。迫切的愿望指的是朝鲜问题。(日本)并非想要占领朝鲜,而是一旦朝鲜被其他强国所霸占,日本的防御将不复存在。日本之所以会发起明治维新,一大原因是有着过剩的被害者意识。通过尽快统一国家进入近代化而免于被侵略亚洲的列强所侵犯。这种强烈的被害者意识当然也有反过来变成了帝国主义的成分。无论如何,这场战争的意图(甲午战争)并非要占领清国和朝鲜,大体上是被动的。承认朝鲜的自主性,使其成为完全独立的国家,这是日本对清国和其他国家的借口,多年以来像念经似的一直在念叨着的。①

司马的此种论调显然是对1894年8月1日日本天皇颁发甲午战争《宣战诏书》的继承,将明治政府发动战争的"借口",作为真正的史实来进行描述。《宣战诏书》称:"朝鲜乃帝国最初加以启发诱导,使就于列国为伍之独立国。……清国之计唯在使朝鲜治安之基无所归。查朝鲜因帝国率先使之与独立国为伍而获得地位,与为此表示之条约,均置诸不顾,以损害帝国之权利利益,使东洋和平

---

① ［日］司马辽太郎:《坂上之云》第2卷,文艺春秋,2010年,第46—48页。

永无保障。"①这一诏书将日本装扮为救世主的形象，不仅试图掩盖自身的侵略阴谋，而且将战争责任推卸到被侵略国身上。所谓"独立自主"的欺骗性昭然若揭。这显然是欲盖弥彰，企图篡改历史事实。中朝宗属关系，是经长期历史形成的。这种宗属关系即"朝鲜虽隶中国藩服，其本处一切政教禁令，向由该国一行专主，中国从不与闻"②，两国之间的名义上的不平等，并不影响朝鲜的自主权。不论《明史》将朝鲜列入《外国传》，还是《清史稿》将朝鲜列入《属国传》，反映的都是客观历史事实。在朝鲜政府看来，它作为中国的属邦，又是自主之邦，两者是集于一身的，在当时来说，这既是国际惯例，又是符合国际法的规定的。进入近代以后，宗属关系是否符合国际公法，曾经成为有争议的问题，争论的焦点是，作为清朝属国的朝鲜，能否称为自主国家。近代以来，否定中朝宗属关系并挑战最力者，不是西方列强，而是东邻日本。出于对大陆侵略扩张的需要，日本始终对中朝宗属关系问题耿耿于怀，并伺机挑起事端。

> 日本欲扶持势力于韩国，不可不使韩国脱中国之宗属关系，欲韩国脱中国之宗属关系，不可不正其名为独立国，中日开战之根本原因，即韩国独立问题是也。中国依历史关系，以韩国为属邦，日本依明治九年（1876年）之《日韩条约》，曰韩国为独立国，冀以此与中国开衅将藉战胜之力，谋以夺中国对韩之地位，此明治政府夙昔之隐谋也。③

显而易见，日本侵略者并非为朝鲜争独立自主，而是想借"自主"的美名，割断朝鲜与中国的宗属关系，好让它们更方便地侵略朝鲜。陆奥宗光曾经得意地声称："追本溯源，即使说中日两国的战争，毕竟起因于中朝宗属关系的外交问题，终以炮火展开最后的悲剧，也绝不是失当之言。"④从日本长期的挑战历史看，确实如此。日本打着"维护朝鲜独立"的幌子，以反对中朝宗属关系为

---

① 日本外务省编：《日本外交年表和主要文书》上，第154页。
② 郭廷以主编：《清季日韩关系史料》，1972年，第2卷，第272页。
③ 刘彦：《中国近代外交史 欧战期间中日交涉史》，湖南教育出版社，2010年，第136页。
④ ［日］陆奥宗光：《蹇蹇录》，伊舍石译，商务印书馆，1963年，第68页。

实,屡造事端,并最终以此为借口发动战争。司马写道:

> 日本十分害怕朝鲜半岛会成为其他的大国的领地。如果这样的话,日本和其他帝国主义势力就只隔着玄界海峡了。因此日本派出了全权代表伊藤博文来到天津和清国的李鸿章进行谈判,结果签订了《天津条约》。主要内容是:"如果,朝鲜国发生内乱或者其他重大事件的情况下",在这种假设的前提下,"两国(清国和日本)或者其中一国觉得有必要出兵干涉时,应相互发送公文取得对方的十分的谅解。在混乱结束后应该马上撤兵。"日本想通过这一条约而保持朝鲜的独立性。①

正是这后一条规定为甲午战争种下了祸根,日本就是歪曲利用这一条款,发动了侵略朝鲜和中国的战争。司马辽太郎认为甲午战争"并非想要占领朝鲜","大体上是被动的"以及日本对朝鲜的政策是"承认朝鲜的自主性,使其成为完全独立的国家"。但是中冢明指出:"从政府到军队,日本早已设想了和中国交战的时机并为此作了一番准备,在这种情况下才断然出兵的。而且,至少从1887年开始,中日之间的具体作战计划就已经被构想出来了。"②因此,甲午战争中,日本并非如司马所述"被动"参战,更不是为了使朝鲜成为独立国家,其实是日本实行大陆政策的一个必然步骤。

司马辽太郎在《坂上之云》中阐述,俄罗斯18世纪以来,就已萌生欲把"满洲"、朝鲜置于殖民统治下的野心,并伺机侵占统治日本。日本对俄国的南下政策心怀恐惧,把朝鲜作为防御上的生命线,重点要保持朝鲜半岛独立于俄清的势力范围之外,也正是因为这个问题而爆发了甲午战争。司马辽太郎着重描述了俄国的侵略野心:

> 谥号堪称是远东之王的亚历山大三世死去的那年,刚好是甲午战争

---

① [日]司马辽太郎:《坂上之云》第2卷,文艺春秋,2010年,第48页。
② [日]中冢明:《日清战争前的日本对清战争准备》,《抗日战争研究》1997年第2期。

爆发的那一年，这极具象征意义。当时俄国宫中的人们已经大肆宣扬"剩下的只有满洲和朝鲜了"。在皇帝在世时，他们一边窥视着中国的内地，一边把它四周的广阔领域不是变成了俄国领土就是纳入了其势力范围，随着西伯利亚铁路建设的推进，把满洲和朝鲜纳入其势力范围已经是早晚的事情了。可以说是大势所趋。对俄国侵略主义者们来说，他们是一定要夺取满洲和朝鲜的。因为俄国向远东推进的一大目的是，继续南下直到大海获得不冻港。因此一定要夺取满洲。南满洲的辽东半岛位置尤为重要。那里有旅顺和大连等优秀的港口。然后东进至朝鲜半岛。取得朝鲜后俄国的南下政策才算是大功告成。①

司马认为日本在历史上就一直对俄国的南下政策心怀恐惧，而且始终把朝鲜作为自己防御上的生命线，对其尤为重视。"把防御上的重点放在要保持朝鲜半岛独立于俄清的势力范围之外，也正是因为这个问题而爆发了甲午战争。"②对此，日本对俄国产生强烈的惧怕、反感之情。他写道：

> 《坂上之云》中主人公秋山真之感慨"日本真乃是一个悲痛的国家啊"。……所谓日本除了农业以外没有任何兴盛的产业，但是却要建立与欧洲一流国家匹敌的海军，配备超一流的军舰。其动力之一来自恐惧心理。担忧不知何时会被他国侵犯的恐怖心理引发了明治维新，维新后发展拥有这样的海军。③

这段文字可以说是《坂上之云》的核心。总之，司马力图通过这部长篇历史小说证明明治时代的政治、军事、教育、社会以及民族主义都与此种忧患意识（可能会被外国侵略的恐怖心理）密不可分。这就使日本人在推崇武力、使用极端暴力手段方面找到所谓时代理念依据和心理解脱，变得更加有恃无恐、

---

① [日]司马辽太郎：《坂上之云》第2卷，文艺春秋，2010年，第300页。
② [日]司马辽太郎：《坂上之云》第2卷，文艺春秋，2010年，第359页。
③ [日]司马辽太郎：《坂上之云》第2卷，文艺春秋，2010年，第317页。

无所顾忌。

综观司马辽太郎上述关于甲午战争起因的论述,其根本主张即甲午战争是为了保护日本的生命线、为了朝鲜的独立而进行的。司马对这场战争起因的认识显然是主观而谬误的。笔者认为有三方面的因素决定了甲午战争的必然爆发,即日本帝国主义蓄谋已久的侵略扩张野心、西方列强在远东的激烈角逐、清朝当权者不知居安思危。一位外国公使曾指出:"中国确实处于一种酣睡的状态中;它用并不继续存在的强大和威力来欺骗自己。"

第三节　战争性质论

关于甲午战争的性质,郭沫若主编的《中国史稿》明确指出,这次战争是"日本发动的侵略朝鲜和侵略中国的战争"。戚其章认为,甲午战争是日本蓄谋挑起的"吞并朝鲜,进而侵略中国"的一场大规模战争。远山茂树指出:"围绕对朝鲜的统治而和中国之间发生的甲午战争,是以伊藤博文、陆奥宗光等藩阀势力和川上操六等的军部为主导,积极而且有意地发动的侵略战争。因而可以说是出于藩阀和军部的首脑的操作。为了把内部之争转向对外侵略政策,可以说是出于天皇制官僚本性的惯用手法。以甲午战争为契机,日本加快了走向早熟的帝国主义步伐。"[①]矢内原忠雄认为:"具有早熟的帝国主义,即帝国主义前期通过政治、军事行动开展帝国主义时代的性质。所谓非帝国主义国家的帝国主义实践。首先踏出行动的第一步,实际则追随之。这是世界政治、经济的发展阶段给后进国日本规定的。"[②]而司马认为甲午战争的性质是"非善非恶""新旧秩序之争"。

---

① [日]远山茂树:《日本近现代史》第1卷,邹有恒译,商务印书馆,1983年,第125页。
② [日]矢内原忠雄:《帝国主义下的台湾》,岩波书店,1929年,第13页。

一、"非善非恶"论

司马批判进步历史学家的甲午战争观。他认为甲午战争并非天皇制的日本帝国主义所发起的获取殖民地的战争，应该从人类历史的角度来考虑日本这个国家的成长历程。他说："第二次世界大战后，我国所谓进步学者之间拥有一种共识即'甲午战争'是天皇制日本帝国主义最初的殖民地掠夺战争。"或"对朝鲜与中国，长期准备的天皇制国家的侵略政策的结果"。反之，还有一种观点是"清国多年以来把朝鲜视为属国，同时北方俄罗斯对朝鲜也是虎视眈眈。日本为遏制粗暴傲慢的清国，保持朝鲜的中立，才诉诸武力，铲除了清国势力"①。

司马说以上两种解释都是一刀切的极端善恶论，必须从更宽阔的视野来解释甲午战争，并且批判战后历史科学（马克思主义历史学）的宿命从区分善恶那一刻起就存在重大缺陷。司马认为必须首先清楚认识人类历史中日本国家的发展程度、近代国家主义与明治国家、产业革命与帝国主义、国民国家与军事以及外交等问题，否则无法揭开甲午战争的本质。他说：

> 前者把日本评价为奸险、穷凶极恶的罪犯嘴脸，后者却一百八十度转弯把日本形容为英姿飒爽跨在白马上的正义骑士。两极划分国家形象或者人物形象的善恶，是当今历史科学无法摆脱的束缚，由此可以说，历史科学的近代精神愈加稀薄或者想持有也无法持有的重要缺陷，我想也许是一种宿命吧。其他的科学，不存在善恶的区分方法。譬如没有氢是恶的氧是善的之说吧。在绝对不存在此种情况的场所才能存在科学，某种历史科学的不幸，倒不如说是从开始区分善恶那一刻就注定了。②

可见，司马将历史科学与自然科学这两种完全不同范畴的事物混淆在一

---

① ［日］司马辽太郎：《坂上之云》第2卷，文艺春秋，2010年，第27页。

② ［日］司马辽太郎：《坂上之云》第2卷，文艺春秋，2010年，第28页。

起进行阐述,偷换概念。由此,司马对甲午战争的定义是:

> 甲午战争是什么。在这部小说里仅仅有一丝必要给其下一个定义。如果为了那一丝必要,我认为甲午战争也不能一刀切成非好即坏,而需要在人类历史中日本国家的发展历程来考虑。当时,日本处于19世纪。列强所采取的一切行动都是出于私欲,世界史处于所谓的帝国主义横行的时代。二十几年前日本这个国家是以这些列强为榜样诞生的。[①]
>
> 弱小的日本向亚洲最大的强国发起了挑战。大多数的日本人都认为是不可能胜利的。但是却因奋力拼搏意外地获得了连战连胜。为此失去了分寸,日本人体验了有史以来未曾有过的国民性的昂扬与兴奋。[②]

司马认为甲午战争中日本的"帝国主义""殖民地掠夺"以及"侵略"都是"定义"的问题,即主观语言表达问题。进而断言中日甲午战争"既非善亦非恶,而需要在人类历史中日本国家的发展历程来考虑"。他认为甲午战争是面对沉睡的雄狮,在做好必败的心理准备之下进行的首次国民战争。是近代国家成立仅仅二十余年的日本国家生死存亡的对外战争。

司马认为西方帝国主义复杂老练、善于伪装,而日本帝国主义"刚刚开张"还极不成熟,内心的欲望赤裸裸表露出来。这表明他承认日本帝国主义者与西方帝国主义者是一丘之貉,差异仅在于英国是"先进型帝国主义",日本是"后进型帝国主义"。以此试图消减或抹杀日本帝国主义丑恶的一面。

二、"新旧秩序之争"论

最后司马得出结论:"总之甲午战争的性质是彻底老朽的秩序(清国)与新生秩序(日本)之间进行的大规模实验。"[③]

司马的这种认识实质是秉承了明治政府的宣传口号,明治政府将甲午战

---

① [日]司马辽太郎:《坂上之云》第1卷,文艺春秋,2010年,第325页。
② [日]司马辽太郎:《坂上之云》第2卷,文艺春秋,2010年,第39页。
③ [日]司马辽太郎:《坂上之云》第2卷,文艺春秋,2010年,第157页。

争宣传为"文明的战争"，即"文明国"日本与"野蛮国"清帝国的战争，成功地赢得了国民对战争的支持。在甲午战争当时，福泽谕吉等著名知识分子，也采用行使"文明国家"的正当权利这样的解释，积极地支持甲午战争。福泽谕吉在《时事小言》中写道："今日西方列强威胁我东洋之势，犹如大火蔓延。然东洋诸国，尤其与我毗邻的中国、朝鲜等国反应迟缓，不能抵挡其威逼之势，犹如木制房屋不堪火势。故以我日本武力援之。当然，这不仅是为了他国着想，也是为了我国的未来。以武力来保护他们，以文明来开化他们，使他们效仿我国迅速输入近代文明。"①甲午战争当时，福泽谕吉发表《甲午战争是文明与野蛮的战争》一文，说："战争虽然发生在日清两国之间，若要溯其根源，则是致力于文明开化之进步的一方，与妨碍其进步的一方之间的战争，而绝不是两国之争。本来日本人对中国人并无私怨，亦无敌意，而欲作为世界上一国民在人类社会中普通交往。但是，他们却冥顽不灵，不懂道理，目睹文明开化的进步不但不心悦诚服，反而妨碍进步，无法无天，对我表示反抗之意，所以不得已才发生了此战。也就是说，在日本的眼中，没有中国人也没有中国，只以世界文明的进步为目的，凡是妨碍和反对这一目的的都要教训一下。因此这并非人与人，国与国之间的事，而可以看作一种宗教信仰之争。"②

司马辽太郎认为"甲午战争是日本文明富强的结果"，鄙视落后国家，与西方国家为伍，与西方列强一起对亚洲邻国进行侵略。它反映了司马辽太郎的极端民族主义情绪。战前许多日本人在被"文明化"意识渗透的同时，自发地支持殖民政策和侵略战争，而战后的日本人依然没有从这种思想中充分解脱出来。

司马辽太郎还为伊藤博文辩护称其并没有侵略中国的想法："甲午战争不是不可避免的防御战争，完全就是侵略战争，日本为此早就在做着准备。后世之人是这么评价的，如果听到后世人的这种激烈的批评，伊藤博文首相肯定会昏过去。伊藤的脑子里根本没有过这种想法。"③这种认识显然是与史实不符

---

① ［日］福泽谕吉：《福泽谕吉全集》第5卷，岩波书店，1971年，第187页。
② ［日］福泽谕吉：《福泽谕吉全集》第14卷，岩波书店，1971年，第491页。
③ ［日］司马辽太郎：《坂上之云》第2卷，文艺春秋，2010年，第105页。

的。伊藤博文在1892年第二次组阁,实行对内压制民主、对外扩军备战的政策,积极准备发动侵略中国和朝鲜的战争。1894年,正是在伊藤内阁主持下,发动了甲午战争,得到了列席大本营会议的特权,参与策划和决定了有关战争的各项重大决策。

在《坂上之云》中,司马不仅丝毫未提及旅顺大屠杀,甚至反诬"旅顺这个地方,暂且不说战争思想的善恶,两次大量地吞噬了日本人的鲜血"[①]。

第四节　战争胜败原因论

甲午战争,是日本以一个新兴国家的姿态,为争夺东亚霸权而向清政府统治下的老大帝国发动的一次直接挑战。甲午海战最终以中国失败而告终,李鸿章多年苦心经营的北洋海军,在这场战争中全军覆没。决定了中日两国在亚洲大陆与世界政治舞台上的角色与命运。日本夙愿得偿,从而并吞了朝鲜,窃取了我国台湾与澎湖列岛,转弱为强,崛起于东亚,加快了对外侵略的脚步,登上世界政治舞台,跻身于世界军事强权之列。甲午战败是中华民族的巨大耻辱。从双方力量对比讲,日本是一个小国,仅有30万军队,而中国是一个有4亿人口的大国,有陆军90万,还有一支庞大的海军。日本何以胜?中国何以败?战争虽早已结束,但是100多年来,对这场战争的反思从未间断过。关于描述这场战争失败教训的中外书籍,100多年来已满坑满谷,至今人们还在不断地探究战争失败的深层原因。战争的创伤一直横亘在历史与现实之间。中国学者普遍认为北洋舰队腐朽不堪、纪律败坏、训练废弛、不堪一击,以致造成最后的覆灭。但是也有学者提出北洋舰队实际是一支颇具战斗力的近代海军,其高级军官都受过西方资产阶级民主思想熏陶和近代军事技术训练,大多数人在战争中表现是好的,而失败的根本原因在于清政府的腐败,在外交和军事上推行妥协投降路线。有的学者则认为,甲午战败在于国力不如日本,中国

---

① ［日]司马辽太郎:《坂上之云》第2卷,文艺春秋,2010年,第107页。

洋务运动的失败,导致了甲午战败。对此问题,司马辽太郎又是如何认识的呢? 他从中日两国的国民意识、政治制度、军队等方面进行了阐述。

一、中日国家观念强弱论

司马认为甲午战争时,清国还不存在统一的国民意识,是日本人以现实一举"教育"了他们什么是国家与国民。他说:

> 一个民族在他们原始的感情中就带有民族主义。有时候使用自己国家的语言也可以说是代表了民族主义,是为了体现民族主义才使用这一语言,也就是说是民族本身所具有的那些并不是很复杂的而是十分单纯的感情流露。比如说热爱自己的村庄而去骂别人的村庄,有人对自己的家乡说坏话的话就会怒不可遏之类的看上去很土的感情。侵略行为会刺激这一感情的爆发。侵略不仅仅是物理上踏入其他民族的土地这样简单,它还践踏了这个民族的内心,是一种精神上的巨大冲击。所以会诱发民族主义,因此从历史的长远观点来看,很少会有一个民族能成功地侵入其他民族的领域中,最后不会受其报复。19世纪末的欧洲人认为,"中国人没有民族主义",因此没把他们放在眼里。被这样看待的一方实在是很吃亏的,一个没有民族主义的民族,哪怕是有着再高的文明程度和经济能力也会被其他民族所轻视,甚至被当成傻瓜。19世纪末,特别是在甲午战争后,欧洲人和日本人之所以会轻视中国人,其根本原因可能就在于此吧。是不是可以对这个民族为所欲为啊? 在他们有了这样的观念后,就开始争先恐后地对中国的土地和权益进行巧取豪夺。这样说也不过分。①

在《从历史的世界出发》的《从日本史来看国家》一文中,司马同样写道:"19世纪末的中国成为列强的猎物。中国在甲午战争中打败了。但是比起打

---

① [日]司马辽太郎:《坂上之云》第2卷,文艺春秋,2010年,第130页。

了败仗,更让欧洲人小看的是中国人没有国家意识。当时的欧洲人认为对国家没有忠诚心的民族是没有灵魂的民族。因此即便进入那样的民族居住领域也没有什么关系。因此甲午战争后至八国联军侵华,中国如同遭到秃鹰袭击一样被蚕食。"①

此外,司马还指出旅顺之所以会被迅速攻克,是因为中国人缺少为国捐躯的思想。旅顺要塞不可想象地居然只用了一天时间就被攻克了。守军大部分都向金州方向逃去。在这次进攻中日军只有1名军官和229名下士官和士兵战死。胜利的最大原因并不在日军方面。在当时的中国人里几乎没有人抱有愿意为国捐躯的思想。②

可以说,司马的阐述有一定合理性。除了军事技术之外,北洋军队欠缺的正是爱国主义、民族观念以及视死如归的精神。李鸿章创建北洋海军后,虽然注重武器装备,送一批将领前往国外深造,但疏于海军训练、思想教育。以致士兵临阵脱逃现象时有发生。如此一支缺乏精神信仰、操练废弛、斗志丧失的军队,在遭遇强敌时必然无法抵挡而全线溃败。

1899年,梁启超就在题为《政论》的文章中对清政府治下的国人进行了批评。他说:"中国不知有国民也,数千年来通行之语,只有以国家二字并称者,未闻有以国民二字并称者。"③1901年,在《中国积弱溯源论》这篇文章中,梁启超将中国人的劣点归结为"奴性""愚昧""为我""好伪""怯懦""无动"6个方面。1902年,在《新民说》中他又作了剖析,"我祖国民性之缺点不下十百",主要表现为缺乏公德观念、无国家思想、又无进取冒险性质、无自尊性质、权利与义务观念薄弱。

司马还指出:"在清国统一的国民意识还几乎没有萌芽,他们的团体意识就是横向的地域派别和竖向的权力派别。原本清国的体制也不具备拥有近代化国家军队的条件。"④清政府腐败无能,以慈禧太后为首的顽固守旧派和以光

---

① ［日］司马辽太郎:《从历史的世界出发》,中央公论新社,1983年,120页。
② ［日］司马辽太郎:《坂上之云》第2卷,文艺春秋,2010年,第118页。
③ 梁启超:《梁启超文集之"政论"》,燕山出版社,1997年,第69页。
④ ［日］司马辽太郎:《坂上之云》第2卷,文艺春秋,2010年,第152页。

绪为首的维新派明争暗斗,不能团结对外。清军内部不能协同作战,李鸿章与湘系刘坤一互相攻击,各自为保存实力消极避战,丧失了有利战机。"派系斗争是这个老朽的国家的特征。他们和敌人相比更加憎恨自己内部的别的派系的人。结果丁汝昌所担心的事情还是发生了。在日军的第二军登陆后,清国陆军几乎没做抵抗就扔下了炮台逃跑了。"①

与此相对,司马借美国海军少将之口赞誉日本人素质高,日本民族具有英勇献身的精神以及战略才能。"要想知道日本人的素质就必须了解日本过去1000年的历史。之后你就会了解这个民族所具有的大无畏献身精神和战略才能,还有他们的英勇作风是多么的优秀。他们的历史毫不逊色于英国和其他欧洲各国的历史。他在文章中列举了源义经、加藤清正、织田信长、丰臣秀吉以及德川家康等人物,他们与西洋史上的布莱克王子、克伦威尔、惠灵顿这些人的素质毫无差异,而他们的敢于搏斗的精神甚至还在后者之上,在战史价值上对关之原战役的评价要高于滑铁卢,认为日本人具有英国人同样的素质。而且他认为维新后日本的陆海军的训练程度几乎与英国的陆海军一样,特别是在海军方面,他评价道,以前自己在日本海域偶然遇见英国海军的司令官指挥着10艘舰只。同时日本的司令官也带领着12艘军舰,他们的舰队行动技巧不相上下,如果英国舰队与日本舰队发生战斗的话结果也将很难预料。他的言下之意即这次的对手是训练不佳的清国舰队,所以结果就不言而喻了。"②

而且,司马力赞日本是近代国家,日本人对自己的国民身份倍感亢奋,为国家甘愿冲上前线去战斗。他说:

> 通过维新日本人首次拥有了近代的国家。天皇在日本发生了本质意义上的变形,就像德皇那样被赋予了法律意义上的性格。所有的人都成了国民。虽然这些日本人对自己国民的身份还不适应,不过作为日本史

---

① [日]司马辽太郎:《坂上之云》第2卷,文艺春秋,2010年,第157页。
② [日]司马辽太郎:《坂上之云》第2卷,文艺春秋,2010年,第73页。

上的最初体验者，他们在这一新鲜感觉下十分亢奋。如果不能理解这种强烈的亢奋感觉的话就不能了解那一段历史。①

在《坂上之云》中，正冈子规是继秋山好古、秋山真之的第三大主人公。正冈子规是近代日本著名的俳句作家，1867年出生于松山。1892年正冈子规从东京帝国大学退学，进入思想家陆羯南开办的日本新闻社任记者。这一年他的《獭祭书屋俳话》完成，并连载于《日本》上。他在文中倡导俳句革新，追求诗界新风。1897年正冈子规创办俳句杂志《杜鹃》，1898年发表《致歌人书》进行短歌革新，并组成根岸短歌会。主要作品有俳句集《寒山落木》（1924年），短歌集《竹乡歌》（1904年），随笔《墨汁一滴》（1901年）、《病床六尺》（1902年），日记《仰卧漫录》（1918年）等。中日甲午战争爆发后，他虽疾病缠身，却自告奋勇作为近卫师团的记者于1895年4月10日自日本的宇品港乘巨轮"海城号"来到大连，参加了甲午战争，但是5月10日战争便结束，子规14日归国。在归国途中的船上，他又大量咯血，后被送入神户医院。同年8月，他返回故乡松山，受到以松山中学教员为中心的俳句组织"松风会"的热烈欢迎，松山亦成为子规派俳句兴隆的大本营。在司马看来，正冈子规对甲午战争的认识即代表了日本国民的认识。他写道：

　　日本人体验到了前所未有的国民性的亢奋。总之，在子规的根岸这里，也吹起了强烈的战争之风。面对这个堪称强者的亚洲的最大国家，被看作弱者的日本却主动挑战。在日本人看来无论如何这次是毫无胜算的。勃然变色冲过去一打，居然屡战屡胜，一下子就忘乎所以了，日本人体验到了前所未有的国民性的亢奋。怎么不是这样呢。日本人在明治之前从未有过"国民"的体验，生活中毫无国家的概念。他们只是村落或者藩最多是个地区的住民而已，不过通过维新首次拥有了在欧洲被称为"国

①　［日］司马辽太郎：《坂上之云》第8卷，文艺春秋，2010年，第344页。

家"这一十分现代的观念。①

司马认为甲午战争向日本人展示出国家与国民的概念：

> 明治政府为了给日本人灌输国家和国民的观念煞费苦心。因此想培养出天子陛下的臣民。这一忠义观念，已经成为封建时代的大名和他们的臣下的传统思想。直接称呼他们这一名称的话，比起对国家和国民的权利义务这类的道德关系进行解释要容易得多。在维新后也已经过了27年，这些接受了维新后的国民教育的人们正当壮年，正是把这些人送上了战场，而且还是连战连胜。这样的国民性亢奋就是以实物的形式向日本人展示了国家和国民到底是什么概念。②

司马认为甲午战争虽说是战争，却也不像第一次世界大战之后的战争那样会使国民生活陷入水深火热的地步，战费和以后的比起来实在是微不足道。敌我双方的炮弹使用量也实在是不值一提，牺牲的人数也不多，而且平均每个士兵所用去的费用低得出奇。"他们啃着放了个梅干的饭团就在作战，而且在严寒中没有防寒外套也一样在行军野营战斗着，和古代打仗没什么区别。在国内的人们看起来，这样的战胜场景，也被想象成战国时代的英雄豪杰们的武勇传一样，并为此疯狂。"③

司马对知识分子正冈子规在甲午战争中的表现进行了详细的叙述，生动刻画了他从对战争的怀疑到为日本的胜利而亢奋不已的心路历程。

> 怀疑和否定战争的思想在日本的知识分子阶级中萌芽是很久以后的事情了。子规在给友人的信中这样写道："当听到战争终于爆发了的消息后，我已经习惯于和平的耳朵还是震惊了。日本会不会就这样灭亡啊？

---

① ［日］司马辽太郎：《坂上之云》第2卷，文艺春秋，2010年，第130页。
② ［日］司马辽太郎：《坂上之云》第2卷，文艺春秋，2010年，第135页。
③ ［日］司马辽太郎：《坂上之云》第2卷，文艺春秋，2010年，第121页。

会不会明天敌军就冲到东京来啊？该往哪里逃啊？还有丢下这么多书实在是太可惜了，能不能带走呢？有不少这样杞人忧天的烦恼。"可是"通过报纸得知了我军在牙山大胜后逐渐开始有了信心。然后在看了从军记者发回来的攻克平壤的详细报道后居然也勇气十足了。而且想到在从军记者中还有自己的同事小田大行后，对此羡慕不已"。他在自己的报纸上发表了俳句新作，这一时期的俳句是战争题材的：

明月初上，号角响向前进，

炮声依稀，仰望山上明月。

旷野荒山，进军三万骑！

日本人全部都沉浸在这样的国民情绪中。就像小孩拿到了第一艘船模时会激起他最初的艺术亢奋一样，日本人在第一次遇到"国家"时，在战争这一国家盛事面前，基本上都像子规的俳句所反映的那样会涌现出一股天真的兴奋心情。①

甲午战争当时，福泽谕吉在其题为《报国会的目的是什么》的社评中也曾说："看今日日本，时遇千古未曾有的外战，人们犹如酒醉了一般，全国各地连贫民都把身上仅有的一点钱贡献出来，一天只有20钱的劳动者们也捐献10钱，竟连给小孩压岁的几个铜板也用布包好后贡献出来，这所见所闻怎能不催人泪下。"日本民众在"伸张国权"思想鼓动下，被导向支持战争、参与战争，实现了"国民舆论的一致"。据《明治二十七八年日清战史》统计，1894年1月—1895年11月，日本的66家报社共派出114名记者、11名画工、4名摄影师跟踪战地报道，此外还有许多军方的记者。"战争开始后不久，不论漫画，还是歌曲，都反映出对中国人的憎恶之情。"通过煽动对中国、中国人的敌意和仇恨，日本的民族主义情绪不断高涨，走向极端，促进了战争动员，强化了其战争意志，增强了其战争支撑力。可以说，正是国民意识的形成，使日本在甲午战争中确实做到了举"日本全国之力"。

---

① ［日］司马辽太郎：《坂上之云》第2卷，文艺春秋，2010年，第124页。

二、北洋舰队失误论

中国和日本这两个东方国家,在19世纪几乎同时遭到西方列强的经济渗透和军事侵略,两国也同样因此而寻求自强自立的道路,最终的途径大体都是从学习西方入手。但是显然,日本的学习比中国更要全面而彻底,尤其是日本通过明治维新,加速了其资本主义化,使日本一跃成为东方强国,其侵略野心也伴随国力的迅速崛起一同膨胀。1891年初,日本为了摸清北洋舰队作战能力,邀请北洋舰队访日。而清政府还处于"与上国抗衡,实以螳臂当车"的未加防备的状态,派遣丁汝昌于6月26日率北洋舰队的定远、镇远、致远、靖远、经远、来远6舰,编队从威海卫起航访日。司马在小说中详细描述了这次活动:

> 明治二十四年(1891年)七月,真之他们远航归来时,清国的北洋水师在提督丁汝昌的带领下,以亲善的名义来到了横滨港,除了上述两舰外还有经远、来远、致远、靖远一共6艘。当然是为以外交上的威吓为目的的。①
>
> 在这之前,北洋舰队已经在长崎港停泊过,不过上岸的士兵们毫无军纪,凭借着舰队的威力频繁发生了很多扰乱当地百姓,抢夺物品的事件。之后在神户靠岸时,为了防止长崎这样的事情再一次发生,司令官丁汝昌没有让这些水兵们上岸。在横滨也是每次只允许数人上岸。日本方面,也通过警察和学校传达、贯彻了欢迎的宗旨,没有发生挑衅清国方面的事件。在横滨靠岸后,来到南京町观光的清国水兵的打扮十分新奇。他们没有穿着水手服,而是戴着草帽,穿着淡蓝色的细纺绸的衣服,腰间束着红带子。在港内停泊着的清国军舰上,飘扬着黄龙旗。丁汝昌等人在接受了榎本外务大臣在后乐园的招待后,向日本的各界要人发出邀请,邀请他们登上旗舰定远举行茶话会。当时的众议院议员、东京日日新闻社的社长关直彦也受到了邀请。他们被带往舰内到处参观,还向他们展示了

---

① ［日］司马辽太郎:《坂上之云》第1卷,文艺春秋,2010年,第342页。

备受瞩目的 35 厘米的主炮的实际操作。关直彦写道："怎么样啊，很厉害吧，表现出你们日本肯定赶不上吧之类的架势。"同时看看漂浮在同一港口内的日本军舰是多么的寒酸。关也只能这样自我安慰道："他们舰上的将士们的士气不够旺盛。在实战情况下不是日本将士们的对手。"①

司马尖锐地指出，这次北洋舰队的来访，在外交上对清政府来说是否算是成功，的确是个疑问。

日本朝野上下受到了巨大的冲击，一下子使海军省争取舰队建设的预算容易了很多。虽然议会对庞大的海军扩张费用面露难色，可是政府在通过让天皇出面干涉，还有获得舆论的支持这些手段后，使海军的扩充计划付诸实施。虽然没能赶上之后的甲午战争，不过还是让议会批准了从国外订购富士和八岛 2 艘战舰。而且把在北洋舰队到来之前就定制的严岛、松岛还有桥立这 3 艘以美景为舰名的军舰的竣工日期提前到了明治 24 年的夏天（只有桥立未能按时竣工），另外快速巡洋舰吉野也将在两三年后在英国建成。②

本来李鸿章命北洋舰队访日是借机炫耀北洋水师的军威，含有表示友好和制止日本扩张野心的双重含义，殊不知对日本产生巨大刺激。当时日本拥有舰只 17 艘，可以作战的仅 5 艘，其中浪速、高千穗 2 艘是比较新式的巡洋舰，而扶桑、金刚、比睿 3 艘机器陈旧，速度迟缓，已非海上作战利器。从那以后，日本政府进一步加快了海军的建设步伐。6 年间添置 12 艘军舰。特别是 1891 年以后，日本添置新式战舰 6 艘，其中有海防舰松岛、严岛、桥立 3 艘，巡洋舰秋津洲、吉野、千代田 3 艘。至 1894 年，日本联合舰队共有军舰 55 艘，在总吨位、舰船航速、火炮射速上全面超过了北洋水师，

---

① ［日］司马辽太郎：《坂上之云》第 1 卷，文艺春秋，2010 年，第 345 页。
② ［日］司马辽太郎：《坂上之云》第 1 卷，文艺春秋，2010 年，第 348 页。

迅速发展成为一支强大的远东海军力量。

司马尖锐地指出中国败在日本手下的原因是双方士气上的差距太大，北洋海军军纪颓废。他写道：

> 日清两舰队都是装备了最新武器的精良舰队，在兵力上没什么差距。然而日本方面的战斗力却要强很多，这是因为士气上的差距太大了。清国人自古爱好和平，十分守旧。而且作为民族传统自古以来就对当兵有偏见，就连清国政府的大官们也视军人为贱，认为战争不是正人君子所从事的，找当兵的只要雇一些性格粗暴的人就可以了。有个英国人曾在一次去定远参观时看见舰长室门口的哨兵们在聚众赌博。军纪的颓废令人震惊，而且国家对这种颓废现象采取了容忍的态度。①

1644年清军入关后，清政府秉承中国历代"重文轻武"的做法，致使国防建设受到极大影响。第二次鸦片战争后，清政府逐步开始重视国防建设，但"重文轻武"现象没有从根本上改变。洋务运动取得一些成就后，清政府认为可以高枕无忧了。

司马还通过正冈子规与秋山真之的对话谈到日本海海战日军胜利原因，指出清国士兵从一开始就是自暴自弃的。

> 子规感慨"日军还真是厉害啊"。在这一点上他和天真的老百姓没什么区别。真之答道："是对手太弱了。清国士兵从一开始就是自暴自弃的。他们的国家的政权是满洲人的，皇帝也是。汉族的将士们应该没有为异族的皇帝和政府献身的愿望。可是日本人却错认为自己打败了清国。"②

司马认为日本打胜的原因之一是清将士不认真的态度，日本海军将士们勇猛

---

① ［日］司马辽太郎：《坂上之云》第2卷，文艺春秋，2010年，第74页。
② ［日］司马辽太郎：《坂上之云》第2卷，文艺春秋，2010年，第191页。

善战,不过技术水平并不精湛。

　　子规不满地问:"清兵真的这么弱啊?"从感情上来讲他还是希望日本是战胜了亚洲最强的国家。

　　"那些汉人们根本没认真打过。"

　　"也就是说日本打胜的原因之一是汉人将士造成的?"

　　"嗯"

　　子规还是有些不满。从子规的大众心理出发,应该是十分善战的敌人在更强大的日军面前筋疲力尽,最后不得不投降。

　　真之冷静地说:"日本海军将士们的确像国家和国民期待的那样骁勇善战。不过技术上太差了。""特别是黄海海战时最糟。因为太差所以没能击沉一艘敌舰,本来如果不给敌人更大的致命伤的话根本不能称为完胜。其实在黄海海战的时候就应该把他们的北洋舰队全都打沉到海里的,却留下了残敌。才会有后来的威海卫攻击战,威海卫这一战其实是多余的。如果清国的陆海军像欧洲一流国家那样强大的话,黄海海战的失败只能算是个小小的擦伤,用他们的残余兵力也足可以击败日军。"

　　"我们的炮术很差的话,那对方呢?"子规问道。不过这个数字却是机密。欧美的陆海军在战斗结束后会在战斗资料上简单地发表这类数字,日本却采取了极端保密主义,连真之也不得而知。

　　后来美国海军的马汉曾论及整个战争中日本海军的炮术之差。当时马汉是海军战术学上的世界权威。"日本海军,首先在军舰上比清国的要精良。武器弹药的品质也要好很多,而且有充分的保障。在军官士兵的能力方面也比敌人要优秀很多。不过日清双方的炮术水平之低让我怎么说好呢。日本海军自己也承认,在这方面清国要比他们稍微好一点。除了6磅以下的轻型炮以外,日本的命中率是12%,而清国达到了20%。"①

---

① ［日］司马辽太郎:《坂上之云》第2卷,文艺春秋,2010年,第192页。

我们不得不承认,甲午战争中,中国军队屡战屡败是和军队素质低下密不可分的。北洋海军也存在军纪涣散、贪污腐化、精神萎靡等大量问题。姚锡光于《东方兵事纪略》中曾感慨:"琅威理督操綦严,军官多闽人,颇恶之。左翼总兵刘步蟾与有违言,不相能,乃以计逐琅威理。提督丁汝昌本陆将,且淮人,孤寄群闽人之上,遂为闽党所制,威令不行。琅威理去,操练尽弛,自左右总兵以下争挈眷陆居,军士去船以嬉。每北洋封冻,海军岁例巡南洋,率淫赌于香港、上海,识者早忧之!"①

从战略上看,甲午惨败是由于清政府封建政治制度的腐朽和慈禧太后、李鸿章对战争的错误指导。慈禧太后对于帝国主义侵略一贯奉行屈辱妥协政策。1894年10月,慈禧太后迎来六十大寿。当前方广大军民浴血奋战,抗击敌寇的时候,慈禧太后却在北京城挥霍享乐,大肆铺张筹备,甚至挪用海军经费共达2000万两来修建颐和园。用这笔巨款,可购7000多吨的铁甲船10多艘,或2000多吨的快船20多艘。以至北洋舰队多年未增添新舰,未改进武器装备,舰船陈旧。而日本舰队不论在舰数、舰质、航速、火力、兵员等方面均占优势。李鸿章并未把北洋舰队当作一支打击侵略者的军事力量,而是把它视为维持个人权势的政治资本,对外起到一点威慑作用。在整个甲午战争中,根据李鸿章在政治外交上的需要,军事上始终推行了"避战保船"的方针,严禁北洋舰队出海作战。因此不仅错过了打击日本联合舰队的战机,还挫伤了北洋舰队将领们的积极情绪,放弃了黄海的制海权,使北洋舰队处于被动的境地。只能困守威海港内,坐待歼灭。北洋舰队的最后覆灭,也是李鸿章"避战保船"方针所带来的必然结果。北洋舰队的覆灭,标志着洋务运动的最后失败。

三、日本谍报出色论

当然,清政府在甲午战争中的失败还有其他方面的因素。如未能有效阻止日本间谍在中国窃取大量军事情报,中国向来的"有海无防"等原因。孟子曰"无敌国外患者,国恒亡",可见闭关锁国的政策只能导致愚昧与落后,国家

---

① 姚锡光:《东方兵事纪略》卷四,中华书局,2009年,第4—5页。

有亡国的危险。日本在全力扩充军备的同时,还向中国派遣大量军事间谍,从事情报搜集工作。司马在《坂上之云》中写道:

> 甲午战争前日本的谍报工作,川上操六的普鲁士主义主张在战争中要采取先发制人,出其不意。他认为除此之外无法打胜。所以在和平时期就必须对敌方的政治社会形势以及军事形势了如指掌。因此谍报很重要。川上对此十分重视。他不是单纯把谍报工作交给间谍,而是从自己的部下中挑选最优秀的军官,潜入敌后。这些人在开战之时就会负责具体作战,这点和其他国家是不同的。比如说明治十七年(1884年),清国因越南问题与法国开战,川上就派出了军官前往当地,"调查清国军队的实情"。派出的军官包括大尉福岛安正、小岛正保、中尉小泽德平、小泽豁朗,还命令少尉青木宣纯化名广濑次郎去中国南部潜伏了3年之久。又命令中尉柴五郎潜入中国北部,预想到这里会是今后的战场,让他调查地理地形为今后的作战做准备。到了明治二十年(1887年)七月,向当地派遣军官的活动越来越频繁。中佐山本清坚、大尉藤井茂太、柴山尚则等被派往中国北部,目的是挑选沿岸的登陆地,决定军队的运输方式还有确定登陆后的战略目标等等。间谍从朝鲜的仁川出发途经烟台,到了天津后,打探了大沽炮台,又来到北京,进入永平府街道到达了山海关。全部都采用普鲁士方式。这期间清国的陆军像睡着了似的毫无动静。①

如司马所述,1885年,刚升陆军少将的川上操六被任为参谋本部次长,极为重视情报工作,开始有计划地向中国派遣军事间谍。这些日本间谍皆能操华语,装扮成不同身份的"中国人",如商人、游历者、学生、劳动者等等,渗透到中国的各个要害之地。长期以来,日本间谍在中国窃取了大量的重要情报,使日本发动侵略战争的准备工作更具有明确的针对性和目的性。由于日本间谍在中国的活动达到了无孔不入的程度,因此日军侵华时对于所经之处的驻军

---

① ［日］司马辽太郎:《坂上之云》第2卷,文艺春秋,2010年,第55页。

情况,沿海港口、炮台、航路、岛屿及防御设施,无不了如指掌。与其说日军进攻旅顺口和威海卫时所运用的战术正确,不如说谍报工作保证了日军战术计划的成功。1893年4月,参谋次长川上操六,从朝鲜的釜山、仁川、汉城到中国的烟台、天津、南京、上海等地做了一番考察。得出的结论是:中国不足畏,日本对华作战,有稳操胜券的把握。①陆奥宗光曾直言不讳:"战之能成与否,悉听川上。"②可见,日本在华间谍所提建议,直接影响到日本政府的作战方针。因此研究甲午战争是万万不可忽视日本的谍报活动的。德富猪一郎曾经自夸,日本正是借助于谍报工作,才能"在二十七八年之役(甲午战争),运筹帷幄之中,决胜千里之外"③。时人亦指出:"日本十年来孜孜侦探,其遣间谍至我国者,或察政务之设施,或考江山之形胜,无不了如指掌。而我尚以大度容之,绝不为之准备。迨至兵衅既开,彼又密遣间谍阴赴各处侦探,师期暗泄机要,遂致高升被击,船没师增。"④"况敌散布奸谍于中国不知凡几,偶或漏泄,则尽知我军情,先发以制我,则倭着着争先,而我则处处落后。"⑤由此可知,日本对中国的海防要地以及沿海港口、炮台、航海路线、岛屿等情况,经过反复侦察,完全了然于胸。

英国学者莫利安·哈瑞斯在其《日本皇军兴亡记》一书中也指出:"日本人认识到西方的威胁而自强。中国人则相反的妄自尊大,对外来的威胁掉以轻心,更不在乎'倭寇'。对于日本的强盛毫无所知,并未把这个邻邦与西方强权相提并论。一旦发现日本军队准备完善,训练精良时,感到惊慌失措。一位满洲官员慨叹道'我们在自己的土地上作战,对于地形一无所知,而日本人带着地图,在荒僻的路径与水道上推进,却极为熟悉。'这实在要归功于川上操六一班人情报搜集的效果。"⑥

日本胜利的诸多因素中,成功地利用间谍在华活动,是取得这场战争胜利

① [日]德富猪一郎:《陆军大将川上操六》,第一公论社,1942年,第124页。
② 戚其章:《甲午战争国际关系史》,人民出版社,1994年,第7页。
③ [日]德富猪一郎:《陆军大将川上操六》,第一公论社,1942年,第112页。
④ 中国史学会主编:《中日战争》(续编,第12册),新知识出版社,1956年,第307页。
⑤ 张秉铨:《北洋海军失利情形》,《普天忠愤集》卷七,文海出版社,1975年。
⑥ [英]莫利安·哈瑞斯:《日本皇军兴亡记》,叶延燊译,金禾出版社有限公司,1994年,第45页。

的重要原因之一。

四、抄录《伊东佑亨致丁汝昌劝降书》的深意

值得我们注意的是，司马在小说中还引用了《伊东佑亨致丁汝昌劝降书》①，阐述了清朝的败因。这份劝降书是甲午战争中，日本联合舰队司令官伊东佑亨在威海沦陷前给北洋舰队提督丁汝昌的劝降书。1894年12月初，日本联合舰队司令官伊东佑亨与新任山东作战军司令官大山岩，在拟定进攻山东半岛的同时，即策划劝北洋海军提督丁汝昌投降。12月10日伊东与大山岩商定了诱降办法，随之命令国际法顾问、海军教官高桥作卫起草中、英两种文字的致丁汝昌劝降书。1895年1月19日，大山岩派陆军步兵少佐神尾光臣和法律顾问有贺长雄携带英文劝降书到松岛舰，以伊东佑亨个人落款，由英国军舰塞班号送给丁汝昌。丁汝昌拒绝投降，于2月11日自杀。翌日，洋员浩威、马格禄等合谋伪托丁汝昌名义投降。这封劝降书中充分反映出侵略者的盛气凌人、颠倒是非、挑拨离间和竭力诱惑的伎俩，但值得百年后的中国人秉灯细读：

> 大日本海军总司令官中将伊东佑亨，致书与大清国北洋水师提督丁军门汝昌麾下：
>
> 时局之变，仆与阁下从事于疆场，抑何不幸之甚耶？然今日之事，国事也，非私仇也；则仆与阁下友谊之温，今犹如昨，仆之此书岂徒为劝降清国提督而作哉？大凡天下事，当局者迷，旁观者审……清国海陆二军，连战连败之因，苟能虚心平气以察之，不难立睹其致败之由。以阁下之英明，固已知之审矣。至清国而有今日之败者，固非君相一己之罪，盖其墨守常经不谙通变之所由致也。夫取士必由考试，考试必由文艺，于是乎执政之大臣，当道之达宪，比由文艺以相升擢；文艺乃为显荣之阶梯耳，岂足

---

① 英文原文见《日清战争实记》，第23编，第82—83页。原函汉译全文见王芸生编《六十年来中国与日本》，大公报出版，1931年，第197—198页。

济夫实效？当今之时，犹如古昔，虽亦非不美，然使清国果能独立孤往，无能行于今日乎？前三十载，我日本之国事，遭若何之辛酸，厥能免于垂危者，度阁下之所深悉也。当此之时，我国实以急去旧治，因时制宜，更张新政，以为国可存立之一大要图。今贵国亦不可以不去旧谋为当务之急，亟从更张。苟其遵之，则国可相安；不然，岂能免于败亡之数乎？与我日本相战，其必至于败之局，殆不待龟卜而已定之久矣……①

唐德刚在《晚清七十年》中说，"这封'劝降书'，虽算不得我国清末变法改制的重要文献，然此书出自把我海陆两军都打得全军覆没的敌军主将之手，它对麻痹已久的中国朝野，简直是一记'震击治疗'，使战败人民觉悟到'政治改革'实远比'科技改革'重要"②。导致甲午战争失败的原因虽然是多方面的，但深层次的是政治原因。当时统治中国并主导战争的清朝政府极端愚昧昏聩、妄自尊大、故步自封，对国防建设重视不够、对战争准备严重不足是甲午战争失败的最根本的原因。清朝当权派没有抵抗到底的决心，寄希望于外国调解，缺乏对整个战局的部署以及坚强正确的战略指挥，因此，不能挽回失败局面。

第五节　战争影响论

中日甲午战争，由于清政府的腐败，统治集团与庸臣李鸿章误国的政策和策略，加上慈禧太后挪用海军经费修建颐和园，不能购置新舰和更新炮火，造成战争的节节失败，北洋舰队全军覆灭。苦心经营30多年的洋务运动以惨败收场，击碎了清政府"以夷制夷"的幻想。甲午之战，改写了中国与日本的历史，决定了此后半个世纪中日关系的格局。司马对此又有何认识呢？

---

① 王芸生编：《六十年来中国与日本》，大公报出版，1931年，第197—198页。
② 唐德刚：《晚清七十年》，岳麓书社，1999年，第53页。

一、对战后中国的认知

在甲午战争之前,日本的国际地位,基本上是一个遭受西方压迫的亚洲小国。甲午战争后,日本虽然还具有受西方压迫的一面,但它基本上已变成一个与西洋有同等特权、压迫中朝等亚洲国家的殖民帝国。而且《马关条约》开辟了西洋列强竞相瓜分中国的新阶段。日本取得的向中国输出资本以及各种免税等特权,也立即为欧美列强所均沾。《马关条约》签订后,列强在华势力范围的逐渐形成,加重了中国社会的灾难,中华民族的命运危在旦夕。洋务运动,始终局限于"中体西用",日本的炮火粉碎了束缚改革的条框,更彻底的变革成为内忧外患的晚清社会困境中的一线生机,变法救国的愿望在中国人中一呼百应,知识分子爱国救亡的强烈要求迅速高涨为一场声势浩大的维新运动。1894年爆发的中日甲午战争是中国近代史上重要的转折点之一,中国人对自身的认识在此时期发生了质的变化。

1895年4月17日,中日《马关条约》签订,主要内容包括:"中国承认朝鲜的独立,废绝中朝宗藩关系。割让辽东半岛、台湾岛及澎湖列岛给日本。赔偿日本军费白银2亿两。开放重庆、沙市、苏州和杭州为商埠。此外,日本可以在中国通商口岸开设工厂。"①《马关条约》是继《南京条约》《北京条约》之后的又一屈辱条约。2亿两白银的巨额赔款,接近清政府全年总收入的3倍。清政府为还债,不得不大量举借外债,使外国侵略者通过政治贷款,进一步控制中国。大量资金外流,不仅加重广大人民的沉重负担,同时也阻碍了中国近代化的进程。《马关条约》给中国套上新的枷锁,进一步加剧了帝国主义瓜分中国的危机,并加深了中国半殖民地化的程度。从此,中国成为列强公开瓜分的对象。《马关条约》明确否定了中国在朝鲜的宗主国地位,标志着朝贡体系在东北亚地区彻底瓦解。从此,中国与日本在东北亚的地位发生了逆转,日本逐渐上升至中心地位,中国则被边缘化。《马关条约》的签订,宣告清廷洋务运动自强求富的失败,割地赔款给中国社会带来沉重的经济负担。各国窥破中国实力,瓜

---

① 章开沅:《中国近现代史》,河南大学出版社,2009年,第188页。

分接踵而来，远东相对稳定的局势发生剧烈动荡。

司马在《坂上之云》中写道：

> 十九世纪末的地球，是一个列强们的阴谋和战争的舞台。对他国的意识只有算计，国家的欲望只有侵略。这是帝国主义时代。从这个意义上来看，再也没有另外一个时代比这一时代更炫目多彩了。列强们是獠牙里滴血的食肉猛兽。这些列强们，几十年来，对中国这头濒死的巨兽表现出十分旺盛的食欲。不过，对中国的实力评价还是过高了。列强们认为，"支那是一头睡狮"，如果对这头狮子过度刺激的话，会使它愤然而起，最终受伤的还是列强们自己，所以他们的侵略行动还是相对有所节制的。不过，甲午战争中的败北，使中国的实际情况赤裸裸地暴露在了全世界面前。那种懒散的战斗方式，政府的大官们对亡国危机的冷漠、无力，还有士兵们对清帝国是如此的欠缺效忠之心，让在和平时期已经略有察觉的列强外交家们也颇感意外。中国，已经是一堆死肉了，既然是死肉的话就可以把它吃掉，无须排队，而是先下手为强。这已经成为各国间的常识了。①

《马关条约》规定割让辽东半岛给日本，这阻碍了俄国在中国东北的扩张，"维特的想法是，把中国当成家畜。不要先急着吃肉。如果只有俄国吃那也就算了，现在其他国家也会这么做。所以分到的肉就会少很多，而且还会因此把中国民众从睡梦中惊醒。还不如采取怀柔政策，把它培养成俄国听话的家畜"②。于是俄国联合法、德两国，要求日本退还辽东半岛。司马对此描述道：

> 日本通过甲午战争获得了2亿两的赔偿金和大片领土。领土是台湾包括澎湖列岛还有辽东半岛。明治二十八年（1895年）的四月十七日签

---

① ［日］司马辽太郎：《坂上之云》第2卷，文艺春秋，2010年，第329页。
② ［日］司马辽太郎：《坂上之云》第2卷，文艺春秋，2010年，第365页。

订了停战协议,不过还不到一个星期,俄国就出来从中作梗,"把辽东半岛还给中国",当然俄国是出于自身利益提出这个要求,不过俄国的这一要求还是与其他各国的利益相符合的,所以法国与德国也纷纷提出了相同的要求。表面上的理由是,"日本夺取辽东半岛的话不利于东洋的和平",当然只是一种借口。何出此言呢? 是因为只过了两年后,俄国就把军队开进了辽东半岛强行予以占领,还占据了满洲。日本发出了战栗。不接受这一要求的话就准备打仗吧。驻俄国公使西德二郎察觉了俄国的这一态度。日本根本不可能是俄国的对手。更不要说再加上德国和法国,没实力的话只有乖乖听话。日本把辽东半岛还给了清国。①

在《马关条约》签订后,俄、法、德三国武力胁迫日本还辽,日本并不情愿吐出已经到口的果实,采取了一些反对三国干涉的对策,但都不成功。但是又不可能指望英国行动上的支持。于是,日本政府决定接受三国的劝告。日本向三国屈服,答应退还辽东半岛,但又向清廷索要3000万两的"赎辽费",清廷被迫答应。而俄、法、德三国的行动表面是在维护中国权益,实质却是借机争夺割占中国领土的机会。此后,俄、法、德以干涉还辽自恃有功,相继要求清政府"回报",英、美、日等国不甘落后,也要求清政府给予"补偿"。甲午战后列强瓜分中国的阴谋,即从三国干涉还辽开始,清政府沉沦在掠夺的陷阱中不能自拔,任人宰割。甲午战争虽是中日两国之间的战争,但西方主要列强几乎都介入了这次战争,它们为各自的利益,施展外交手段,纵横捭阖,趁火打劫,若没有它们的默许和鼓励,日本是不可能如此大胆地发动侵略战争的。

二、对战后远东局势的评估

甲午战争前,远东地区的基本格局是英俄争霸。甲午战争后,日本崛起,加入了列强俱乐部。而中国则一落千丈,沦为列强侵略、宰割的对象。大大加速了中国半殖民地化的进程。中国的民族危机愈益深重了。列强在远东地区

---

① ［日］司马辽太郎:《坂上之云》第2卷,文艺春秋,2010年,第370页。

的矛盾，不但由此变得愈加尖锐，而且更为复杂。俄国加强了在远东的侵略活动，同日本直接对抗；德国以后起之秀，也开始积极参加帝国主义的角逐。英国放纵日本发动战争，结果造成战略失误，丧失了以往在远东的优势。总之，战前相对稳定的远东形势遭到破坏，代之而起的，是为数更多的列强对远东仅剩的中朝两个弱国，特别是中国的激烈争夺。正是在这样的背景下，中国出现了空前严重的民族危机。

日本通过甲午战争成为亚洲的暴发户。不仅得到2亿两赔款，3000万两赎辽费，还从中国掠夺舰艇、轮船、机器设备、枪炮弹药、粮食等大量物资。日本利用从中国勒索的2.3亿两白银进行货币改革，确立金本位制，与国际货币接轨，使日本经济与国际市场密切联系，有利于稳定币值，扩大对外贸易和引进技术。再加上甲午战后其他有利条件，促进了民间工业的发展。这次战争掠夺，更加刺激了它对外扩张的野心。在"卧薪尝胆"口号下，日本统治者制定了10年扩军计划，陆军增设6个师团，现役军人从7万人增至15万人。海军建立"六六舰队"，舰艇总吨位自6.2万吨增至26.4万吨。全部扩军预算约2.8亿日元。其中约2亿日元来自清政府的赔款。由此可见，战争赔款也膨胀了日本军事力量，为其称雄东方打下了坚实的基础。战争胜利进一步煽起"皇国"意识及"忠君爱国"思想，深入渗透于广大民众之中。在天皇制意识形态影响下，蔑视其他民族的思想迅速蔓延。"甲午战争以后，不仅日本的当权者，甚至连普通的日本人也轻蔑、侮辱起中国人来了。……而且这种优越感，和头顶'万世一系之天皇'的'万邦无比之国体'这种矜夸、同'忠君爱国'的'大和魂'的矜夸结合起来了。"①从此，日本政府便大力扩张军备，为发动新的战争而作准备。"在甲午战争结束后，鉴于东亚紧张的国际形势，日本政府开始了大规模的海军扩张。当然国内还没有能力建造新的军舰。所以只有些小舰艇在国内建造，其余的都是向国外订购。80%是向英国预订，10%向法国德国，剩下的6%国产，4%从美国进口。"②井上清指出："日本资本主义从这次战

---

① ［日］井上清：《日本军国主义》第3册，马黎明等译，商务印书馆，1985年，第235页。
② ［日］司马辽太郎：《坂上之云》第2卷，文艺春秋，2010年，第287页。

争起,有了划时代的飞跃发展。那么驱使天皇制发动战争的各种矛盾,是否因此而完全解决了呢?答案是否定的。那些矛盾以新的规模、新的形式,再加上新的因素进一步发展起来。十年后,迫使天皇制不得不制造了规模更大的、带有新的性质的日俄战争。"[①]

三、对义和团运动的态度

甲午战后,清政府为了偿付巨额的战争赔款,加紧了对农民的勒索,苛捐杂税名目繁多,农民的负担成倍增加,广大劳动人民的生活更加困苦不堪。帝国主义的豆剖瓜分,给中国敲响了警钟,促进了民族觉醒。以农民为主体的群众斗争此起彼伏,最后演变为义和团运动。1898 年 10 月 24 日,赵三多、阎书勤等打出了"扶清灭洋"的旗号,在山东发动起义。此次起义可谓义和团运动的起点。在《坂上之云》中司马对义和团运动描述如下:

> 从俄国租赁"关东州"这一时期开始,在中国发生了义和团起义,转眼工夫就在中国北部闹得热火朝天。他们被称为"拳匪"。这一时期,列强们争先恐后地争夺着中国的土地和权益,如矿山的开发权,铺设铁路,进而引进大量商品。这破坏了中国自古以来的经济秩序。大量商品的进口使农民失去了副业,铁路和在江河上的汽船使船夫们和原本的货运工们大量失业,还在其他方面造成了不可估量的破坏,因此,各地都爆发了农民起义,然后逐步形成义和团,起义的范围也越来越广。义和团是一个攘夷组织,他们的口号是"扶清灭洋"。拯救清国、消灭洋人。还带有宗教团体的色彩,使用的武器是拳头,除了指挥者以外都不用兵刃,据说是学会拳法后就会神灵附体,刀枪不入。义和团在全国各地袭击外国人,烧毁外国公司,破坏铁路,袭击电信机构,最后,已经从开始的流民阶级发展到了连小地主阶级也积极参加的地步,中央政府和地方政府也都或明或暗地支持他们。"这样激烈的排外运动,是由俄、德的土地和权益的掠夺而点燃

---

① 　[日]井上清:《日本军国主义》第2册,马黎明等译,商务印书馆,1985年,第142页。

的导火线"①

义和团运动的迅猛发展,引起了帝国主义的极大仇视与恐惧。各国驻北京公使不断催促清政府采取措施,一面威胁清政府加紧镇压义和团,一面策划直接出兵干涉。1900年5月11日,十一国驻华使节组成外交团会议。日本驻华公使西德二郎立即参加活动。日本政府决策者拟趁镇压义和团运动之机,抢先"南进"。时任首相山县有朋认为,"如果各国为镇压义和团而需要大部队,将不能不仰赖距中国最近的日本。日本应避免自己积极派出大军,而应以使各国乞求我之援助为上策"②。陆相桂太郎判断,参加镇压义和团的联合行动将是日本"将来掌握东洋霸权的开端"③。山县有朋在1900年8月20日所写题为《关于北清事变善后》④的意见书显示其企图乘机"南进",立足华南,并进一步争夺东亚霸权。主张目前日本采取的策略"莫如此时先行经营南方,并伺机与俄交涉,以达经营北方之目的"。他说:"取朝鲜何必非今日不可?谚云:追两兔者,一兔不得。方今各国逐鹿中国,先追南方一兔,捕获之后,再追北方一兔,犹未为晚也。"⑤日本政府不仅积极派兵参加八国联军侵略中国,而且充当侵略军的主力和先锋。8月4日,八国联军1.6万人从天津向北京进犯。其中日军占8000名。12日,联军开抵北京城外。14日夜,日军攻破朝阳门、东直门。随后直捣皇城东华门,并占据西直门。八国联军攻陷北京城后,外交团议决:联军对北京划区占领。日军占领内城西直门地区。北京沦陷后,联军下令"为所欲为"3天,实际上疯狂地抢劫了8天。日军破坏和焚毁了端王府,抢走户部库银300万两,并烧掉银库灭迹。联军日夜包围各坛口,疯狂屠杀义和团。⑥

司马写道:

---

① [日]司马辽太郎:《坂上之云》第2卷,文艺春秋,2010年,第377页。
② [日]德富苏峰:《公爵山县有朋传》下卷,原书房,1969年,第407页。
③ [日]德富苏峰:《公爵山县有朋传》下卷,原书房,1969年,第894页。
④ 日本所谓"北清事件""北清事变"即八国联军侵华战争。
⑤ 《日本外交文书》第33卷,别册之三,第947—955页。
⑥ 沈予:《日本大陆政策史》(1868—1945),社会科学文献出版社,2005年,第122页。

　　参加了这次"北清事件"的联合部队的一共有英、德、美、法、意、奥六国，再加上日本和俄国。其中日俄两国人数最多，是主力。他们在各地击败了义和团，于8月14日突破了对北京的封锁，进入了城区，把各国公使馆员和居民们救了出来。从基督教国家一方来看，他们是代表正义的军队。不过他们进城后进行的无差别杀戮和掠夺，是近代史上闻所未闻的。他们不仅挨家挨户地对居民进行掠夺，还大举冲进宫殿，抢走了所有贵重的东西。俄军司令里涅维奇也亲自参加了掠夺。不过，只有日军士兵保持了良好的军纪。在占领北京后，各国把市内分割成了几个警戒区，在日军负责的区域内没有发生这类的掠夺和暴力事件，跑出去逃难的中国人听到了这一消息后渐渐地都回来了，所以恢复得最快。因为日本还要面对自身的不平等条约需要修改的难题，所以要向全世界显示出"文明国家"的一面，因此忠实地遵守着国际法和维护着国际道义。①

　　显然，八国联军并非"正义的军队"。司马笔下"只有日军士兵保持了良好的军纪"，"文明国家"，"忠实地遵守着国际法和维护着国际道义"等等这些赞誉的词句同样是对日军的过度美化。日本充当镇压义和团运动的主力军是日本军国主义实践"脱亚入欧"策略的一次尝试。它不仅取得与欧美列强平起平坐的政治地位和5000万日元的赔款，而且获得在天津驻扎军队的特权。这支被称为"中国驻屯军"的部队成为日本军国主义日后侵略中国的一支尖兵。②司马写道：

　　　　"北清事变"过后，列强们在清国留下了屯驻军。名义上是为了保护侨民的生命财产的安全。当然是为了保护各自的权益。在清国看来，作为一个独立国家的体面和威严已经是荡然无存了。义和团的骚乱在中国历史上该如何评价实在是个很棘手的问题，如果一定要在当时评判功过

---

① ［日］司马辽太郎：《坂上之云》第2卷，文艺春秋，2010年，第384页。
② 沈予：《日本大陆政策史》（1868—1945），社会科学文献出版社，2005年，第122页。

的话，应该是过大于功吧。联军解散后，各国在天津和北京都设立了司令部，日本也不例外。各国都采取了半永久性的驻军方式。在天津的日本司令部挂牌"清国驻屯军守备司令部"，被任命为司令官的正是已经晋升为大佐的秋山好古。

驻在天津的外国人中流行着这样的口头禅："亚洲的20世纪是从北清事变的炮火声中开始的。"明治三十四年(1901年)，是20世纪的第一年。对中国来说是无比悲惨的一年，而对获取了众多中国利权的列强们来说应该是再也没有比这一年更好的开端了。"帝国的国民们迎来了在世界舞台上展翅高飞的新世纪。"这年的元旦，时事新报的社论这样写道："新舞台在东洋拉开了序幕。我国人民应该做好一切准备，在这个新舞台上占据领先的地位。"①

日本明治政府的"脱亚入欧"不仅是一个文化"欧化"的概念，而且也有着在对外关系上不惜侵凌邻国，与欧美列强为伍的内涵。日本对外的"脱亚入欧"，可以理解为包含"脱亚"和"入欧"两个互相衔接层次的过程。如果说，发动甲午侵华战争和迫使清政府签订《马关条约》是它实现"脱亚"的标志的话，那么1900年义和团运动期间，参与八国联军，趁火打劫，则可谓是它"脱亚"而"入欧"目标的基本完成。②

综上所述，在《坂上之云》中，司马没有反省日本发动甲午战争的不义性，而是片面强调日本的被害意识，推卸战争责任，试图掩盖日本的侵略罪恶。但是，不能否认司马对日胜清败的阐述也是发人深省的。透过《坂上之云》对甲午战争的历史再现，剖析司马的甲午战争观具有重要意义。

---

① ［日］司马辽太郎：《坂上之云》第2卷，文艺春秋，2010年，第386页。
② 中国义和团研究会编：《义和团运动与近代中国社会国际学术讨论会论文集》，齐鲁书社，1992年，第809页。

第三章　司马辽太郎的日俄战争观

日俄战争(1904—1905 年),是日本帝国主义和沙皇俄国为争夺朝鲜和中国东北而进行的一场帝国主义战争。这场战争的爆发是历史的必然。东京大学教授和田春树在其著作《日俄战争 起源与开战》一书中开篇写道:"当今在我国对国民的日俄战争认识产生巨大影响的莫过于司马辽太郎的作品《坂上之云》。"《坂上之云》后记中,司马表述了这部作品的主旨:"这部长篇小说,是描写日本史上绝无仅有的乐天派们的故事。最终,他们忘我地投入日俄战争这一违反常理的伟业之中。乐天派们,具有那一时代的人们所特有的精神,只知道向前大步前行。如果攀登的坡路上蓝天中有一朵灿烂的白云,他们也只会注视着白云向前攀登吧。"①

司马认为日俄战争肇始于"三国干涉还辽",主张"俄国威胁论",他认为在当时的历史阶段,为保卫日本的生命线,"执着于朝鲜"是一种宿命。在他看来,日俄战争是祖国防卫战,是国民战争。日本之所以能以小搏大,打败俄国,靠的是武士道的"合理主义精神"。司马批判了日比谷烧打事件,他认为日俄战争的胜利使日本夜郎自大,国民思想飘然,以日俄战争为界日本丧失了现实主义,走向了帝国主义之路。

第一节　战争起因论

19世纪末至20世纪初,世界主要资本主义国家完成了向帝国主义的过渡。

---

① ［日］司马辽太郎:《坂上之云》第8卷,文艺春秋,2010年,第298页。

扩大殖民地势力范围,对已经瓜分完毕的世界进行重新分割是这一阶段的主要特征。列宁曾经说过:"世界霸权是帝国主义政策的内容,而这种政策的继续便是帝国主义战争。"①在远东地区,中国、朝鲜成为帝国主义角逐的对象以及矛盾的焦点。进入帝国主义阶段的沙皇俄国,更加疯狂地加强其军事机器,由于俄国国内的阶段矛盾十分尖锐,因而沙皇在加紧镇压国内人民反抗斗争的同时,不断对外进行侵略扩张,并把外交注意力转向东方,谋求远东太平洋霸权。当时沙俄的"远东政策"目标是要侵占中国东北、西北以及西藏等地,同时还要在中国北部沿海或朝鲜海岸寻找一个不冻良港,以便于推行"炮舰政策"和在太平洋争夺海上霸权。日本在甲午战争中打败中国以后,胁迫中国签订《马关条约》,侵占了朝鲜和中国辽东半岛等地。这样就使将中国东北地区视为自己掌中禁脔的俄国坐立不安。于是沙俄联合德、法,上演了"三国干涉还辽"的闹剧,日俄两国间的利害冲突愈发激化。双方剑拔弩张,蓄势待发。

为了取得利益平衡,日本提出了"互惠互利"的"满韩交换论"。对此,司马辽太郎在《坂上之云》中是这样描述的:"明治三十六年(1903年)的夏天,日本政府心怀开战的想法和俄国开始了最后的谈判。在6月23日的御前会议上决定了与俄国的协议方案,8月12日,经驻彼得堡的栗野慎一郎公使之手递交给了俄国政府。协议方案的主要着眼之处在于,'保全和尊重清韩两帝国的独立和领土','承认日本在韩国的优势地位,作为交换日本也承认俄国在满洲铁路经营上的特殊利益'。也就是说朝鲜的权益归日本所有,而满洲的权益则属于俄国,双方互不侵犯。"②但是日本的如意算盘最终落空,与俄交涉陷入僵局。俄国的远东政策和日本大陆政策的矛盾达到不可调和的地步。在英美等国的支持下,日本不宣而战,突袭俄国太平洋舰队,引爆了震惊世界的日俄战争。井上清指出:"践踏国际法的一切准则,宣战前搞突然袭击,10年前的甲午战争时就是这样干的。37年后的太平洋战争也是这样干的。若不这样在战争一开始就旗开得胜,就不能把国民长期拖入战争,就不能满怀信心地打好以后的

---

① 《列宁全集》第23卷,人民出版社,1963年,第26—27页。
② [日]司马辽太郎:《坂上之云》第3卷,文艺春秋,2010年,第163页。

仗。这是天皇的陆海军的整个生涯的特征。"①

对于这场战争的起因,司马是这样认识的:

一、对俄复仇论

司马还认为日俄战争肇始于"三国干涉还辽"。"日本根本不可能是俄国的对手。更不要说再加上德国和法国,没实力的话只有乖乖听话。日本把辽东半岛还给了清国。"②

> "十年恨事"指的是甲午战争后,俄国所主导的三国干涉,日本不得不屈服于列强把辽东半岛归还给清国。而俄国却马上又从清国手中强行将其租借,建成了旅顺港,在大连设置了总督府,还建起了南满铁路把这里领土化了,进而又想要从朝鲜南下。为此日本的舆论沸腾,卧薪尝胆一词得以流行,陆海军都开始做起了对俄的战争准备。"十年"指的就是这十年。"十年恨事"指的就是这件事,也包含了日俄战争的起因。③

1895年,"蕞尔小国"日本通过甲午战争打败了"泱泱大国"清帝国,迫使清政府签订了丧权辱国的《马关条约》。除赔款、开口岸外,还割让辽东半岛和台湾岛等领土。这对推行"远东政策"的俄国来说无异于一块绊脚石,于是俄国充当"三国干涉还辽"的急先锋,联合德、法两国"劝告"日本放弃辽东半岛,抑制日本的过度膨胀,扩大它们在该地区的利益。由于日本无力抵抗三国的联合干预,被迫接受"劝告"。三国干涉而放弃辽东的当时,明治天皇向宫中顾问官兼枢密顾问官佐佐木高行问道:"朕意若领有辽宁省半岛将会如何? 据闻,该地收入甚微,实不足以供行政与国防之用,若无本国资助则一事无成。或曰台湾有利可图,以其利可允为半岛费用。但难以肯定立即得利,纵令得利,台湾所需费用亦颇巨。"天皇又接着说:"昨向伊藤戏言,半岛不必急取,此次战争

---

① ［日］井上清:《日本帝国主义的形成》,宿久高等译,人民出版社,1984年,第193页。
② ［日］司马辽太郎:《坂上之云》第2卷,文艺春秋,2010年,第329页。
③ ［日］司马辽太郎:《坂上之云》第5卷,文艺春秋,2010年,第48页。

已通晓其地理人情，为时不远，或从朝鲜或从某地再战之期仍将来临。彼时取之亦可。"①但是刚刚攫取的权益，竟被沙俄抢去，日本自不甘心忍受这种屈辱。表面上偃旗息鼓，暗中则以俄国为敌国，煽动国民的危机感，鞭挞砥砺国民"卧薪尝胆"，扩军备战，伺机卷土重来为帝国"雪耻"，与俄国一决雌雄。"为了准备下一场战争，甲午战争的赔偿金并未滋润国民，而使欧美的造舰业更加兴盛。"②日本政府立即拟定10年（1896—1905年）扩军计划。按此计划，陆军将由6个师扩充到13个师，常备兵员达20万人；海军建造舰艇94艘，由原6万吨扩充至26万吨。军费也将比甲午中日战争前增加一倍以上，达到国家全部开支的一半。对此，沙俄洞若观火，也在积极做应敌准备。双方经过近10年的备战，已成在弦之箭，一触即发。可以说"三国干涉还辽"确为日俄战争的爆发埋下了一颗火种，但是并非战争爆发的根本原因。

二、俄国威胁论

司马认为日俄战争的爆发是由于沙俄"常有图南之志"，不断对日本施压。日本迫不得已才把这一强国当作假想敌。他说："当时的日本充满一种恐怖情绪，担心朝鲜会被俄罗斯占领。一旦俄罗斯夺取了朝鲜，那么日本将会被侧腹插刀，寝食难安。如果不理解这种恐怖心理，则难以理解日本当时所处的立场。"③

他在小说中极力渲染俄罗斯的侵略野心，将日本装扮为备受欺凌的弱者：

即便是在后世，事件已经冷却的今日，俄罗斯的态度也丝毫没有辩解的余地。是俄国故意把日本逼入绝境。日本成为穷途之鼠，除了与猫殊死搏斗别无其他生路。综观欧洲与诸国的外交史也可以看到，任何一个强国都没有对其他国家采取过如此肆虐式的外交先例。在白人国家间并不通行的外交政略，在对待异教徒，被看作劣等人种的黄种人时就会坦然

---

① ［日］津田茂磨：《明治圣上与臣高行》，自笑会，1928年，第58页。
② ［日］原田敬一：《〈坂上之云〉与日本近现代史》，新日本出版社，2011年，第78页。
③ ［日］司马辽太郎：《坂上之云》第3卷，文艺春秋，2010年，第163页。

采用,日本人真是苦不堪言。①

他还批判俄帝国采取的是极端的侵略政策:"他们的势力已经从沿海州、满洲南下到了朝鲜,不断对日本施压。不得不把这样强大的国家作为假想敌也可以说是日本的悲剧。"②因此司马认为不论后世的史学家如何辩解,俄罗斯都无法掩盖对远东浓厚的侵略意图。"当时,日本政府一直抱着诚恳的态度想与俄国进行协商,而俄国却只是在开始的时候认真回应了一下,随着时间的推移,在之后的过程中一直故意拖延时间。"③

司马辽太郎描述了开战之前俄罗斯的外交:"无论如何日俄战争开战前俄罗斯的外交态度是极度的残酷,这一点俄罗斯的财政部部长维特在其回忆录中也是承认的。"④

在《日本人的二十世纪》一文中,司马同样写道:

> 日俄战争为何爆发,教科书中基本解释为围绕朝鲜半岛的国际纷争。从当时日本的国防论出发朝鲜半岛的地理形态是插在我国列岛侧腹的一把利刃。因洋务运动而觉醒走向近代化的清政府作为宗主国不断介入朝鲜事务。日本感到恐惧万分。因此爆发了甲午战争。日本的胜利使清朝暂且放开朝鲜。于是犹如真空地带吹入空气一般俄国乘虚而入。俄国仿佛发现了新天地的举动令日本顿觉惊恐失措。为了驱逐俄国势力历经种种波折最终爆发了战争。

> 追溯当时,日本近代因为对朝鲜半岛过度在意,犯了基本性的错误。但是当时的人们从地缘政治学的感觉出发,怀有一种当今难以想象的恐惧心理。如果不能体会这种心理那么就难以理解明治时代。例如也有一种选择是不打日俄战争。但是一旦俄国狡猾地挺进朝鲜半岛,来到日本

---

① [日]司马辽太郎:《坂上之云》第3卷,文艺春秋,2010年,第168页。
② [日]司马辽太郎:《坂上之云》第3卷,文艺春秋,2010年,第207页。
③ [日]司马辽太郎:《坂上之云》第3卷,文艺春秋,2010年,第166页。
④ [日]司马辽太郎:《坂上之云》第3卷,文艺春秋,2010年,第180页。

面前,那么日本还能忍耐吗? 如果一味忍耐的话国民岂不是会丧失元气? 那么国家岂不会走向灭亡? 现在也许认为即便国家灭亡也无所谓,但是当时距离成立国民国家不过三十几年。新生的国民,将自己与国家的命运紧密联系在一起。因此明治的状况,可以说日俄战争是祖国防卫战。①

司马在《坂上之云》中一味强调俄国的侵略野心,将日本放在被害者的位置,认为是俄国将日本逼入绝境,日本迫不得已才奋起抗争。司马的这一历史观不仅是20世纪60年代的观点,也是日俄战争同时代的日本人的历史观。而且,司马的日俄战争观也是迄今为止日本关于日俄战争著作中所持有的共同观点。甚至连进步学者井上清也认为,"由于俄国对朝鲜施加压力,妨碍了日本对朝鲜的扩张,因而,日本是被迫而战的"②。历史学家原田敬一指出:"因为当时日本政府领导人的恐惧心理就能给他们免罪吗? 如果带有这样的附加条件的话,那么无论是何种错误决定,只要是当时没有其他办法,那么日本史中经常听到的借口就会顺理成章。那么也就没有学习历史的意义了。这种想法至今在日本仍然存在。高中历史教科书中大都写的是,日本通过朝鲜进攻大陆的第一步即日俄战争,但是另一方面,'日俄战争是祖国防卫战'这种认识从战前至今仍未消失。司马无疑也是受到这种认识影响。"③

可以说,当时的日本社会的确是患有一种"恐露病"(露即俄国)。在1904年日俄开战时,日本甚至将肠胃药的名称命名为"征露丸",日本战败后才将其更名为"正露丸"。"日本国民怀有恐露乃至征露感情毋庸置疑,但是俄罗斯是否会侵略朝鲜,甚至是否有进攻日本的意图则另当别论。混淆二者只会造成不正确的历史认识。"④即便今日,日本依然有过度宣扬"假想敌国=威胁论"的倾向,更何况在亚洲成为欧美帝国主义"狩猎场"的20世纪初期,"俄国威胁论"在日本渗透不足为奇。但是毫无疑问,那是杜撰出来的威胁论。可以说,俄国

---

① [日]司马辽太郎:《这个国家的形象》第4卷,文艺春秋,1997年,第221—223页。
② [日]井上清:《日本历史》,陕西人民出版社,闫伯纬译,2011年,第313页。
③ [日]原田敬一:《〈坂上之云〉与日本近现代史》,新日本出版社,2011年,第94页。
④ [日]中村政则:《如何认识近现代史:反问司马史观》,岩波书店,1997年,第11页。

对远东的侵略扩张野心是客观存在的,沙皇政府觊觎中国东北和朝鲜已久。俄国大臣维特也承认,"提到我们的远东政策,我还记得在1898年我们建造了一艘庞大的破冰船,想冬季在波罗的海航行,但真正的目的则是想在北冰洋探索出一条通往远东的海路"①。但是这丝毫不能模糊或抹杀日本的侵略意图。日本的恐俄症,本质上是一个羽翼未丰的帝国主义小国对一个咄咄逼人的帝国主义大国的畏惧,是在瓜分殖民地过程中唯恐落后的焦虑。

19世纪90年代后,俄国在向西方和南方的扩张又不断受挫的情况之下,将目光投向远东,开始向太平洋地区推进。俄国远东战略的基本目标是要建立本土与远东地区的直接交通线,攫取不冻海港,扩大通向太平洋的出海口。从西伯利亚向南推进,兼并中俄接壤地区的大片领土,扩大俄国在华势力范围。甲午战争,为俄国向远东扩张提供了契机。俄、德、法三国干涉还辽,鸣响了列强瓜分中国的前奏。沙皇尼古拉二世继位后,继承亚历山大三世的衣钵,提出"黄俄罗斯"的狂妄计划,妄图吞并东北,进一步肢解中国。为了实施这个罪恶的计划,沙俄逼迫清政府签订一系列不平等条约,掠夺了中国300多万平方公里领土。1891年,沙皇开始修建一条贯通整个西伯利亚的大铁路。这条被俄国视为"脊柱"的大铁路,西起莫斯科,跨越16条欧亚河流,横穿中国东北的黑龙江、吉林两省,长度达8000多千米,向东一直延伸至符拉迪沃斯托克(海参崴)。沙俄对东北的军事占领引起了东北军民的坚决反抗,也激化了日俄矛盾,从而爆发1904年的日俄战争。俄军惨败,沙俄吞并东北的"黄俄罗斯计划"也随之破产。

司马辽太郎说:

单纯地要追究是谁发动了这场战争的话是一种不科学的提问方式。"不过如果硬要寻找这次战争的主要原因的话,四舍五入后我认为是俄国占八分,日本占两分。俄国的这八分应该由尼古拉二世来承担。这个皇

① [俄]维特伯爵:《维特伯爵回忆录》,肖洋、柳思思译,中国法制出版社,2011年,第76页。

帝的性格和判断力是导致这次灾难的主要原因。①

我们还应该同时看到,日俄战争应该是出于独裁的皇帝的意思才爆发。日俄战争爆发时的俄国皇帝是尼古拉二世。他的父亲是亚历山大三世。他虽然在教养方面要超过父亲,不过作为一个帝王来说却是十分平庸的。②

据维特所说,尼古拉二世平时一直把日本人称为"猴子",就连在正式公文里这个皇帝也使用"猴子"一词。他在继位前对日本人就有着生理上的憎恶,而且这种憎恶伴随了这个皇帝一生。③

在司马看来日俄战争之所以会爆发,俄国尼古拉二世有不可推卸的责任,但是却丝毫未追究明治天皇的责任。《坂上之云》这部作品中并没有出现明治天皇的踪影。1891年在俄国与日本的外交关系史上发生了一起重大事件,俄国皇太子尼古拉访问东京时遇刺。"在日俄战争前,尼古拉二世经常愤称日本人是讨厌的黄色蛮猴,日本天皇是一个动作可笑的家伙。"④但是沙皇俄国参加对日战争是19世纪后半期俄国对外扩张重点转移而导致在远东及太平洋地区帝国主义矛盾加剧的必然结果,尼古拉二世个人的好恶是不可能完全左右国家的对外政策的。

三、时代宿命论

司马辽太郎认为对朝鲜的侵略乃"时代国家自立的本质",简而言之即日本的独立自主,必须靠给朝鲜"添麻烦"得以保证。他说:

日本如此执着于朝鲜,在时过境迁的今日,真是不可理喻,甚至看起来觉得滑稽,但是19世纪始至这一时代,世界的国家、地区只有两条路可

---

① [日]司马辽太郎:《坂上之云》第3卷,文艺春秋,2010年,第39页。
② [日]司马辽太郎:《坂上之云》第2卷,文艺春秋,2010年,第343页。
③ [日]司马辽太郎:《坂上之云》第2卷,文艺春秋,2010年,第347页。
④ 刘景峰编著:《世界帝王》,中国戏剧出版社,2005年,第89页。

供选择。或是成为他国的殖民地,或是振兴产业强化军事力量成为帝国主义国家的一员。后世的人们幻想不侵犯他人亦不被侵犯,认为把人类的和平作为国家方针的国家才是当时应有的姿态,把幻想国家虚构的基准强加给当时的国家和国际社会决定国家形式的正邪,那么历史不过变成黏土工艺的黏土罢了。世界的阶段,已经发展至此。日本既然通过明治维新选择了自立之路,从那一刻起就注定了要在给他国(朝鲜)添麻烦基础之上来确保本国的独立。日本在那一历史阶段必须执着于朝鲜。如果放弃朝鲜,那么不仅朝鲜,恐怕日本也有被俄国吞并之虞。所谓这一时代国家独立的本质即如此。①

赤裸裸的侵略被司马轻描淡写成给朝鲜"添麻烦",一个国家的独立要建立在侵略其他主权国家的基础之上。可见,司马的逻辑与弱肉强食的森林法则是一脉相承的。日本是一个后起的资本主义国家,明治维新之后建立的天皇制政府,将对外树立威信、与欧美列强并驾齐驱、争霸世界定为国策,对外推行"失之西方,取之东方"的路线,为此急于发动军事侵略战争进行资本原始积累。从被欧美列强压迫的国家变为与欧美列强狼狈为奸的殖民帝国,而朝鲜因其历史、面积、地理位置以及人口等因素,最有希望成为大日本帝国主义殖民体制的核心,进而成为日本进一步向中国和西伯利亚以及沿海州侵略扩张的桥头堡。②

四、保卫生命线论

司马认为占据了中国东北地区的俄罗斯又把魔爪伸向了朝鲜,这理所当然地与日本的国家权益发生了冲突。他说:

"国家利益"一词是19世纪初到20世纪的国际社会中使用的最频繁

---

① [日]司马辽太郎:《坂上之云》第3卷,文艺春秋,2010年,第164页。
② [日]江口圭一:《日本帝国主义史研究——以侵华战争为中心》,周启乾、刘锦明译,世界知识出版社,2002年,第89页。

的词语。在近100年里，国与国之间的阴谋、外交和战争都是以此为中心而展开的，也是它在外交官和军人中最流行的时代。毋庸置疑，18世纪从英国开始的产业革命在进入19世纪后改变了整个欧洲的文明体制，其结果是以欧洲的产业国家为中心浮现出了战国时代的现象，并演变成了向世界上其他未开化的地区夺取殖民地和获取市场的病态。国家开始有了这方面的生理需求。这就是所谓的帝国主义。俄国的南下政策是地缘政治学上的本能，还有一方面就是受到这方面的刺激所产生的后果。其实当时俄帝国的产业还没有发达到需要向其他地域输出他们的过剩商品的地步，不过他们也受到了历史性的刺激。再加上原有的南下本能，才会采取了维特所说的近乎疯狂的冒险的领土扩张政策。当一个国家一旦开始了这样的行动时，要靠自制力来停止几乎是不可能的。朝鲜是他们和日本的国家利益的接触点。①

司马说朝鲜虽然并非日本的殖民地，但是它在军事上却能缓冲大陆给日本所带来的压力。"这种定位方式可能会给居住在朝鲜半岛的人带来不快。不过作为国家来说本来就会受到基本地理上的限制。由地理限制而形成国家的基本性格，还决定了一部分对外的基本姿态，还有一个麻烦之处在于，每个时代的国家意识是在之前就已经基本决定了的。日本不仅想把朝鲜当作防卫上的缓冲，而且想尽可能把李王朝的朝鲜国开辟成自己的市场。就像其他列强在中国所做的那样，日本也想做同样的事情。不过可笑之处是，维新后30余年的工业生产力还处于起步阶段，并没有什么商品值得推销出去，但是在做法上却要模仿欧洲模式，也就是拿朝鲜来练习。幻想学会这些的话总有一天自己也会变成世界强国。所以从19世纪末到20世纪初的这一迈向文明的阶段中，朝鲜成为日本的生命线。"

因此，司马得出结论："也就是说日俄战争的起因在于满洲和朝鲜。"他甚至主观臆断：

---

① ［日］司马辽太郎：《坂上之云》第3卷，文艺春秋，2010年，第199页。

已经夺取了满洲的俄国会进一步夺取朝鲜。这已经是显而易见的了。日本如果在日俄战争中失败的话,朝鲜就会成为俄国的囊中之物,这是毋庸置疑的。当然如果打败了的话,日本是不是也会被俄国所占领呢?虽然对这种已经过去的事情再回过头做这样那样的各种假设是毫无意义的,不过因为中间有着大海的阻隔所以应该不会被占领吧。这方面的微妙之处也只有同样是处于岛国的英国人能够理解吧。在日俄开战之时,英国的外交部的判断是,就算日本战败了,日本本土也应该不会被俄国所占领,因为日本具有岛国的地理环境。不过为了支付庞大的战争赔偿,产业应该一直会停滞到昭和中期。而且北海道会被俄国抢走,敦贺港和对马会被俄国强要去做租界。①

早在3世纪初叶日本企图征服朝鲜之心即已萌芽,明治政府初期再次发生"征韩论"的激烈争论。而在俄国南下太平洋的通道上,朝鲜半岛因与太平洋的重要出口符拉迪沃斯托克(海参崴)相对,对于俄国来说是一个天然屏障,堪称锁钥之地。所以,朝鲜半岛也一直受到沙俄军队的觊觎。对于日本在朝鲜的扩张活动,沙俄政府更是极力抵制。日本统治者经甲午战争成功解除了中朝的宗属关系后,却不得不和比中国更为棘手的沙俄对抗。因为日本并不满足于已经在朝鲜攫取的经济权益,而是野心勃勃地想进一步在政治上把朝鲜变为属国,进而成为进攻中国的踏板。而日俄战争后日本终于实现这一夙愿,1905年朝鲜成为日本保护国,1910年吞并朝鲜。日本独揽朝鲜的内政、立法、司法与军事大权,朝鲜沦为日本的殖民地。随着殖民帝国的形成,殖民地成为天皇制和日本资本主义政治经济上的"生命线"。可见日本对朝鲜的殷切惦念不仅限于司马所言的"防卫上的缓冲"以及"开辟成自己的市场"。依田熹家指出:"从某种意义上说,日本的近代化的过程就是朝鲜殖民地化的过程。这一过程始于'征韩论',经过甲午战争、日俄战争直至1910年日本吞并朝鲜,所谓

---

① [日]司马辽太郎:《坂上之云》第3卷,文艺春秋,2010年,第64页。

'明治'时代就是迫使朝鲜殖民地化的时代。日本统治者一贯要把朝鲜殖民地化。"①

第二节　战争性质论

　　这场长达19个月之久的战争，日俄双方出动的兵力都在百万以上，规模之庞大、战斗之激烈在世界历史上都是空前的。这场战争交织着帝国主义形成期政治、军事、外交和经济上的各种复杂矛盾。英、法、德、美等国在这场明争暗斗中都扮演了不同角色。支持日本的有英、美两国。英国之所以支持日本，目的在于使中国成为对一切帝国主义国家大开门户的半殖民地国家，而不让俄国独占中国的东北；美国支持中国则是为了所谓在中国取得"商业上的机会均等"，并削弱俄国在远东的势力。可以说日俄战争不仅是日俄两个帝国主义国家之间的冲突与对立，而且是帝国主义在远东矛盾的总爆发。井上清指出："只能说日俄战争是日本在英美帝国主义的援助下，即在金融方面依靠英美而进行的近代帝国主义战争。除此之外别无其他解释。这一结论，并非单凭战争的结果得出来的。日本发动战争的目的，无论是从本质上在于获得资本主义殖民地或者势力范围来看还是从自甲午战争到日俄战争的政治过程中，日本的资产阶级都起了积极的作用来看，这次战争本质上都是近代帝国主义战争。俄国也是如此。"②但是，在司马看来，日俄战争并非帝国主义战争，而是具有"祖国防卫"和"国民战争"的性质。他高歌"世界史上，有时候一个民族会发生后世无法想象的奇迹。但是如甲午战争至日俄战争之间10年日本一样发生奇迹的民族，是绝无仅有的"③。

---

① 　[日]依田憙家：《近代日本的历史问题》，雷慧英译，上海远东出版社，2004年，第114页。
② 　[日]井上清：《日本帝国主义的形成》，宿久高等译，人民出版社，1984年，224页。
③ 　[日]司马辽太郎：《坂上之云》第3卷，文艺春秋，2010年，第45页。

一、保卫国家论

在《昭和这个国家》一书中司马讲述了《坂上之云》的创作缘起,并且将日俄战争肯定为"祖国防卫战"。他说:

> 我撰写了《坂上之云》这部小说,我认为这是自己的义务。[①]
>
> 谈到我的创作动机,当时的社会潮流,普遍认为日俄战争是侵略战争。对此我是持有异议的,我认为不论从哪种角度来看也是祖国防卫战的观点更加妥当。[②]
>
> 不可否认日俄战争的确是世界帝国主义时代历史上的一个现象。不过在这一现象中,日本的立场的确是被逼入绝境而不得不竭尽全力打一场防卫战争,这也是毋庸置疑的。[③]

并且司马给出了他的依据:

> 江户时期有四个阶级。这四个阶级如果形成一个阶级是需要一定时间的。实际支撑明治时期的学问或者政治、行政的是旧士族以及民众,国民在日俄战争中基本形成一体。害怕会被俄罗斯摧毁的共同恐怖心理,使国民近乎形成一个整体,而且并非依靠政府的宣传得以实现,这种情况可谓空前绝后。因此不论客观上怎么被评价,在主观上日俄战争难道不是祖国防卫战吗?

此外,1972年1月31日司马辽太郎在横须贺防卫大学进行题为"萨摩人的日俄战争"演讲时再次表明:

---

① ［日］司马辽太郎:《昭和这个国家》,日本放送出版协会,1999年,第135页。
② ［日］司马辽太郎:《昭和这个国家》,日本放送出版协会,1999年,第137页。
③ ［日］司马辽太郎:《坂上之云》第3卷,文艺春秋,2010年,第172页。

　　我从很早以前便开始调查日俄战争。不论怎样日俄战争是奠定了日本人、日本国家之基础的大事件，并且这两者在日俄战争之后都走向歧路。我认为日俄战争是祖国防卫战争。面对强大的敌人，为了生存下去，弱小的自己绞尽脑汁、竭尽全力。莫如说智慧总是存在于弱者一方。充分发挥弱者所拥有的智慧，甚至不需要政府宣传，国民便团结在一起。是在此意义上的祖国防卫战争。①

　　在其《旅顺引发的思考》一文中，司马认为日俄战争是一场"自卫战争"。他写道："日本发起的日俄战争，无论怎么看都不像是侵略战争，而是反侵略压迫的自卫战争。结果虽然取得了俄罗斯统治下的满洲权益和领土，得到了可以说在当时的世界史环境下可谓普遍的帝国主义果实。但是 战争本身还是自卫战争的要素更大一些。"②

　　诚然，在俄罗斯南下的通道上，朝鲜因与符拉迪沃斯托克（海参崴）相对，可谓锁钥之地。为此，朝鲜半岛也受到俄国的觊觎。对于日本在朝鲜的扩张活动，俄国政府更是极力抵制。甲午战争后，俄国更是充当"三国干涉还辽"的急先锋，旨在抑制日本在东北亚地区的无限膨胀，以扩大其在该地区的利益。但是井上清指出："日本在对俄关系中经常处于被动的事实，丝毫也不能成为日本是爱和平的、是自卫的或非侵略性的论据。因为，新兴的帝国主义小国日本，在与老牌帝国主义强国俄国的外交谈判中，不论怎样处于被动，两国也始终是围绕在朝鲜和中国东北的资本主义、帝国主义利害关系进行争夺，这一根本事实是丝毫改变不了的。虽然在强大的俄国面前处于被动，但对弱小的朝鲜却实行高压。"③

　　由此可见，所谓的司马史观并非客观的历史观，而是从主观立场出发的利己主义的历史观。战争的正义与否暂且不论，日俄战争是在中国这一主权国家的土地上展开的厮杀，在他国的神圣领土上去"防卫"自己国家的安全，这就

① ［日］司马辽太郎：《司马辽太郎全讲演》，新潮社，2000年，第197页。
② ［日］司马辽太郎：《司马辽太郎所思》第5卷，新潮社，2002年，第85页。
③ ［日］井上清：《日本帝国主义的形成》，宿久高等译，人民出版社，1984年，第224页。

是司马史观的逻辑。

二、国民战争论

司马认为："对俄国来讲这只不过是他们在实施侵略政策的延长线上所发生的一个插曲。而对弱小的日本来说这却是一场生死攸关的国民战争。元老们都极力回避战争。不管怎么说这是日本在经历了30余年的转换后接受的一场能力考试。这就是日俄战争。本书的主题是在日俄战争时期的日本人到底具备了何种能力，把这一主题作为小说来写也还是有点困难的，虽说有点难却还是要写下去。"①

为"扶翼天壤无穷之皇运"，日本天皇于1890年发布《教育敕语》，向日本国民灌输忠君爱国思想，宣扬义勇奉公的武士道精神，驱使成千上万的年轻人心甘情愿充当军国主义的炮灰。井上清指出："几乎所有的日本人都陶醉在战争的狂热之中。可是，普通民众是在正确地理解了战争的目的之后从内心与之共鸣，而积极地主张发动战争的吗？毋宁说是在富强和文明方面远远落后于欧美白种人，在俄国肆无忌惮地侵略中国东北、朝鲜的现实面前，议会的在野党、国民同盟会、七博士和报纸、杂志等舆论制造者们巧妙地将日本人的民族劣等感转化为帝国主义的焦躁感，进而表现为狂热的主战论。正因为如此，日本海军在宣战之前进行了卑鄙的突然袭击，击沉了停泊在仁川、旅顺的俄国军舰而得意忘形。"②可见司马的"国民战争论"充其量是为日本对外侵略扩张寻求"正当"理由，煽动国民的民族主义情绪罢了。这种说法极端淡化了日本民众的战争责任意识，绝大部分日本民众"自觉"地认同了自己就是"国民的一员"，而逃避了对战争责任的反省。

司马认为日俄战争是日本与欧洲文明进行的决战，他在《坂上之云》开头部分写道：

---

① ［日］司马辽太郎：《坂上之云》第8卷，文艺春秋，2010年，第315页。
② ［日］井上清：《日本帝国主义的形成》，宿久高等译，人民出版社，1984年，第192页。

我欲在这部小说的某个时期开始描写日俄战争。说到小，恐怕再也没有比明治初年的日本更小的国家了吧？论产业只有农业，论人才只有300年的读书阶级旧士族。这小小的农村般的国家初次与欧洲文明进行的决战即日俄战争。决战获得险胜。战胜的成果虽然被后世的日本人所破坏殆尽，但是当时的日本人用自己的满腔智慧与勇气，努力抓住瞬间的运气穷尽外交操作之能力。现在回想起来，可以说是令人不寒而栗的奇迹。这一奇迹的出演者根据不同的计算方法达数以百万计，即使缩小范围也达数万人。但是既然是小说就必须挑选一个代表，但是这个代表却没有在达官贵族中挑选，而是选择了一对兄弟。伊予松山的秋山好古与秋山真之，如果没有此兄弟二人，日本会变成何样？无人能够预料，而且这兄弟二人都不是本来就志愿成为军人，而是在明治初年日本的诸种情况之下崭露头角，笔者对此表现出无比的兴趣。[①]

对于作为日俄战争陆战主战场的中国，司马则描述道：

中国在日俄战争中不是任何一方的敌人或朋友。莫如说在提供了战争场地这一点上他们是受害者。日俄双方在开战时对北京的清政府提出申请借贵国领土作为战场一用。说是借用，俄国已经在中国东北地区获得了铁路的铺设权，因为是在铁路沿线战斗，所以日俄双方并无必要获得清国的许可。只不过是打个招呼而已。当然战场就被限定在了俄国的势力范围内了，也就是说划好了比赛场地。比如说蒙古地区被认为是战场的一端，根据国际法两国的部队都不能进入那一侧，不过只是不能在那里构筑阵地而已，如果两军的骑兵通过那里向敌人接近的话，清政府也只能点头默许。[②]

---

① ［日］司马辽太郎：《坂上之云》第1卷，文艺春秋，2010年，第10页。

② ［日］司马辽太郎：《坂上之云》第7卷，文艺春秋，2010年，第104页。

司马认为清政府之所以只能点头默许,任由日俄宰割,是因为"中国,已经是一堆死肉了,既然是死肉的话就可以把它吃掉,无须分先后,而是先下手为强"①。从鸦片战争开始,帝国主义列强为了掠夺中国资源,侵占中国领土,奴役中国人民,曾多次发动侵略中国的战争,甚至联合起来共同进攻中国。但是,两个帝国主义国家在中国领土上展开厮杀却是首次。可以说日俄战争在中国开创了极其恶劣的先例。

所以,这场战争完全是交战双方为了争夺殖民霸权进行的一次非正义的帝国主义战争。迂腐软弱的清政府在帝国主义的挟持下,发表所谓"中立"上谕,对日俄的侵略行为逆来顺受、放任妥协。袁世凯在1903年12月27日向清廷提出:"附俄则日以海军扰我东南,附日则俄分陆军扰我西北。不但中国立危,且恐牵动全球。日俄果决裂,我当守局外。"②然而交战双方根本没把中国的"中立"放在眼里,而要求强势的日俄尊重弱势的清廷之"中立",显然也是缘木求鱼。他们不仅疯狂践踏中国的主权,肆意抢掠财物,而且无情地蹂躏中国的土地,残害无辜人民,将他们推入浩劫之中。"中国人民无辜死难者达2万人,损失财产价值银6900万两。"③战后却以中国中立,提供战场为借口,拒不赔偿。清政府采取对外屈从政策虽能一时取悦于帝国主义,换取在国际上苟安片刻,却更深刻地暴露了自身的腐朽性,遭到人民的唾弃,也必然无法避免走向灭亡的命运。这荒唐而又可哀可叹的一幕,不仅反映了帝国主义赤裸裸的侵略本质,也透视出一个国家和民族落后就要被轻侮欺凌的历史法则。

第三节　战争胜败原因论

日俄战争中,日本以一个资本主义小国,竟打败了欧洲大国,国际地位骤

---

① ［日］司马辽太郎:《坂上之云》第2卷,文艺春秋,2010年,第329页。
② 王彦夫纂:《清季外交史料》卷179,第4页。
③ 刘丽君:《二十世纪中国与世界》,当代中国出版社,2003年,第19页。

然提高,立刻跻身于世界帝国主义行列之中。在美国的斡旋下,日俄两国在美国的朴次茅斯举行媾和谈判。经过激烈的讨价还价,双方于1905年9月5日签订了《朴次茅斯和约》。根据条约,俄国在中国东北的利益全由日本取代。远东地区的国际关系格局就此发生重大调整,进入新的历史阶段。那么,日本获胜的奥秘在哪里呢?司马从武士道精神、政治、战略等视角阐述了日胜俄败的原因。

一、国家意识与民族精神的差异

首先,司马辽太郎认为"疲弱感"是日本在日俄战争中取得胜利的最大原因:

> 日本人从幕末到维新,初次加入国际环境之际的反应,整个社会仿佛患上了某种精神病的状态一般。攘夷论的歇斯底里与开国论的胆小意识,都可以理解为夜郎自大的德川社会人,通过略微窥见国际环境得知了日本意外的疲弱后的一种病态现象。从这种举国病态意识的疲弱感之中逃离的唯一途径即"富国强兵"。与其说是国家方针不如说是举国信仰更为恰当。此种信仰,在维新后三十余年,与当时世界最大的军事大国之一俄国决战并获胜。通过胜利获得了信仰的证明。针对帝政俄罗斯的远东政策日本以战争的形式得以扭转的最大理由即日本政府以及国民幕末以来一直持有的日本的疲弱感,为此在弱者外交上绞尽脑汁,为获得其他列强的同情四处奔走,最后成功获得同情与援助。总之疲弱感是胜利的最大原因。①

其次,司马辽太郎大力赞颂武士道精神,他认为日本的武士道精神是日俄战争日军取胜的原因之一:

---

① [日]司马辽太郎:《司马辽太郎所思》第6卷,新潮社,2002年,第127—128页。

如果将武士的时代比喻为一支箭的话,名义上明治元年武士的时代
虽然画上了句号,但是我认为一直到20世纪初这支箭还在飞翔。最后的
阶段爆发的日俄战争,对日本来说是非常幸运的。当时还残留武士时代
的精神。例如战争期间,旅顺是最大的问题。最后,在武士的现实主义精
神之下,日本渡过危机。经历日俄战争的陆、海军人们具有明治人的合理
主义与健全,以及融汇日本风格的清教徒主义。外交方面也是同样。20
世纪初期的日本统治者们犹如自虐般考量自己的弱势之处。与昭和时期
不同,政治家以及军人们互相展示内心真实意图,昭和军部,将自身的弱
势不论大小用秘密主义包装为军机,将军队以及国家化为神秘的虚像。①

　　司马还认为日俄战争当时,江户时代以来的武士的"伦理性"发挥了作用。
他说日本在这场战争中,始终是前所未闻的战时国际法的忠实尊奉者,对战场
主人中国方面给予充分的"关照",完全没有侵犯中国人的土地财产,并且举国
优待俄国的俘虏。"其最大原因即希望修改井伊直弼签订的安政不平等条约,
同时我想精神上的原因可能是江户文明以来的伦理性至今依然在明治时期的
日本国家残留吧。"②

　　他甚至感慨:"我无法抑制想要赞美日俄战争当时的政治家以及军人们的
心情。我甚至觉得他们真的和我们一样是日本人吗?为什么如此优秀?我想
可能是他们沾染了江户时代的气息,成为文明人了吧。对于人来说,秩序是文
明。也许礼仪、教养及其他是构成文明的基础。江户时代是文明的,因为存在
秩序。江户时代的家庭教育是一个人如何行动才能展现出来美。……江户时
代以后的我们是生活在文明的秩序之中,还是猥杂地互相推挤,对此我无法作
答。但是参加日俄战争的四五十岁的军人们,是从江户时代残留的秩序之中
走出,并在那一秩序命令之下采取行动。"③

　　再次,司马认为日俄战争日本取胜原因在于日军指挥官们受过朱子学教

---

① ［日］司马辽太郎:《这个国家的形象》第4卷,文艺春秋,1997年,第213页。
② ［日］司马辽太郎:《坂上之云》第7卷,文艺春秋,2010年,第207页。
③ ［日］司马辽太郎:《司马辽太郎全讲演》,新潮社,2000年,第207页。

育,具有合理主义精神,他在作品中写道:

> 本书并不是想要探讨这个不可思议的现象。不过在日俄战争时战略的最高指导者们,和三十多年后的那群人根本不像是源于一族,他们从没有迈出合理主义的计算思想外一步。这可能和当时四十岁以上的日本人都受过朱子学的教养有关吧。朱子学是从合理主义出发,极度排斥神秘性的思考方式,这从江户中期到明治中期已经渗透到了日本知识分子的骨髓里了。①

司马创作《龙马行》《坂上之云》之后,再次谈到:"如果没有坂本龙马,日本的历史将会改写吧。日本为何能战胜超级大国俄国? 靠的就是明治的合理主义、现实主义。明治的国家实在伟大。"②

在司马看来,日军不仅具有武士道精神,还"遵守国际法"。他写道:"世界史上对于国际社会,再也没有比这个时代的日本人更让人同情的民族了吧。十几年前诞生了近代国家,加入国际社会的行列,因此内心异常恐惧欧美各国是否把这个亚洲新兴国家视为野蛮国家。此外,为了修改幕末以来的不平等条约更是必须夸示自己乃是文明国家。认为文明的意义乃是作为一个国家遵守国际信义以及国际法则,所以在此统一思想之下,陆海军的军官培养学校分配给学习国际法的时间比任何国家都要多得多。"③

最后,司马认为日俄战争日本之所以能够战胜俄国是与国民的支持及军队士气高涨、作战勇敢分不开的。为了推行军备扩张,政府采取"饥饿预算","这一时期日本的奇妙是对此产生的不满几乎为零"④,"日俄战争所进行的时代日本人是多么的以国家至上,对国家是多么的顺从啊,也可以说如果没有这

---

① [日]司马辽太郎:《坂上之云》第3卷,文艺春秋,2010年,第65页。
② [日]司马辽太郎:《历史中的日本》,中公文库,1976年,第102页。
③ [日]司马辽太郎:《坂上之云》第1卷,文艺春秋,2010年,第231页。
④ [日]司马辽太郎:《坂上之云》第3卷,文艺春秋,2010年,第44页。

样的顺从心的话这场战争是无法进行的"①。

　　　　外国记者眼中冲向二〇三高地和赤坂山的日军各级指挥官的特性是，"他们有着钢铁般的意志"，沃思班在描写乃木时也使用了相似词汇。"将军把自己看成一部机器"，关于那些在枪林弹雨中牺牲的士兵们，对他们的生命没有表现出一点个人的感情。

因此，司马认为其中也隐藏着明治时期的一大特征。他说在日本的历史上，直到明治之前，和其他国家相比还没有过太重的国家权力来干涉普通百姓的经历。后来有的历史学家，出于幻想有一种想把那时候写成百姓是权力的受害者的倾向。

　　　　比如说德川幕府在自己的领地内所施行的政治和其他文明圈的国家相比没什么暴政，总的来说是保持着良好的统治者的态度。庶民们是从明治政府成立后才参加到"国家"这个事物中去的。成为近代国家，对庶民生活的最大影响之表现就是征兵。因为宪法中有了国民皆兵这一条，所以那些在以前与战争无缘的庶民们都成为士兵。近代国家中的"近代"这两个字并不是幻想中那样会给国民带来福利，而是可以强制他们上战场去送死的意思。②

司马举例说，日本的战国时代，到足轻为止都是以军人为职业的，也有着放弃这一职业的自由，还有更大的自由，那就是如果自己的主帅很无能的话，还可以从他下面离开。因此战国时期那些无能的武将们，在被敌人打败前，就往往被自己下面的将士放弃，他们四散而去之后他就自己灭亡了。但是司马认为，在通过明治维新诞生了新的近代国家后情况就发生了变化。通过宪法

① ［日］司马辽太郎：《坂上之云》第7卷，文艺春秋，2010年，第329页。
② ［日］司马辽太郎：《坂上之云》第5卷，文艺春秋，2010年，第37页。

使国民成为士兵，从此以后就不给他们任何自由，在战场上就算无能的指挥官发出最愚蠢的命令，也只有服从这两个字。"如果对命令做出反抗的话，陆军刑法中就有抗命罪这一条，把你处以死刑。所以说以前还从未有过国家对庶民造成如此重压的历史。"①

司马推测"明治时代的庶民们倒并没有觉得这是很痛苦的，有时候还觉得这种重压是十分甘美的，因为明治国家对日本的庶民来说，是他们第一次参加到国家这一事物，这给他们带来了集团性的感动，也就是说国家成为一个有着强烈的宗教色彩的对象。在二〇三高地上那些勇敢的日本士兵们的身上，就可以看出这一带有历史色彩的精神和状况"②。

近代日军建军的一条根本原则是根据西方军事理论来训练军队，用武士道精神来武装军队。日军自始至终用尊皇、尽忠等思想来教育官兵，他们强调刚毅的精神、严格的纪律、勇猛的作风，在军人中培养一种光荣感。这种政治文化是日本官兵为对外扩张战争而英勇作战的动力。受到军国主义思想的影响，普通士兵以及全体日本国民都认为这场战争极端重要，要不惜一切争取胜利。但是井上清指出："践踏国际法的一切准则，宣战前搞突然袭击，10年前的甲午战争时就是这样干的。37年后的太平洋战争也是这样干的。若不这样在战争一开始就旗开得胜，就不能把国民长期拖入战争，就不能满怀信心地打好以后的仗。这是天皇的陆海军的整个生涯的特征。这是没有帝国主义实力的国家硬要进行帝国主义实践这一矛盾的必然产物，不是真正出自国民自发的积极的战争，而是依靠统治阶级的煽动、强迫才有战意的军队的本质。"③"实际上，日俄战争给日本人民带来了前所未有的巨大痛苦。单是人命损失就是空前的。动员士兵约109万人，其中战死43119人，病死63601人，共死亡106720人，负伤者17万人以上，除病死者外，患病者14万人以上。这些全包括在内，总计41万人以上，即占总兵力的40%有余。伤亡比例之高，数量之大，实在是

---

① ［日］司马辽太郎：《坂上之云》第5卷，文艺春秋，2010年，第38页。
② ［日］司马辽太郎：《坂上之云》第5卷，文艺春秋，2010年，第39页。
③ ［日］井上清：《日本帝国主义的形成》，宿久高等译，人民出版社，1984年，第193页。

惊人的。"①国民之所以热衷于战争,是因为他们丝毫不知道战局的真相,被节节胜利的宣传冲昏了头脑,从而被军国主义所操纵。

二、国家体制的差异

司马认为俄国是败在自己手下。他说俄帝国是自己走上了失败的道路的。最大的原因也可以说,他们在制度上是没有任何健康的监督机关的由独裁皇帝和他的亲信所组成的帝政。

> 根据皇帝的想法而实施了对远东的侵略政策,而他的亲信们则都是些溜须拍马的人,他们将反对者维特赶走,最后挑起了与日本的战争。不过却没有任何为了胜利而准备的计划。日本所做的准备是具有俄国所无法比拟的计划性的。作为立宪国家,虽然并不完备但是拥有议会,还有内阁负责制,他们运营国家的原理当然会充满了理性。体制使他们不得不这样。②
>
> 陆海军也没有像后来的所谓军阀那样以"统帅权"为由企图将立宪体制空洞化的迹象,天皇虽然是军队的统帅,不过这只是属于形而上的精神范畴,军队的运营归根结底还是由议会在全权负责的。在这一点上与俄国形成鲜明的对比。日本海军的理性之处在于,他们连达到"训练度"所需要的时间都计算在内,成为决定开战时间的考虑要素之一。与以"皇帝的心情"来决定何时拉开战火的俄国相比简直是天差地别。也就是说波罗的海舰队在操作和熟练运用军舰方面的训练度是远远不够的,这是他们的致命的缺点之一。③

俄国在远东虽野心勃勃,但实际上缺乏必要的应对措施。俄国既没有军事同盟,也没有可以提供援助的财政同盟。在军事战略及指导战争问题上矛

---

① ［日］井上清:《日本帝国主义的形成》,宿久高等译,人民出版社,1984年,第217页。
② ［日］司马辽太郎:《坂上之云》第6卷,文艺春秋,2010年,第114页。
③ ［日］司马辽太郎:《坂上之云》第5卷,文艺春秋,2010年,第32页。

盾重重。直至战争爆发前夕，俄军也没有一个完整的、明确的战略，战前缺乏充分准备。但是日本却从政治、军事和外交等方面进行了充分准备，制定出速战速决的战略。重视夺取制海权，采取突然袭击，从海陆两个战场封锁俄国的太平洋舰队。1896—1905年，日本军费预算在国家预算总额中所占的比重，除1902年低于30%以外，大部分年份都是45%~50%，日俄战争期间更是达到了80%以上。从甲午战争结束到日俄战争开始前，日本陆军已由7个师团增加到13个师团，平时兵力达20万人；海军至1903年拥有军舰76艘，其中战舰8艘，巡洋舰23艘，总计达25.87吨，还有重鱼艇76艘。军事工业及其相关产业亦逐步扩大。1894—1903年的10年间，军事工厂的职工数增加了4.2倍，达5万多人，动力增加了8倍。[1]在全国10家最大的企业中，军事工厂占半数。1902年1月30日，日本通过与英国签订《日英同盟协定》，建立了日英两国的军事同盟关系，得到了英国的支持。英帝国主义出于在中国维护自身利益的考虑，也有在远东寻求盟友之意，以期共同对付俄国。在伦敦的执政者们看来，在远东能同俄国抗衡的只有日本，日本即使遏制不住沙皇的狂妄野心，也可成为俄国向中国和朝鲜扩张的巨大阻力。

此外，司马认为日俄两国的国家体制也是决定胜败的因素。即：

> 俄国处于国家机构彻底老朽阶段，日本相反在此次战役30余年前经革命成立了"国民"，所有一切皆是新品国家，自然人们视国家为寻求梦想的最高源泉。国家机构也是有效发挥作用的时期。如果粗略地说胜败之原因恐怕只能那样回答。并非日本人特别优秀，俄国人特别愚钝。只是因为俄国国家老朽化而愚钝。难以置信的是俄国对于对手日本帝国一无所知。对日本内阁的状况、司令官们的能力、国民意识以及社会制度，或者陆海军的战术等等几乎毫无调查。[2]

---

① 赵锡金：《"九一八"事变策源地 旅顺日本关东军司令部》，大连出版社，2011年，第18页。
② [日]司马辽太郎：《坂上之云》第7卷，文艺春秋，2010年，第61页。

张謇曾经说过：“日胜俄败是立宪之胜，君主主义之败。”①严复也指出，俄国在日俄战争中的失败，最根本的原因可以归结为一条，即“专制政治之末路”②。从政治上分析俄国失败的原因，就在于沙皇的专制制度。维特伯爵在回忆录中指出：“1905年9月末，革命越来越进入正轨。这次革命是因政府长期以来无视人民要求而产生的。以后，骚乱逐渐扩大，遍及全国，以致政府为保全自己的威严而试图对日开战，但俄国遇到了历史上未曾有过的惨败。于是，俄国政体的腐败透顶全部暴露出来。”③

三、军事上的得手与失策

司马认为俄军作战方针消极，受“先防御后决战”作战指导方针的影响，海军舰队避港不出，陆军则消极防御，坐守待援，致使俄军从战争爆发起直到败降，始终处于被动局面，失去了战争主动权。高级指挥官见机不敏，决断不快，作战不坚决，内部矛盾突出，指挥分歧很大。他写道：

他们的败因与其说是日军强大，毋宁说是俄国军队指挥系统混乱以及高级指挥官相互之间的矛盾。正是这些原因导致了他们将自己带向失败之路。包括俄国皇帝在内的军官们首先是输给了自己，而非日军。当然俄国社会的革命因素也是败因之一，不过即便这一帝国存在那些病患，如果能够充分利用如此丰富的兵力以及物资的话，也并非不可取胜。有些人过度夸大士兵们受革命思想渗透产生了厌战情绪，这只是从结果推导出来的观点。士兵们如果在优秀的指挥官手下，会出现完全不同的战果。在旅顺要塞的刚德拉琴科少将和野战军中的凯尔列尔中将以及旅顺舰队的第二任司令长官马卡洛夫的指挥下，俄国的士兵们就表现出了数倍的战斗力，以及判若两人的作战意识。这三位将军先后阵亡之后，其麾

---

① ［美］费正清、刘广京主编：《剑桥中国史晚清篇1800—1911》下，张玉法译，南天书局，1987年，第151页。

② 王拭编：《严复集》，中华书局，1986年，第164页。

③ ［俄］维特伯爵：《维特伯爵回忆录》，肖洋、柳思思译，中国法制出版社，2011年，第102页。

下的部队就像老虎变成了猫般迅速衰弱下来。①

司马认为俄国的军人绝对不弱,但是败于日本手下主要是因为双方观念的差距。"俄国人并不认为战争是个人行为,而认为是靠陆军军队,海军军舰来进行的。因此一旦军舰打败,则认为自己作为军人的使命已经完成,鲜有再去奋斗者。日本人即便军队被击溃,军舰破损,但是每一个士兵只要有一息尚存则斗争之心不息。胜败乃从两军观念之差分出。"②俄国国内矛盾尖锐,人民不关心战争,官兵士气低落。广大民众及一些资产阶级政党派别对这场战争完全不关心,甚至希望沙皇专制政权在战争中垮台。

> 他们都是农奴之类的阶级出身,是征发而来的士兵,与其说是军人还不如说是农民。俄国的农民缺乏主观能动性,有种特殊的自暴自弃的性格。因此缺乏作为海军军人的那种勇于击沉敌舰的气概,可以说,他们觉得参加战争是被当作炮灰。日本现在掀起了一股全民建设海军的热潮,俄国的海军建设的热情虽然比日本还要高涨,可是一般老百姓对此却一无所知,而且也不愿关心。他们认为国家是属于贵族们的,老百姓们认为海军建设也是贵族们自己喜欢才这样做的。一旦发生战争,下士官和水兵们将会从这些认为自己与此无关的百姓中征兵。他们会有多大的斗志呢,这的确值得疑问。③

他还指出俄国统治者对战争形势估计严重不足,盲目自信、妄自尊大。"俄国政府根本没有把日本放在眼里,在他们看来,日本不过是"蕞尔小邦",不堪一击,对日本这样的小国,俄国人"扔个帽子就可以把它压倒"。

> 俄国所制定的陆海军计划十分粗糙,他们对日本的军事实力只是用

---

① [日]司马辽太郎:《坂上之云》第4卷,文艺春秋,2010年,第74页。
② [日]司马辽太郎:《坂上之云》第4卷,文艺春秋,2010年,第74页。
③ [日]司马辽太郎:《坂上之云》第3卷,文艺春秋,2010年,第106页。

数字来进行判断，并没有考虑到能力方面的因素。俄国的将军们自始至终都没有把日本的陆海军放在眼里，所以也根本没有想过要做什么调查。比如说在他们向日本宣战的那天，俄国皇帝召来了陆军中最重要的两人，一起商量这次战争的指导方针，前陆军大臣瓦恩诺夫斯基和现陆军大臣库罗帕特金。从结果来看，这次会议的内容真是愚蠢至极。关于双方实力的对比问题，库罗帕特金认为，"俄国的一名士兵足以应付一个半的日本兵"。瓦恩诺夫斯基则认为，"这是对日本兵评价过高了，一对二的话都足够了"①。

诚然，在远东方面，俄国人盲目自信，认为战与不战，主动权完全操在自己手里。而一旦发生战争，俄国人会"在日本登陆，击溃本土部队，平定人民的反抗，占领都城，生擒日皇"②。库罗帕特金在会见日本陆军大臣寺内正毅时宣称："我们俄国现有 300 万预备军，如果不幸与日本发生战争，我将统率这支大军来占领日本，我有这个信心。"③俄国人的这种盲目自信和妄自尊大，在俄国官僚们中是普遍存在的。列宁曾在 1905 年 1 月刊发的《旅顺口的陷落》一文中写道："将军们和统帅们原来都是些庸碌无能之辈……军政界的官僚象农奴制时代一样寄生成性、贪污受贿。军官们都是些不学无术、很不开展、缺乏训练的人，他们和士兵没有密切的联系，而且也不为士兵所信任。"④

俄国是一个令人难以想象的国家，皇帝和贵族把俄国的土地和人民当作私有物。俄国史就是皇帝和贵族将人民私有化的历史。在那个国家中不存在欧洲的概念里所谓的国民。⑤

他只是说"俄国陆军并不是国民的军队"。世界上规模最大的俄国陆

① [日]司马辽太郎：《坂上之云》第 3 卷，文艺春秋，2010 年，第 181 页。
② [俄]罗曼诺夫：《日俄战争外交史纲》，上海人民出版社，1976 年，第 312 页。
③ [日]户川幸夫：《"z"字旗——决战对马》，顾龙保译，海潮出版社，1990 年，第 20 页。
④ 《列宁全集》第 9 卷，人民出版社，1987 年，第 138 页。
⑤ [日]司马辽太郎：《坂上之云》第 6 卷，文艺春秋，2010 年，第 68 页。

军只是皇帝的私有物。这支军队在国外打了败仗，对老百姓来说是不痛不痒的，只有皇帝会受到伤害。日本的军队与俄国不同是国军，这是好古的口头禅。好古终身对天皇没有太多的评论，昭和时期逐渐形成的在宪法上的"天皇的军队"的思想，在好古的时代只不过是一种语言上的修辞，在当时，绝大多数的人认为是国民的军队。

　　好古经常这样说道："因为拿破仑率领的是法国史上第一支国民军队，所以他们的战斗力很强。"他认为在日俄战争中两军之间的强弱差距的起因即在于此。在好古看来，日军是国民军队。并不像俄国那样是因为皇帝对远东怀有贪欲才进行战争的，日本进行的是祖国防御战争，是国民为了拯救国家的危机而举起武器，也正是因为这样才能做到了以少胜多。①

此外，司马辽太郎认为日本能在日俄战争中战胜的原因之一是明石元二郎（1864—1929年）的谍报活动发挥了巨大作用。"直接在俄国煽动他们的国内革命的则是明石元二郎大佐。日本能在日俄战争中战胜的原因之一是明石。明石的功绩的确是十分伟大的。"②

司马对明石元二郎在俄国的谍报活动具体描述道："在俄国的卫星国中不平党和独立党们展开着积极的地下工作，在俄国本土，也因为帝政的矛盾和强压性的政策，革命运动家层出不穷。日本的大本营在战争开始之初，就决定煽动俄国内外的这些不满人士来推翻帝政，这一任务交给了曾历任公使馆的附属武官的明石元二郎大佐，他对欧洲的情况十分熟悉。不管怎么说，他扔了多少钱，俄国就发生了多少暴动。而且还爆发得相当频繁。对帝政俄国的要人们来说，和外面在打的这场战争相比还是内政面上的秩序崩溃更让他们感到危机感，对他们来说现在已经不是什么打仗的时候了。"③

明石元二郎，九州福冈县人，1877年入陆军幼年学校，又入陆军士官学校。

---

① ［日］司马辽太郎：《坂上之云》第8卷，文艺春秋，2010年，第281页。
② ［日］司马辽太郎：《坂上之云》第6卷，文艺春秋，2010年，第125页。
③ ［日］司马辽太郎：《坂上之云》第4卷，文艺春秋，2010年，第168页。

1883年任陆军少尉,步兵第十二联队副,1886年入陆军大学到1889年毕业,到步兵第五联队任队副,不久即转到陆军参谋本部任职,开始其军事情报官生涯。1894年被派去德国留学,因甲午战争爆发调回日本近卫师团,出任参谋,战争期间随日军到中国东北和台湾活动。随后,他获得了参谋次长川上操六陆军大将的知遇之恩,先后到中国、越南、菲律宾活动。明石元二郎在欧洲对俄国进行的谍报活动是日俄战争的一部分,明石虽然活动在欧洲,但其活动直接影响着日俄两国在中国东北地区的战争。他分析说:"俄国是一个疆域辽阔的大国,即使拿破仑攻入莫斯科,也不能征服它。假如日本陆军从满洲方面进攻的话,也不可能打到莫斯科。如果敌人顽强抵抗,日本靠武力是不可能取胜的;但如果运用谋略从背后动摇其国内,却有成功的可能。"①他以驻俄武官身份,成功组织策划了一系列情报活动,严重干扰了沙俄的战争准备,从后方有力地配合了日军正面战场上的军事行动,被誉为日本"地下情报工作之父"。明石元二郎是日本占领台湾时期的第七任"台湾总督"。日本史学家曾评价说:"没有乃木希典大将,旅顺也拿下来了,没有了东乡平八郎大将,日本海大海战也能赢,但要没有了明石元二郎大佐,日本绝不能赢得日俄战争。"德国皇帝威廉二世也曾惊叹道:"明石一个人干了相当于二十万官兵所干的事。他是本世纪中最可怕的一个人物。"日俄战争中,日本方面的谍报活动在欧洲和在中国东北都展开得十分积极。②

不可否认明石元二郎在欧洲对俄国进行的谍报活动是成功的。他利用并扩大俄国国家内存在的各种矛盾,促使这些矛盾更加激化,使俄国沙皇政府处在分裂、骚动和激烈矛盾冲突的包围之中,使号称拥有世界最强大陆军的俄国不敢从国内抽出精干部队使用于远东战场。这是摆在日本谍报机关面前具有战略性质的重大任务。明石的谍报活动被日本学者称为"国际谋略的标准事例"③。他的功绩被称为"恐与陆军大山岩、乃木希典,海军东乡平八郎等第一流将星相比肩"。

---

① ［日］山清行:《陆军中野学校》,刘春兰译,群众出版社,1984年,第173页。
② ［日］司马辽太郎:《坂上之云》第4卷,文艺春秋,2010年,第84页。
③ 刘永祥:《日本侵华间谍与谋略》,辽宁大学出版社,1994年,第76页。

　　司马得出的结论是："总之日俄战争，俄罗斯输给自身的成分比较大，日本因为卓越的计划性以及敌军的自身的原因不断获得险胜。但是战后日本，对国民隐瞒这一冷峻的相对关系，国民们也没有任何想要了解的欲望，反而把胜利绝对化，信仰日本军队的神秘强大，在此部分发展为民族性的痴呆化。以日俄战争为界，日本人的国民理性大大后退进入狂躁的昭和时期。终于国家与国民狂热地发动了太平洋战争并败北，距离日俄战争只不过区区40年。如果战败会使国民获得理性，胜利会使国民陷入疯狂的话，从漫长的民族历史来看，战争的胜败实在是令人深感不可思议啊。"①

　　司马认为，如果日本的报纸在日俄战争之后做出总结，进行"俄帝国的败因"的连载的话，就会发现"俄国在这场战争中是必败的"，或者说"俄帝国并不是败给了日本，而是败在了自己的体制之下"。"如果进行了这样的冷静的分析后让国民都了解了这一点，就不会发生后来因日俄战争所带来的神秘主义的国家观，进而产生了对日本军队的绝对性的优越性的迷信，使国民们对神秘主义多少带有点免疫力"②。因此，司马批判"日本的报纸并不一定是理智和良心的代言人，反而是代表了时尚流行，他们通过粗犷式地报道战争的胜利煽动国民，与此同时，又被那些煽动了的国民所煽动，产生了日本是无敌的悲惨错觉。很少思考日本所处的国际环境和日本的实际国力，非常缺乏自我控制能力。报纸所制造的当时的这种氛围后来还把日本带入了太平洋战争，他们通过对胜利的报道制造出这样的气氛，而自己却一点没有注意到其中的危害"③。

　　诚然，日俄战争时期，除去少数几家报纸持反战论调外，大多数报纸都是积极支持日本政府的对外战争政策的。在日俄战争中，日本之所以能够出现"举国一致"的政治局面，并以一致对外的情绪控制了全体国民，不能否认报纸在这当中是起了重大作用的。

---

① ［日］司马辽太郎：《坂上之云》第8卷，文艺春秋，2010年，第307页。

② ［日］司马辽太郎：《坂上之云》第6卷，文艺春秋，2010年，第206页。

③ ［日］司马辽太郎：《坂上之云》第7卷，文艺春秋，2010年，第218页。

第四节　战争影响论

一、战后东亚政治格局的变动

日俄战争,是日本军国主义和沙俄帝国主义历时10年激烈争夺中国、朝鲜的必然结局。在日俄战争中,无论是陆战还是海战,俄军都接连被日军打败。俄军已无力挽救颓势。俄国军事失败已成定局,加上国内革命使政局动荡不安,已无力再战;与此同时,日本也是强弩之末,军费、炮弹不足,军官也难以为继,再也无力继续作战。双方都希望尽快地结束战争。这时,英、美等列强也希望战争结束。在这种形势下,美国总统罗斯福应日本的要求出面调停。1905年8月,日本外务省大臣小村寿太郎和俄国御前大臣、大臣会议主席维特为全权代表,到美国的海军军港朴次茅斯进行议和谈判。朴次茅斯和谈实际上是日、俄两国根据军事胜败重新调整在远东的相互地位的会议,其中调整各自在中国东北和朝鲜的侵略地位是最主要的内容。将近一个月的日、俄谈判,双方无视清政府和朝鲜政府,擅自决定了在中国东北和朝鲜的侵略利权的重新分割和转移。

9月5日,双方签订《朴次茅斯条约》,其主要内容如下:"俄国承认日本在韩国拥有政治、军事及经济权益,不干涉日本在韩国采取必要的指导、保护及监理措施;将现在日本或俄军所占领下的全部满洲的专属行政,完全归还给清国;俄国将旅顺口、大连及其附近领土及领水的租借权让与日本;俄国将长春旅顺口间的铁路及其一切支线,连同在该地区所属的一切权利及财产,以及属于该地区的铁路、煤矿,全部转让给日本;此外,俄国将库页岛南部永远让与日本,日本在俄国濒临日本海、鄂霍次克海、白令海沿岸拥有渔业权等。"①

《朴次茅斯和约》签订后,日、俄两国重新调整了在东亚,尤其是在中国东

---

① 日本外务省编:《日本外交年表并主要文书》上,文书部分,第245—247页。

北和朝鲜的侵略地位,奠定了东亚国际关系的新格局。战后,沙俄在东三省南部的利权转让给日本,日本将其变为自己的势力范围。由此,俄国独霸中国东北的局面已转变为俄日共同控制的局面,俄日在远东的矛盾暂时得到缓和。从此,日本将"利益线"延伸至中国东北南部,其大陆政策迈向了新的里程。明治政府逐步展开了其"满洲经营"政策。日本于1906年4月设立"南满洲铁路株式会社",7月设立"关东都督府",加强对中国东北南部的控制。日本在中国东北势力的增强给中华民族造成严重的后患。日俄战争后,在武力胁迫下,日本一步步把持了朝鲜的内政、外交,最终在1910年8月迫使朝鲜签订《日韩合并条约》,吞并了朝鲜。从此,朝鲜沦为日本的殖民地。日俄在朝鲜半岛的均势格局,被日本独占的局面所取代。

1909年4月,日本首相桂太郎、外务大臣小村寿太郎和统监伊藤博文在东京召开秘密会议,策划灭亡朝鲜;同年7月6日,日本内阁会议通过吞并朝鲜的决定。10月伊藤博文在哈尔滨车站被朝鲜爱国志士安重根刺死。日本帝国主义以此为借口,加速吞并朝鲜的活动。1910年8月22日,日本强迫朝鲜签订《日韩合并条约》,朝鲜遂成为日本的殖民地。条约内容如下:

第一条　韩国皇帝陛下将韩国全部统治权完全而且永久地让与日本国皇帝陛下。

第二条　日本国陛下接受前条之让与,且完全承认将韩国与日本帝国合并。

第三条　日本国皇帝陛下保证韩国皇帝陛下、太皇帝陛下、皇太子殿下及其后妃和后裔享有与其地位相当的尊重、威严和名誉,并保证其生活所需。

第四条　日本国皇帝陛下保证前条以外的韩国皇族及其后裔享有其应有的名誉和待遇,保证提供维持本项约定所需要的资金。

第五条　日本国皇帝陛下对有功之韩国人,特别给予适当的表扬,并授予荣爵及酬金。

第六条　日本国政府于合并后,完全负责韩国的施政,遵守当地实行的法规。充分保护韩国人的人身安全及财产,并增加福利。

第七条　日本国政府对具有诚意并忠实遵守新制度的韩国人,在适当的情况下,可录用为在韩国的帝国官员。

第八条　本条约经日本国皇帝陛下及韩国皇帝陛下的认可后,自公布日起施行。①

"日韩合并"以后,原有的"韩国统监府"改为"朝鲜总督府",成了日本帝国主义统治朝鲜的机关。朝鲜总督直属日本天皇,除了拥有在全朝鲜行使的行政和司法这一极大的权限之外,还担任驻朝日军的指挥。日本吞并朝鲜后,对朝鲜大肆进行经济掠夺,破坏了朝鲜的经济发展。同时,还在文化教育上实行愚民奴化政策,1911年8月出台《朝鲜教育令》,目的在于把朝鲜人培养成"忠日良民"。在学校,限制朝鲜语教育,废除朝鲜的历史、地理科目,强制以日语课、日本历史、地理以及修身等课程所取代,把日语定为公用语言,解散了朝鲜所有政治结社,禁止发行一切朝文报刊和进口国外刊物。大批日本商人进入朝鲜,从事从朝鲜贩运大米的掠夺性活动,极力破坏朝鲜民族资本的发展,妄图把朝鲜变成它的粮食和原料的供给地。1910年12月,即在"日韩合并"之后不久,公布了一项"公司令",这项法令给了朝鲜总督极大的权限,他有禁止、解散在朝鲜的各家公司、企业的权利。朝鲜的民族资本的发展越来越受到压制,而日本资本家则乘机取代朝鲜民族资本以谋求扩张。日本对朝鲜的殖民统治持续到第二次世界大战结束。"回顾近代日本的发展过程,面对欧美列强对亚洲的侵入,力图作为国民国家实现自立,同时为了打破封建制、加速实现近代化,在周边设定军事缓冲地带,日本政府认为领有殖民地是必不可少的。日本将加速国家近代化和领有殖民地这两大课题作为表里如一的目标并行地确立下来。也就是说,将国内实现近代化和国外领有殖民地这一国家政策看作同等重要的课题,认为这两者是近代化不可缺少的条件,这在日本人的观念意识中

---

① 魏志江等编著:《韩国学概论》,中山大学出版社,2008年,第250页。

已经形成和确立下来。"①

司马辽太郎认为日本陆军并非用来侵略而创建的,而是用来保护明治政府的。"日韩合并",日本并未获利,是一种愚蠢行为,为殖民地建设的付出反而遭到韩国人的怨恨。他没有从伦理上反思"日韩合并"的不义性,而是从国家经营的立场出发,认为日本缺乏战略。为日本帝国主义辩护。他说:

> 我认为到那之前的日本,即20世纪初,明治三十七、三十八年为止的日本人,要略胜一筹。日本的陆军并非用来侵略的军队。明治维新之际大村益次郎根据征兵令建立了日本陆军,彻底适用于国内,只是保护明治政府的军队。其他思想,没渗透进陆军中。虽然逐渐发展壮大,但是极为偏离正轨的——甲午战争尝试过的——类似海外出兵的狂妄思想受到抑制。然而日俄战争后,开始放任自流。
>
> 我们至今面对朝鲜半岛的朋友,时常怀有一种自卑感。把一个具有堂堂数千年文化,并且独立数千年的国家,坦然合并了。以合并这种形式,夺取了对方的国家。这样的愚蠢之事在日俄战争后发生。当然通过获取朝鲜半岛,具有抵御俄罗斯南下的防御意义。可是,日俄战争既然战胜,俄罗斯一旦隐退,在此基础之上的防御是过剩意识。恐怕朝鲜半岛的人们,今后几千年也不会忘记这件事。不是伦理的问题,作为利害的问题试着考虑一下吧。吞并朝鲜,作为国家获利了吗?我认为绝对没有获利。若无其事地做出那样的事,而且被公认为是帝国主义。帝国主义这个形容还算上等,甚至可以称作小偷主义。并非帝国主义啊。总之,明治三十年代有多少产业呢?向美国等出售生丝,获取外币的程度。能够销往其他国家的商品,充其量只有火柴和毛巾。具有产业能力的基础之上19世纪的帝国主义成立。然而日本什么值得销售的产业也没有,但是占据了朝鲜半岛,什么都没有,结果成立了东洋拓殖这一国策公司。夺取了朝鲜

---

① [日]纐缬厚:《我们的战争责任 历史检讨与现实省思》,申荷丽译,人民日报出版社,2011年,第158页。

半岛的人祖祖辈辈世世代代精心耕种的稻田。如果从实际的算盘账来说，是自掏腰包。修建铁路、建立总督府、创建学校、制作邮箱，办了很多好事，但是付出反而遭到怨恨。英国人和法国人会考虑国家的运营。出去发展的话是否盈利？或者目前虽然没有什么利益，但是一百年以后是否会获得利益？经常应该有那样的计算。我想那就是战略、政略。（日本）宛如贪婪的农民只是为掠夺隔壁的田地，占据了朝鲜半岛。①

可以看到，司马对于日俄战争后，日本吞并朝鲜是持异议的。但是他却并非认为这是非人道的侵略，而是认为日本并未通过吞并朝鲜获益，并且为日本辩护"并非帝国主义"，而是为朝鲜"办了很多好事"，反而遭到怨恨。他主张"不是伦理的问题，作为利害的问题试着考虑"。井上清指出："日本帝国主义首先是把朝鲜作为侵略亚洲大陆的据点。1911年10月完成了鸭绿江铁桥和安沈铁路的修建，把合并前已修筑的汉城釜山、汉城新义州的纵贷铁路和中国东北连接起来，完成了侵略中国的动脉。又以此为干线，在合并后修建了湖南、京元、咸镜等铁路。港湾方面，则修整永兴、镇海两大海军基地，并立即建立起电信网。日本帝国主义者把这些设备说成是把朝鲜近代化了，其实这只是日本帝国主义为了对朝鲜实行军事统治和剥削而建设的，不是为了朝鲜民族的利益和幸福。"②

19世纪中期以来，日本取得了明治维新的成功，争取了民族的独立，转而走上"富国强兵"的道路。至1897年，日本已基本上完成了与西方列强改订条约的进程，获得与欧美国家平等的地位。同时，日本却通过推行"大陆政策"，从一个被西方列强压迫的民族转变为一个富于侵略性的民族。以日俄战争的胜利为契机，日本不断调整与西方列强的关系，迅速摆脱了在西方列强面前低人一等的局面，成为亚洲头号强国和国际帝国主义列强的一员。日俄战争使日本实现了向帝国主义阶段的过渡。日俄战争的结果，日本不仅攫取独霸朝

---

① ［日］司马辽太郎：《昭和这个国家》，日本放送出版协会，1999年，第56页。

② ［日］井上清：《日本近代史》，杨辉译，商务印书馆，1959年，281页。

鲜的特权,而且企图独占中国的东北。这就同美英发生了尖锐的对立。"日俄战争以后,日本帝国主义将取代帝俄而统治中国东北的南部地区。正如前述的山县有朋的意见书所反映的,日本当时想把中国的东北变成自己永久的殖民地。而另一方面,美英帝国主义之所以在日俄战争内支持日本,不是为别的,而是因为它们希望把东北变成共同的殖民地。为此,日俄战争一结束,就在新的范围内发生了围绕东北问题的帝国主义互相之间的矛盾和勾结。"①日本竭力反对美国修建铁路和资本输入,并对美国在这一地区的贸易严加限制。如列宁所言:"近十几年来这两个国家的经济发展,积下了无数的易燃物,因此,这两个大国必然会为争夺远东和太平洋地区的霸权而展开激烈的搏斗。远东的全部外交史和经济史使人毫不怀疑地相信,在资本主义的基础上,要防止美日之间日益尖锐的冲突是不可能的。"②1941年12月7日,日本与美英之间终于爆发了太平洋战争。军国主义势力主导下的日本已经成为东亚和平与安全的主要威胁之一,成为远东最危险的战争策源地。

二、战后日本论

司马认为日俄战争的胜利给日本带来了巨大的影响。他是如下论述的:司马辽太郎认为日俄战争的胜利,导致日本成为迟来的帝国主义。"日本在维新后将西洋花费了四百年积累的经验在短短半个世纪浓缩进行。日俄战争的胜利令日本成为迟来的帝国主义重病患者,经历了泥沼般的帝国主义。宏观来看,在这些经历与失败之后,太平洋战争的到来犹如日俄战争胜利的账单。战胜后,日本成为当时世界上常态的帝国主义的一员,对于亚洲近邻各国的变成了恐怖的暴力装置。"③对此,司马表示自己感觉到一种空虚。他认为难以对日俄战争进行社会科学的评价,甚至认为历史价值论也有空虚的一面。"只是能够判定的是,一旦日本打了败仗,之后的历史也许会单纯地发展下去。诚如

① [日]依田熹家:《日本帝国主义和中国1868—1945》,卞立强译,北京大学出版社,1989年,第89页。
② 《列宁全集》第27卷,人民出版社,1958年,第341页。
③ [日]司马辽太郎:《司马辽太郎所思》第6卷,新潮社,2002年,第120页。

库洛帕特金将军《满蒙处分论》所述,可以简单地推测出中国东北与朝鲜成为俄罗斯的直辖地,釜山变成军港,对马成为要塞,日本本土成为其属邦,以今天的体制来说成为波兰、蒙古共和国一样的形态。有的人会认为也许那样更好吧。这暂且不论,我只是以这个小国曾经存在的令人觉得可怜般紧张的时代中生存的人们为中心来撰写。近代史中体验过这种可怜的民族几乎是绝无仅有的吧。但是现在以后世这种特权回顾这一时代,却是感觉十分的虚幻、悲哀,甚至现在完成之后,这种悲哀依然伴随着小说,令人觉得这是笔者自身难以分类的作品主题。"①

　　日本一举战胜俄国,对日本选择国家的发展方向产生了巨大影响。东亚地区的国际关系格局,也发生了重大变化,进入新的历史阶段。日本虽侥幸取胜,但是进一步助长了日本军国主义的气焰,使其走向了军国主义的不归路。

　　《朴次茅斯条约》条约的内容,与日本国民所期待的过高要求相差很远,特别是没有获得赔款,而巨额的战费全由本国负担,这就激起了国民的失望和愤怒。在签订条约的9月5日发生了日比谷骚动事件,参加暴动的大多数人是车夫、雇工、手艺人、职工,小商人等。他们对于战争的实况毫不知情,一直陶醉于连战连捷的美梦之中,日比谷事件彻头彻尾地表现了群众被玩弄于股掌后幡然醒悟,一下子看见了国家利益与个人利益之间的距离,个人尊严被蔑视后的愤怒,变成了对国家强烈的不信任感。②日比谷事件尽管被歪曲和篡改成排外主义和军国主义,却是民众对于战争所引起的矛盾心怀不满的爆发。因此,这次事件成了下个时代的民众斗争以城市下层民众或工人的反抗为中心而发展的新动向的先驱。司马写道:

　　　　在日比谷公园、神户、大阪或其他地方,相继召开了国民大会。汇集在日比谷公园的群众向各处放火。江户时代也有群众骚乱,譬如发动武装起义。然而这是被统治的。但日比谷公园的群众不同。在日本的历史

────────────

① ［日］司马辽太郎:《司马辽太郎所思》第6卷,新潮社,2002年,第121页。
② 周颂伦:《近代日本社会转型期研究》(1905—1936),东北师范大学出版社,1998年,第49页。

中,这是首次以一种国家的主题组成群众。我思考是不是正是因为这些
群众误导了日本。他们依仗日俄战争的胜利,要求向俄罗斯索取大额赔
款、割让领土。实际上,胜是胜了。但是要求索取与胜利相抵的领土和赔
款,如此沸腾。人民聚集也有提高气势的情况,不过我认为聚集在日比谷
公园的群众成为日本极度扭曲近代的开端。总之只能说日俄战争的胜利
使日本国家及日本人陷入一种疯狂状态。①

　　他认为日本的殖民地主义、帝国主义,是在日俄战争之后兴起。"一针见血
地讲,在日比谷公园群众掀起的国民奋起大会,反对日俄战争媾和条约,叫嚣
要求从俄罗斯索取更多利益。我认为日本的帝国主义是从那里开始,不过那
只不过是盗贼、强盗之流。"②司马怀疑这次大会与暴动正是40年"恶魔季节"的
出发点。"我不禁感觉这些群众的热气大量地给参谋本部蓄电,成为后来整个
国家轻举妄动的能量。"③总之,司马认为日俄战争的胜利使日本国家及日本人
陷入疯狂状态。

　　　　在日俄战争末期,日俄双方代表在朴次茅斯协商媾和条件时疯狂状
　　态已经露出端倪。对于媾和,俄方持强硬态度。因为俄国洞悉日本已无
　　持续战争的能力,内部潜在的"革命"危机、物质方面战争长期化,日军自
　　灭也不是不可能的。日方处于劣势,但是代表小村寿太郎竭尽全力缔结
　　了讲和条约。大量群众登上历史舞台。江户时期已有武装暴动,但是打
　　着批判政府的旗号集结的大量群众,反对讲和条约的国民大会在日本史
　　上应该是最初的现象吧? 疯狂状态从此开始。大量群众叫嚣和平的价值
　　过于低廉。呼吁废弃讲和条约,继续将战争打下去。除了《国民新闻》之
　　外所有的报纸都在煽动这一气氛。终于在日比谷公园聚集了3万人召开
　　了国民大会,骚乱之中,暴徒烧毁2所警察署,219个派出所或警察岗亭,

---

① [日]司马辽太郎:《这个国家的形象》第1卷,文艺春秋,1990年,第26页。
② [日]司马辽太郎:《昭和这个国家》,日本放送出版协会,1999年,第56页。
③ [日]司马辽太郎:《这个国家的形象》第4卷,文艺春秋,1997年,第26页。

13座教堂,53户民宅,一时陷入无政府状态。政府不得不颁布戒严令。我想这次大会与暴动是否正是那40年"恶魔季节"的出发点呢。①

司马辽太郎认为,从日比谷烧打事件发生的1905年至日本二战战败的40年是"怪胎",参谋本部则是"鬼胎"。司马认为以日俄战争的胜利为界,日本近代史脱离了正轨,驶入断裂的时代。参谋本部是"鬼胎"指"在日本国胎内孕育了另外的国家——统帅权日本"。②统帅权是全军的最高指挥权,"日本陆军应有的形式和功能,整个明治时代从世界史的常识来看也是妥当的。这与元老山县有朋和伊藤博文的健在不无关系"。但是以围绕1930年的伦敦海军裁军条约缔结的统帅权侵犯问题,以及1935年美浓部达吉的"天皇机关说事件"为界日本变成了统帅权国家,"最终昭和走向灭亡"③。

司马认为日俄战争之后日本变得失去理智,"痴呆化",日本陆军发生变质。司马将其归咎为《日俄战史》的编纂。即:

日本陆军在日俄战争取胜之后,变质成一个面目全非的集团。战后的第一个愚蠢决定,即在官方《日俄战史》中将自己的失误纰漏全部隐藏起来。参谋本部编纂的《日俄战史》是一部大作。战后成立了编纂委员会,直至大正三年才完成。花费巨大人力物力制作而成的这部战史,除了各卷中的地图之外,几乎没有多少有价值的文字。由于刻意回避,几乎没有什么有价值的作战评论,只有一些平淡的叙述。之所以如此是因为在战后进行了论功行赏。在这个皆大欢喜的论功行赏中,连伊地知幸介也被封为男爵,因此在官方战史中很难对当时的作战做出价值判断。即便如此,当时的执笔者也还是被降职,被调到青岛守备队的闲职上,最后以大佐身份从陆军退役。这个人在青岛的时候经常这样抱怨:"之所以会落到这步田地,都是因为我写了日俄战史"。因此国民们无从知晓

① ［日］司马辽太郎:《这个国家的形象》第1卷,文艺春秋,1990年,第29页。
② ［日］司马辽太郎:《这个国家的形象》第1卷,文艺春秋,1990年,第26页。
③ ［日］司马辽太郎:《这个国家的形象》第4卷,文艺春秋,1997年,第104页。

到底发生过什么，只是被灌输了日本是极具神秘色彩的强国，通过教育影响了整个一代人，而这些人又成为昭和陆军军官，这群与日俄战争时本质上完全不同的军人，形成了一个唯我独尊的集团，将昭和日本的命运推向了悬崖。①

司马辽太郎感慨："战争使一个国家变质，与战败的一方相比它所产生的影响对战胜方还要大一点。日本在战胜后国家的本质开始逐渐改变。"②

司马批判再也没有比参战陆军当局亲自编写战史更加愚蠢的行为。他说："第二次世界大战结束后，美国国防部并未编写战史，而是委托历史学家们从事这一重大任务。只有历史学家能客观地观察一个时代背景下的国家行动。此外，在英国有一种传统即与政府相关的所有文件30年后会公之于众。以这些文件为基础，对所有领域的历史学家的研究发挥作用。不论美国和英国，有关国家行动的所有证据文件不是个人私有物而是国民公有物，或者公布于众成为后世批判的材料，才能感觉到国家是属于国民的重大前提的存在。"

司马认为官修战史改变了日本的命运："日本明治维新后成为新国民国家的典范。其后30余年后进行的日俄战争，是日本史的过去和未来任何时代也不存在的国民战争。胜利的最大的主要原因肯定在此，但是胜利不一定给国家带来好的结果，譬如军部毫无罪恶感把理应公有的战史私有化的坦然态度。如果投入庞大的国家经费编写的官修战史，是给国民和子孙们的庄严冷静的报告书，那么昭和前期的日本滑稽过分的神秘国家观以及由此衍生的不断重复的黩武行为，最终给日本和亚洲带来了战争的不幸，那样的历史肯定会与现在有所不同。③

司马认为以日俄战争为界，日本丧失了现实主义。即：

---

① ［日］司马辽太郎：《坂上之云》第8卷，文艺春秋，2010年，第324页。
② ［日］司马辽太郎：《坂上之云》第8卷，文艺春秋，2010年，第327页。
③ ［日］司马辽太郎：《坂上之云》第8卷，文艺春秋，2010年，第345页。

　　20世纪刚刚开幕,日本经历了防御俄罗斯南下的战争(日俄战争)。在小说《坂上之云》中我已经进行了详细地描述。这是地球上某一个角落里的岛国匪夷所思的情感物语。主人公之一正冈子规是一位病人。对俳句、短歌的创作进行革新导入了"写生"的现实主义手法。与子规是中学同窗的文学青年秋山真之是另一位主人公。真之进入海军,将东进的俄罗斯舰队一艘不剩全部击沉在日本海里。完成了不可能完成的使命。还有一位主人公是真之的兄长好古。他在陆战中被赋予防御最强的哥萨克骑兵的任务,通过引进机关枪解决,虽然从奇兵的古典美学来说这并非正道,但是好古自身也并非出自本心。江户时期的日本人既无蒸汽船,也没有骑兵。明治维新意味着幕末夜郎自大的"尊皇攘夷"的终焉。同时的开国是时而令人感觉卑屈的现实主义的开幕。在这样的现实中,19世纪后半期的明治人比任何时代的日本人都更加现实。我总觉得以这场战争为界,日本人丧失了19世纪后半期的现实主义。日本海海战俄罗斯的旗舰燃烧代表了日俄战争的终结,但是从此以后国民的思想开始飘飘然,走向糟糕的时代。与后来的或当今日本存在的诸问题也是密切相关。在日比谷公会堂廉价的可燃性极高的国家主义燃烧起来。冠以"国民"之称的大会厚颜无耻地代表"人民""国民"本身,告诉了我们它是多么的令人怀疑。从这次大会开始日本变得扭曲。总之这次大会的主旨是索要赔款,疯狂叫嚣"政府软弱""需要更多赔偿"。①

　　司马辽太郎认为昭和前期日本的悲剧亦是起源于日俄战争的胜利。他指出胜利之后的日本变得持有一种愚蠢的本国观。在疲弱感的反面是毫无现实认识的强国意识,最终发展为一种国家病。"日本将西洋进行了几个世纪的帝国主义在其末期仅仅半个世纪慌慌张张地进行了太平洋战争。我们如同欧美人一样咒骂希特勒与墨索里尼,但是否考虑过并不存在希特勒与墨索里尼却做了同样事情的昭和前期的日本之愚蠢呢? 政治家、高级军人、媒体以及国民

---

① 　[日]司马辽太郎:《这个国家的形象》第4卷,文艺春秋,1997年,第215页。

深信日俄战争的神话,失去了对于本国与国际环境的现实认识。日俄战争的胜利在某种意义上将日本人变成了孩子。它的胜利的账单以太平洋战争的败北姗姗来迟,可以说是历史具有的极其单纯的因果关系。"①

因此,司马认为倒不如说战争带给胜利国日本一方的悲惨更多。他说日本人在世界史上变成最滑稽的夜郎自大的民族是在这场战争胜利以后。详细地讲即如参谋本部编的《日俄战史》所暴露出来的懈怠,对这场战争的科学剖析,甚至隐瞒事实,制造百战百胜的军国神话,就连大正、昭和期的职业军人都深信不疑。"难以置信的是,甚至陆军大学都没有对此现实进行科学地分析教育。对日本的迷妄,日俄战争结束为止的日本领导层之中是不存在的。正因为并不存在,所以能够冷静地分析自己的弱点,为了弥补不足,而在战略以及外交政略保持冷静。如果日俄战争后全国上下能够冷静分析的话后来的日本史也许会有所不同。"②

司马批判日俄战争后的高级军人等待的是授予爵位、得到晋升以及获取勋章。为此,不可能编纂残酷的历史书。"即使曲笔,成为子爵的将军必须有相应的功勋记载史书之内,晋升为大将以及中将的家伙们也要有与此相当的战绩。不仅如此,参谋本部内设置的战史编纂委员会以及执笔负责人(全部是参谋出身)还有来自将军们的压力。全都要求'把我写得更好些',因此变为利益均沾的形式。严格地说甚至并非利益均沾,利益均沾也是一种价值论,由此产生的现实问题是,战场前后左右失去平衡,无法撰写。功过无法判定,除去一切价值论,只是描述时间性的事实以及士兵出入的物理事实完成了这10卷史书,欠缺价值论的历史只不过是单纯地的罗列文字。"③

司马强烈批判由于《日俄战史》这无用之书,日本国民被灌输了日军不败的神话,通过这种小学教育成长的一代成为昭和时期的干部,他们是与日俄战争当时的军人完全不同的性质的人群,他们建立了狂暴的自我膨胀的集团,把昭和日本的命运推向了悬崖。

---

① [日]司马辽太郎:《司马辽太郎所思》第6卷,新潮社,2002年,第128页。
② [日]司马辽太郎:《司马辽太郎所思》第6卷,新潮社,2002年,第119页。
③ [日]司马辽太郎:《坂上之云》第8卷,文艺春秋,2010年,第342页。

　　综上所述，司马将日俄战争定义为"祖国防卫战""国民战争"，认为日本是在俄国威胁之下为了保卫自己的"生命线"朝鲜，才被动参战。他将日俄战争取胜的原因归结于日军的武士道精神，认为他们"没有迈出合理主义思想一步"。他还认为俄国之所以败在日本手下，是因为国家制度腐朽、军事失策。他认为日俄战争的胜利使日本成为一个帝国主义国家。他只是站在日本的国家立场，以"理性主义"思想对战争进行评判，无视战争的受害者中国和朝鲜。显然，司马对日俄战争的认识是存在偏颇和谬误的。

第四章　司马辽太郎的
"十五年侵略战争"观

　　司马通过撰写小说表达了对甲午战争以及日俄战争的认识。但是对于昭和时期的两次战争即侵华战争以及太平洋战争却没有写成小说。他说："我一直在谈'通往昭和之路'。但是完全没有产生撰写昭和的心情。有人建议我说，既然你说了那么多何不写出来呢。但是我完全没有心情。如果我一旦执笔的话，那么不出一年估计我就会变得精神不正常吧。昭和这个时代，确实有精神卫生不良之处。如果哪位年轻人能解剖昭和就好了，我在此只是抛砖引玉。"①

　　虽然没有以小说的形式再现那段历史，但是司马通过大量的散文、随笔、演讲稿、对谈等阐述了他对昭和时期战争的观点。通过这些文章，我们可以看到，司马对昭和时期战争的认识不同于对甲午战争和日俄战争的认识。司马基本承认"十五年战争"是侵略战争，但是他的着眼点并非人类的道义，而是批判日本军部发动的是"无谋战争"，他将战争责任推卸给军部的"统帅权"，主张昭和天皇处于"虚空"地位，是没有战争责任的。他为何会产生如此认识？本章将对此进行剖析。

第一节　关于昭和战争的基本立场

　　20世纪二三十年代，世界陷入经济萧条、社会动荡之中，而日本政府以愈发狂热地对亚洲市场和资源的控制欲望，加剧了这种混乱状态。所谓"大日本

---

① 　[日]司马辽太郎:《昭和这个国家》，日本放送出版协会，1999年，第223页。

帝国"的版图蔓延开来,日本1931年侵占中国东北,1937年发动全面侵华战争,1941年为控制亚洲南部及西太平洋,袭击了珍珠港,随即占领东南亚。至1942年春,日本已达到版图扩张的巅峰,一足植于西太平洋,一足深入中国腹地,野心勃勃地向北一直染指阿留申群岛,向南则直取东南亚的那些西方殖民飞地。1943年,司马辽太郎成为一名坦克兵,被派遣到中国东北地区。虽然司马辽太郎并未参加实际作战,但是军队经历给他的人生造成了不可磨灭的影响。对昭和时期亲历的战争他基本是持否定态度的。司马提出"魔法森林论",批判"统帅权",并从文化的视角认为日本摒弃了江户时期的合理主义思想,造成了昭和时代的沦陷。

一、"无谋战争"论

在杂文集《以下,无用之事》《关于个人私事》一文中,司马批判日本昭和时期发动的战争既无政治谋略亦无战略,同时阐述了自己开始进行小说创作的原因,并且他强调自己的小说并非虚构,而是历史事实的写照。他这样写道:

> 战争中有两年,我乘坐在坦克之中。那个铁箱子,距离世界的一般标准遥不可及,铁的厚度远比敌方的薄得多,填装的也是绝对不能打败敌人的陈旧爆弹。在这朴素的物理装置里面,敌我界限消失。尽管如此,日本依然持续既无政略亦无战略的毁灭式多方战争,是因为有正义体系的支撑。战败之日,是我迎来自己23岁生日后的第8天。我想那个家伙,出生在一个多么愚蠢的国家啊。(明治以及从前,并非这样的国家吧。)对自己的疑问,我无法做出回答。40岁之前,我开始创作小说,这些小说亦是写给23岁自己的信。这些小说也许是偏离小说概念队列的,我做好精神准备在队列外行走。自然,创作方法也必须自己琢磨。小说这种事物,就像是人类幻想出的唯一神,是应该以绝对的虚构为中心的。除绝对的虚构之外,再无其他力量来挖掘人的无限性普遍存在的深层。但是我并不是以绝对的虚构为中心,而是无与伦比的历史事实来堆积火山灰,最后形成的火山口的空虚部分依旧保持空虚,有赖于读者的洞察。只有这一部分

是真实的绝对虚构。①

司马辽太郎在其"欺骗的思想"演讲中表现出对意识形态的怀疑与厌恶。他说："日本的坦克极端陈旧，比起敌人的坦克钢材更薄，炮弹小得甚至都不能给敌人造成一点擦伤。"因此，司马辽太郎做好精神准备，"敌人的坦克出现的瞬间也即我死亡的瞬间"。"栖息在坦克这种数字被绝对化的壁垒之中，如果不将自己极度缩小，那么就无法与胜利可能性为零的坦克融为一体，于是极小化的自己在思考何为国家、何为日本人时，现在想起来也还是有一种实感发出晕光，我感觉自己好像理解了国家这种事物奇妙的姿态，以及迫使其陷入疯狂状态的架空的，并且声嘶力竭胁迫国民不得不去面临的思想。"②"总之，又哑，又盲，又聋，这就是晚上的坦克。虽然如此，晚上还是要一起出动，向敌方进发。完全是以一种不和步兵一起全军覆没的话则抱有歉意的非战术性的理由。与其说是进攻，倒不如说是对方的大炮轰隆轰隆地猛烈迎击，只有20分钟就全军覆没了。总觉得这带有日本的旧国家的身影。"③

在散文《以下，无用之事》中，司马写道："回顾以往，内心充满对上天的感激之情。军队当然是国家重要的一部分，在那一部分之中，包含面对死亡的精神准备。军人是为死亡而存在的。同时听到伙伴发出的破坏声音——诗意的表达，是敲击、破坏国家的声音。手握大锤四处奔走的是国家通过大型考试录取的高官们——既有军人也有文官，并且得意忘形的新闻记者、学者以及轻率的思想家也加入进来。在坦克里，我不禁产生一种疑问，是否可以自己亲手破坏明治的遗产——自己的国家？坦克是国家的一部分。装甲的厚度、炮弹的大小是可以将全体数量化来思考的朴素的现实主义，通过己方物体的现实主义也能清楚敌人的现实主义。"④

司马在演讲中也曾回忆："昭和十几年我进入军队。虽未参加实际战斗，

---

① ［日］司马辽太郎：《以下，无用之事》，文春文库，2001年，第323页。

② ［日］司马辽太郎：《缩小自己观察事物》，《每日新闻》1983年1月8日。

③ ［日］大冈升平、司马辽太郎：《日本人、军队与天皇》，小学馆，1998年，第109页。

④ ［日］司马辽太郎：《明治这个国家》，日本放送出版协会，1989年，第6页。

却也是其中一员。战争末期不幸与联队一起回来,转移到北关东。我是一名坦克兵。当时日本的坦克部队实施玉碎政策,几乎全部消失。我所属的坦克队侥幸残留,大本营为了保卫本土召回日本。我在返回之前曾经申请前往硫磺岛。我想硫磺岛气候温暖,没有战争,是一个好地方。但是运气比较差,被刷了下来。因此返回日本,得以捡回一条命。总之,那是我初次来到关东地区。在北关东的栃木、群马的荒郊野地里睡觉的时候,耳边传来当地人的说话声。我是关西人,听不习惯当地人的语言。敌人如果在东京湾或者相模湾登陆,我们要奋起迎击。这是我们坦克部队的职责。某一天,戴着参谋肩章的大本营领导来给我们进行指导,我提出一个问题。敌人一旦登陆,那么东京的人肯定要逃难。装载家财的大巴车向北逃散的话,道路只有两三条。但是那些路我们都要利用。因此我问道:'道路的交通怎么管理?'因为不是当今一样宽敞的马路,必定是一片混杂。交通阻塞,势必影响作战。听到我的提问,大本营的人迟疑了一下,说'那就杀出一条血路'。我震惊了。本是日本人为了保卫日本人的战争,却说要杀死日本人。真是不可思议的道理啊。"①

　　司马辽太郎在散文《关于自己的作品》中写道:"看到自己撰写的作品背面附有自己的简历,立刻就会感觉不悦从而转移视线,仅仅看到自己本名的铅字,就会产生一种羞耻以及难以名状的憎恶感。"②对自己的本名"福田定一"近似憎恶的感情是与司马辽太郎的战争经历密切相关的。司马作好战死的精神准备却迎来了战败,对自己出生成长的昭和日本倍感失望与灰心,从而产生一种"从前应该略胜一筹吧"的想法。司马辽太郎为什么对历史产生兴趣? 在其杂文集《昭和这个国家》中,司马讲到他对历史产生兴趣的契机是"战败的打击"。战败的打击使他转向历史,寻求答案。"如果元年(1926年)至二十年(1945年)算作昭和前期,战败之后算作昭和后期的话,昭和前期的我就如同一只小虫。从一个懵懂的少年逐渐踏入青年时期,战败时我22岁。战败给予我巨大打击。我要稍微解释一下这种打击。首先当时我想为什么要进行这场毫

---

① ［日］司马辽太郎:《司马辽太郎全讲演》,新潮社,2000年,第89页。
② ［日］司马辽太郎:《从历史的世界出发》,中央公论新社,1983年,第338页。

无意义的战争啊，然后又想为什么我生在一个做了种种无聊至极之事的国家啊。战败之日开始，我陷入了沉思。从前的日本人是不是要略胜一筹呢，这一疑问促使我日后对日本史产生莫大的兴趣。①

对发动了"毫无意义的战争"以及"做了种种无聊至极之事的国家"的批判是司马史观的出发点。在其杂文集《这个国家的形象》第1卷后记中，司马也写道：

> 我现在依然没有离开二十几岁的自己。那时的我，依据宪法的义务去服了兵役。1945年8月15日战败之日结束。亦是迎来自己23岁生日的第8天。我们的联队在所谓的"满洲"国境附近，早春，整个联队转移，出乎意料的是撤回到关东平原。当时驻扎在栃木县佐野。服兵役期间，谁都一样，希望自己能立刻死去。也不是为何而死，甚至对于死亡别无选择，更没有好赖之分别。倒不如说劝自己应该糊里糊涂地死去。……战争告诉了我死是毫无差别的，也不存在优劣、贤愚、美丑之分。②

> 看着在房檐下玩耍的稚嫩的孩子们，我不禁想如果是为了这些孩子的将来而死多少还有些意义。……听到终战广播，我不禁懊恼我为什么出生在这样一个愚蠢的国家呢？继而想到，从前的日本，不是这样的吧？从前是指镰仓啊、室町、战国时期。我也想起了距离较近的江户时期以及明治时代。但是无论我怎么绞尽脑汁，也想不出类似昭和军人一样把国家本身作为赌注掷入赌场的人。复员后，辗转奔波于战后社会之中，突然三十几岁开始写起小说。最初是由于自身爱好，后来逐渐开始参考文献创作是想解开内心的疑问。也可以说我的作品是不断寄给23岁自己的信。③

司马不断在其杂文、演讲、对谈中提出对日本昭和时期发动的战争的怀疑

---

① ［日］司马辽太郎：《昭和这个国家》，日本放送出版协会，1999年，第7页。
② ［日］司马辽太郎：《这个国家的形象》第1卷，文艺春秋，1990年，第236页。
③ ［日］司马辽太郎：《这个国家的形象》第1卷，文艺春秋，1990年，第211页。

与批判。但是值得注意的是,司马辽太郎并没有从道义上对日本发动不义之战进行反省,而是认为日本发动战争是自不量力,不考虑自身规模,得不偿失。是"无谋"的战争。他对日本的官僚进行了一定程度的批判,但是却认为自己并没有做丑陋之事,逃避自身战争责任。他在杂文集《昭和这个国家》中写道:

> 我上中学时,爆发了卢沟桥事变。父亲和客人谈话时,"要打仗了"这句话传入我的耳朵里。我依然清晰地记得当时战栗的感觉。全身颤抖仿佛动物般的战栗。我并不认为自己是一个懦弱的人,但是少年是极为动物性的。少年的内心之中,懦弱要比勇气占据更大比例,那是作为生物对少年时期的一种保护。我当时被一种极其恐惧的感觉所笼罩。当时是昭和十二年(1937年)。①

司马说在学校接受社会训练时,不知为何开始对中国人和朝鲜人抱有好感。虽然他无法解释清楚,但是认为他们让自己充分感受到一种人情味。"让我产生这种感觉,也可以说是我的恩人,和那样的中国开战,最终发展为和世界作战。我照常去学校,但是开始厌恶日本。虽说是厌恶,但是同时证明了是极其喜欢。这种感情西洋人能够表述清楚,是一种极为矛盾的心理。我退学应征入伍,来到了中国东北,战败之前的半年左右,整个联队撤回关东地区。不久迎来了战败。该说什么呢? 我困惑这是一个什么国家? 到底这个国家在做什么? 到底日本是一个什么国家? 最初让我产生这种想法的是诺门罕事件。昭和十四年(1939年),我上中学的时候。我想打这种无谋之战的国家世界上绝无仅有。到底付诸这样愚蠢行为的国家是什么? 日本是个什么国家? 日本人是什么样的人? 成为我最初的疑问。从军队生涯开始产生这种想法,直至战败之际,这种感觉愈发强烈。大批的人战死。不论我怎么冥思苦想,这都是城里的包子店的大叔以及收银机店的大叔们绝对不会做的事吧。如果理智的话,首先要考虑自己店铺的规模。但是,举国上下竟然进行如此荒唐的行

---

① ［日］司马辽太郎:《昭和这个国家》,日本放送出版协会,1999年,第7页。

为。包括军人的官僚们发动了战争。到底从大正至昭和期间，官僚以及军人之中有爱国之心的人存在多少呢？当然牺牲在战场是'爱国的'。但是，四舍五入或者不惧误差地说，仅仅在战场英勇就义并不是发扬爱国心。从我自身经验来讲，我并没有参加过战斗。不论什么样的情况下我都认为自己没有做羞耻之事。在周边的数人或者十数人面前，不想做丑陋的事情。如此一来，内心就可以变得坚定。这是与爱国感情迥异的问题。"①

在1968—1969年日本放送出版协会教育频道的《杂谈昭和之路》节目中，司马回忆道："我并未真正参加诺门罕战役。但是后来加入的坦克部队参加了诺门罕战役。到底进行这种荒唐举动的国家是什么？日本是什么？日本人又是什么？这成为我最初的疑问。"②

可以说，对昭和时期战争的质疑成为司马史观的出发点。矶贝胜太郎指出：战争结束之前回到日本的司马辽太郎根据在战场的体验，从对让自己参军、强制自己去死的权力机构的愤怒，开始转化为厌恶权力、否定国家的情绪。同时，他开始思考为什么日本成为愚蠢时代的愚蠢国家，其结果就是一边探讨为何在日本导致悲惨的战争，日本人为何使国家衰亡，一边开始执笔多部历史小说。

二、魔法森林论

司马辽太郎曾经就诺门坎事件进行了详尽的调查，约见了事件经历者。构想以诺门坎事件为题材创作一部小说，但是直至临终前也未实现。他认为"魔法的森林"里出现了诺门罕事件，出现了侵华战争以及太平洋战争。他说："日本国家之森林，从大正末年、昭和元年开始直到战败，魔法师一直在挥舞手中的拐杖。把整个森林变成了魔法森林。制定的政策、方略或者国内的规定全部是奇怪而又畸形的。这一魔法到底来自何处？魔法的森林里出现了诺门罕事件，出现侵华战争，以及太平洋战争。与世界上的多个国家开战。"③

---

① ［日］司马辽太郎：《昭和这个国家》，日本放送出版协会，1999年，第9页。
② ［日］司马辽太郎：《昭和这个国家》，日本放送出版协会，1999年，第16页。
③ ［日］司马辽太郎：《昭和这个国家》，日本放送出版协会，1999年，第12页。

司马认为战国时期的织田信长是不会产生这种想法的。因为信长是现实主义者。珍惜自己创建的国家，不去做对自己不利之事。他批判一些人把国家作为赌注，斥责他们是伪装的爱国者。他说"魔法的森林"里，人们都被魔法师施加了魔法。因此，司马说自己多年以来一直试图制造一把钥匙来解开这个魔法森林之谜。"譬如，如果套用马克思主义的话，也许三言两语就可以断定出结果，但是依然不能解开魔法森林之谜。我一直是想用亲手制作的钥匙，打开这个魔法森林。40年过去了钥匙是否制造出来，是否还有那种精力，总之我想打造一把钥匙，撰写诺门罕事件。发动那样愚蠢战争的人，实在是不可思议。"

到底是何人把日本变为"魔法森林"呢？司马找出罪魁祸首"参谋本部"。"当时有所谓的参谋本部这一异样的事物。不知何时变成了国家中的国家。变成国家中枢里的中枢。如若追究那一结构始于何时，应该是大正时代。如果稍加追溯，起源于日俄战争胜利之际。那种异样的权力好像是魔法的根源。"①追溯历史原因，"明治以后，丢弃了江户时期，难道不是日本不幸的开端吗？明治政府否定江户时期，明治以后的知识人包括军人，都没有江户的合理主义。这恐怕和昭和的大沦陷相关吧"②。

司马坦承是日本挑起诺门罕事端，批判日本军部的官僚主义思想。他写道：

> 我认识一位最后成为陆军中将负责诺门罕作战的人，前一段时间去世了。十几年前曾经约他到料理店，询问了很多问题，从下午六点一直到十一点左右，总而言之是一位很健谈的人。然而什么也没问出来。宛如在油纸上面上洒水一样，滴溜溜滑落，全都是无法打动听者内心的话。他很巧妙地避开了诺门罕事件。我十分想了解诺门罕事件，但是只要我提及，他给我的回答总是官僚似的答辩。总之就是官僚。我不禁恍然大悟，

① ［日］司马辽太郎：《昭和这个国家》，日本放送出版协会，1999年，第13页。

② ［日］司马辽太郎：《昭和这个国家》，日本放送出版协会，1999年，第14页。

原来是这些人制造了诺门罕事件。诺门罕事件,是当时的所谓"满洲国"和处于苏联的强大影响下的蒙古人民共和国的边境线之争。日本方面认定的国境线和苏联方面认定的国境线不同,日军打算用战争解决这一争端。苏军在东方不想引起那样的纠纷,但是发生了也没有办法。既然挑起争端就要彻底教训日军。另一方面,挑起事端的日军的装备,完全是只比元龟、天正年间,即织田信长时代的装备稍胜一筹而已。拥有的只是日本民族精神。诺门罕激烈作战,日军的死伤率也上升到了75%。死伤率75%在世界战史上前所未闻吧?我想国民教育真的是很彻底。一般欧洲的规则是,如果出现30%的死伤,将军没有上级的命令也可以撤退。没有退兵而达到75%,几乎是被全歼。在发动那一场战争的两年之后,又发动了太平洋战争,完全不是有常识的国家运营者的思考方式。我们诞生于那样一个国家。在太平洋战争的战局恶化的末期,我加入了坦克联队,并迎接了战败。①

司马批判日本军国主义教育是荒唐的,官僚们只是关心自己的升迁,丧失了现实主义:"昭和十四年(1939年),诺门罕事件爆发。日本主动挑起极为异常的事态。试举一例,现在思考官员的问题,军人也属于官员啊。第一线的最高责任人小松原道太郎中将。此人曾经担任过驻苏联大使馆副武官,是苏联通。但是成为前线的中将后却品尝了惨淡的败北。敌人的坦克开过来,而身边的日本人几乎毫无组织,几乎全部灭亡。中将好像自言自语,'已经束手无策。但是听说日本的士兵们是很强悍的,总会有办法吧'。最高负责人说如此不负责任的话。'听说日本的军队很强。'士兵们都是老百姓啊。通过小学教育以及后续教育形成的人们,现场军人们的最高责任人啊,好像跟他毫无关系。只是踏上军人升迁的道路,失去了现实主义吧。只是在小学校或者其他什么地方听说日本的军队强悍的神秘传言,在脑海里复苏了吧。国民教育是很重要的。战败之前进行的是如此荒唐的教育。在惨淡状况之中,能够依赖的是

---

① [日]司马辽太郎:《昭和这个国家》,日本放送出版协会,1999年,第14页。

将军在小学受到的教育。这简直是思想停滞啊。日本的官员，日俄战争后的官员，包含军人相当难以评价。诸位虽然也可谓认真，但是却缺少考虑地球和人类，以及其他民族和自己国家民众的要素。"①

司马批判昭和元年或日俄战争结束时期出现的官僚、军人。"这些人，只关心自己的人事，自己怎样才能出人头地，完全是现实主义的世界。对于重要的国家大事却感觉十分抽象。因此，才会侵略其他国家。譬如使所谓'满洲'独立。却不思考其必定产生反作用，会遭遇不幸。这是爱国吗？ 让所谓'满洲'独立是为功名，关联到自己，关系到自身的成功。从明治四十年（1907年）左右包含战败军人的高级官僚，该怎么形容这些高级官僚们呢？ 总之，他们对国家未来的走向负责吗？ 那些人真的关心国家吗？"②

他认为这是明治维新自身缺陷留下的后遗症。这一后遗症在明治时期没有出现，直至大正末年才显露出来。"明治维新不足的部分显现，好像患上疾病。不是我们普通民众，而是一小撮人患上了那种病。总之，包含国家对他者毫无怜爱之情。他者之中也包括日本人民。所谓伟人没有怜爱他者的思想吧？ 我这样说也许会遭到无数反驳，但是我思考了40年，现在感到疑问，但是不得不说应该没有吧。"③

虽然司马批判日本军队的官僚主义思想，发动了侵华战争。但是他认为日本并没有希特勒。虽然"魔法森林"持续了20年，却无法追究任何人的责任。他说：

> 昭和恐慌之后，发动了九一八事变。参谋本部企图通过战争，或者侵略解决闭塞状态的想法，结果建立了"满洲国"这个冒牌货的国家。现在中国的残留孤儿们返回日本是其副作用。他们全都是凄惨、诓骗国家的人们。但是在他们中不存在希特勒。如果是希特勒，只判希特勒有罪即可，但是不存在希特勒。无法归咎于谁，"魔法的森林"持续了20年。满洲

---

① ［日］司马辽太郎：《昭和这个国家》，日本放送出版协会，1999年，第30页。
② ［日］司马辽太郎：《昭和这个国家》，日本放送出版协会，1999年，第55页。
③ ［日］司马辽太郎：《昭和这个国家》，日本放送出版协会，1999年，第56页。

的森林的主角是关东军。我也是关东军士兵之一。陆军大学毕业是快捷的成才之路，将来必定成为将军，总之对肯定能成为大将的精英们来说，成为关东军的参谋是一条高升之路。触碰其他国家的话，也触碰了自己的国家。敲诈一个国家的结果，也敲诈占领了自己的国家。结果，日本被占领了吧。战败后，占领军进驻之际，虽然至今为止是作战敌国，但是日本人却坦然接受，也许有人认为这是与日本人的信赖相关的问题吧。可是，并不尽然。①

司马对战后美国的占领表示肯定，他说："昭和二十年代的我是一名报社记者，我当时想，这个国家被美国占领以前，是被日本的军部所统治、占据的吧。比'魔法的森林的占领者'更灵活的占领者带来大的文明。世间好像拨开迷雾重见天日一般，令人感觉温暖。"司马认为，虽说称之为占领，但是这种占领并不屈辱。总之，是"魔法森林的占领者"们的责任。

"魔法的森林"是何时产生的？司马写道："我取出明治宪法欲了解天皇。天皇并非皇帝。根据明治宪法，天皇几乎不能进行政治性行动。所谓国务大臣——内阁总理大臣在明治宪法下也是国务大臣之一——承担最终责任。明治宪法虽是一部旧宪法，但是如果按部就班地运营，应该不会发生太平洋战争、侵略中国和诺门罕的惨烈事件，以及对国民的管控。明治宪法，允许信仰自由以及通信自由，也承认私有财产。总之拿破仑在法国大革命的最高潮制定了拿破仑法典，在民法中加进了法国大革命本身的精神。明治宪法受其间接影响，是具有一定近代意义的宪法。因此，按理是不会产生所谓的"统帅权"等怪异事物。虽说是"统帅权"，却并不是那么耳熟能详的词汇，令我们遭遇巨大不幸的尽在这三个字眼儿。虽然这并不能解开"魔法森林"。明治宪法也是三权分立。议会立法，并且首相以下的国务大臣担当行政。立法、行政、司法三权分立没有什么区别，但是在此之上还有超越的权力，即统帅权。但是如果扩大解释"天皇统帅陆海军"这一条，能够提出所谓的统帅权的欺骗理论。超

---

① ［日］司马辽太郎：《昭和这个国家》，日本放送出版协会，1999年，第17页。

越立法、行政、司法三权,结果是只有军人掌握了统帅权。但是也并非陆军大臣掌握大权,而是参谋本部总长及参谋本部掌握。参谋本部,本是战时需要,但是以平时也需整顿军备为借口来争抢预算等原因,统帅权开始蠢蠢欲动。侵略中国,也是出于统帅权的需要。"①

司马进一步对统帅权进行了具体的阐述:"戴着金辫带的参谋将校,称天皇为'主子'。这本是女官的词语。京都存在皇宫时女官称呼'主子'。好像是亲人一般称呼天皇。其他的军人使用天皇这一法制上的词语,只有他们称呼'主子'。总之,参谋本部的人不论是大佐,还是大尉、少校、少将,都是天皇的职员。作战必须机密。因此不断被扩大解释。如果在中国东北制造事端,这是统帅上的需要。不知为何统帅上需要侵略别的国家。东京的参谋本部事后承认,最终政府被迫承认。没有任何人指出那是违反宪法行为而去控告。如果那样做的话,那个人会被抓走。由此魔法时代开始。日本史上再没如此异样、凄惨的历史。镰仓时代大概八百万人,弥生时代也有二三百万人吧。从前也有从前的困苦,但是如果与这个时代相比,那时的人们还是悠闲自在的。江户时代的农民虽然艰苦,但是一定程度上可以轻松地生活。因为不用担心被抓壮丁当兵打仗。但是,从昭和元年到二十年之间是异样的。"②

总之,司马认为明治宪法虽非一部坏宪法,但是根据不同解释,运用错误,出现了"统帅权"这一妖魔。因此明治宪法难辞其咎。究其根源,司马认为应该归结于明治维新本身。他说明治维新有着各种各样可贵的东西,幕府末期的人们也具有极为可贵的东西,但是思想十分贫瘠,只有尊王攘夷。司马对尊王攘夷进行了解释:"尊王攘夷是13世纪灭亡的宋代思想。宋代的学问非常有特色。在那之前虽说是儒教,但是并非思想体系,宋代形成激进化的思想体系。尊崇王,赶走夷。总之把外国人赶出去。这就是尊王攘夷。"③

司马说这种思想成为幕府的官学,变成水户学,没有其他思想传入。他甚至假设文化、文政时代,如果卢梭的思想被引进日本,会形成一个集团。如果

① [日]司马辽太郎:《昭和这个国家》,日本放送出版协会,1999年,第20页。
② [日]司马辽太郎:《昭和这个国家》,日本放送出版协会,1999年,第21页。
③ [日]司马辽太郎:《昭和这个国家》,日本放送出版协会,1999年,第22页。

他们成为革命家，成为明治维新要员中的百分之几的话，会形成大众思想。为此司马感慨明治维新虽然是一场伟大的革命，却只有尊王攘夷一种思想，不存在大众思想。由于缺乏所谓大众思想，明治十年（1877年）之后中江兆民引进卢梭的思想。"然而革命政权依靠自己的思想体系。后来的思想体系被认为是不可靠的，是敌人的思想体系。"①

司马认为明治的思想体系虽贫瘠，但是建立明治国家的人们是伟大的。"无论怎样是自己创建的国家。十分清楚。以水果比喻的话宛若多汁的苹果一样，尊王攘夷犹如一声吆喝，让大家振奋精神，当事者们很明白。吸收欧洲的精髓，并且朝着逐步丰富国家精神的方向发展。"但是司马认为以日俄战争胜利为界，出现了考试制度产生的官僚。通过笔试即可成为陆军大将，亦可成为首相。"这些人们，昭和时期利用明治干涸的思想。我认为明治人全都明晰那是干涸的思想。把这种干涸的尊王攘夷，置于所谓的统帅权怪异的宪法解释之上。我想这是否就是'魔法森林'啊。"

三、统帅权祸首论

司马对自己之所以没有以小说的形式再现昭和历史进行了解释，并且批判了日本借口统帅权发动"十五年侵略战争"，给日本以及亚洲民众造成的伤害。他说：

> 我是一名小说家，应该以小说的形式来撰写，但是小说，不是能容纳这一主题的包袱皮。我想所谓小说，虽然是比较大的包袱皮，但是依然不能将其包裹进去。我想历史不会重演。因为存在统帅权，所以才会变成这样。我想不会再次上演。我想把记忆化作感觉传达给大家，但是感觉自己无能为力。为了"魔法森林"开动机器，数百万日本人献出生命。在太平洋战争，或九一八事变以来的"十五年战争"中战死。大批冲绳民众死亡。若论小的灾害，我的家也毁于空袭之中。并且，给无数亚洲人民造

---

① ［日］司马辽太郎：《昭和这个国家》，日本放送出版协会，1999年，第23页。

成伤害。内心的真实感无法准确表达倍感焦虑。①

　　司马批判日军丧失现实主义，发动战争但并未获益。"第一次世界大战日本临渴掘井，后来才参战，以德国为敌。对德宣战、不知不觉控制青岛等得罪了欧洲人。总之，日本人并未去欧洲的战场。在欧洲的战场，卡车代替马出现，并且重要的兵器坦克出现。军舰使用重油驱动。军队的运输等全部采用石油。因为没参加大正初年的第一次世界大战，日本的装备极为落后。军队用石油，新潟产有少量，如果极端地说只有数滴，几乎等于零。煤勉勉强强有一些，如果石油军事的时代到来，日本的海军和陆军都无法成立。然而军人们直到大正时代结束才明白这一点。可是如此对军人来说意味着满盘皆输，因此他们保持沉默。对重大的自我缺陷沉默。国民们毫不知情。实际上日本的军队丧失了现实主义，装备是上一世纪的。可是，从那个时候军人开始摆空架子。丧失现实主义的军人们，变得狂妄而富于侵略性。侵入亚洲的软弱的部分，即总之不会遭到反抗的部分，产生了放纵的思想，统帅权浮现出来。从前日本的历史不曾存在的权力集团诞生了。如果以统帅权这一怪物为中心，内阁也不能有何怨言。有那样的力量，却没有现实主义的人渣集团开始各种行动。我想质问他们，遭到所有亚洲人的厌恶，甚至我们的子孙必须得谨慎行事，到底获取了多少？付诸那些行动打算获取多少？彼时的高官们和实践者们以及有此背景集团的人们现在大部分已经离开人世，即使让死人们复苏质问他们，我想也不会有一个人能给出答案。没有人算过这笔账。我感觉他们仅仅以战国时代的领土扩张的思想来行动。这能叫作近代吗？总是在强调俄罗斯、苏联的威胁。日俄战争结束以后，军部恐俄罗斯复仇，但是期间发生了俄国革命。他们认为这是幸运。并且，当俄国革命西伯利亚空无一人之时，日本政府采取了西伯利亚出兵这一令人感到惭愧、令人怀疑的行动。在西伯利亚士兵们死亡，给当地的人添了麻烦。并且，让俄罗斯人至今还记得西伯利亚出兵的仇恨。采取那样的行动，不考虑后果，最终无所作为就撤兵了。但是撤

---

① 　[日]司马辽太郎：《昭和这个国家》，日本放送出版协会，1999年，第24页。

兵使用了当时几亿日元。他们考虑占领西伯利亚会得到什么利益了吗？总之西伯利亚出兵，是恐怖心理的对象看似稍有退缩而采取的行为，即便现在也是恶评极高。日本的所谓近代的确粗暴。①"

司马再次以诺门罕事件为例，说明昭和前期的日本实行秘密主义，欺骗国民：

> 我经常讲的诺门罕事件发生在1939年。已经建立了"满洲国"这个伪国家。黑龙江的沿岸，有名为黑河的城市，设置了一个小特务机构。对岸的苏联城市，有所谓"满洲国"领事馆，领事馆有陆军的军人驻扎。总之是搜集信息吧。须见新一郎先生担任黑河的特务机构负责人，后来成为少将。我调查诺门罕时，曾专程到信州去咨询他。据他说发送了相当多的信息。例如苏联已非往年的俄罗斯，有着非常现代的军队这样的信息。不过据说全部被束之高阁。苏联的大使馆副武官回国，前往参谋本部报告俄罗斯的军备极为现代。与其说赞扬苏联的军备不如说正确地报告。于是就会被张贴"恐苏病"的标签。据说一旦被张贴"恐苏病"的标签，就会失去晋升的机会。本来能成为少将的止于大佐，担任少将的人成不了中将。因此，谁都不敢再说。还是自己的成功更重要吧。但是，我想如果谁暴露了日本的实际状况、日本自身的内幕就好了。说什么公布内幕的话对本国不利只是一个谎言。那种程度的内幕，外国肯定是一清二楚的。只有国民生活在谎言之中。聪明的人除外，昭和元年至昭和二十年的国民大部分都认为"日本是强大的，日本是极其优秀的国家，日本的行为没有任何错误，没有做任何坏事"。政府有政府自身的秘密，但是英国30年后公开文件。美国也同样。那样的政府一定时期不公开真正的意图，但是几年后会公开。那样的国家，不会误导国家。日本实在是一个非常秘密主义的国家。特别是昭和前期的日本，真的是秘密主义。令人悲哀，日本是那样的国家。为何成为那样的国家？因为一味持续遮盖弱点。政府

---

① ［日］司马辽太郎：《昭和这个国家》，日本放送出版协会，1999年，第58页。

更大胆更有勇气才好。所谓掩盖是卑怯、胆怯，向国民公开真相就行了。钱只有这些，或只有这样的事，我们只能做这些。如果一直是那样的诚实政府，日本的近代或许会有所不同。①

司马认为昭和时期军阀抬头，统帅权掌控了日本，继而侵略中国，发动太平洋战争。他说：

> 并非所谓的"军国主义"一词可以泛泛概括得了的国家形态。日本的统帅机关，即参谋本部。统帅机关向所有地方伸出魔爪，开始侵略。那已经几乎非正常人的考虑。侵略中国，进入法属印度支那，甚至开始太平洋战争，与全世界会战，难以置信，总之，军部任意妄为。为何军部如同孩子一般胡闹？这是"昭和之路"的主题，不过是相当难的问题。并且是越想越觉得愚昧。昭和十年（1935年）前后日本陆军异常精神自我膨胀。像战国时代一样的心情，开始展开南征北战的奇怪议论。阴谋暗杀张作霖事件，揭开太平洋战争序幕。②

虽然司马一再强调是"魔法森林"里的魔法制造出战争，即统帅权的责任，但是依旧无法解开内心的困惑。他表示："我屡次说从昭和某时期到昭和二十年的战败为止是'魔法森林'的时代。全部笼罩在魔法下的时代，现在回头看依旧不太明白。为何是做那样的事，为何有那样的国家野心？为何大范围反复军事自我膨胀，向亚洲的主要地区派遣了军队？亚洲的解放、东洋的和平，的确有这些口号。甚至有人得出不符合逻辑的结论说亚洲不是被解放了吗？可是，我并不这样认为。明治时期的人付出巨大的牺牲建立了近代国家，却被一些人在很短的时间内破坏掉。现在那些人仍有健在者。遇到那些人们谜底依然解不开。因此我的话即便结束，也绝不会让大家明白。因为我自己还不

---

① ［日］司马辽太郎：《昭和这个国家》，日本放送出版协会，1999年，第67页。
② ［日］司马辽太郎：《昭和这个国家》，日本放送出版协会，1999年，第131页。

明白。为了弄清楚这一问题战后40年一直在思考，但是实在太难理解了。"①司马认为日本并不存在希特勒，是没有独裁者的国家。他说：

> 到底昭和期的军人有没有爱国心？我指的军人不是战死的人们，而是军队中枢的人们。日本人的可爱之处是，昭和十年以后，统帅权开始控制日本，也深信高级陆军大将、陆军中佐，那样的人们会认真思考。因为他们是被选拔出来的人才。总之希特勒一个人承担责任就可以了。然而日本是谁的责任呢？并非东条一人恶贯满盈。日本是官僚国家，军人也全部是官僚。发动九一八满洲事变、太平洋战争、诺门罕事件、张鼓峰事件。如果是一人全部策划、命令的，是那个人的责任，但是并非如此。日本的军部变得独裁，但是没有独裁者的国家，无独裁者的独裁。因此，无法说是谁之错的昭和史的焦虑，看昭和元年至昭和二十年的历史产生一种无法形容的焦虑。②

在《这个国家的形象》中司马也写道："将'日本史中的日本'变为其他国家的魔法拐杖是统帅权。""详细地说即强制性改变对统帅权的解释，成为魔法的种子。这十几年的国家被称作日本法西斯主义，我想回顾一下那魔法种子的胚芽。旧宪法下的日本，与其他先进国家同样，由三权分立构成。大正时代的宪法解释，统帅权不在三权之中，作为"附加条款"存在。总之统帅权是一种无用的存在，并且与其他三权在法理上没有整合。如果统帅权超越三权的思想确立为一种势力，不必得到议会的承诺并且政府代表总理大臣不知情的情况下，可以随便动用军队侵略他国，例如九一八事变，不仅是他国，还可以"占领"日本本身。"占领"本国这一不平和的表达，比起实际统治等远远严重，只能说是"占领"。亡国之路从昭和六年（1931年）开始。这一年享有统帅权的关东军参谋们在南满铁路柳条湖附近秘密炸毁线路，并且诬陷为中国所为，攻击中国

---

① ［日］司马辽太郎：《昭和这个国家》，日本放送出版协会，1999年，第134页。
② ［日］司马辽太郎：《昭和这个国家》，日本放送出版协会，1999年，第151页。

兵营,挑起九一八事变。翌年,使"满洲国"独立。统帅权魔法的巧妙之处在于通过占领他国最终占领本国。这次事变是日本统帅部(参谋本部)的阴谋已经清楚得到证实。"①

　　司马认为九一八事变、侵华战争、诺门罕事件等全都是"统帅权"发动的,天皇是没有战争责任的。即:

　　　　昭和史堕入灭亡的深渊。从此,统帅权开始带有无限、无谬、神圣的神韵。不仅从其他三权(立法、行政、司法)中独立,甚至开始超越,并且不容三权置喙。相对其他的国政机关,因为有帷幄上奏权所以可以秘密挑起国际纷争、发动战争等。可以说,日本国的胎内孕育了另一个国家——统帅权日本。并且,统帅机构的最高负责人(例如参谋总长)与首相和国务大臣同样,对天皇有辅弼的责任。天皇在宪法上无答责。因此,统帅机构可以恣意妄为。九一八事变、侵华战争、诺门罕事件等全都是统帅权发动的,首相以下只不过都是后知的感到震惊,滑稽的存在,甚至不能阻止战争状态,因为会变为"干犯"。统帅权的宪法解释,变为按照军队的解释,是在昭和十年美浓部事件。宪法学者美浓部达吉因"天皇机关说"受到右翼攻击,遭到议会纠弹。结果著作遭禁,当事人辞去贵族院议员。美浓部学说在当时的世界是极为常识性的,他所表达的仅仅是拥有宪法的法治国家元首处于法律之下。但是在议会遭到否定,以后直到战败日本变为统帅权国家。这样愚蠢的时代,在漫长的日本史之中绝无仅有。②

　　吉田裕在《昭和天皇的终战史》中指出,第二次世界大战后日本人在认识历史方面存在问题。"我们日本人,可以说是过分安逸地依赖于下述历史认识,并生活在第二次世界大战后的战后史里。这种历史认识的一个极端是常常把军刀弄得咔咔作响,威风八面,粗野、粗暴的军人,另一个极端是因担心国家的

---

① 〔日〕司马辽太郎:《这个国家的形象》第4卷,文艺春秋,1997年,第92页。
② 〔日〕司马辽太郎:《这个国家的形象》第4卷,文艺春秋,1997年,第143页。

前途而苦恼的自由主义、合理主义的平民。后者是有良心的，但在政治上却是无能为力的。他们被军人们死死地摁在地上。在这样的情况下，日本走上了战争的道路。而且，在这时许多人把自己的心情寄托于后者，吞下战争责任和加害责任这样的痛苦的现实。也就是说，他们是以这种历史认识为'糖衣'的。①"

四、文化视角的思考

司马辽太郎认为日本的近代摒弃了江户时期的思想。他认为："明治以后扔掉江户期是日本不幸的开端。虽然不能把知识分子和军人混为一谈，不过思考这一时代不能只责备军人。"他写道：

　　一直在讲从昭和元年开始的20年，渐渐失去了霸气。我同时也属于那个时代的末端，青春属于末端，并且虽然是一样的民族好像是在讲其他民族。至今依然还在思考。那是日本吗？也许真的日本存在于江户时代的文明吧。江户中期以后的现实主义作为中心，喜欢手艺人，喜欢技术的民族。从昭和元年到二十年，沉降为不同气氛的国家。日本的明治维新，极其伟大。我是明治维新的崇拜者。可是，明治维新也有缺点。明治维新的思想体系虽然不是朱子学，但是朱子学是其基本框架。朱子学不是绝对坏的思想，但是排他性极强。并且，完全丢掉江户期的人文科学，许多的合理主义思想。赞美自己的国家极好，从尊王攘夷运动开始。那一运动发展为推翻幕府。然而明治维新后，新政府立刻舍弃攘夷转变为开国。自己的国家是卑微的。因为处于革命时期，所以能快速转换，并且引进西洋先进事物。明治早期已经建立了东京大学的基础。通过创立东京大学，引进西欧的近代果实。所谓引进，即购买。派遣留学生，购入书籍，聘请外国学者担任教授。完全用金钱不断购买，不断购买西欧人一直创造的欧洲近代果实，作为范本。这时，日本丢掉了江户时期的思想，丢弃

① ［日］吉田裕：《昭和天皇的终战史》，岩波书店，1992年，第240页。

了匹敌西欧,甚至更简明易懂的本国社会产生的思想,去持续购买欧洲的近代果实。①

　　明治以后日本的有识之士有一种紧张感,憧憬西欧的同时,无法与西欧匹敌,无论如何也不能追赶上西欧,但是又必须迎头赶上。在这里,明治政府残留的朱子学的尊王攘夷思想忽隐忽现。西欧像一口沉重的大锅一样。头上痛苦地顶着沉重的锅。对憧憬西欧,却无论如何也追赶不上的日本的有识之士来说,珍珠湾突袭的成功和英国东洋舰队的毁灭是华丽的战果。给予他们一种解放感,瞬间的极为心理学的解放感也是不可否认的事实。②

诚如司马所言,明治以来大量日本知识界人士不断对明治维新后的日本近代化模式进行反思。突出表现即"近代的超克"思潮在第二次世界大战期间流行于日本思想界。"近代的超克"即批判近代、超越近代、克服近代。狭义的"近代的超克"思潮主要集中体现在1942年以《文学界》同人为中心召开的座谈会。1943年,这次座谈的内容经整理后以《近代的超克》为题出版。此次座谈会是在日本偷袭美国珍珠港后对美宣战的背景下举行的,其主题迎合了日本帝国主义对抗英美帝国主义的战略,从而得到主流舆论的支持与鼓励。子安宣邦也曾指出:"进入昭和时代以后,日本知识界语境中的'近代'多被视为自身以外的西洋的东西,每每与否定和超越相提并论。通过文明开化实现了近代化的日本实际上带着'近代'的假面,是不得已伪装的'西洋的近代'。12月8日对英美宣战,剥离了这层假面,是实现真正自己的神圣时刻,因而很多日本人有拨云见日般的痛快,长期以来笼罩在心头上的乌云终于被一扫而光。""近代的超克"论为日本军国主义推波助澜,顺应了高涨的国民情绪,但是并不能从根本上消除日本人的文化焦虑。"近代的超克"论因带有强烈的日本帝国主义色彩和支持侵略战争的反动倾向,受到进步知识分子的批判。

---

① [日]司马辽太郎:《昭和这个国家》,日本放送出版协会,1999年,第157页。

② [日]司马辽太郎:《昭和这个国家》,日本放送出版协会,1999年,第160页。

完成近代化时，日本的军部明治十六年(1883年)建立陆军大学培养参谋将校。他们不久形成参谋本部。他们的教师最初是法国人以及德国人。明治十八年(1885年)，聘请了德国的优秀参谋少校梅克尔，教授日本人大量知识。德国是参谋本部喜欢的国家。英国和法国都有参谋本部，不过与德国的参谋本部不同。只有德国，让大秀才进入参谋本部，令其思考战略。并且脱离政府变成独立的机关。日本以那样的形式购买了近代。陆军以陆军的形式不断购买近代。医学系从德国购买。文学系的哲学课程还是从德国购买。此外，海军是从英国购买全部的系统。因此海军是以英语为中心的。①

总之，司马认为日本持续"购买"欧洲的近代，与江户期的合理主义思想绝缘。明治政府否定江户时期，明治以后的知识分子及军人，没有江户的合理主义，这与昭和的沦陷密切相连。

我想说的是，我们在明治元年(1868年)成为国际社会中的一员。国家、社会以及一个民族的发展，可以作为一个人来考虑，结果还是不成熟。日本这个国家在世界史上也是不可思议的国家，在没有欧洲气息的地区建立了与欧洲类似的国家，并且目前变得十分奇怪。东洋的优点，至少在明治时期还有所保留。日俄战争后开始秀才教育、偏差值教育。若要侵占萨长垄断的权力社会，必须毕业于陆军大学，毕业于东京大学法学部。通过笔试成为秀才，得到保证，前途一片光明。由此开始脱离江户时代。明治时期的人持有的江户财产，大正时代已经开始衰败。直至昭和时期，已经没有江户时期的气息。财产已经被挥霍殆尽。虽然不像今日偏差值社会这般严重，但是大正时期已经在一部分阶层看得到偏差值严重的倾向。

---

① ［日］司马辽太郎：《昭和这个国家》，日本放送出版协会，1999年，第167页。

　　司马认为抓住了"统帅权"这一真凶,历史就不会再次重演太平洋战争的悲剧。他说:"对于'右倾化'这个词,近来我也有所耳闻。有人担心这条路好像似曾走过,是不是会再一次回到太平洋战争的前夜、九一八事变的前夜一样的时代?我想不会。我们已经知道什么是自由。再有昭和的元凶也应该知道是统帅权。昭和扭曲了,总之歪曲了明治宪法国家,是统帅权这个魔术拐杖。那样的事不应该再次发生。'历史重现'是很好听的一个词,不过,历史不会只有重复,是在一定条件下才会成立。我们今后一定会走向好的方向,但是不可忘记'昭和'。必须更深入研究。"①

　　综上所述,我们可以窥见司马对昭和时期战争的根本立场,他并没有为日军摇旗呐喊,称其为"祖国保卫战",他承认昭和时期的战争是侵略战争,但是他的着眼点并非人类的道义,而是认为日本发动了"无谋"的战争。他认为明治维新以后日本不断"购买"西方文明,丧失了江户时代的合理主义精神,才导致昭和战争的溃败。

第二节　太平洋战争论

　　司马辽太郎在《昭和这个国家》中对太平洋战争阐述道:

　　如果让我来写昭和史的话,那么必须一半以上描写战争。战争这种东西,是攻击与被攻击,所谓的对等竞争,不知为何会出现这种单方面遭到攻击的情况。太平洋战争是昭和十六年(1941年)十二月开始的,日本陆军与海军所做的只是向南方其他岛屿分散兵力。我想也有必须去获取石油等理由。分散兵力,等待敌人的到来。结果,好像等待被歼灭一样,简单地说即如此。也没有像模像样的海战,也不能说是力量不足。总而

---

① ［日］司马辽太郎:《昭和这个国家》,日本放送出版协会,1999年,第188页。

言之,因为是与力量悬殊的对手决战,所以填补战争空白的只能是表演杂技,别无他策。①

在司马辽太郎看来,太平洋战争既不是"对等的竞争",亦没有"像模像样的海战",即毫无司马本身所认识的战争观的策略。

司马一再表明自己的立场是反战的。但是他说:"日俄战争可以称之为战争,太平洋战争是战争吗? 这是极为奇怪的。"②

司马认为(昭和时期的军人)没有因为自己出身贫困而同情贫困之人、同情亚洲人。或许是因为他们没有受过理解其他国家痛苦、尊重其他国家的历史之教育。"太平洋战争的惨败,给亚洲各国添了麻烦,后世的有良知的日本人必须活在自卑之中。因为做了相当过分的事。但是,可以说都克服过来了。今后与世界各国人交往的时候,首先要有真心。真心是日本人非常喜欢的词语。对世界上的人必须怀有真心,也必须对自己真心。了解对方国家的文化、历史,对方的痛苦感同身受,这是最关键的。"

一、战争起因论

1941年12月8日,日本不宣而战,对美国在太平洋的主要海军基地珍珠港发动了突然袭击。与此同时,日本开始向东南亚各国和西南太平洋岛屿进攻,由此爆发了太平洋战争。太平洋战争的罪魁祸首是日本军国主义法西斯。日本发动太平洋战争,是日本侵华战争陷入泥潭、国内经济危机加剧以及美日矛盾不可调和的产物。日本为了摆脱困境,把希望寄托在"南进"上,因为东南亚地区存在着支持其侵略战争所必需的基本物资,这就加剧了美日争夺亚洲和太平洋地区的矛盾。于是日本决心搬掉美国这块绊脚石。而司马辽太郎却将太平洋战争爆发的原因归结为白色人种对黄色人种的蔑视,他认为是美国步步紧逼、苏联背信弃义所造成的。他说:

---

① [日]司马辽太郎:《昭和这个国家》,日本放送出版协会,1999年,第214页。
② [日]司马辽太郎:《昭和这个国家》,日本放送出版协会,1999年,第227页。

　　我虽一直无法原谅把日本推向太平洋战争的愚蠢的政治领导者们，不过诚如东京审判时，印度代表巴尔法官所言，像美国这样对日本步步紧逼，致其陷入绝境，即便手无寸铁的弱小国家也会愤然而起，他对历史有着敏锐的判断力和洞察力。当时美国如果不是以日本为对手，而是以任何一个欧洲的白人国家为对手的话，即便采用了同样的外交战略，也不会采取同样的肆虐式外交手段。只有站在白人国家的角度才能感受到他们对在文明社会中抬头的黄色人种的厌恶。①

　　1945年8月6日，美国在广岛投下了原子弹。司马称如果日本是欧洲国家，即便美国在战略上有如此行动之必要，但是在欧洲白人国家的城市投下原子弹时也一定会深思熟虑。"国家之间的人种问题在和平时期一般不会表现得十分明显。不过当处在战时的临界政治心理下，就会产生出，如此对待亚洲国家也没有什么不妥之类的想法。"②他还认为，1945年8月8日苏联背信弃义，单方面撕毁了和日本签订的互不侵犯条约，出兵中国东北地区，即"在履行条约这一问题上，苏联也的确是继承了俄国毫不守信的传统。不过之所以它会随便毁约，与对方是亚洲国家不无关系"③。

二、"大东亚共荣圈"批判

　　1938年11月3日，日本政府发表《第二次近卫声明》，提出："这次征战之最后目的是建设东亚新秩序，应以'日、满、华三国合作'，在政治、经济、文化等各方面建立连环互助的关系为根本。"④1940年7月26日，近卫内阁提出"基本国策要纲"，声称要建设大东亚新秩序，目的是要排斥美、英在华势力，独占中国。

---

① ［日］司马辽太郎：《坂上之云》第3卷，文艺春秋，2010年，第169页。
② ［日］司马辽太郎：《坂上之云》第3卷，文艺春秋，2010年，第169页。
③ ［日］司马辽太郎：《坂上之云》第3卷，文艺春秋，2010年，第169页。
④ 方连庆等编：《现代国际关系史资料选辑》(1917—1945)下册，北京大学出版社，1987年，第32页。

而公开将"大东亚共荣圈"作为日本国策提出的是时任外相的松冈洋右。1940
年8月1日，松冈洋右发表《皇道外交宣言》，称"在伟大的皇道精神指引下，建
立以'日、满、华'为一体的'大东亚共荣圈'，贯彻强有力的皇道，为树立公正的
世界和平做出贡献"①。至此，日本的侵略扩张欲望急剧膨胀，其殖民帝国的蓝
图已拓展至东南亚以及太平洋地区，妄图以日本军国主义的新殖民统治代替
英、美、法、荷等西方殖民国家在该地区的旧殖民体系，建立一个由日本帝国主
义主宰的"自给自足"的经济体系，并用"大东亚共荣圈"的谎言来掩盖、美化这
一赤裸裸的侵略扩张和殖民掠夺的阴谋。至此，日本帝国主义以建立"大东亚
共荣圈"为目标的政治战略和军事战略正式出笼。

东条英机在1942年1月21日的施政方针演说中宣称："建设'大东亚共荣
圈'的根本方针，实则来源于建国的根本精神，要使大东亚各国及各民族各得
其所，根据以帝国为核心的道义，确立共存共荣的秩序。"②日本的所谓"大东亚
共荣圈"，大致环抱了荷属东印度群岛、法属印度支那、英国在东南亚的殖民领
地，以及美国殖民地菲律宾，甚至号称要进一步将印度、澳大利亚，甚至夏威夷
纳入囊中。

司马的代表作《坂上之云》是将日俄战争作为自卫战争、国民战争来描写
的，但司马对太平洋战争却进行了尖锐地批判。在《这个国家的形象》中收录
的《日本人的二十一世纪》一文中，司马谈到了他的太平洋战争观。他说：

> 所谓"大东亚共同繁荣圈"，当然是悦耳动听的美名。为了亚洲各国
> 赌上亡国的可能性——也即杀身成仁的狂热的国家思想，包括日本在内
> 的过去任何一个国家都未曾有过。但是当时的人们却并不认为日本是帝
> 国主义。明治二十年后的日本人对国家与政府充满信赖，我认为这是近
> 代化得以实现的最大原因。军部及其他势力巧妙利用日本近代国民的理
> 性最终陷入亡国的深渊，当然作为军部认为那是爱国。③

---

① 传记刊行会：《松冈洋右——其人及生涯》，讲谈社，1974年，第763—765页。
② 臧运祜：《近代日本亚太政策的演变》，北京大学出版社，2009年，第280页。
③ ［日］司马辽太郎：《这个国家的形象》第4卷，文艺春秋，1997年，第235页。

所谓的"大东亚共荣圈",除了一部分幻想以此致富的商人之外,几乎谁也不会相信它是正义的吧。因此只能宣传教育天皇陛下的神圣行为,利用天皇的军部及与此相关的家伙们,无论怎么考虑也只能说是历史的罪人。①

但是司马认为日本"挺进南方作战——大东亚战争的作战构想的真正目的,是为了获取使战争持续下去不可或缺的石油。控制荷兰殖民地印度尼西亚的婆罗洲和苏门答腊等油田"。他说:"'大东亚共荣圈'是日本史上打造的唯一一次世界构想。正因为大都是幻想,所以现实主义稀薄而又华丽,令人心醉。"司马认为太平洋战争给多个民族造成伤害。"虽说本意并非为了攫取领地,但是依然是侵略战争。有一种观点认为战争结果是推动了战后东南亚各国独立,虽然的确如此,但作战的本意如上所述是为了获取石油,为了保护所获之物而攻击周边的美英要塞,并且在各方设置军事据点。如果真的有解放殖民地的圣者一样的思想,那么首先必须应该解放朝鲜……"②

可见,司马对太平洋战争的认识是片面的。虽然他对"大东亚共荣圈"的虚妄性、欺骗性进行了一定程度的揭露与批判,认为这场战争是侵略战争,但是认为战争的目的仅仅是为了获取石油。

对此,司马辽太郎在演讲中也曾经讲道:"日本没有石油。陆军琢磨婆罗洲、西里伯斯岛不是有吗?占领婆罗洲、西里伯斯岛不就解决问题了吗?话虽如此,这一时期它们是荷兰以及英国的领地。那里也有土著居民。完全没有考虑这些人,对于他国没有同情之心。军人好像几何学画辅助线一般思考,妄图在婆罗洲、西里伯斯岛解决石油问题,在那里设置圆规的中心,通过画圆把新几内亚也囊括进来。必须驻扎军队至新几内亚,菲律宾那里也要派遣军队。演变成了太平洋战争,仅仅是想要获得石油。他们认为一旦夺取那里便可以将战争进行下去,真是太过分了。"③

---

① [日]司马辽太郎:《这个国家的形象》第4卷,文艺春秋,1997年,第238页。
② [日]司马辽太郎:《这个国家的形象》第4卷,文艺春秋,1997年,第241页。
③ [日]司马辽太郎:《司马辽太郎全讲演》,新潮社,2000年,第380页。

司马还认为日本通过发动太平洋战争这一欠缺世界史感觉的愚劣战争给亚洲带来惨祸，自身的国土也变成一片废墟，大量国民失去生命。"战败使价值观也发生转变，认为这一切全都是由于旧体制的弊端所造成。通过把责任转嫁给过去，避免任何人受到伤害的思维方式在媒体以及知识界形成一种定式。结果造成思想从一个死胡同走进另一个死胡同而已。"①由此，司马得出结论："对于事物、对于自身以及面临的课题缺乏从世界的角度进行观察的宽阔视域。"②

三、军部无能论

司马辽太郎与鹤见俊辅在对谈中讲述：

> 在这次战争中，当军部处于败北之际，一亿玉碎的思想在他们中间高涨起来。于是，在冲绳本岛陷落时，十六万余居民与守军共命运，被置于死地，甚至在几个所属岛屿上，还发生了强制居民集体自杀的事件（但令人啼笑皆非的是，结果部队长却活下来当了俘虏）。不仅如此，当迎击美军进行本土决战时，甚至有大本营某参谋向坦克部队下达指示：如遇拥挤的路上逃向内地避难的民众，即便杀出一条血路也要前进！③

司马辽太郎接触了日本战败28年之后返日的横井庄一，他在文集《历史与视点》中的《大正出身的故老》一文中写道：

> 太平洋战争没有任何战略。类似横井庄一氏的士兵们被装上汽船，分别派遣到地图上能见到的所有的岛屿，在派遣的时候由海军护卫，宛如弃民一般被抛弃到各个岛屿之后，东条英机集团……在东京大本营不断歌唱"战阵训"的战争。于是横井先生28年后才从关岛的密林中走了

---

① ［日］司马辽太郎：《司马辽太郎所思》第6卷，新潮社，2002年，第234页。
② ［日］司马辽太郎：《司马辽太郎所思》第6卷，新潮社，2002年，第234页。
③ ［日］司马辽太郎、鹤见俊辅：《历史中的狂与死》，《朝日杂志》1971年1月号。

出来。太平洋战争只不过是这样一场战争。从这场战争中无法得到任何教训。①

在《坂上之云》中，司马也批判了太平洋战争时期的日本陆军首脑缺乏战略，丧失了合理性：

优秀的战略战术往往是像算术一样，连业余人士也很容易理解。相反，少有像哲学那样只有职业人士才能理解的高深的战略战术，即便有的话也往往是失败方所采用的。如在太平洋战争时，日本陆军首脑的战略战术思想就是这样。战术上失去了计算，采用了世界史上罕见的哲学性和神秘性中的可能，把可能作为替代算术性的要素，缺乏战略上的基盘和经济基础，鼓吹"必胜信念"，大力宣传"神州不灭"思想，赞美并固化自杀战术这一神秘哲学，这一切都成为那些身着军装的战争指导者的思想基础。②

综上所述，司马虽然没有掩盖太平洋战争中日军的侵略行为，却并未对战争做出深刻反省，只是认为日本缺乏战略。他并未揭露日本发动太平洋战争的目的是为保卫其对华侵略战争的成果。日本发动太平洋战争就是要使国际社会承认日本侵略中国的既成事实，是使霸占中国现实固定化的最重要步骤。简单地将发动太平洋战争的目的归结为获取石油，这显然是一种片面的、错误的战争观。

天野惠一指出："在司马的作品中屡屡见到对昭和军阀的批判。为何司马辽太郎会如此愤慨呢？那是因为牺牲了大量国民最后却失败，打了一场注定会失败的战争。司马辽太郎并未关注被日本侵略的殖民地一方的大量死伤者。"③

---

① ［日］司马辽太郎：《历史与视点》，新潮社，1980年，第10页。
② ［日］司马辽太郎：《坂上之云》第3卷，文艺春秋，2010年，第185页。
③ ［日］天野惠一：《司马史观与自由主义史观》，《每月论坛》1997年7月。

第三节　昭和天皇的战争责任论

一、天皇虚空论

司马曾表示："我既非右翼，亦非左翼，对天皇既不喜欢也不厌恶，但是，如果不正确认识天皇问题，也就无法弄清日本历史。"①在他看来，"思考日本史的时候，会面临'天皇是什么'的问题，天皇是精神秩序、血族与血液崇拜的中心，只有摒弃水户学以及马克思主义意识形态，摘掉有色眼镜才能将之看得清楚"②。也就是说，司马对日本历史认识的起点和前提便是天皇问题。

虽然司马自称对天皇并无特殊感情，既非左翼亦非右翼，但是从其对战后左翼天皇观的批判来看，他的立场是十分明确的。"马克思主义者攻击天皇制，高喊打倒天皇制，但是普鲁士流的天皇制在明治以后不过维持了80年而已。整个日本史当中，天皇原本的形象也只是在这80年间受到了扭曲。在此期间，虽引入欧化思想，但水户学依然有其影响力，天皇也变身为了皇帝。若仅凭此段历史，就认为天皇是一贯的实权者，那就不过只是种幻觉而已。"③在此，司马对马克思主义者天皇观的批评含有十分鲜明的感情色彩。在《点检日本史》中，司马再次强调："明治以后的天皇制在本土的天皇神圣观之上融合了普鲁士之风，并不完全是日本特性，而是富于人为特色"，"左翼语系中的天皇制，是被幻想为敌对方的，并有意将之妖魔化，终难免虚构修饰，这样只能以人为制造的'敌人形象'来透视日本史，这种左翼观还是放弃比较好。"④所谓马克思主义者的天皇观，指的是以井上清、远山茂树等日本左翼历史学家为代表的战后历史学，这种观点以唯物史观为指导，深刻揭露和批判了日本近代天皇制的虚

---

① ［日］司马辽太郎、海音寺潮五郎：《点检日本史》，讲谈社，1993年，第78页。
② ［日］司马辽太郎：《挖掘日本史》，集英社，1980年，第175页。
③ ［日］司马辽太郎：《挖掘日本史》，集英社，1980年，第181页。
④ ［日］司马辽太郎、海音寺潮五郎：《点检日本史》，讲谈社，1993年，第79页。

伪和专制,追究天皇的战争责任,这对于打破"皇国史观"发挥了巨大作用。然而从司马对战后马克思主义史学天皇观的"愤慨"批判中可以看出,司马对于天皇及天皇制有着十分积极的拥护之意。

1989年1月7日,昭和天皇去世,8日,司马辽太郎在《产经新闻》发表了题为《彻底虚空之伟大》的追悼文章。他认为昭和时期只不过是历史长河中之一瞬,如今既不是大总统式的政权交替,亦非宪法体制的激变,更不是文化文明的转变,日常生活依旧,只是一个时代的结束而已。他从宪法上考察,称"昭和天皇在做太子时已接受了彻底的宪法教育,并终生努力守护宪法。明治宪法采取三权分立,行政代表当然是内阁,首相也是国务大臣的一员,更重要的是,国务大臣分别辅弼天皇,并承担最终责任,这就使得天皇不负任何责任,这一法制结构便有其哲学上之微妙,与英国的'统而不治'君主制相似。可以说,明治宪法下的天皇制应被理解为佛教之空哲学概念的法制化。从宪法上来讲,天皇处于'空'的位置,没有任何政治和行政行为"①。

可以看出,司马辽太郎将天皇置于哲学上的虚空之位,并称"对于明治宪法,我既不打算谴责也不打算赞美,只是把它当作一个客体来观察","明治宪法显然是近代宪法,具有近代宪法不可或缺的三权分立原则,这是应该称赞的。与普鲁士宪法相比,明治宪法有其特色。两者都规定君主具有统治'大权',但是明治宪法至多不过是'大权',而并非执行权。这一点虽参照了普鲁士宪法,但是并非单纯模仿。德国皇帝在政治上具有能动之权,但是明治宪法中的天皇并非如此。依照日本传统,天皇在立法、行政、司法上都不会有主动之举。明治宪法的最大特征是'辅弼'。内阁首相及其他国务大臣以及立法府、司法机关各自承担一切责任。天皇处在哲学上的虚空之位,现实中完全不会发号指令、制定法令、惩罚他人等,责任由辅弼者承担。天皇没有任何实际行为,因此不负任何责任,只是对首相等各机关的提议给予批准而已。"②

---

① ［日］司马辽太郎:《风尘抄》,中央公论社,1991年,第326页。

② ［日］司马辽太郎:《明治这个国家》,日本放送出版协会,1989年,第300页。

由此可见,司马认为日本天皇类似于英国君主,强调天皇位置之虚,彻底否定了天皇在明治宪法体制中的政治地位和作用。他高度评价了作为明治宪法之近代性,同时试图将天皇"虚化",进而推出"天皇的位置与哲学之空相似"。对于司马的这种"虚空论",日本"昭和史著作第一人"、《文艺春秋》杂志主编半藤一利提出:"我怀疑是否应该如此妄下结论。如果研究了《昭和史》,就会发现天皇(大元帅)并非'虚空'的。《坂上之云》里也不可思议地没有明治天皇的踪迹。可以说,没有天皇的明治史,是令人吃惊的认知。"①若正如司马所言,理解日本历史的前提和必要之处在于天皇的话,那么,他将天皇置于哲学上的"虚空之位"亦势必导出其对日本历史的"独特"认知,进而演绎成贯彻其作品的司马史学,而这种"虚空论"之消极性也是显而易见的。

二、天皇无责论

司马将天皇置于哲学上的"虚空"之位,这自然会牵涉到对天皇战争责任的认识。"如果写'何为统帅权'这一主题,战后出生的读者可能会觉得费解,所以我未有提笔。天皇是没有责任的,这是我一贯的态度。在年轻人眼里,这也许只是战前的无聊故事。所谓'日本的形象',直至昭和七、八年(1932—1933年)的20年间,这些其实并非日本本来的形象,它在日本史中并非连续性的。"②

司马也以亲身经历来表明如上观点:"去年秋天,在长崎的宾馆逗留时,大厅里一位年长绅士向我打招呼,原来他是长崎市长。他曾在九州防卫军的教育队,他认为天皇是有责任的(我持有不同意见)",而且,"去年10月,我和老军人们一起喝酒时,X氏是一名大尉,陆军士官学校第56期学员,在比岛有过悲惨遭遇,他指挥的坦克中队生还者寥寥无几。他毕业于福冈名门修猷馆中学,战前有'修猷馆右翼'一词,这就让人联想到了昭和初年的中野正刚、绪方竹虎等。X氏认为,'天皇是有责任的,因为我们被教育要为天皇陛下而死,那些兵全都死了'。于是我反驳道:'你不是说自己的信念是为了天皇陛下吗?其实,

---

① [日]半藤一利:《松本清张与司马辽太郎》,文艺春秋,2005年,第166页。
② [日]关川夏央:《司马辽太郎的形象》,文艺春秋,2000年,第18页。

所谓为了国家也是同样的,所以说,天皇名义只不过是被借用而已。'而后我又引用了明治宪法。X氏很茫然地说'好像是那样吧',随后便陷入了沉默。"①

在司马看来,明治宪法采取三权分立,而统帅权立于三权之外,军队借此无视三权存在,这就造成参谋本部的权能接近无限,可以发起任何"爱国"的对外行动,同时也为了使天皇推脱罪责,他将靶子集中在统帅部门。司马依据的是《统帅纲领》(1928年)和《统帅参考》(1932年),他称"这是统帅权机关陆军参谋本部编辑的,属于军队的最高机密,即使是天皇应该也不会看得到吧"②,并认为《统帅纲领》中的"非常大权"即可使军队(统帅部)在国家事变中支配一切,逾越任何法律而为所欲为,即使天皇也无从管束。

在《昭和这个国家》中,司马写道:"明治宪法规定国务大臣负有最终责任,天皇不但不能主动地参与政治活动,也不能否决大臣决议。明治天皇后,历代天皇都很好地接受了宪法教育。但是统帅权把天皇卷进来了,对于军事行动,天皇应该是不会表示赞成或反对。九一八事变也是成为既成事实后才向天皇汇报的","统帅机构是拥有统帅权的机构,即参谋本部。统帅权在昭和十年以后开始活跃。在昭和末期,如《统帅参考》所写,参谋本部企图支配整个国家,不,与其说是统治支配毋宁说是占领。"③

"参谋本部歪曲宪法,将自己的权谋置于宪法之外,在宪法下的日本之内又制造了一个国家。它对于宪法下的国家毫无顾忌,若非如此,怎么可能在天皇不知情的情况下发动九一八事变,拉长侵华战争的战线,乃至挑起诺门罕事件和太平洋战争呢?《大日本帝国宪法》规定天皇总揽大权。但是根据《统帅参考》中"非常大权"之规定,天皇的统治权无疑是受到制约的。因为天皇的统治权源于宪法,而宪法规定三权分立,是否可以解释为超越宪法的统帅机构垄断甚至夺取了天皇的统治权呢?(现实中的确如此)。简而言之,战时日本的统治者是参谋本部。④至此,当赋予军队(参谋本部)以极大权限之时,司马的认识

① ［日］关川夏央:《司马辽太郎的形象》,文艺春秋,2000年,第50页。
② ［日］司马辽太郎:《这个国家的形象》第4卷,文艺春秋,1997年,第92页。
③ ［日］司马辽太郎:《昭和这个国家》,日本放送出版协会,1999年,第95页。
④ ［日］司马辽太郎:《这个国家的形象》第1卷,文艺春秋,1990年,第55页。

逻辑即可与天皇的"虚空之位"来完成沟通连接了。司马称："掌统帅权者是陆军参谋本部与海军军令部，与首相无涉，直接对天皇负责。但是天皇的神圣空间是哲学之空，这里有巨大的'漏洞'，如果参谋本部失去理性，不同内阁商量侵略其他国家，首相也是束手无策"，"从这一点上说，明治宪法是一部蕴含危险的宪法。但即便如此，明治时代并未发生任何问题，这都是因为建立明治国家的人们依然健在，他们用肉体和精神填补了这一濒临绽裂的部分。之后的情况就连制定宪法的伊藤博文等人也未曾预料。"①

　　总之，司马认为所有罪恶的根源在于昭和时期的统帅部门，天皇不应承担任何责任。司马辽太郎从两个层面来解释天皇与统帅权的关系，其一，统帅权虽然是天皇大权，但是天皇没有"执行责任"；其二，到昭和时期，军部开始以统帅权独立开展所有行动。

　　但是，事实果真如此吗？ 20世纪60年代以后，《木户幸一日记》《本庄日记》《杉山笔记》《牧野伸显日记》《东京审判资料》《木户幸一讯问记录》等重要资料相继公开出版，可以非常清楚地看到昭和天皇在九一八事变后的言行。昭和天皇既具有军事知识，亦充分掌握着军事信息，还会直接进行战争指导，介入军部的人事，他绝对不是任凭内阁和统帅部门摆布的机器人。"仅就从九一八事变到太平洋战争的15年战争期而言，持续占据国政中枢位置者唯有一人，连总理大臣包括在内，也不过13人，总理大臣平均在职期限不过是约13个月，这也证明了只有天皇才能持续垄断全部信息，并意味着支撑天皇的实际政治力并非有限的。"②

　　再者，从法理上讲，司马的"天皇无答责"观点也是无法成立的。司马为天皇免除战争责任的根据是"天皇机关说"，即天皇作为彻底的立宪君主从而对任何行动不负责任。明治宪法规定，天皇"神圣不可侵犯"，第五条"开战大权"等"国务大权"也需要国务大臣的辅弼，凭此"关于公务的原则"，所以法理上不能追究一切责任。③1946年2月，昭和天皇在战败后也百般开脱，他为自己辩解

① ［日］司马辽太郎：《明治这个国家》，日本放送出版协会，1989年，第300页。
② ［日］藤原彰：《天皇的昭和史》，新日本出版社，2007年，第48页。
③ ［日］黑羽清隆：《十五年战争史序说》，三省堂，1979年，第432页。

道："宪法上的责任者慎重审议,制定某一政策,根据规定请求批准之际,不论我是否同意,也只能批准。除此之外别无其他选择。"①但显然,天皇把御前会议与大本营会议作为了无答责的辅弼机关,与国务上的辅弼混为一谈,从而为自己开脱。

然而明治宪法规定天皇为"立宪君主"的同时,第11条也规定了"天皇统帅陆海军",天皇作为陆海军的大元帅行使统帅权。美浓部达吉对统帅权做过解释："天皇大元帅亲率帝国之陆海军。"1882年,天皇颁布《军人敕谕》,直言不讳地声称："夫兵马大权为朕所统,其职司虽分任臣下,其大纲则由朕亲揽之,不敢委任于臣下。望子子孙孙笃传斯旨,永存天子掌握文武大权之义,不再有中世以来之失体。朕,汝等军人之大元帅。朕赖汝等为股肱,汝等仰朕为头首,其亲特深。"一语道出了天皇与军队的密切关系。显然,军队的所有权限属于大元帅天皇,所有军事行动必须遵照敕命。大江志乃夫指出："明治宪法体制的基本原则是'天皇掌握统治大权'以及'行使大权之际国务大臣负有辅弼责任',宪法第11条的统帅权亦非例外。即,天皇在宪法上,理所当然'掌握'大权,存在固有的权限与责任,在行使大权之际,统帅部门有辅弼的'责任'。而司马认为'天皇没有执行责任',将责任完全推卸给有'辅弼责任'的军部,这种解释是不能成立的。"②

对于司马而言,统帅权可谓其断裂史观,即"光辉的明治"与"黑暗的昭和"之间的分水岭。简而言之,司马认为明治时期的统帅权正常运转,但到昭和时期却被军部独占并恶意使用,将国家导向错误之路。但是,支撑统帅权的制度和思想体系是在明治时期形成的。司马无视这一事实,认为到了昭和时期才风云突变。其实"光辉的明治"时已经孕育了昭和破灭的萌芽,这也是历史学界的普遍观点。而且,司马所称的"天皇无答责论"也是片面的,他没有看到在明治宪法里大元帅和立宪君主的双重面孔、矛盾结构。诚如司马所讲,九一八事变以后,决定日本国家意志的结构偏离了伊藤博文等人预想的方向,但是其

---

① ［日］藤田尚德:《侍从长的回想》,中公文库,1987年,第66页。
② ［日］大江志乃夫:《统帅权》,日本评论社,1989年,第86页。

主要原因已经隐藏在了明治宪法之中。保阪正康指出："天皇即使只是一枚橡胶图章，但他是唯一对军队有发言权的人，而且在现实中，许多人都是高喊着'天皇陛下万岁'才勇于奉献生命的。"①因此，拥有最高统帅大权的天皇无论如何都是不能摆脱责任的，司马从哲学上的"虚空之位"而推导出的天皇无责，其实更多是偏向情感之论，与他所谓"对天皇既不喜欢也不厌恶"的说辞形成鲜明对比。

三、天皇论的思想底流

诚如色川大吉指出："（司马）是非常单纯朴素的天皇肯定论者，他批判的是战前天皇的侧近集团，特别是陆军上层。"那么，司马辽太郎为何会产生上述天皇认识呢？笔者认为主要有两方面原因：

第一，司马对于日本神道思想有特别的认同。神道起源于日本先民的自然崇拜，山川、草木都会被赋予神性，从而形成原始神道。太阳崇拜则演化成了对"天照大神"的崇敬。8世纪的《日本书纪》中记载："惟神者，谓随神道，自有神道也。"天皇既是神道的产物，也是神道的核心。司马称："世界上存在很多有思想的民族，日本人并不属于此类，但至于说日本人的思想等于零，这就不敢苟同了。我认为无思想的思想流淌在日本人的底流之底流。从我的感觉来说，那好比是一个巨大的平底锅，其中可以盛满很多东西进行烹饪，仿佛是可以容纳各种思想的容器一般。但是这口平底锅中装的是什么？如果能弄清楚的话，我会更加了解日本人。但是直至目前为止，我依然懵懂。与其说是思想，毋宁说是一种美的意识更为恰当。简单将之定义为美的意识或容易招致误解，其实，我认为它是'神道'。日本人对宗教的感情，若以平底锅论之，其中浸润了佛教之油、儒教之油、马克思主义之油等等，确确实实变成相当厚重的平底锅，但这些却不能改变平底锅之根本结构。"②司马坚信日本社会的底流深处流淌着神道思想，并将之视为日本思想之底流，即便其他思想传入进来，亦

---

① ［日］保阪正康：《昭和天皇》，中央公论新社，2005年，第550页。
② ［日］司马辽太郎：《挖掘日本史》，集英社，1980年，第168页。

不能改变其根本地位,这也使得他将天皇视为日本社会之精神中心。

第二,司马辽太郎无法摆脱所受过的皇国史观教育。"战前的思想教育对司马史观产生了巨大影响,如果抛开这点,便不能正确理解司马史观。"①这一点从司马的至交伊贺春雄那里也可以得到佐证,"司马曾经推荐了他认为非常有意思的书给我——《军神杉本中佐》,具体内容记不清了,那时大家都是那样,现在回想起来,他也曾经是皇国少年啊"②。在深厚的皇国观念下,他相信天皇是神,而且是没有害处的神,"天皇是什么呢? 遥远的神话征服王朝的时代是传说与臆测的时代,可以不去理会。后来,天皇的神圣是受到了萨满教的支持。至少是与神之间的交涉者。麦克阿瑟出于政治目的让天皇进行人间宣言,但是从史实来看,天皇依旧是神。正因为是神,所以对人民是无害的"③。但是,归根结底,天皇之所以能成为所谓"无害之神",就是因为其不参与血腥的现实政治。"日本史上,上代的单纯社会暂且不提,在后世的复杂社会里天皇也没有触碰过政治。这是日本式的应有的自然状态。"④

所谓"天皇神论",可以追溯到8世纪初编写的《古世纪》和《日本书纪》,这两本书中记载的上古神话宣称,天皇是"天照大神"的后裔并且是其在人间的代表,是"现人神",日本为"神国",天皇根据"神敕"对国家进行世袭统治,具有至高无上的权威。1890年,以天皇的名义颁布了《教育敕语》,向国民强制灌输"万世一系"的皇道思想,把天皇尊奉为日本绝对的精神领袖来加以顶礼膜拜。昭和前期,为了对外侵略扩张之需,日本政府更是大肆鼓吹尊皇思想,将对外侵略美化成为天皇而进行的"圣战",鼓励国民为天皇英勇献身,皇国史观成为对外侵略的重要思想武器。司马也是受皇国史观教育的一代,他曾经吐露:"在少年时期,经常接受《教育敕语》的训导。……《教育敕语》,真是令人怀念啊! ……《教育敕语》简短地总结了十分气派的德目。因为与颁布宪法连锁制

①　[日]樱俊太郎:《司马辽太郎的信——幕末维新史的真相》,文艺社,2004年,第31页。
②　[日]延吉实:《司马辽太郎与那个时代战中篇》,青弓社,2002年,第68页。
③　[日]司马辽太郎、海音寺潮五郎:《点检日本史》,讲谈社,1993年,第58页。
④　[日]司马辽太郎、海音寺潮五郎:《点检日本史》,讲谈社,1993年,第59页。

定,所以在当时可谓是积极的。"①

　　二战后,美国出于自身利益的考虑以及远东政策的需要而保留了天皇制,对天皇的战争责任采取了姑息纵容的态度,使昭和天皇逃脱了远东国际军事法庭的审判。也因此,日本的主流社会对天皇的战争责任一直讳莫如深,极力将天皇塑造成热爱和平的自由主义者,只是迫于军方和政府的挟持,因此天皇和国民一样是无辜的"受害者"。日本虽然摒弃了皇国思想,制定了和平宪法,但是日本人的精神深处依然残留有皇国意识。大江健三郎在《知识分子的责任与人类的未来》中说:"现在天皇只是宪法下的象征,但整个日本社会还是存在一种敬重天皇的风潮,这可以认为是一种国民情感。"②历史学者色川大吉感慨:"明治中期至昭和战败55年间,日本人精神逐渐空洞化,天皇制思想体系这种并非思想的思想,反复渗透到社会各个角落,这是一种令人恐惧的无形的精神腐蚀。……战后的民主主义社会内部的规制原理难以培育,也从侧面说明了战前天皇制造成的精神空洞化是多么的严重。"③

　　而司马辽太郎作为一名拥有相当社会影响力的作家,其天皇观显然会给日本社会带来负面影响。而且它与社会的尊皇风潮合流,在右翼等势力助推下,极易形成错误的历史认识。根据日本战后新宪法规定,天皇是日本"道义性"的象征,那么,如果"天皇是无责任的",也就意味着"天皇是日本国民无责任的象征"这种解释是成立的。④由此,必定会导致日本国民鲜有从给亚洲邻国民众带来巨大灾难的加害视角进行反省,从而使无责任意识不断扩散,进而模糊日本对战争责任和历史的反思。

　　司马辽太郎通过文学作品来重构日本历史,给当代读者一种历史感知下的国家认同感、民族归属感和自我激励,但作为其前提的天皇认识问题,明显有消极性,我们在理解司马史观时,当对此有充分的认识。历史学家原田敬一

---

① [日]司马辽太郎:《昭和这个国家》,日本放送出版协会,1999年,第68页。
② [日]大江健三郎:《知识分子的责任与人类的未来》,《留学生新闻》2000年10月1日。
③ [日]色川大吉:《日本的历史21——近代国家的诞生》,中央公论社,第489页。
④ [日]小熊英二:《民主与爱国——战后日本的国家主义与公共性》,新曜社,2003年,第146页。

说:"我对司马的历史认识持有异议的是这种'免罪'意识。将历史上发生的各
种事件全都付诸东流,那么精神上应该是很轻松吧。但是,历史学习,是连痛
苦和悲伤一起学习的。如果仅仅选择感觉舒服的地方,那么没有任何意义。
对于战争和殖民地的免罪意识,至今仍然普遍存在,也反映出我们自身存在的
问题。'结束的战争''消失的殖民地'代表了1945年以后我们的感情。但是,我
们并不十分清楚到底是什么样的战争、为了何种目的的战争、为何拥有殖民
地、如何治理的殖民地等等。一切并非已经结束。如同平安时代、战国时代与
我们相连一样,1894年的甲午战争开始至1945年战败为止的时代也与我们是
相连的。那样的时代、社会是如何塑造我们的,尤其需要我们进行深刻广泛的
分析。"①

---

① 原田敬一:《〈坂上之云〉与日本近现代史》,新日本出版社,2011年,第114页。

终　章

　　司马辽太郎不是历史学家,其明朗畅快的文学语言所描述的战争史没有深奥的理论,也不具备严密逻辑性,然而其对日本人历史认识产生的重大影响已是事实。

　　在日本和中国学界,关于司马史观为何物的争论由来已久,礼赞者如云,批判者有之,争论进一步增加了司马史观的神秘感。这里不妨在整理和评论其各种观点的基础上,从分析司马辽太郎战争史观的角度入手,阐述司马史观的表象与实质。

一、司马史观礼赞

　　据笔者考察,1972年4月尾崎秀树在《流动》上发表的《司马史观的秘密》一文,最早使用了"司马史观"一词。文中写道:"各位注意到司马的名字,应该是在《龙马行》出版之后。不仅他的名字广为人知,而且通过《燃烧吧,剑》描写土方岁三之死、《国盗物语》里刻画齐藤道三和织田信长波澜壮阔的人生,探索自己的方向,展开了独特的历史观。"尾崎写道:"司马辽太郎文学的魅力在于其独特的乱世史观(或者可以称文明史观)的现代性与风土性。"①

　　"司马史观"的提法出现后,学界关于司马史观为何物的评论屡见不鲜,岛田谨三称颂司马是"现代的琵琶法师"。成田龙一认为战后史学与司马辽太郎是互补的关系,两者一起形成了战后历史的"历史叙述形式"。谷泽永一认为,"司马先生彻底推翻了战后左翼史观、罪恶史观和黑暗史观。日本左翼最大的

---

① 　[日]尾崎秀树:《历史中的地图》,文艺春秋,1991年,第9页。

失败,就是没暗杀年轻的司马辽太郎"①,并称"司马史观是所有关注历史之人必修的基本课程"②。菊池昌典发出的感叹是:"为什么历史采取了文学的形式才更明确地呈现出其形象? 历史小说是传达了历史事实还是虚构? 司马文学难道不是在向历史家挑战吗?"③

具体说来,司马史观的中性或肯定论者的基本观点如下:

其一,英雄史观。冈本健一认为司马的小说描述了"通过明治维新打开现代化之门的年轻人,在洞察敌我实力后果断进行日俄战争的领导者们被刻画成英雄豪杰,具有克制之美,行为符合武士伦理与合理主义精神"④。

其二,民族主义史观。哲学家鹫田小迷太认为:"司马辽太郎小说的特征,简而言之就是鼓励日本和日本人的文学。日本文学当中,具有鼓舞作用的作品,特别是鼓舞国家、整个民族的作品,除了鼓吹战争之类的,可以说别无其他了。但是,消极否定的文学随处可见,例如太宰治的文学,令人绝望透顶。告诉我们不能成为这样的日本,不能是这样的日本人。国民作家夏目漱石的小说、森鸥外的小说也是同样,都是从日本以及日本人的负面着手。但是司马辽太郎的文学可谓是肯定的文学。"⑤鹫田进一步说:"司马辽太郎将日本历史的各个阶段历史小说化,凸显出日本历史的独特性、进取性。通过与国家主义不同的道路,大力提倡民族感情、解放民族感情。他这种敏感而又困难的思考获得了成功。"⑥

小说家田边圣子认为:"司马的最大功绩是让我们日本人拥有勇气、希望、梦想和骄傲。战败后的日本,在带有某种倾向的意识形态之下,被灌输以扭曲的认识,否定历史和传统的思潮。当然,我们应该反省日本直至战败的错误并予以纠正,但是这一工作显然是过于激进,人民对于国家感到灰心、自卑。有

---

① 〔日〕谷泽永一、加地伸行、山野博史:《三醉人书国悠游》,新潮社,1993年,第21页。
② 〔日〕谷泽永一:《司马辽太郎》,PHP研究所,1996年,第19页。
③ 〔日〕菊池昌典:《1930年代论》,田畑书店,1973年,第89页。
④ 〔日〕冈本健一作:《"司马史观"再考——从"现代化原罪"中解放出来》,《每日新闻》1996年3月2日。
⑤ 〔日〕鹫田小迷太:《司马辽太郎　人间大学》,PHP研究所,1997年,第40页。
⑥ 〔日〕鹫田小迷太:《日本资本主义的生命力》,青弓社,1993年,第76页。

一种找不到出路，灰暗的感觉。昭和三十年代（1955—1964年），司马的历史小说在日本社会问世，犹如打开了日本的天窗洒进一抹新的阳光，吹来一股新风。它清晰地向我们讲述了日本原本拥有的美好事物、优秀的传统以及日本民族的优点和缺点。"①

森英树认为："司马描绘的天才们是在社会的统治结构内部发挥其才能的人，他们的言行超乎于当时社会的惰性、制度及常识的束缚。因此，这是一种在社会适应主义框架内的非适应主义。司马史观一方面重新确认和肯定了读者的价值观，另一方面又给了他们以解放感。司马小说对历史细微之处的详细调查和了解，以及简洁明快的文体，都获得了以工薪阶层为主体的读者群的好评。应该说，这是一种民族主义的表现。"②

加藤周一指出，司马文学作品的魅力在于一种"民族主义"。"司马辽太郎歌颂日本天才辈出、近代化的成功，以及在"自卫战争"中大获全胜的话题，对于日本读者来说，不仅令他们精神为之振奋，而且百听不厌。这与在奥林匹克运动会上日本选手获胜同样令人心潮澎湃。"③

北影雄幸认为："在社会意义上，司马辽太郎的最大功绩即对战败后否定过去的历史，失去民族认同感，丧失了独立自主的气概和信心的现代人，通过描写日本文化结晶的武士、战国时代、幕末维新时期激烈变动时期武士的英勇形象，告诉我们日本人的精神是如何高贵。换言之，司马辽太郎重新向现代人提出'日本人是何人'这一根本命题。这与'男人生当如此'这一重大命题也有直接关系。司马在其庞大的著作群中对此进行了回答。将司马辽太郎誉为超越吉川英治的国民作家的最大原因恐怕就在于此。司马辽太郎的作品是战后日本最大的文化遗产之一。"④

文艺评论家谷泽永一在《司马辽太郎的礼物》中写道："司马辽太郎绝不会让读者产生颓废思想，相反会鼓舞振奋他们的精神。他的作品情趣盎然、生动

① ［日］三浦浩编：《悼念司马辽太郎》，讲谈社，1996年，第161页。
② ［日］森英树：《国家形态论的危险性》，《法律与民主主义》2001年5月号。
③ ［日］加藤周一：《加藤周一自选集6》，岩波书店，2010年，第18页。
④ ［日］北影雄幸：《武士道的真髓》，白亚书房，1999年，第8页。

活泼,虽然也描写人世艰辛,但是却不丧失生命信念。具有抚慰精神、医治心灵的作用。"①

日本综合能源调查会长两角良彦认为:"战败后,我们遗忘了过去日本美好的时代。自诩文化人的自虐史观不仅压抑了民族精神,也使国民的自负心几近窒息,此时突然出现的《坂上之云》,打开了我们闭塞的心理状态,使我们复苏了舒缓而又透明的精神记忆。登场的主人公们在故事中,充满了融合西欧合理主义精神的明治人的气概,和魂洋才的蓬勃力量刺激了我们麻木的神经。《坂上之云》在恰当的时机完美地再现了'明治的奇迹',鸣响了现代的警钟。"②

藤冈信胜认为,司马史观是"健康的民族主义",因此与为外国的国家利益服务的"东京审判、共产国际史观"不同。

中国学者李德纯也指出:"司马辽太郎的作品,令人强烈地感受到一股昂扬的民族精神和凝聚力。"③

其三,国民史观。辻井义辉认为:"司马的历史叙述不仅给了日本人勇气和骄傲,还具有促进反思的作用。司马的历史叙述从超越党派对立的角度提供了国民史观的契机,与左翼史观、右翼史观不同。"④

其四,自由主义史观。藤冈信胜认为,司马史观脱离了意识形态,可称为"自由主义史观"。藤冈信胜说:"日本罪恶史观长期以来对于我来说如同空气般理所当然的存在。虽然我经常感觉到此种历史观的种种破绽,却没有迫切觉得根本改变自己历史观的必要。促使我认识结构发生变化最初的也可以说是最大的原因就是与司马辽太郎作品的邂逅。如果没有与之邂逅,恐怕难以摆脱战后历史教育的魔咒。"⑤藤冈认为:"司马辽太郎的司马史观与自由主义史观是站在同一立场上的。司马对主张国家及个人优劣论的极端历史学同样

---

① 　[日]谷泽永一:《司马辽太郎的礼物》,PHP研究所,1994年,第85页。
② 　[日]文艺春秋编:《司马辽太郎的世界》,文艺春秋,1996年,第113页。
③ 　李德纯:《爱·美·死日本文学论》,中国社会出版社,1994年,第7页。
④ 　[日]辻井义辉:《司马史观的位置与问题性》,《日本史学特集》,1999年,第6页。
⑤ 　[日]藤冈信胜:《侮辱的近现代史》,德间书店,1997年,第52页。

持批判态度。"①藤冈信胜在《侮辱的近现代史》一书中写道："司马的小说与史论相互结合，一个完整的司马史观浮现在大家面前。同东京裁判史观以及大东亚战争肯定史观明显不同。可以归属于我命名的'自由主义史观'这一第三历史形象范畴之内。②"

高义洁认为，司马史观"蕴含着个人主义思想，意在重新塑造日本人，建立一个理想国家。司马辽太郎在福泽谕吉等日本近代作家的"个人主义"思想的影响下，丰富和发展了个人主义的内涵。他于20世纪的日本从个人与国家的权利和义务中探讨个人的价值观和国家的存在。在这种关系中他构建了一个理想的世界。这个世界曾经存在过，但以后是否还能再现，司马辽太郎后来仍在不断地探索和追寻。司马辽太郎的个人主义思想向日本人指明了21世纪的国家建设的宏伟蓝图，他是二战后日本重新建设自己国家的设计师，是这个时代的先驱"③。

其四，唯心主义史观。谷泽永一指出，司马认为按照唯物史观、世界史的基本法则等"机械式的空洞理论"不能把握真正的历史，因此排斥"教条主义"的必然理论，并认为神学的假说不能破解历史。司马还认为真实的历史很多情况下是被奇妙的偶然所左右，所以要避免骄傲自大，需仔细观察事态的发展。④

其五，唯物主义史观。中国学者王志宇认为："司马史观是以事实为依据的史观，是一种尊重历史的唯物主义史观。"⑤

上述观点对司马史观的观察视角和评论的角度不尽相同，是我们判断司马史观的必要参考。

---

① ［日］自由史观研究会：《教科书里没有的历史Ⅰ》，扶桑社，1996年。

② ［日］藤冈信胜：《侮辱的近现代史》，德间书店，1997年，第52页。

③ 佟君主编：《华南日本研究》第2辑，中山大学出版社，2009年，第155页。

④ ［日］谷泽永一：《司马辽太郎》，PHP研究所，1996年，第17—18页。

⑤ 王志宇：《试论司马辽太郎的历史观》，东北师范大学硕士学位论文，2008年，第11页。

二、司马史观批判

与上述观点相对,对司马史观的批判也从来没有停止。

针对司马小说中反映的英雄史观,菊池昌典批判说:"司马的历史观,是横轴为时间,纵轴为高度的鸟瞰历史观",但是"映入眼帘的,总是突出人物的形象。俯瞰会造成忽视历史的立体构造而平板化,支撑历史的下层,难以进入他的视野。任何战争,任何革命,跃入司马眼帘的总是那些精英。不仅表现在司马的《龙马行》《坂上之云》等代表作中,而且是贯穿其全部作品的主题思想"①。

加藤周一认为:"司马辽太郎的史观是天才主义。几位天才,相互对立又相互合作,在历史浪潮中力挽狂澜。这些天才们在政治统治阶层的权力关系中活动,面对国际形势迅速做出反应,对技术进步嗅觉敏锐。但是,他几乎完全忽略了民众所发挥的作用以及经济因素。即使略有所涉及,也是为了丰满天才主人公的性格,不过是一种辅助的手段、背景而已。在他笔下,明治维新与农民起义没有瓜葛,日俄战争也与日本资本主义的发展类型毫无关系。没有民众与政治经济因素存在的历史小说,不能成为历史的替代品。这部历史小说所展现出的历史解释以及历史事件的整体面貌,对于我们挖掘自身的社会现实与历史的角度没有任何作用。"②

会田雄次批判道:"司马史观是英雄史观。英雄创造了历史,但是历史并非由个人创造的,英雄史观具有危险的一面。"

津田道夫批判说,司马史观"可谓极端的个人历史观、指导者历史观"③。

针对司马文学中洋溢的个人主义和民族主义,大冈升平在《历史小说论》一文中指出:"司马文学与时代的一体感,让人不免联想到通过《宫本武藏》房获了踏向军国主义的日本人,战后又因《新平家物语》传递了'诸行无常'的思想而被称作国民作家的吉川英治。"④

---

① [日]菊池昌典:《何为历史小说?》,筑摩书房,1999年,第47页。
② [日]加藤周一:《加藤周一自选集6》,岩波书店,2010年,第5页。
③ [日]津田道夫:《对自由主义史观与司马史观的批判》,《抗日战争研究》1999年第4期。
④ [日]大冈升平:《历史小说论》,岩波书店,1990年,第25页。

米山俊直指出："一旦让有'单一'神话的民族恢复元气，就难免有引发民族中心主义的危险。"①

佐高信批判司马文学是"麻痹日本的愚昧精英，欺骗国民的文学，而非超越吉川英治的国民文学"②。他指出司马史观的特征是"从上至下的视点"③，并批判"司马史观是个人膨胀史观，歪曲的史观"④。"日本无责任的政治家、经营者们异常兴奋，他们不进行自我反省，而是产生一种错觉，自以为是坂本龙马、秋山好古般的领导人，司马辽太郎可谓是一个罪孽深重的作家。"⑤

桂英史在其《为何要读司马辽太郎?》一书中写道："对于司马来说，历史小说是将战争期'昭和'视为日本史中的特殊时代，正是为了从那一痛苦的昭和之中逃离出来而创作的文学。投向日本史的强烈意志，只不过是为了让自身脱离昭和重压的救济措施而已。司马代表作的构成与展开，时代小说自不待言，亦不符合历史小说的范畴之内。当然，既非历史，亦非小说。勉强可以算是插入了大量预备片段的电视纪录片。"⑥

在进步学者批评司马史观的同时，右翼学者对司马史观也不无微词。支持"大东亚战争肯定论"的潮匡人在《司马史观与太平洋战争》一书中，批判了司马辽太郎对昭和战争所持的观点。

福井雄三认为司马史观是东京裁判史观的延长，他批判说："当今社会广泛流传的司马史观潜存各种问题。其中最大的问题是司马对日本近代史上的两大事件旅顺攻防战以及诺门罕事件的历史解释错误。如果不从根本上追究司马史观中的昭和史批判、现代史批判，我们就无法从战后的昭和精神史中摆脱出来。这也正是与日本国民如何克服东京裁判史观束缚相关的课题。"⑦

---

① ［日］米山俊直：《道德的进展——司马辽太郎的文明论》，《比较文明》第12卷，1996年，第93页。

② ［日］左高信：《司马辽太郎与藤泽周平》，光文社，1999年，第70页。

③ ［日］左高信：《司马辽太郎与藤泽周平》，光文社，1999年，第26页。

④ ［日］左高信：《司马辽太郎与藤泽周平》，光文社，1999年，第23页。

⑤ ［日］左高信：《司马辽太郎与藤泽周平》，光文社，1999年，第23页。

⑥ ［日］桂英史：《为何要读司马辽太郎?》，新书馆，1999年，第56页。

⑦ ［日］福井雄三：《坂上之云中隐藏的历史真实》，主妇之友社，2007年，第7页。

天野惠一认为:"除了对昭和军阀的极端批判,司马史观与大部分日本领导者的认识是一致的。因此,伴随日本高度经济成长成为畅销的国民作家。司马史观是映照了日本大众心理的一面镜子,即近代的殖民地统治、侵略战争,有自卫的因素,虽然不能全面肯定,但是迫不得已只能给予肯定。"①

三、司马史观的表象与本质

司马史观中表现的"光辉的明治"与"黑暗的昭和"论,容易使人产生司马史观是一种就事论事的"断裂史观""民族主义史观""自由主义史观"的错觉,但这只是司马史观的表象。在司马笔下明治时代是光辉的时代,他认为从明治维新到日俄战争之间的30余年,不论在文化史上还是在精神史上,都是漫长的日本史中的特殊时期。司马说:"明治,是现实主义的时代,而且是透明、格调高贵的精神支撑的现实主义。昭和期间,到昭和二十年(1945年)为止,不存在现实主义,是左右的思想体系折腾国家和社会的时代。"②他还说:"明治时期是日本历史上最乐天的一段时期。明治是一段好时光。众多在那个时代生活过的工人、农民还有教师们都这么说,这是我在少年时代亲耳听到的。"③中冢明指出:"司马辽太郎可谓'明治荣光论'的代表。日本有许多的思想家、作家、历史家,不仅右派,甚至左派当中也有很多人回溯'明治以后'日本的历史,持同样的主张。"④这样的"光辉的明治""黑暗的昭和"相互对照的方法,并不能正确地阐明日本近代的整个历史。大正、昭和是以明治为母胎而形成的,明治和昭和之间不能单纯割裂开来,换言之,历史犹如是联立方程式,各自的时代既有光辉的一面又有黑暗的一面,明治的光辉既可以转变为昭和的黑暗,也会发生相反的情况,而非简单的"光辉的明治""黑暗的昭和"这样二项对立就能概括的近现代史。司马认为昭和时期统帅部门权力膨胀,日本国家变质,成为一个陌生国家,而事实上支撑统帅权的意识形态与制度是明治时代建立的。

---

① [日]天野惠一:《司马史观与自由主义史观》,《每月论坛》1997年7月。
② [日]司马辽太郎:《明治这个国家》,日本放送出版协会,1989年,第158页。
③ [日]司马辽太郎:《坂上之云》第8卷,文艺春秋,2010年,第324页。
④ [日]中冢明:《司马辽太郎的历史观》,高文社,2009年,第28页。

1878年参谋本部独立，1882年颁布军人敕谕，1893年军部独立，1900年实施军部大臣现役武官制等。司马史观忽略这些问题，认为是进入昭和才风云突变，其实"光辉的明治"已经蕴藏了昭和破灭的萌芽。

司马认为日本史的精神与肉体都是十分完美的，称日本史是世界上第一流的历史。其很多作品、对谈集的题目中都包含"日本"一词。如《历史中的日本》《挖掘日本史》《点检日本史》《司马辽太郎的日本史探访》《世界中的日本——回溯至十六世纪》《日本人与日本文化》《给日本人的遗言》《日本文明的形态》《宗教与日本人》《亚洲之中的日本》《日本人的内与外》《土地与日本人》《日本语与日本人》等等。他说："我的原点在1945年。因此，作为作家与其说是思考'人类是什么'，不如说30年来一直不断在思考'日本人是什么人'。"①这一疑问，是司马终生不断寻求解答的问题。司马晚年在杂文集中也写道："'日本人究竟是何人'是我的基本课题。②"他说："我在内心深处一直认为本国文化是最好的。同样，因纽特人、蒙古人都认为自己的文化是最好的。若非如此，人类是无法在这个地球上生存下去的。这可以称作民族本位主义，我认为这是仅次于性欲的人类本能之一，也是人类的庄严。"③

司马称自己并非军国主义者，但是他认为一个民族或社会，具有一种"向日性"。因此"没有必要对自己的过去保持沉默。曾经辉煌的过去，就好比夜间享受隐约美妙的歌曲一般，如果因为赞誉日本海海战之伟大就被盖上军国主义者的帽子这是极为幼稚的。我认为他们（明治人）十分伟大"④。虽然司马表示"民族主义，本来是应该使之安睡。故意点燃它是高度的（或高度性质恶劣）政治意图下的操作，历史一旦多次被这只手操作，一个国家、一个民族被毁掉的例子很多（思考从昭和初年直至太平洋战争的败北就行了）"⑤。但是，显然司马史观流露出强烈的民族主义思想。民族本位思想虽然是作为文化人的

---

① ［日］司马辽太郎：《从文学来看日本史》1987年3月英国剑桥大学特别演讲，《中央公论》1987年6月。
② ［日］司马辽太郎：《挖掘日本史》，文春文库，1990年，第163页。
③ 《司马辽太郎与井上靖对谈》，《现代》1996年1月。
④ ［日］司马辽太郎：《明治这个国家》，日本放送出版协会，1989年，第211页。
⑤ ［日］司马辽太郎：《这个国家的形象》第1卷，文艺春秋，1990年，第16页。

一种心理趋势,但是这种民族本位思想一旦膨胀则恐有引发大民族主义的危险。

司马史观的"脱意识形态"也是其表象之一。司马表示自己排斥一切意识形态,不仅包括马克思主义史学,还包括基督教、朱子学、水户学、皇国史观。他在其作品《挖掘日本史》中这样写道:"史观是非常重要的。有时内心若不将史观放置在身边,就会看不清对象的面貌。我认为史观是挖掘历史的土木机械,而非凌驾之上的任何事物。土木机械必须经过不断地磨砺,但是如果变成其奴隶就没有意义了。观察历史的时候,有时需要停止那一方便的土木机械,必须亲自动手挖掘才行。日本人最初拥有的历史观是以宋学为源流的水户史学,《大日本史》的史观,浸透到江户时代读书阶级之中。其后,明治、大正、昭和政府制定的小学教科书全部来源于水户学。史观里面肯定存在麻醉药。史观因为必要才会登场,不是作为活生生有血有肉的人,而是以某种意识形态现身。但是一旦此种意识形态衰退,形象也随之淡化消失。不论是观念史观,还是唯物史观,都具有史观的可怕之处。有时对观察历史的人会起到麻醉剂的作用。"①

在《项羽与刘邦》中,他将意识形态称作"谎言体系"。在与鹤见俊辅的对谈中,司马讲道:"人类在那之后创出了多种体系,并深信不疑。大多数的体系都是建立在谎言的基础之上。为了让它看起来并非谎言,需要在其基础之上尽力构筑更精密的体系,为此耗尽人力。"在《明治这个国家》中,司马同样阐述了自己对意识形态的厌恶。他说:"无论是右还是左,在这个社会生活了六十几年,对意识形态早已厌恶透顶。意识形态翻译为日语即'正义的体系'。意识形态的所谓正义,必定在其核心部位存在'绝对的谎言'。'绝对'是超越'有'与'无'的某种观念。极乐存在吗?地理位置在哪里?是在非洲,还是火星、水星附近?这是一种相对的思考方式。超越'有'与'无'的物质是'绝对'的,但是这样的物质世界上是否存在?使用理论与修辞,将不可能存在的绝对用丝线缠绕层层包裹起来即意识形态,所谓的'正义的体系'。意识形态如果成为

---

① [日]司马辽太郎:《挖掘日本史》,文春文库,1990年,第112页。

过去,还不如旧报纸有价值,是谎言的证据。无论什么,随着时代的变迁,都如同一双旧草履一样失去任何意义。"①

　　司马称自己的立场是"既非右亦非左,持这一立场四十年。说来奇怪,不过,总之现在的我,既非右亦非左"②。他说日本本来不存在"右翼"思想。大正末年"左翼"诞生后,在其反作用之下产生了"右翼"。他批判"左翼思想即所谓具有疑似普遍性的信仰,超越国家、民族,追求疑似的普遍性。日本的左翼从其诞生之日便在把握日本史的问题上失去了现实主义。由此,在左翼反作用下产生的右翼同样失去了现实主义。直至20世纪苏联解体期间,左右的意识形态令我们无比困惑"。他认为,不论是右翼还是左翼,在关键的本国认识这一点,都不符合现实。"有人说昭和初年的左翼是'水户学派'(朱子学)式的,朱子学也是一种意识形态,战前的日本史教科书里朱子学思想十分浓厚。昭和初年的右翼思想,当然也代表了朱子学本身。"最后,司马得出结论:在日本左右翼是同根的。他甚至揣测昭和初年的左翼是故意暧昧甚至是错误地认识日本史。"例如不论是讲座派还是劳农派在把握历史时,都随便地把江户时代的百姓等同于帝政俄罗斯的农奴,大名则相当于帝政俄罗斯的地主、贵族。基本上都是那样理解的。或者日俄战争的指挥者们尽管缺乏社会科学知识,却能正确理解大名们只是拥有租税征收权的一种存在,担负统治的义务,但是经常会陷入财政危机之中非常可怜的人们。然而左翼认为东京的都市劳动者也是英国产业革命以后的无产阶级,透过这一过滤器来观察日本史。"③

　　司马批判战后的左翼运动都是大同小异,虚情假意,"有时甚至让人汗毛凛凛"④。司马站在马克思主义史观的对立面,批判其具有"自虐性","同样身为日本人却为了在社会生存只能贬斥轻蔑日本人"。司马产生这种认识,是因为在战后日本社会由复兴向高速经济成长发展的激荡时代,马克思主义史观在日本逐渐丧失了主导地位。此外这与司马的现实意识也是密不可分的。

① ［日］司马辽太郎:《明治这个国家》日本放送出版协会,1989年,第98页。
② ［日］司马辽太郎:《昭和这个国家》,日本放送出版协会,1999年,第171页。
③ ［日］司马辽太郎:《这个国家的形象》第1卷,文艺春秋,1990年,第248页。
④ ［日］司马辽太郎:《昭和这个国家》,日本放送出版协会,1999年,第103页。

　　理性主义是贯穿于司马的甲午、日俄、第二次世界大战史观的思想核心，它是司马对人物、事物的评价标准。司马认为明治维新后完全摒弃了江户时代的人文科学以及理性主义思想，"一直购买欧洲的近代思想"，才导致了昭和的溃败。而"经历日俄战争的陆、海军人们具有明治人的合理主义，以及融汇日本风格的清教徒主义。外交方面也是同样。20世纪初期的日本统治者们犹如自虐般考量自己的弱势之处。与昭和时期不同，政治家及军人们互相展示内心真实意图，昭和军部，将自身的弱势不论大小用秘密主义包装为军机，将军队以及国家化为神秘的虚像"①。司马认为日俄战争日本能取胜正是由于日军军官们具有理性主义精神，"和30多年后的那群人根本不像是源于一族，他们从没有迈出理性主义的计算思想外一步"②。他坚信日本能战胜俄国就是因为明治时代的理性主义、现实主义。司马辽太郎认为明治至日俄战争期间是伟大、健康的时代，之后是极不健全的时代。他认为昭和时期夜郎自大、滥用统帅权的陆军参谋们把日本带入不归路，昭和时代丧失了明治时期的理性主义、现实主义，由此堕入战败的深渊。司马极力回避明治时期历史的黑暗面，虽然他也意识到"当然换一个角度来看的话或许并非如此。老百姓们在苛捐杂税下发出阵阵呻吟，国家拥有绝对的权力，完全无视民权。不仅发生了足尾矿山中毒事件、女工们的悲惨历史，还发生了小工厂的争端。从这些方面来看，那真是一段无比黑暗的时代"。但是他却极力主张"历史并不仅仅是受害百姓的历史"③。可见，司马史观对于历史的态度并不是严谨负责的，他恣意选取历史事实，剪裁日本历史中闪光之处，摒弃不符合自己需要的部分。譬如，在《坂上之云》中无视甲午战争中旅顺大屠杀事件，美化日本"军队没有发生一起掠夺事件，遵守国际法"等。战争的最大牺牲者，底层民众并不在司马的视野范围之内。

　　在司马看来，甲午战争、日俄战争中日军之所以取得胜利，是武士道精神以及理性主义发挥了巨大作用。而二战日军战败，即因为军部丧失理性主义，

---

① ［日］司马辽太郎：《这个国家的形象》第4卷，文艺春秋，1997年，第213页。
② ［日］司马辽太郎：《坂上之云》第3卷，文艺春秋，2010年，第65页。
③ ［日］司马辽太郎：《坂上之云》第8卷，文艺春秋，2010年，第325页。

发动"无谋"战争，是应当予以批判的。司马史观，肯定明治时代，否定大正、昭和时代，以日俄战争的终点划分日本近代史，强调日俄战争前的日本政治及社会精神是健康的，而日俄战争后日本丧失了明治的理性主义精神，因此才走向了太平洋战争崩溃的道路。虽然司马并不支持"亚洲解放""自存自卫"的"大东亚战争全盘肯定史观"。但是他也并没有深刻反省战争给日本民众以及亚洲邻国带来的伤害，而更加关注的是日本发动战争后是否从中获益，是否值得采取那样的行动，基于这种思想之上对这三场战争加以评判。

理性主义的基本特点是功利主义目的，强调主观行为符合客观实际，民族本位主义。同时，人类的道德、民族的平等、社会的公平和正义等，不在其主要价值判断的范围。这就是司马史观及其战争史观的本质所在。自欧洲文艺复兴以来，人类的文化观发生了剧烈的变化。理性主义是西方文化的认识论基础，并被广泛地应用于经济学、政治学、历史学研究。20世纪三四十年代以后，理性逐渐成为西方国际关系理论的中心术语和主要变量之一。理性是价值中立的，只是描述和实然判断，它在政治、文化、伦理上是中性的，对对错、好坏、善恶并不关心。理性解决的只是'是'的问题，而不是'应当'的问题。它不关心也不能解决社会理想、价值目的性问题，不能判断什么是真正的善或恶等等对于人类至关重要的问题。理性主义的价值观从根本上来说是资产阶级的价值观念。理性主义是作为中世纪基督教神学的对立面而出现在历史舞台上，毋庸置疑，有其合理性和历史进步意义。推崇理性精神的"资本主义在它的不到一百年的阶级统治中所创造的生产力，比过去一切世代创造的全部生产力还要多，还要大"①。但是理性主义具有功利主义倾向，强调明智、合理、趋乐避苦等，理性主义认为要寻求国家利益的最大化，国家就应摆脱对纯粹道义的追求，而寻求理性的行为方式，界定理性应以权力作为根本的标准。这样一来，理性只是工具性的能力，而人的生存目的、社会责任和人类命运等问题并不属于理性之范畴。人与人之间的算计与阴谋，是工具理性的消极利用。由于理性主义有着强烈的目的主义倾向，如果在国际社会中过分强调国家的理性行

---

① 《马克思恩格斯全集》(第一卷)，人民出版社，1956年，第256页。

为和利益诉求,忽视其道义行为和规范诉求,就容易削弱道德的约束作用,沦为功利主义的翻版。

　　司马史观之所以在日本社会得到广泛认同主要得益于其作品构思雄伟,语言通俗流畅。他的历史小说中穿插大量文明论,与小说相得益彰、相互补充。评论家松本健一指出:"司马辽太郎具有作家的卓越才能,以至于使大家产生一种错觉,认为他的'历史故事'就是历史史实。"①此外,还与时代背景息息相关。1945年日本战败后,马克思主义史学对皇国史观、军国主义进行了彻底批判。日本国内充满沮丧、迷惘与不安的情绪,与国民的厌战心理相互交织,使日本人的精神陷入一种"虚脱"状态。战后60年代至70年代,伴随日本经济高速发展,不仅社会面貌发生巨变,日本人的历史观、战争观也出现了一些微妙的变化,尤其是世界对"日本发展模式"的关注与肯定,使日本人逐渐恢复民族自豪感与自信心,长期压抑的民族主义感情得到释放,民族优越感再度滋生。司马的畅销作如《坂上之云》《龙马风云录》《项羽与刘邦》等都是在60年代初至1972年日本经济高速发展的黄金时代出版发行。盐野七生指出:"司马辽太郎是日本高度经济增长期的代言作家。如其代表作的标题所示,表现了凝视着坂上之云不断攀登的日本人的心情。"②史学家鹿野政直也指出,司马的作品"代表着经济高速增长下自立甚至肆无忌惮生成的战后价值意识。在此意义上,展示了自我肯定的战后日本史形象"③。右翼民族主义极端攻击性的言论,并不能轻易为日本民众所广泛理解和接受。然而以历史小说的形式而非政治性观点出发的司马史观,潜移默化地熏陶甚至改变了日本人的历史认识。虽然我们不能将司马史观等同于右翼史观,但是司马史观在客观上却影响并助长了日本右翼势力屡搅波澜。司马史观成为日本20世纪90年代以自由主义史观为代表的新民族主义思潮的根源。这股潮流试图从民族的历史文化、民族的传统价值中重新找回自我和自信,呼唤"爱国心",重新树立凝聚民族的认同意识和价值观。为了重新获得民族同一性、一致性的认同和心理安

---

① 《东京新闻》夕刊1998年2月25日。
② 《朝日新闻》夕刊1996年6月24日。
③ [日]鹿野政直:《历史意识的现在与历史学》,岩波书店,1988年,第265页。

慰,日本人开始重新寻找民族的荣光,其中一个重要的途径就是重回到民族的历史和传统中。一个重要的表现即重新认识和评价日本明治维新以后所走过的道路,当然也包括重新认识和评价日本对亚洲的侵略历史。

概言之,司马的甲午、日俄、第二次世界大战史观是基于理性主义的认识,宣扬民族本位主义,具有功利主义倾向,以追求日本国家利益为最大目标,虽然司马史观在一定程度上对鼓舞日本人的精神起到一些积极作用,但是其消极因素也是不容忽视的。

附　录

司马辽太郎年谱

1923年（大正十二年）– 8月7日，出生于大阪市浪速区西神田。

1930年（昭和五年）– 大阪市立难波盐草寻常小学入学。

1936年（昭和十一年）– 升入私立上宫中学校（现在的上宫高等学校）。

1940年（昭和十五年）– 上宫中学毕业。

1941年（昭和十六年）– 大阪外国语学校（新制大阪外国语大学的前身，现在的大阪大学外国语学部）蒙古语科入学。

1943年（昭和十八年）– 应征入伍，从大阪外国语学校毕业。兵库县加古郡（现在的加古川市）坦克第十九联队入营。

1944年（昭和十九年）– 进入中国东北坦克部队第一联队。

1945年（昭和二十年）在栃木县佐野市迎来战败，后入职新世界新闻社。

1946年（昭和二十一年）– 入职新日本新闻社京都分社。

1948年（昭和二十三年）–2月，新日本新闻社倒闭。5月，入职产业经济新闻社京都分社。

1950年（昭和二十五年）– 初婚。

1952年（昭和二十七年）– 长子诞生。

1954年（昭和二十九年）– 离婚。长子由祖父母抚养。

1956年（昭和三十一年）– 短篇小说《波斯的幻术师》应征讲谈社文学奖，获第8次讲谈俱乐部奖。踏入文坛。

1959年（昭和三十四年）– 与松见绿结婚。

1960年（昭和三十五年）–《枭之城》获第42届直木奖。

1961年（昭和三十六年）– 从产经新闻社辞职，专心创作。

1964年（昭和三十九年）– 搬到大阪府布施市下小阪（现在的东大阪市下小阪）。

1966年（昭和四十一年）–《龙马行》《国盗物语》获第14届菊池宽奖。

1981年（昭和五十六年）– 成为日本艺术院会员。

1986年（昭和六十一年）– 就任财团法人大阪国际儿童文学馆理事长（1986—1990年）。

1991年（平成三年）– 获文化功劳者称号。

1993年（平成五年）– 获颁文化勋章。

1996年（平成八年）– 2月12日，因腹部大动脉瘤破裂病逝于国立大阪医院，享年72岁。追赐从三位银杯一组。因生前喜爱油菜花，因此忌日称"油菜花忌"。葬于京都市东山区。3月4日，成为东大阪市名誉市民。11月1日，建立司马辽太郎纪念财团。

1998年（平成十年）– 每逢"油菜花忌"颁发司马辽太郎奖。

2001年（平成十三年）– 11月1日司马辽太郎纪念馆开馆。

参考文献

一、中文著作

[1]安川寿之辅.福泽谕吉的亚洲观[M].孙卫东,等,译.香港:香港社会科学出版社有限公司,2004.

[2]比克斯.真相:裕仁天皇与侵华战争[M].王丽萍,孙盛萍,译.北京:新华出版社,2004.

[3]不破哲三.历史教科书与日本的战争[M].中国社会科学院日本研究所,译.北京:世界知识出版社,2003.

[4]步平,王希亮.良知与冥顽战后五十年日本人的战争观[M].哈尔滨:黑龙江人民出版社,1999.

[5]步平.跨越战后:日本的战争责任认识[M].北京:社会科学文献出版社,2011.

[6]查攸吟.日俄战争开战背景及海战始末[M].武汉:武汉大学出版社,2012.

[7]陈功甫.日俄战争史[M].北京:商务印书馆,1934.

[8]陈功甫.日俄战争与辽东开放[M].北京:商务印书馆,1931.

[9]大桥武夫.战略与谋略[M].古月,译.北京:军事译文出版社,1985.

[10]大沼保昭.东京审判·战争责任·战后责任[M].宋志勇,译.北京:社会科学文献出版社,2009.

[11]董志正,田久川,关捷.日俄战争史料集[M].大连:东北财经大学出版社,2005

[12]董志正,田久川,关捷.日俄战争始末[M].大连:东北财经大学出版

社,2005

[13]冯玮.菊花与刀精读[M].上海:复旦大学出版社,2010.

[14]冯玮.日本经济体制的历史变迁:理论和政策的互动[M].上海:上海人民出版社,2009.

[15]冯玮.日本通史[M].上海:上海社会科学院出版社,2008.

[16]福泽谕吉.文明论概略[M].北京编译社,译.北京:商务印书馆,2009.

[17]高桥哲哉.战后责任论[M].徐曼,译.北京:社会科学文献出版社,2008.

[18]高增杰.日本的社会思潮与国民情绪[M].北京:北京大学出版社,2001.

[19]关捷.觉醒——甲午风云与近代中国[M].北京:中央民族大学出版社,1997.

[20]关捷.旅顺大屠杀研究[M].北京:社会科学文献出版社,2004.

[21]归泳涛.赖肖尔与美国对日政策:战后日本历史观中的美国因素[M].重庆:重庆出版社,2008.

[22]龟井兹明.血证:甲午战争亲历记[M].高永学,孙常信,译.北京:中央民族大学出版社,1997.

[23]郭富纯.永矢不忘——旅顺大屠杀惨案[M].长春:吉林人民出版社,2002.

[24]郭铁桩,关捷.日本殖民统治大连四十年史.[M].北京:社会科学文献出版社,2008.

[25]郭铁桩.日本殖民统治大连四十年史[M].北京:社会科学文献出版社,2008.

[26]何兆武.西方近代社会思潮史[M],济南:山东教育出版社,2001.

[27]吉田茂.激荡的百年史:我们的果断措施和奇迹般的转变[M].李杜,译.西安:陕西师范大学出版社,2005.

[28]吉田裕.日本人的战争观:历史与现实的纠葛[M].刘建平,译.北京:新华出版社,2000.

[29]江口圭一.日本帝国主义史研究:以侵华战争为中心[M].周启乾,刘锦明,译.北京:世界知识出版社,2002年.

[30]纐缬厚.近代日本政军关系研究:日本发动侵华战争的历史渊源[M].顾令仪,申荷丽,译.北京:社会科学文献出版社,2012.

[31]纐缬厚.我们的战争责任:历史检讨与现实省思[M].申荷丽,译.北京:人民日报出版社,2011.

[32]今井清一.日本近现代史:第2卷[M].杨孝臣,等,译.北京:商务印书馆,1983.

[33]井上清,铃木正四.日本近现代史:上、下册[M].杨辉,译.北京:商务印书馆,1959.

[34]井上清.日本帝国主义的形成[M].宿久高,译.北京:人民出版社,1984.

[35]井上清.日本军国主义和帝国主义:第2册[M].尚永清,译.北京:商务印书馆,1985.

[36]井上清.日本历史[M].天津历史研究所,译.天津:天津人民出版社,1974.

[37]井上清.天皇的战争责任[M].吉林大学日本研究所,译.北京:商务印书馆,1983.

[38]井上清.昭和五十年[M].北京大学亚非研究所,译.天津:天津人民出版社,1979.

[39]军事科学院外国军事研究部.侵华日军暴行录[M].北京:解放军出版社,1995.

[40]库罗帕特金.俄国军队与对日战争[M].北京:商务印书馆,1980.

[41]李纯武.日俄战争[M].北京:通俗读物出版社,1956.

[42]李建军.黑白岂能颠倒:战后日本军国主义历史观批判[M].贵阳:贵州人民出版社,2001.

[43]辽宁大学哲学研究所.日俄战争简史[M].北京:商务印书馆,1976.

[44]辽宁省档案馆.日俄战争档案史料[M].沈阳:辽宁古籍出版社,1995.

[45]刘岳兵.近代以来日本的中国观:第3卷[M].南京:江苏人民出版社,2012.

[46]刘岳兵.日本近现代思想史[M].北京:世界知识出版社,2010.

[47]刘志超,关捷.争夺与国难——甲辰日俄战争[M].沈阳:辽海出版社,1999.

[48]陆奥宗光.蹇蹇录[M].伊舍石,译.北京:商务印书馆,1963.

[49]陆军大学校函授处.世界十大战争:日俄战争[M].国华印书馆,1937.

[50]鹿野政直.福泽谕吉[M].卞崇道,译.北京:生活·读书·新知三联书店,1987.

[51]罗曼诺夫.日俄战争外交史纲1895—1907[M].上海:上海人民出版社,1976.

[52]马骏.东北亚大厮杀——日俄海陆战[M].北京:国防大学出版社,1993.

[53]米庆余.日本百年外交论[M].北京:中国社会科学出版社,1998.

[54]穆景元.日俄战争史[M].沈阳:辽宁大学出版社,1993.

[55]潘茂忠.日俄战争在旅顺[M].大连:辽宁师范大学出版社,1997.

[56]戚俊杰,刘玉明.北洋海军研究[M].天津:天津古籍出版社,1999.

[57]戚其章.国际法视角下的甲午战争[M].北京:人民出版社,2001.

[58]戚其章.甲午战争国际关系史[M].北京:人民出版社,1994.

[59]戚其章.甲午战争史[M].北京:人民出版社,1990.

[60]戚其章.甲午战争与近代社会[M].济南:山东教育出版社.1990.

[61]戚其章.走近甲午[M].天津:天津古籍出版社,2005.

[62]契尔缅斯基.日俄战争1904—1905年[M].赵承先,译.北京:时代出版社,1955.

[63]入谷敏男.日本人的集团心理:十五年战争狂热的反思[M].天津编译中心,译.北京:中国文史出版社,1989.

[64]若槻泰雄.日本的战争责任[M].赵自瑞,等,译.北京:社会科学文献出版社,1999.

[65]色川大吉.昭和五十年史话[M].天津政协翻译组,译.哈尔滨:黑龙江人民出版社,1982.

[66]山本文雄.日本大众传媒史[M].诸葛蔚东,译.桂林:广西师范大学出版社,2007.

[67]申文勇.二十世纪战争史[M].长春:吉林大学出版社,2008.

[68]沈予.日本大陆政策史1868—1945[M].北京:社会科学文献出版社,2005.

[69]升味准之辅.日本政治史[M].董果良,郭洪茂,译.北京:商务印书馆,1997.

[70]石泉.甲午战争前后之晚清政局[M].北京:生活·读书·新知三联书店,1997.

[71]史桂芳.近代日本人的中国观与中日关系[M].北京:社会科学文献出版社,2009.

[72]宋志勇,王美平.近代以来日本的中国观:第4卷[M].南京:江苏人民出版社,2012.

[73]孙克复,焦润明.甲午战争启示录[M].沈阳:辽宁人民出版社,1995.

[74]孙秀玲.一口气读完日本史[M].北京:京华出版社,2006.

[75]唐德刚.晚清七十年[M].岳麓出版社,2006.

[76]藤村道生.日清战争[M].米庆余,译.上海:上海译文出版社,1981.

[77]鹈饲正树.战后日本大众文化[M].苑崇利,史兆红,秦燕春,译.北京:社会科学文献出版社,2010.

[78]天津市政协编译委员会.日本军国主义侵华资料长编[M],成都:四川人民出版社,1987.

[79]廷柏利.侵华日军暴行录[M].马庆平,等,译.北京:新华出版社,1986.

[80]外山三郎.日本海军史[M].龚建国,方希和,译.北京:解放军出版社,1988.

[81]丸山真男.福泽谕吉与日本近代化[M].区建英,译.上海:学林出版社,1999.

[82]王金林.日本天皇制及其精神结构[M].天津：天津人民出版社,2001.

[83]王立新.战争与文明[M].北京：国防大学出版社,2010.

[84]王如绘.甲午战争与朝鲜[M].天津：天津古籍出版社,2004.

[85]王希亮.战后日本政界战争观研究[M].北京：社会科学文献出版社,2005.

[86]王信忠.中日甲午战争之外交背景[M].北京：清华大学出版社,1981.

[87]王芸生.六十年来中国与日本：第1—8卷[M].北京：生活·读书·新知三联书店,1980.

[88]王振锁,乔林生,乌兰图雅.近代以来日本的中国观：第6卷[M].南京：江苏人民出版社,2012.

[89]王忠和.日本王室[M].天津：百花文艺出版社,2007.

[90]韦伯.新教伦理与资本主义精神[M].简惠美,康乐,译.上海人民出版社,2010.

[91]维特伯爵.维特伯爵回忆录[M].北京：中国法制出版社,2011.

[92]吴敬恒,蔡元培,王云五.日俄战争[M].北京：商务印书馆,1928.

[93]吴廷璆.日本史[M].天津：南开大学出版社,1994.

[94]武守忠.日本人盘踞铁岭的四十年[M].沈阳：辽海出版社,2007.

[95]信夫清三郎.甲午日本外交内幕[M].于时化,译.北京：中国国际广播出版社,1994.

[96]信夫清三郎.日本外交史[M].天津社会科学院日本问题研究所,译.北京：商务印书馆,1980.

[97]信夫清三郎.日本政治史：第3卷[M].周启乾,译.上海：上海译文出版社,1988.

[98]熊沛彪.日本外交史研究[M].北京：商务印书馆,2011.

[99]徐广宇.1904—1905洋镜头里的日俄战争[M].福州：福建教育出版社,2009.

[100]徐静波.日本历史与文化研究[M].上海：复旦大学出版社,2010.

[101]徐志民.战后日本人的战争责任认识研究[M].北京：社会科学文献

出版社,2012.

[102]杨栋梁.近代以来日本的中国观:第1卷[M].南京:江苏人民出版社,2012.

[103]杨惠萍.国殇——从甲午战争至甲辰战争[M].北京:中央民族大学出版社,1997.

[104]依田憙家.日本帝国主义在中国[M].卞立强,译.北京:北京大学出版社,1989.

[105]尹新华.晚清中国与国际公约[M].长沙:湖南人民出版社,2011.

[106]樱井忠温.旅顺实战记[M].黄郛,译.北京:中华书局,1909.

[107]于沛.远东大厮杀[M].北京:华夏出版社,1996.

[108]远山茂树.日本近现代史:第1卷[M].邹有恒,译.北京:商务印书馆,1983.

[109]臧运祜.近代日本亚太政策的演变[M].北京:北京大学出版社,2009.

[110]中国社会科学院近代史研究所.日本侵华七十年史[M].北京:中国社会科学出版社,1992.

[111]中冢明.还历史的本来面目:日清战争是怎样发生的[M].于时化,译.天津:天津古籍出版社,2004.

二、日文著作

[1]安川寿之辅.福沢諭吉のアジア認識[M].東京:高文研,2000.

[2]半藤一利、磯田道史、鴨下信一著.司馬遼太郎 リーダーの条件[M].東京:文藝春秋,2009.

[3]半藤一利.清張さんと司馬さん[M].東京:文藝春秋,2005.

[4]半藤一利ほか.司馬遼太郎がゆく—「知の巨人」が示した「良き日本」への道標[M].東京:プレジデント社,2001.

[5]半沢英一.雲の先の修羅—『坂の上の雲』批判[M].東京:東信堂,2009.

[6]北山章之介.手掘り司馬遼太郎～その作品世界と視覚[M].東京:角川書店,2006.

［7］北山章之助.司馬遼太郎旅路の鈴［M］.東京：日本放送出版協会,2006.

［8］北影雄幸.司馬遼太郎の世界武士道の真髄 幕末維新編［M］.新風舎白亜書房,1999.

［9］北影雄幸.司馬遼太郎作品の武士道［M］.東京：白亜書房,1999.

［10］北影雄幸.司馬史観がわかる本 明治史観編［M］.東京：白亜書房,2005.

［11］北影雄幸.司馬史観がわかる本 幕末史観編［M］.東京：白亜書房,2005.

［12］北影雄幸.司馬史観がわかる本 源平・戦国史観編［M］.東京：白亜書房,2005.

［13］産経新聞社.新聞記者・司馬遼太郎［M］.東京：文藝春秋,2013.

［14］長谷川亮一.皇国史観という問題［M］.東京：白澤社,2008.

［15］朝日新聞社編.司馬遼太郎の遺産「街道をゆく」［M］東京：.朝日新聞社,1996.

［16］潮匡人.司馬史観と太平洋戦争［M］.東京：PHP研究所,2007.

［17］成田龍一.司馬遼太郎の幕末、明治［M］.東京：朝日新聞社,2003.

［18］成田龍一.戦後思想家としての司馬遼太郎［M］.東京：朝日新聞社,2003.

［19］村井英雄.司馬遼太郎［M］.東京：大巧社,1997.

［20］村井重俊.街道をついてゆく：司馬遼太郎番の6年間［M］.朝日新聞出版,2008.

［21］大阪外国語大学,産経新聞社編.日本文化へのまなざし［M］.東京：河出書房新社、2004年。

［22］碓井昭雄.司馬遼太郎 歴史物語：司馬文学を読み解く［M］.東京：心交社,2009.

［23］碓井昭雄.司馬遼太郎とエロス—好色物語の構造［M］.東京：白順社,2009.

［24］高橋誠一郎.司馬遼太郎とロシア［M］.東京：東洋書店,2010.

［25］谷沢永一.司馬遼太郎［M］.東京：PHP研究所,1996.

［26］谷沢永一.一冊でわかる『坂の上の雲』［M］.東京：PHP研究所,2009.

［27］関川夏央.司馬遼太郎の「かたち」「この国のかたち」の十年［M］.東京：文藝春秋,2003.

［28］関川夏央.「坂の上の雲」と日本人［M］.東京：文藝春秋,2006.

［29］和田春樹.日露戦争起源と開戦［M］.東京：岩波書店,2010.

［30］樺島弘文.プレジデント臨時増刊 司馬遼太郎がゆく日本人の心［M］.東京：プレジデント社,1997年.

［31］荒井魏.司馬遼太郎を歩く［M］.東京：毎日新聞社,2001.

［32］会田雄次.歴史小説の読み方—吉川英治から司馬遼太郎まで［M］.東京：PHP研究所,1988.

［33］霍見芳浩.アメリカのゆくえ、日本のゆくえ—司馬遼太郎の対話から［M］.東京：日本放送出版協会,2002.

［34］磯貝勝太郎.司馬遼太郎の風音［M］.東京：日本放送出版協会,2001.

［35］磯貝勝太郎.司馬遼太郎の幻想ロマン［M］.東京：集英社新書,2012.

［36］加地伸行.儒教とはなにか［M］.東京：中央公論社,1990.

［37］加藤周一.加藤周一自選集第6巻 1977年～1983年「司馬遼太郎小論」［M］.東京：岩波書店,2010.

［38］江口圭一.日本の侵略と日本人の戦争観［M］.東京：岩波書店,1995.

［39］江口圭一.十五年戦争小史［M］.東京：青木書店,1986.

［40］金達寿、司馬遼太郎、高柄翊.座談会 日韓理解への道［M］.東京：中央公論社,1987.

［41］鷲田小彌太.司馬遼太郎 人間の大学［M］.東京：PHP研究所,2013.

［42］菊田慎典.『坂の上の雲』の真実［M］.光人社,2004.

［43］堀田善衛.時代の風音［M］.東京：朝日新聞社,1997.

［44］青木功一.福沢諭吉のアジア［M］.東京：慶應義塾大学出版会,2011.

［45］日本放送出版協会編.司馬遼太郎について—裸眼の思索者［M］.東京：日本放送出版協会,1998.

[46]日露戦争を世界はどう見たか[M].東京:桜美林大学北東アジア総合研究所,2010.

[47]日中韓3国共通歴史教材委員会.『未来をひらく歴史—日本・中国・韓国=共同編集 東アジア3国の近現代史[M].東京:高文研,2006.

[48]三浦浩.レクリエム司馬遼太郎[M].東京:講談社,1996.

[49]三浦浩.青春の司馬遼太郎[M].朝日新聞社,2000.

[50]森啓次郎.司馬遼太郎からの手紙[M].東京:朝日新聞社,1997.

[51]山内由紀人.三島由紀夫vs.司馬遼太郎–戦後精神と近代[M].東京:河出書房新社,2011.

[52]山野博史.発掘司馬遼太郎[M].東京:文藝春秋,2001.

[53]石原靖久.司馬遼太郎で読む日本通史[M].東京:PHP研究所,2006.

[54]石原靖久.司馬遼太郎の武士道[M].東京:平凡社,2004.

[55]司馬遼太郎、ドナルドキーン.日本人と日本文化[M].東京:中央公論社,1984.

[56]司馬遼太郎、ドナルドキーン.世界のなかの日本—十六世紀まで遡って見る[M].東京:中央公論社,1996.

[57]司馬遼太郎、陳舜臣、金達寿.歴史の交差路にて—日本、中国、朝鮮[M].東京:講談社,1984.

[58]司馬遼太郎、福島靖夫.もうひとつの「風塵抄」—司馬遼太郎・福島靖夫往復手紙[M].東京:中央公論新社,2004.

[59]司馬遼太郎、海音寺潮五郎.日本歴史を点検する対談[M].東京:講談社,1974.

[60]司馬遼太郎、井上ひさし.西域をゆく[M].東京:文藝春秋,1998.

[61]司馬遼太郎、山村雄一.人間について対談[M].東京:中央公論社,1989.

[62]司馬遼太郎、山折哲雄.日本とは何かということ—宗教・歴史・文明[M].東京:日本放送出版協会,1997.

[63]司馬遼太郎、松本健一、日野啓三、福田みどり.司馬遼太郎の跫音

［M］.東京：中央公論社,1998.

　　［64］司馬遼太郎.「昭和」という国家［M］.東京：日本放送出版協会,1999.

　　［65］司馬遼太郎.アジアの中の日本—司馬遼太郎対話選集 9［M］.東京：
文藝春秋,2006.

　　［66］司馬遼太郎.ある運命について［M］.東京：中央公論社,1987.

　　［67］司馬遼太郎.この国のかたち第 1—6 巻［M］.東京：文藝春秋,1990.

　　［68］司馬遼太郎.この国のはじまりについて—司馬遼太郎対話選集 1
［M］.東京：文藝春秋,2006.

　　［69］司馬遼太郎.ひとびとの足音上下［M］.東京：中央公論新社,1983.

　　［70］司馬遼太郎.ロシアについて—北方の原形［M］.東京：文藝春秋,
1976.

　　［71］司馬遼太郎.八人との対話［M］.東京：文藝春秋,1996.

　　［72］司馬遼太郎.坂の上の雲第 1 —8 巻［M］.東京：文藝春秋,2010.

　　［73］司馬遼太郎.草原の記［M］.東京：新潮社,1992.

　　［74］司馬遼太郎.長安から北京へ［M］.東京：中央公論社,1976.

　　［75］司馬遼太郎.春灯雑記［M］.東京：朝日新聞社,1996.

　　［76］司馬遼太郎.対談集 東と西［M］.東京：朝日新聞社,1995.

　　［77］司馬遼太郎.対談集日本人への遺言［M］.東京：朝日新聞社,1999.

　　［78］司馬遼太郎.二十一世紀を生きる君たちへ［M］.東京：世界文化社,
2001.

　　［79］司馬遼太郎.風塵抄［M］.東京：中央公論社,1991.

　　［80］司馬遼太郎.風塵抄二［M］.東京：中央公論社,1996.

　　［81］司馬遼太郎.古往今来［M］.東京：中央公論社,1983.

　　［82］司馬遼太郎.韓の国紀行（街道を行く 2 ）［M］.東京：朝日新聞出版,
2008.

　　［83］司馬遼太郎.花神［M］.東京：新潮社,1993.

　　［84］司馬遼太郎.近代化の相剋—司馬遼太郎対話選集 4［M］.東京：文藝
春秋,2006.

[85]司馬遼太郎.歴史と風土[M].東京:文春文庫,1998.

[86]司馬遼太郎.歴史と視点[M].東京:新潮社,1980.

[87]司馬遼太郎.歴史と小説[M].東京:集英社,2006.

[88]司馬遼太郎.歴史の世界から[M].東京:中央公論新社,1983.

[89]司馬遼太郎.歴史の舞台[M].東京:中央公論新社,1984.

[90]司馬遼太郎.歴史の中の地図[M].東京:文藝春秋,1991.

[91]司馬遼太郎.歴史の中の日本[M].東京:中央公論社,1976.

[92]司馬遼太郎.歴史を動かす力 司馬遼太郎對話選集3[M].東京:文藝春秋,2006.

[93]司馬遼太郎.歴史を紀行する[M].東京:文藝春秋,1976.

[94]司馬遼太郎.民族と国家を超えるもの—司馬遼太郎対話選10[M].東京:文藝春秋,2006.

[95]司馬遼太郎.明治という国家[M].東京:日本放送出版協会,1989.

[96]司馬遼太郎.人間というもの[M].東京:ＰＨＰ研究所,2004.

[97]司馬遼太郎.人間の集団について ベトナムから考える[M].東京:中央公論社,1974.

[98]司馬遼太郎.日本人の内と外—対談[M].東京:中央公論社,2001年4月15日。

[99]司馬遼太郎.日本文明のかたち—司馬遼太郎対話選集5[M].東京:文藝春秋,2006.

[100]司馬遼太郎.日本語と日本人 司马辽太郎对谈集[M].読売新聞社,1978.

[101]司馬遼太郎.十六の話[M].東京:中央公論社,1993.

[102]司馬遼太郎.手堀り日本史[M].東京:集英社,1980.

[103]司馬遼太郎.司馬遼太郎 群像日本の作家[M].東京:小学館,1999.

[104]司馬遼太郎.司馬遼太郎—アジアへの手紙[M].東京:集英社,1999.

[105]司馬遼太郎.司馬遼太郎が考えたこと1—15巻[M].東京:新潮社,2001.

［106］司馬遼太郎.司馬遼太郎のテムズ紀行など―フォト・ドキュメント歴史の旅人［M］.東京：日本放送出版協会,2001.

［107］司馬遼太郎.司馬遼太郎の日本史探訪［M］.東京：角川書店,1999.

［108］司馬遼太郎.司馬遼太郎対談集 九つの問答［M］.東京：朝日新聞社,1997.

［109］司馬遼太郎.司馬遼太郎対談集 歴史を考える［M］.東京：文藝春秋,1981.

［110］司馬遼太郎.司馬遼太郎対談集 日本人を考える［M］.東京：文藝春秋,1978.

［111］司馬遼太郎.司馬遼太郎対談集 中国を考える［M］.東京：文藝春秋,1983.

［112］司馬遼太郎.司馬遼太郎歴史歓談［M］.東京：中央公論社,2000.

［113］司馬遼太郎.司馬遼太郎全講演第1巻1964―1983［M］.東京：朝日新聞社,2000.

［114］司馬遼太郎.司馬遼太郎全講演第2巻1984―1989［M］.東京：朝日新聞社,2000.

［115］司馬遼太郎.司馬遼太郎全講演第3巻1990―1995［M］.東京：朝日新聞社,2000.

［116］司馬遼太郎.台湾紀行［M］.東京：朝日新聞出版,2009.

［117］司馬遼太郎.土地と日本人対談集［M］.東京：中央公論社,1980.

［118］司馬遼太郎.殉死［M］.東京：文藝春秋,1978.

［119］司馬遼太郎.以下、無用のことながら［M］.東京：文藝春秋,2004.

［120］司馬遼太郎.戦争と国土―司馬遼太郎対話選集6［M］.東京：文藝春秋,2006.

［121］司馬遼太郎.宗教と日本人―司馬遼太郎対話選集［M］.東京：文藝春秋,2006.

［122］司馬遼太郎.座談会 日本の朝鮮文化［M］.東京：中央公論社,1982.

［123］司馬遼太郎がわかる［M］.東京：朝日新聞社,2000.

[124]司馬遼太郎が語る日本 未公開講演録愛蔵版4[M].東京：週間朝日,1998.

[125]司馬遼太郎と藤沢周平─「歴史と人間」をどう読むか[M].東京：光文社,1999.

[126]司馬遼太郎─幕末・近代の歴史観[M].東京：河出書房新社,2001.

[127]松本健一.日本のナショナリズム[M].東京：筑摩書房,2010.

[128]松本健一.三島由紀夫と司馬遼太郎：「美しい日本」をめぐる激突[M].東京：新潮社,2010.

[129]松本健一.司馬遼太郎が発見した日本『街道をゆく』を読み解く[M]東京：朝日新聞社,2009.

[130]松本健一.司馬遼太郎を読む[M].東京：めるくまーる,2005.

[131]松本健一.司馬遼太郎─司馬文学の場所[M].学習研究社,2001.

[132]松本健一.増補 司馬遼太郎の「場所」[M].東京：ちくま文庫,2007.

[133]松本健一.昭和天皇[M].東京：ビジネス社,2007.

[134]松本勝久編.司馬遼太郎書誌研究文献目録[M].東京：勉誠出版,2004.

[135]藤岡信勝.「自虐史観」の病理[M].東京：文藝春秋,2000.

[136]藤岡信勝.国民の油断─歴史教科書が危ない[M].東京：PHP研究所,2000.

[137]藤岡信勝.近現代史教育の改革─善玉・悪玉史観を超えて[M].東京：明治図書出版,1996.

[138]藤岡信勝.新しい歴史教科書[M].東京：扶桑社,2005.

[139]藤岡信勝.自由主義史観とは何か─教科書が教えない歴史の見方[M].東京：PHP研究所,1997.

[140]田中英道.新しい歴史観の確立[M].東京：文藝館,2005.

[141]丸谷才一.みみづくの夢[M].東京：中公文庫,1988.

[142]文藝春秋編.文藝春秋にみる『坂の上の雲』とその時代[M].東京：文藝春秋,2009.

［143］文藝春秋編.司馬遼太郎の世界［M］.東京：文藝春秋,1996.

［144］向井敏著.司馬遼太郎の歳月［M］.東京：文藝春秋,2000.

［145］小林竜雄.司馬遼太郎が書いたこと、書けなかったこと［M］.東京：小学館,2010.

［146］小林竜雄.司馬遼太郎考―モラル的緊張へ［M］.東京：中央公論新社,2002.

［147］小泉信三.福沢諭吉［M］.東京：岩波新書,1966年.

［148］小森陽一、高橋哲哉編.ナショナルヒストリーを超えて［M］.東京大学出版会,1998.

［149］小山内美江子.司馬遼太郎の流儀―その人と文学［M］.新風舎日本放送出版協会,2001.

［150］延吉実.司馬遼太郎とその時代 戦後篇［M］.東京：青弓社,2003.

［151］延吉実.司馬遼太郎とその時代 戦中篇［M］.東京：青弓社,2002.

［152］塩澤実信.『坂の上の雲』もうひとつの読み方［M］.東京：北辰堂出版,2009.

［153］永原慶二.「自由主義史観」批判―自国史認識について考える［M］.東京：岩波書店,2000.

［154］宇治琢美.武士(もののふ)の国―司馬遼太郎氏の『サムライ』を鑑る［M］.東京：文藝社,2000.

［155］志村有弘.司馬遼太郎事典［M］.東京：勉誠出版,2007.

［156］志村有弘編.司馬遼太郎の世界［M］.東京：至文堂,2002.

［157］中村稔.司馬遼太郎を読む［M］.東京：青土社,2009.

［158］中村稔.中村稔著作集〈第4巻〉同時代の詩人・作家たち［M］.東京：青土社,2005.

［159］中村義.会いたかった人、司馬遼太郎［M］.東京：文藝社,2012.

［160］中村政則.「坂の上の雲」と司馬史観［M］.東京：岩波書店,1999.

［161］中村政則.近現代史をどう見るか：司馬史観を問う［M］.東京：岩波書店,1997.

[162]中島誠.司馬遼太郎がゆく[M].東京:第三文明社,1994.

[163]中島誠.司馬遼太郎と丸山真男[M].東京:現代書館,1998.

[164]週刊朝日編集部.司馬遼太郎の幕末維新Ⅰ竜馬と土方歳三[M].東京:朝日新聞社,2012.

[165]週刊朝日編集部.司馬遼太郎の幕末維新Ⅱ『世に棲む日日』『峠』『花神』の世界[M].東京:朝日新聞社,2012.

[166]週刊朝日編集部.司馬遼太郎の幕末維新Ⅲ『翔ぶが如く』『最後の将軍』の世界[M].東京:朝日新聞社,2012.

[167]週刊朝日編集部編.司馬遼太郎からの手紙 上、下[M].朝日新聞社,2004.

三、中文论文

[1]李德纯.司马辽太郎的创作思想与艺术[J].国外社会科学,1978:5.

[2]李德纯.理想的探求与讴歌司马辽太郎及其历史小说[J].读书,1984:1.

[3]张惠贤.论司马辽太郎历史小说的若干艺术特色以《龙马奔走》为中心[J].中国科技信息,2004:12.

[4]王珊珊,汤美佳.试论司马辽太郎的中国之旅—以《从长安到北京》为中心[J].承德民族师专学报,2010:8.

[5]王珊珊.试论司马辽太郎的西域观—以《西域行》为中心[J].大众文艺,2011:1.

[6]杨永良.《无名小卒》与《死而未死》—兼论司马辽太郎历史小说的创作态度[J].山东外语教学,2003:8.

[7]李勇.由《项羽与刘邦》看司马辽太郎的秦代兴亡论[J].咸阳师范学院学报,2012:5.

[8]高义吉,杨舒.司马辽太郎的历史小说研究—以《枭之城》为例[J].东北师大学报(哲学社会科学版),2011:5.

[9]王志松.小说虚构与历史叙述—论司马辽太郎的《项羽与刘邦》[J].日

语学习与研究,2012:12.

　　[10]张英波.试论"司马史观"与日本近代史中所出现的"虚构现象"[J].殷都学刊,2004:6.

　　[11]津田道夫.对自由主义史观与司马史观的批判[J].抗日战争研究,1999:12.

　　[12]任其怿.司马辽太郎与日本国家的形象—以《这个国家的形象》为中心[J].内蒙古大学学报(人文社会科学版),2001:9.

　　[13]孙存之.小说中的民族主义[J].中国图书评论,2011:7.

　　[14]佟君.论司马辽太郎的日本国家史观[J].东北师大学报,2001:7.

　　[15]佟君.司马辽太郎及其中国文化史观[J].日本学刊,2000:1.

　　[16]姜克实.日本人历史认识问题的症结点[J].抗日战争研究,2007:2.

　　[17]刘曙琴.论司马辽太郎的战争观—以《坡上云》为中心[J].日本学刊,2000:1.

　　[18]苏萌.司马辽太郎的明治史观[D/OL].济南:山东师范大学,2006:4.

　　[19]王志宇.试论司马辽太郎的历史观[D].长春:东北师范大学,2008:5.

　　[20]孔维敏.从《项羽与刘邦》看司马辽太郎的英雄观[D].长沙:湖南大学,2011:4.

　　[21]贺佳.论司马辽太郎与日本战国题材历史小说[D].西安:陕西师范大学,2011:5.

　　[22]王海.论司马辽太郎小说《项羽与刘邦》中的地域性特征[D].武汉:华中师范大学,2009:4.

　　[23]高义吉.司馬遼太郎の歴史小説研究[D].长春:东北师范大学,2012:6.

　　[24]裴蕾.从历史小说看司马辽太郎的"人间观"[D].济南:山东师范大学,2005:4.

　　[25]于瑾琳.司马辽太郎的日俄战争观[D].济南:山东师范大学,2009:4.

　　[26]张惠贤.历史人物的另样解读[D].洛阳:中国人民解放军外国语学院,2005:3.

[27]王珊珊.司馬遼太郎の中国観について[D].保定：河北大学,2011:6.

四、日文论文

[1]ナフウィリアムE.『坂の上の雲』英訳者が語る「司馬史観」（特集日露戦争と百年後の日本）,諸君 36(3),142-147,2004-03-00.

[2]安川寿之輔.虚構の「福沢諭吉」論と「明るい明治」論を撃つ-歴史を歪めた丸山眞男と司馬遼太郎の「罪」（韓国「強制併合」から100年）金曜日 18(31),18-19,2010-08-27.

[3]本多勝一.司馬遼太郎の『坂の上の雲』と朝鮮半島金曜日 18(9),37,2010-03-12.

[4]川上哲正.司馬遼太郎のみた中国瞥見（光陰似箭）.中国研究月報 64(3),55-57 2010-03-25.

[5]大本泉.司馬遼太郎の文学,『竜馬がゆく』、『殉死』を中心として,仙台白百合女子大学紀要5,194-185,2001-01-31.

[6]東谷暁.『文藝春秋にみる「坂の上の雲」とその時代』評--司馬史観、日露戦争について理解を深めるための貴重な一冊本の話 15(12),14-17,2009-12-00.

[7]福井雄.三司馬史観『坂の上の雲』と東京裁判史観との奇妙な符合,サピオ 21(19),93-95, 2009-11-11.

[8]福井雄三.東京裁判の延長上にあった"司馬史観",中央公論 121(3),278-285, 2006-03-00.

[9]福井雄三.国家意識の希薄化と司馬史観,（特集民主党に国家観ありや）月刊日本 13(10),42-47,2009-10-00.

[10]福井雄三.司馬史観と東京裁判史観,日本文化（19）,38-47,2005-00-00.

[11]福井雄三.司馬史観の虚妄、村上春樹よ、司馬史観の呪縛から脱却せよ!Japanism 5, 144-149, 2011-12-00.

[12]富岡幸一郎.国民文学「明治」を礼賛し「昭和」を暗黒と描いた司馬

史観,サピオ 21(19),87-89,2009-11-11.

[13]高橋誠一.郎桑原武夫の文明観と司馬遼太郎の歴史認識,文明研究(25),1-11,2006-00-00.

[14]高橋誠一郎.「明治国家」から「日本帝国」へ 司馬遼太郎の歴史認識比較文明(19),133-151,2003-00-00.

[15]高橋誠一郎.司馬遼太郎のトルストイ観-『坂の上の雲』と『戦争と平和』をめぐって,比較思想研究(30),77-83,2003-00-00.

[16]高橋誠一郎.司馬遼太郎の徳冨蘆花と蘇峰観：『坂の上の雲』と日露戦争をめぐって Comparatio8,8-23,2004-00-00.

[17]高橋誠一郎.司馬遼太郎の福沢諭吉観--「公」の概念をめぐって,文明研究(22),1-16,2003-00-00.

[18]高橋誠一郎.司馬遼太郎の日露戦争観,『坂の上の雲』における戦争観の変化と徳冨蘆花のトルストイ観(2003年度学会報告要旨),ロシア語ロシア文学研究(36),145,2004-09-15.

[19]関川夏央.司馬遼太郎のリアリズム(特集連続企画知的生活への誘い 歴史?時代小説の愉しみ)中央公論 123(1),132-135,2008-01-00.

[20]磯貝勝太郎.司馬遼太郎の"辺境史観"-司馬文学と吉川英治小説tripper 2000(春季)36-41,2000-03-00.

[21]菅孝行.特集司馬遼太郎の憂鬱『坂の上の雲』から 鼎談正岡子規の位相--司馬遼太郎『坂の上の雲』を読み直すためにリプレーザ 2期(2),20-34,2010-00-00.

[22]津田道夫.自由主義史観と司馬史観の批判(特集 いいかげんにしろ歴史の偽造--教科書と「慰安婦」問題)障害児と親と教師をむすぶ,人権と教育(27),6-21,1997-11-00.

[23]井上寳護.「明治論」批判--「司馬史観」は克服されたか,(明治節奉祝特集号)国体文化(1015),42-47,2008-11-00.

[24]鷲田小彌太.国民文学日露戦争を頂点とする「坂の上の雲」=「司馬史観」が独り歩きを始めている(「日本の戦争」の大義),サピオ 16(17),20-

22, 2004-10-13.

　　[25]平塚佳菜.司馬遼太郎の沖田総司像國文學論叢 55, 93-108, 2010-
02-01.

　　[26]青木彰.司馬遼太郎の「公」観（特集公共の役割とは--揺れる公の意
識）,公共建築 43(1), 4-7, 2001-01-00.

　　[27]全彰煥.「韓のくに紀行」に見る司馬遼太郎の韓国認識九州情報大学
研究論集 13. 57-72, 2011-03-00.

　　[28]全彰煥.「壱岐対馬の道」に見る司馬遼太郎の朝鮮観.「九州情報大学
研究論集」, 14, 63-74, 2012-03-00.

　　[29]森豪［ウ］明.『史記』と『項羽と劉邦』の比較研究,司馬遼太郎の劉邦
像,愛知工業大学研究報告. A, 基礎教育系論文集 33, 41-50, 1998-03-00.

　　[30]山崎正和,五百旗頭真対談.「司馬史観」と日本史学（司馬遼太郎の
居ない風景）中央公論 111(5), 32-47, 1996-04-00.

　　[31]辻井義輝.司馬史観の位置と問題点（特集日本の歴史に学ぶ）カオ
スとロゴス (13), 4-28, 1999-02-00.

　　[32]石浜典夫.司馬遼太郎--透徹した司馬史観（特別企画 さよなら二
十世紀）--（心に残る巨星たち）潮(502), 86-88, 2000-12-00.

　　[33]石川好、佐高信.「自由主義史観」と「司馬史観」その似て非なるもの
（対談）,金曜日 5(19), 26-30, 1997-05-23.

　　[34]石井郁男.国民の歴史意識と「司馬史観」,歴史地理教育 (562), 32-
35, 1997-04-00.

　　[35]石原萌記.昭和論壇秘史「丸山史観」から「司馬史観」まで--古参編
集者が見た、戦後の左右各派学者?文化人の知られざるエピソードの数々を
初公開,諸君 34(2), 242-259, 2002-02-00.

　　[36]矢吹省司.その、あまりにも二項対立的な（続続）司馬遼太郎の歴史
観を読む,國學院大學人間開発学研究 (1), 62-71, 2009-00-00.

　　[37]司馬史観を弄するなかれ.諸君 30(3), 78-88, 1998-03-00.

　　[38]松浦玲.歴史小説と歴史学は違う--司馬史観を持ち込む愚,月刊論

座 3(5), 18-22, 1997-05-00.

[39]松原正毅.裸眼の思索者--「司馬思想」こそ,海外へ輸出すべき思想のひとつだ中央公論 111(11), 181-189, 1996-09-00.

[40]藤岡信勝.司馬史観と歴史教育,中央公論 111(11), 190-199, 1996-09-00.

[41]天野恵一.「司馬」史観と「自由主義」史観月刊フォーラム 9(7), 62-68, 1997-07-00.

[42]田中直毅.司馬史観と今の日本(未公開講演録愛蔵版-2-司馬遼太郎が語る日本)-(第1回菜の花忌シンポジウム),週刊朝日 102(31), 298-305, 1997-07-10.

[43]王海.司馬遼太郎の日本文化特質論の到達点：東アジア「周縁」から見たその思想的歴史的な文脈.関西大学中国文学会紀要(33), 191-205, 2012-03-00.

[44]王海.司馬遼太郎の作品における土着性：『項羽と劉邦』を中心に千里山文学論集 83, 275-297, 2010-03-10.

[45]下河辺淳.司馬さんの「土地公有論」を考える,中央公論 111(11), 455-459, 1996-09-00.

[46]郷原宏.司馬遼太郎の文学--時代小説から歴史小説へ(特集時代小説の味わい方)國文學,解釈と教材の研究 54(8), 48-55, 2009-06-00.

[47]小泉武栄.司馬遼太郎の地理学：司馬史観の根源を探る.東京学芸大学紀要第3部門,社会科学 46,277-292,1995-01-17.

[48]續谷真紀.新選組「復権」への系譜,司馬遼太郎の歴史構築,早稲田大学大学院教育学研究科紀要別冊 17(1), 11-22, 2009-09-30.

[49]伊東俊太郎.ジャーナル 特別対談,『坂の上の雲』から見えるもの司馬遼太郎の「平和観」をめぐって, 望星 36(8), 66-71, 2005-08-00.

[50]芝山豊.司馬遼太郎のモンゴルとモンゴルの司馬遼太郎,清泉女学院大学人間学部研究紀要(6), 3-14, 2009-03-15.

[51]志村有弘.司馬遼太郎の死生観,大法輪 69(9), 43-47, 2002-09-00.

[52]中村政則.日本の戦争責任資料センタ-連続ゼミナ-ル/「自由主義史
観」の根底を問う--歴史家は司馬史観をどう見るか,(特集「自由主義史観」
批判(3))戦争責任研究(17),2-9,1997-09-00.

[53]中塚明.朝鮮侵略の事実を書かない「司馬史観」の危険性(「坂の上
の雲」正しい見かた?読みかた)金曜日 17(48),16-18,2009-12-18.